W0292215

BRÖSELBÄR
VERLAG

Zum Buch

Kommissar Mario Meller hat als Chef des S-C-ONE (Security-Circle-One) rund um die Uhr zu tun. Diese Sondereinheit wurde geschaffen, um die ansteigende Kriminalität im Süden Wiens in den Griff zu bekommen.

Eva Roth, die ausgeflippte Künstlerin, ist mächtig scharf auf Mario Meller. Deswegen kümmert sie sich liebevoll um seinen Cockerspaniel Joe und führt ihn regelmäßig aus.

Bei einem Spaziergang im winterlichen Wienerwald, am Jennyberg in Mödling, läuft Joe plötzlich davon und schlägt sich in die Büsche. Atemlos hetzt sie dem Ausreißer hinterher und ertappt ihn dabei, wie er etwas freibuddelt.

Was Eva sieht, lässt ihr das Blut in den Adern gefrieren: ein halb verwester Torso, eingewickelt in einen Seidenteppich…

Was für Kommissar Meller nach einer »Hinrichtung« im Drogendealer-Milieu aussieht, entpuppt sich als Tragödie, deren schicksalshafte Fäden sich über Kontinente hinweg spinnen…

Zum Autor

Wolfgang Weiss, 1950 in Hall/Tirol geboren, wächst im SOS-Kinderdorf Altmünster am Traunsee auf. 1968 übersiedelt er nach Mödling bei Wien, beginnt seine Berufslaufbahn als Grafiker, Texter & Komponist und gründet 1980 das Creativhaus. Nach 35 gestressten Jahren in der Werbebranche wendet er sich Neuem zu – dem Leben als Schriftsteller.

Wolfgang Weiss lebt und arbeitet in Mödling, Wien und Berlin.

Wolfgang Weiss

FRÜHLINGS ROLLE

Mellers erster Fall

KrimiRoman

Nach einer
»MordsIdee«
von
Eva Weiss

BRÖSELBÄR
VERLAG

Im BröselBär® Verlag erschienen:

»Sechster-Sechster-Fünfzig«, Roman
ISBN 978-3-902578-00-6
»Frühlingsrolle«, Mellers erster Fall, KrimiRoman
ISBN 978-3-902578-01-3

In Vorbereitung:

»Todesfälle«, Mellers zweiter Fall, KrimiRoman
ISBN 978-3-902578-02-0

1. Ausgabe/Jänner 2007, BröselBär® Verlag, 2340 Mödling

Cover-Design: Eva Weiss
Fotos: Eva Weiss, Creativhaus-Archiv
Satz: Creativhaus, 2340 Mödling
Druck und Bindung: Mails & More, 3441 Baumgarten
Printed in Austria

ISBN 978-3-902578-01-3

www.wolfgang-weiss.at

Die Liebe stirbt,

wenn das Böse zu leben beginnt.

Wolfgang Weiss

Eins

Freitag, 25. Februar 2005…

»Joe…! Jooee…!«

»Verdammt noch mal…!«

»Joe… komm… sofort!«, rief Eva ärgerlich. Aber Joe, der goldbraune Cockerspaniel, dachte nicht daran zu gehorchen. Punktum – er war und blieb verschwunden. Ihr blieb also nichts anderes übrig, als mühsam die steile Böschung durch dichtes Strauchwerk emporzuklettern, um ihren kleinen Ausreißer zu suchen. Teilweise lag noch Schnee, versteckt in Vertiefungen des aufgeweichten Waldbodens.

Sie war eine der wenigen, die den Hund immer brav an der Leine hielt. Jedoch dieses Stück Weg durfte er immer frei laufen, da es lang genug war, um rechtzeitig zu sehen, ob jemand kam. Vor allem war Joe ein folgsamer Hund, der sofort auf Evas Zuruf reagierte, weil er wusste, dafür gibt's ein Leckerli. Aber jetzt? Das hatte sie davon, einem Hund zu vertrauen.

»Jooee… wo steckst du? Du blöder Köter, du…!«

Endlich. In einer schneebedeckten Mulde konnte sie in einiger Entfernung den schwanzwedelnden Cockerspaniel mit dem äußerst süßen blonden Haarschopf ausmachen.

»Joe… pfui… lass das…!«

Dieser jedoch ließ sich nicht ablenken, sondern sprang aufgeregt bellend durch den letzten Schnee und zerrte nur noch heftiger an einem Stück Erdigem. Ein schwarzer Plastikfetzen schien es zu sein.

»Du Ferkel, lass los – sofort… Gott, was bist du für ein elender Schnüffler. Das hast du sicher von deinem Herrchen gelernt, das Schnüffeln. Jetzt lass schon los, ich seh ja, dass du was gefunden hast. Braaver Joeli, gaanz braaves Hundi!«

Und dann sah Eva, was der brave Joeli aus dem Schnee ausgebuddelt hatte. Ein schauriges Kribbeln fuhr ihr durch sämtliche Glieder. Sie erstarrte.

»Oh Gott!«, stammelte sie. »Oh mein Gott – was ist das?«, während ein ekelerregender Geruch ihre Nase betäubte.

Mit zittrigen Knien trat sie näher, während Joe sie wild kläffend umtänzelte, weil er nun auf seinen Finderlohn, ein Leckerli, wartete.

Es war Ende Februar – der letzte Freitag im Monat – und kurzfristig wärmer geworden. Heftiger Wind fegte die letzten Wolkenfetzen vom Himmel. Ein ungewohnt strahlender Sonnentag wie schon seit Wochen nicht mehr neigte sich langsam dem Abend wie dem Wochenende zu. Nach monatelanger Schneelage hatte plötzlich über Nacht Föhnwind mit ausgiebigem Regen eingesetzt. Wie-aus-Schaffeln-Geschüttet verwandelte er den in der sonst warmen Jahreszeit so angenehm begehbaren mit Laub und Nadeln belegten Waldboden in eine glitschige, modrig riechende Fläche. Jeder Schritt war wohlüberlegt zu setzen, um nicht auszurutschen. Letzte hartnäckig liegengebliebene Schneefelder deuteten auf einen strengen, vergangenen Winter.

Ein ideales Abenteuerfeld für den süßen Cockerspaniel, der jedoch nicht Eva Roth gehörte. Sie war nur die Hin-und-wieder-Hundesitterin. Sein Besitzer, Kommissar Mario Meller, hatte einfach viel zu wenig Zeit für die Bedürfnisse des knapp zweijährigen Joe und daher immer ein schlechtes Gewissen seinem Hund gegenüber.

Obwohl es ja ursprünglich nicht Mellers Hund war. Joe war nämlich der erklärte Liebling seiner Frau Lilian, die auf so tragische Weise verschwand, wie sie in sein Leben trat.

All das schoss Eva sprunghaft in Gedankenfetzen durchs Hirn, während sie nervös in ihrem bequemen olivgrünen Parka nach dem Handy griff. Zitternd vor schauriger Erregung tasteten ihre Finger die von ihr heimlich geliebte Nummernkombination in das Mobilgerät. Absichtlich hatte sie diese Nummer nicht im Kurzspeicher. Sie genoss es jedes Mal, die Zahlen einzutippen, genauso wie sie es genoss, Joe zum Gassi gehen abzuholen. Und dabei mit Genugtuung das Schlechte-Gewissen-Gesicht Mellers zu sehen. Sollte er es ruhig spüren, sein Gewissen und die pflegende Hingabe Evas für Joe, Mellers Hund.

Verdammt, warum ging er nicht ran?

Na endlich.

»Meller, ja…?« Aus der Diskussion herausgerissen sprach Kommissar Meller gedämpft mit vorgehaltener Hand in sein Handy. Grinsend sahen ihm Axel Körner und Mike Lehner, die zwei V-Agenten zu, als er die Sambaklänge seines Handys vernahm und irritiert in den Sakkotaschen danach suchte. Sie ahnten, wer nach Meller verlangte. Richtig getippt, dachten beide.

»Ja – ich bin's, Eva… der Joe… schrecklich…!«

»Was ist mit ihm… ist er verletzt…?«

»Nein, viel schlimmer… nein, nicht sowas… bitte du musst sofort kommen! Joe hat was ausgebuddelt… oh, Gott, es ist fürchterlich und… und so… so grauslich…!«

Atemlos starrte Eva in die Richtung des schrecklichen Fundortes, während sie Joe an der Leine kurzhielt. Dieser jedoch riss wild daran herum. So, als wäre er richtig böse, weil man ihm seinen Fund streitig machte.

»Wo bist du jetzt?«, zeigte sich Meller plötzlich aufgeschreckt und ließ sich von Eva den Standort genau erklären.

»Am Steinbruchweg, dort wo man... du kennst ja das Haus der Ärztin... dort weiter... aber noch vor der Straße zur Krausten Linde.«

»Eva, bitte warte dort und rühr nichts an. Ich fahr schon los.«

»Axel und Mike, ihr fahrt mit. Joe hat was ausgebuddelt. Eure Urlaubsplanung für den Sommer regeln wir nachher.«

Er ließ das Handy in der Sakkotasche verschwinden. Erschöpft, genervt und geistesabwesend starrte er die beiden sekundenlang an, während er sich in seinen spartanischen Bürosessel zurücklehnte. Er hasste diese weichen Sesseltypen. Deshalb war seine allererste Aktivität, als er den Job beim Security-Circle-One (kurz S-C-ONE) antrat, der Kauf eines Drehstuhls mit straff gespanntem Bezug, Marke Alcantara, anthrazit. Mellers Lieblingsfarbe, in der auch seine lässigen Freizeitanzüge von Brioni gehalten waren. Seit er wieder in Mödling war, flog er schon mal kurz übers Wochenende nach Florenz, Mailand oder Rom, um sich mit edler Brioni-Mode einzudecken.

»Also gemmas an. Axel, du fährst – aber bitte *fahren* und nicht fetzen, so wie das letzte Mal.«

Kommissar Mario Meller, Jahrgang 1960, im Sternzeichen Zwilling, am 16. Juni geboren.

Ein sportlicher Mann mit dunklen kurzen Haaren, markantes Männergesicht, gut geschnitten – vielleicht ein bisschen wie George Clooney. Mit grünbraunen Augen, in denen sich schon manche Frauen liebend und lustseufzend verloren hatten.

Ein attraktiver Mann, bereits mit leicht ergrautem Seitenhaar, das sein biologisches Alter ohne Erbarmen dokumentierte. Gewiss, er war etwas eitel. Normal eigentlich. Eine Eitelkeit, die einem Mann seines Alters zustand, wenn er auf sich und seine Optik Wert legte, weil er wusste, dass er wirkte. Ein Hingucker-Typ eben.

Oft passierte es Meller, dass Menschen im Raum verstummten, betrat er diesen. War es sein Charisma, das Menschen in seinen Bann zog?

Vor allem in jungen Jahren war es ihm geradezu peinlich, von Frauen angestarrt zu werden. Denn im Grunde war er schüchtern – immer schon. Doch er galt heute schlichtweg als der Typ Mann, bei dem Frauen versuchten, in seiner Nähe, in seinem Dunstkreis zu verweilen. Gerade diese Gewissheit verunsicherte ihn zusehends immer mehr. Vor allem dann, wenn er auf eine Frau traf, die *er* anziehend, erotisch und noch mehr fand. Aufgrund seiner angeborenen Unsicherheit fielen ihm meistens keine rechten Worte für einen intelligenten Smalltalk ein. Vielmehr verstummte er jedes Mal, wenn er von Schönheiten angesprochen wurde. Ein leichtes, spöttisches Lächeln erschien ihm das Einzige, was er in seiner Schüchternheit zu geben bereit war. Und genau dieses »wissende Lächeln« machte seinen unwiderstehlichen Charme aus. Die Frauen – wie sehr waren sie von ihm hin- und hergerissen. Wie sehr gingen sie ihm in Wahrheit auf die Nerven, wenn sie aufdringlich wurden.

Seit seinem vierzehnten Lebensjahr, als er von seiner Kinderliebe verschmäht wurde, wuchs in ihm diese Unsicherheit gegenüber dem weiblichen Geschlecht. So sehr ihm dies nach so vielen Jahren selbst völlig irre erschien: Seit damals brachte er keine natürliche, keine So-bin-ich-Spontaneität mehr zustande, außer diesem (seiner Ansicht nach) läppischen Grinser. Doch genau auf den fuhren sie eben ab, die Frauen dieser Welt.

So war es auch kein Wunder, dass er auf freier Wildbahn anderen Männern gegenüber immer etwas überheblich wirkte.

Ohne viele Worte, nur ein Lächeln, schon zappelte die eine oder andere – auf die mancher Mann schon seit langem ein Auge geworfen hatte – in Mellers Bannkreis und wurde zu später Stunde erobert, um Nacht, Bett und Lust mit ihm zu teilen.

So war es eben – immer dort, wo Meller auftauchte, musste man sich mit dem zufrieden geben, was nicht auf ihn flog. Das wusste Meller schon seit Jahren und es stimmte ihn melancholisch. Denn er besuchte oft Veranstaltungen, ließ sich gerne einladen. Er liebte die Menschen, die Kommunikation und das Gefühl, beliebt zu sein. Doch nichts nervte ihn so sehr wie die Anmache liebestoller Frauen. Wie sehr ihn doch deswegen andere Männer beneideten. Welch ungerechte Welt. Er – einer, der könnte, jedoch nicht wollte. Dagegen viele, die allzugerne wollten, aber einfach nicht zum Zug kamen.

1982 verließ ihn seine erste wahre Liebe. Das Mädchen Nora – nein, *die Frau* – mit der er sich ein Leben vorstellen konnte. Mit Kindern, Haus, interessantem Beruf, Erfolg und Erfüllung. Sie jedoch, die Treulose, gestand ihm eines Tages, dass sie eigentlich seinen besten Freund Lo Bianco liebe. Ja, damals brach seine Welt zusammen, sein Vertrauen gegenüber Freunden und Frauen.

Er zog fort. Weit fort. Jeder Erdteil war ihm zu nahe am Ort seiner Tragödie.

Eine Odyssee. Sie trieb ihn nach Indien, nach Australien, nach Südamerika. In verschiedene Städte, in kleine und große. Letzten Endes landete er in Rio de Janeiro.

Er war und blieb ein Getriebener, der Jahre dazu brauchte, sich wiederzufinden. Am Ausgangspunkt seiner planlosen Flucht: in Österreich, in Mödling.

Sie fuhren im unauffälligen schwarzen Dreier-BMW den Waldweg zum Steinbruchweg. Spazierende Rentner traten zur Seite, hoben missbilligend die Köpfe und blickten ihnen vorwurfsvoll nach. *Typisch BMW-Fahrer* konnte man sie förmlich denken sehen. Ein sportlicher Radfahrer drohte gar mit der Faust und brüllte ihnen etwas hinterher.

»Soll ich sein Radl kontrollieren, ob die Lichter funktionieren…?«, meinte Axel amüsiert.

Mellers Augenaufschlag deutete nur: *vergiss es.*

Von weitem winkte ihnen Eva Roth schon aufgeregt zu, während Joe heftig an der Leine zerrte und eine Kläff-Kanonade losließ.

Natürlich sprang er Meller sofort freudig erregt entgegen und matschte ihm zwei feucht-schmutzige Vorderpfotentapser auf seine elegante dunkle Hose.

Erst ein »Joe – sitz!«, von Eva gebrüllt, erinnerte den Hund an absoluten Gehorsam. Jedoch die Hose – *selber schuld, lieber Herr Meller* – war versaut. Wer sein Hunderl liebt, verzeiht vieles. Auch Gatsch auf der Hose, dachte sie, während sie sich gleichzeitig ausmalte, wie er in Unterhosen in ihrem Atelier stand – ein Glas Prosecco in der Hand – und auf eine gereinigte, gebügelte Hose wartete.

Ja, der Meller, der steile Typ und Joe, der liebe Schmusehund. Zu dritt wären sie es, das ideale Gespann. Die Erfüllung ihrer Leidenschaft, zusätzlich zur Malerei. Jedoch waren dies jetzt nur Gedankenfetzen, die in Ultrageschwindigkeit durch ihr Hirn rasten: *Ihr* Meller, *sein* Joe und sie.

»Da vorne… ja, da oben in der Mulde liegt was, halb im Schnee und eingewickelt… grauslich! Ich geh da nie wieder rauf. Ich ärgere mich nur, dass ich Joe ohne Leine hab laufen lassen. Sonst wären wir nie dorthin geraten!«

Eva zeigte den Hang empor und wandte demonstrativ ihr Gesicht ab, in Richtung des wundervollen Panoramablickes über Mödling, der sich von hier aus bot. Sie schaffte es einfach nicht, zum grausigen Fundort zu schauen, während Axel und Mike bereits den steilen Hang erklommen.

»Dieser Weg ist für mich auf ewig gestorben«, schloss Eva schaurig ihre Beobachtung.

»Und da ist auch einer gestorben!«, hörte man einen der beiden V-Agenten rufen.

»Eva, bleib bitte hier mit dem Hund.« Meller mühte sich nun ebenfalls den Hang hoch. Die Hose war ohnehin schon von Joe beschmutzt worden.

»Was ist es denn, was Joe dort gefunden hat?«, wollte Eva nun doch neugierig wissen.

Schweigen. Erst nach einigen Minuten kamen Kommissar Meller und Axel Körner zurück. Ihren Mienen zu entnehmen, musste Furchtbares passiert sein. Meller telefonierte, gab leise und routiniert Anweisungen. Steckte das Handy wieder ein.

»Axel, bleib bitte bei Mike bis die von der Spurensicherung da sind und ihre Arbeit erledigen. Und – wie üblich – lass sonst niemanden zum Tatort. Ich fahr jetzt mit Eva nach Hause… der Hund… die Hose… und bin anschließend wieder hier.«

»Ja, ja, wenn einer morden tut, dann ist die Erde voller Blut.« Axel Körner und sein Faible für makabre Sprüche. Ein perverser Vers, nicht unbedingt passend. Aber gesagt war gesagt.

»Schrecklich… ist das nicht furchtbar! Eine Leiche in Mödling. Und Joe ist schuld daran. Der hat sie gefunden. Und ich… ich musste das mitansehen! Heute kann ich sicher kein Auge zumachen und niemand ist bei mir, wenn ich mich fürchte… Ach, der Hund… für heute Nacht kann ich ihn ja zu mir nehmen –

aber du könntest... vielleicht nur vorübergehend mit ihm bei mir... im ersten Stock... Mein Haus ist groß genug. Sicher viel schöner und gemütlicher als Biancos Hütte... Mensch, diese Leiche... schrecklich.«

Meller lächelte und nickte Eva nur hilflos zu, als sein Handy wieder diesen verdammten Sambasound spielte. Wie hasste sie diesen Klingelton, weil er ihn an Rio, an Lilian, an Vergangenes erinnerte.

»Überhaupt, du musst endlich etwas mit Joe unternehmen. Ich kann auch nicht immer auf ihn aufpassen...«

Eva sah ihn vorwurfsvoll beim Handysuchen zu, dann auf Joe. Liebevoll streichelte sie dem Spaniel über die Schnauze.

Meller hatte Evas Vorschlag angenommen und ließ sich in ihrem Atelier von ihr die Hose reinigen und frisch aufbügeln. Natürlich kam es nicht so, wie Eva es sich wünschte: *Meller in Unterhose, mit Prosecco im Glas, prickelnde Erotik verstreuend.* Vielmehr bat er lediglich um ein Glas Wasser, setzte sich verschämt in ihre gemütliche Couch und legte sich einen der herumliegenden Zierpolster auf seine Knie, während er unaufhörlich übers Handy Anweisungen an seine Abteilung weitergab. Nicht einmal seine Unterhosenmarke, ob er Links- oder Rechtsträger war, konnte sie erspähen. Mensch, war dieser Typ schüchtern!

Fast kam sie zur Ansicht: *So ein erwachsenes Mannsbild und so verklemmt.* Dem musste abgeholfen werden. So viel stand für sie fest. Und sie wollte bald zur Tat schreiten. Dieser Mann musste einfach fallen. In ihr Bett, in ihre Arme.

Als Meller anschließend, mit *Bussi-Bussi* auf die linke und rechte Wange sich bei ihr artig bedankend, mit Joe an der Leine verschwand und hinter ihm die Tür ins Schloss fiel, lehnte Eva sich mit einem tiefen Seufzer an die Haustür. Schloss die Augen und fuhr mit beiden Händen ihre weiblichen Konturen ab, ging in die Hocke und verharrte sekundenlang, die Finger im Schoß vergrabend, auf ihre intimste Stelle drückend.

»Verdammter Meller – so viel Mann für so viel Sündiges und merkt es nicht einmal…«

Doch Meller wusste sehr wohl, wie sehr Eva ihn in ihr Haus ziehen wollte. Er suchte jedoch vorerst Ruhe, Abstand von seiner so glücklichen, letztendlich tragischen Vergangenheit und vor allem viel Freiraum für sein neues, selbst gewähltes Ziel: ein schlagkräftiges Team aufzubauen. Den Security-Circle-One, der in Mödling unterhalb der HTL sein Hauptquartier aufgeschlagen hatte. Vom Innenministerium beschlossen, wo sein Onkel, Ministerialrat Dr. Walter Meller, seit Jahren die Notwendigkeit einer Spezialtruppe im Süden Wiens anregte. Kurz vor seiner Pensionierung konnte er sein Ziel realisieren.

Denn seit Öffnung der Nachbargrenzen in den frühen Neunzigern, vor allem seit Österreichs EU-Beitritt, kamen immer mehr »Glücksritter« über die nicht mehr vorhandenen Grenzen. Leider auch viele Kleinkriminelle, mafiaähnliche Gruppen und Organisationen, die den Osten Österreichs, vor allem den Großraum Wien-Umgebung, regelrecht mit einer »kriminellen Welle« überschwemmten. Die örtlichen Polizeidienststellen waren völlig überfordert, ihre Wachzimmer aufgrund von Personaleinsparungen meistens unterbesetzt, wurden sie doch aus Rationalisierungsgründen teilweise zusammengelegt.

Die Proteste der Bevölkerung waren dementsprechend und bald nicht mehr zu überhören. Die Versicherungen und die Alarmanlagenkeiler rieben sich die Hände. Sie konnten fette Gewinne einstreifen, denn mit der Angst ließen sich schon immer gute Geschäfte machen. Zusätzliche Investitionen schienen erforderlich, um die optimale Sicherheit für Leib und Besitz zu garantieren. Immer öfter lagen unterm Weihnachtsbaum neben den bisher gewohnten und peinlichen Verlegenheitsgeschenken (Krawatten, Hemden, Küchenmaschinen...) auch Pfeffersprays, Schreckschusspistolen und vor allem Alarmanlagen für Haus, Wohnung und Auto. Eine Welle bedrohender Ängste griff um sich. Schleichend, aber stetig wachsend.

Die täglichen Diebstahls- wie Raubmeldungen, in Zeitungen abgedruckt sowie über Radio und Fernsehen ausgestrahlt, taten ihr Übriges, um ein Gefühl der Ohnmacht in jede einzelne Bürgerseele zu verpflanzen. Fast jeder kannte jemanden, bei dem schon eingebrochen, das Auto beschädigt oder gar gestohlen wurde. Erschütternd las man es, wenn eine der schönen Villen geplündert oder verwüstet wurde.

Bürgerinitiativen entstanden und forderten mehr Sicherheit, damit es wieder *so wie früher* wurde. Jeder Fremde wurde misstrauisch beäugt. *Man weiß ja nie – vielmehr, man weiß genau, was die wollen. Alles von uns! Und schuld sind die Politiker und die EU!* Schnell waren Sündenböcke gefunden. Wie es eben in einer Demokratie unumgänglich ist – das (fehlende) Kreuzerl auf dem Wahlzettel zeigte schon immer die Meinung der Bürger – ob pro oder kontra. Meistens kontra. Der Österreicher ist eben ein Protestwähler. So kam es immer wieder vor, dass neue Splitterparteien kurzfristig hohe Beteiligungen erhielten. Und diese schürten mit geschickten Parolen die Angstmache, um bei Wahlen ein paar Prozente mehr zu ergattern.

Private Sicherheitsdienste wurden von Geschäftsleuten engagiert, Freiwillige spielten sich gern als Sheriffs auf und wären am liebsten in Wildwestmanier mit locker am Gurt hängendem Colt lässig durch die Straßen gezogen. Denn das Böse ist immer und überall – vor allem in unserer Stadt.

Im Innenministerium wurden schon seit Jahren Studien erhoben und Strategien für die Zukunft entwickelt. Szenarien wurden durchgespielt, um Auswertungen sowie eine Kostenerfassung für eine wirkungsvolle Gruppe zu erhalten.

Eine Sicherheitsgruppe, die zumindest auch ansatzweise versprochene Wahlpunkte der eigenen Partei erfüllen würde. Was unternahm man nicht alles für eine zukünftig erfolgreiche Parteiengesinnung.

Ministerialrat Dr. Walter Meller kam es jedes Mal – das Kotzen. Wenn er sich mit den Parteistrategen, die sich eifrig in sein S-C-ONE Konzept einmischten, auseinander setzen musste. Die es nur dahin verbiegen, ja aufpeppen wollten, um die neue Sicherheitselite als gefälliges Vorzeigeprojekt der neuen Parteilinie vor den Karren zu spannen.

Dr. Walter Meller ging es lediglich darum, internationale Kriminalität aufzuspüren, einzugrenzen und auszurotten. Einen größtmöglichen Sicherheitslevel für das kleine Österreich zu erreichen. Innerhalb dieser neuen EU-weiten Situation. Mit kleinen, schlagkräftigen Gruppen, vor allem ohne viel Aufsehen.

Machen wir's den Terroristen gleich, agieren wir genauso: unauffällig, in kleinen Teams, blitzschnell und effektiv. Nur so lässt sich die Kriminalitätswelle, die unser Land zukünftig überschwemmen wird, halbwegs in den Griff bekommen.

Seine tägliche Aufforderung, sein Gebet, sein Wunsch, seine Prophezeiung.

Dem Protestruf der Menschen in dieser so kaufkräftigen Region im Süden von Wien leistete man endlich Folge gemäß Wahlversprechen und installierte den Security-Circle-One.

Seit knapp einem Jahr agierte nun dieser S-C-ONE in einem ehemaligen Hotel, das den speziellen Ansprüchen dieser Sondereinheit angepasst wurde. Mit sämtlichem technischen und personellen Know-how. Österreichs beste Kriminalbeamten konnten sich für diese völlig neue Ermittlergruppe bewerben.

Und er, Mario Meller, war der neue Chef. Er wurde nach Absegnung des Beschlusses zum Aufbau dieser Spezialeinheit von seinem Onkel, Ministerialrat Dr. Walter Meller, dem Innenminister vorgeschlagen. Ein kleines *Postenschacherl* ganz nach gewohnter österreichischer Art?

Vielleicht ein bisschen.

Jedoch Meller war der fähigste Mann, dem man diese schwierige Aufgabe – schlagkräftige Elitetruppen in kleinen Teams aufzubauen – zutrauen konnte.

Als Polizeioffizier erlangte er in Rio bei mörderischen Einsätzen seine jahrelange Routine. Wobei es für ihn bei diesen lebensgefährlichen Unternehmungen niemals eine Routine gab.

Sämtliche Tests und Bewerbungskriterien löste er mit Bravour und stach seine Mitbewerber um Längen aus.

Natürlich kam Neid auf. Da tanzte einer aus Brasilien an und schnappte anderen einen begehrten Posten weg. *Ja, ja – der Neid ist ein Hund, der beißt auch, wenn er bellt.* Sehr schnell musste auch Mario Meller dieses erfahren (und es sollte noch bissiger werden). Das erste, das er hörte, als ihn die Staatsanwältin begrüßte, klang noch in seinen Ohren: »Sind *Sie* der Polizist aus den Favelas?« Ja, er war der Kommandant, der für die Favelas, die Slums in seiner Region von Rio, zuständig war.

Die Staatsanwältin, Frau Dr. Veronika Sommerbauer, eine herbe Waldviertler Schönheit aus Gmünd. Wieder eine, die ihn sich am liebsten zur Brust genommen hätte. Zumindest kam es Meller so vor. Denn ihre Blicke verschlangen ihn förmlich, saugten ihn in sie hinein.

Doch vorerst galt für den *Favela-Polizisten* ein Probejahr. Dann würde man weitersehen. Meller wollte es so.

Dem sonst immer ernsten Dr. Walter Meller entglitt ein flüchtiges Lächeln, als er von der Ernennung seines Ziehsohnes Mario zum obersten Boss dieser Spezialeinheit erfuhr. Jetzt konnte der Ministerialrat beruhigt in Pension gehen. Sein letztes Ziel hatte er erreicht und eine sinnvolle Institution für die Sicherheit Österreichs realisiert. Warm wurde dem Onkel ums Herz, als er sah, wie *sein* Mario die Verantwortung entgegennahm.

Kannte man Marios Laufbahn, so war es logisch, dass nur er für diesen Job geeignet war. Obwohl er eigentlich längst den Polizeidienst quittieren wollte.

Aber sein Onkel bat ihn darum. Ein einziges Mal nur. Am Telefon. Damals in jener sternenklaren Nacht, als Mario in Rio allein in dem viel zu großen Apartment, mit Blick über Ipanema, am Fenster stand. Zu viele Gedanken, zu viel Alkohol, zu viel Leid hatten sein Hirn, seinen Körper, seine Seele verdüstert, strapaziert, verhärtet. Warum musste ihm das alles passieren? Freud und Leid so dicht beieinander. Gerade ihn, Mario, traf es immer konträr. Kaum war eine Glücksphase in Sicht, schon zog ein Unglück ihn in die schwärzesten Tiefen seiner Gefühlswelt. Meistens ohne sein Zutun...

Aber er sagte seinem Onkel, den er wie einen Vater verehrte, dass er diesen einen Job noch mache. Ihm, den Ministerialrat zuliebe, den nicht nur er bewunderte und schätzte, ob seiner ungeahnten Fähigkeiten, seiner Intuition für stets richtige Entscheidungen. Diesen einen Job noch, den S-C-ONE in Mödling aufzubauen. In seiner Heimatstadt, der er vor einem Jahrtausend schwor, nie-nie-wieder je einen Schritt auf deren Pflaster zu setzen, hierher zurückzukommen.

Fast wäre es ihm gelungen. Aber nur fast.

Denn jetzt eilte er, in der linken Hand das Handy am Ohr, in der anderen Joe an der Leine, die Giannoni-Gasse entlang, an der Evas schwedenrote Villa stand. Von wo ihn Axel Körner abholen sollte.

Die Stätte des Grauens. Ein unheiliger Ort in einer so unschuldig schönen Landschaft, dem Wienerwald. Axel Körner und sein Chef Meller gelangten wieder zur Stelle des Verbrechens. Joe musste dieses Mal im Auto bleiben und wehrte sich natürlich bellend dagegen. Er, Joe, der die Leiche fand, den ganzen Zirkus hier auslöste, durfte nicht mitermitteln!

Inzwischen war es bereits dunkel. Die Mulde war großräumig abgesperrt. Ermittler der Mordkommission hantierten bei Scheinwerferlicht, das den Platz ausleuchtete, vorsichtig und gewissenhaft. Wie in Zeitlupentempo schienen sie sich zu bewegen. Damit durch eine Unachtsamkeit keine womöglichen Spuren vernichtet wurden. Man sah, hier waren Profis am Werk.

Blitzlichter flammten auf. Anweisungen des Leiters der Spurensicherung wurden, wenn nicht wortlos, dann mit verhaltener Stimme, ja fast flüsternd bestätigt. Routiniert ausgeführt. Lediglich die nicht weit entfernten Generatoren brummten vor sich hin und spendeten bereitwillig die Energie für das notwendige Licht.

Aus einem zerschlissenen chinesischen Wandteppich hatten die Spurensicherer vorsichtig einen menschlichen Torso freigelegt, der zusätzlich in dunklen Müllsäcken steckte. Schwarze, stark verweste Fleischmasse – eine männliche Leiche.

Denn wie makaber: der Kopf, beide Arme, beide Beine, sogar Hoden und Penis waren dem Opfer abgetrennt worden. Fachmännisch mit einer Knochensäge, was man an den Schnittstellen noch erkennen konnte.

Meller sah schon viele schrecklich zugerichtete Opfer. Nach

Revierkämpfen von Drogendealern, damals in den Slums von Rio. Wenn sie sich gegenseitig abschlachteten, wenn abgetrennte oder zerfetzte Menschenteile auf nächtlich heißem Asphalt herumlagen. Wegen ein paar Straßenzeilen mehr Drogengebiet für lukrative Deals. Wo Minuten zuvor vielleicht eine Gruppe Touristen unbeschwert und fröhlich quatschend oder von immer neuen Eindrücken ermüdet vorüberzog.

Kamen diese Zerstückelungsmorde jetzt auch schon hier in Österreich vor? Was für eine kranke, brutale Menschheit!

In solchen Momenten gab es für ihn keine Routine. Dieses unmenschlich Böse, das er im Laufe der Jahre in allen Erdteilen, die er durchkreuzte, erlebte – von Berufs wegen mit ansehen musste. Es traf Mario Meller immer wieder in seinen seelischen Grundfesten. So wie jetzt hier, beim Anblick dieses zerstückelten Opfers.

Was geht in Menschen vor, wo liegt ihre moralische Grenze, wann wird sie überschritten diese Hemmschwelle, um zu einer solchen Tat fähig zu sein? Ist es Wahnsinn? Hemmungslose Lust? Mit Sicherheit grenzenloser Hass – wurde das Opfer zusätzlich wie ein Schlachtvieh zerstückelt, wie der Ermordete hier vor seinen Füßen.

Wieviel Wut muss in einem Menschen aufgestaut sein, um eine solche Zerstörung an einem ebenbürtigen Lebewesen zu vollbringen. Kann Hass ein Gehirn so weit ausschalten, dass nur noch raubtierähnliche Reaktionen die Folge sind? Ein Raubtier jedoch tötet nur des Fressens wegen – der Stärkere frisst den Schwächeren. Oder ist es eine völlig abgedrehte, zukünftige Form der Vernichtung, »gefressen zu werden.« Unter zivilisierten Menschen? Wir sind doch im Jahr 2005 und nicht mehr in der Steinzeit!

Es gibt Künstler *(Künstler?)*, die wühlen in geöffneten Tierkadavern herum, behängen sich mit Gedärm und schütten kübelweise Tierblut auf nackte Haut. Dazu werfen sie sich Fleischteile zu und behaupten allen Ernstes, dies sei eine Kunstform. *Aktionismus.* An sich schon eine sehr bedenkliche Form menschlicher Entgleisung. Auch jener, die solche Aktionen begierig als auserwählte *Kunstkenner* beklatschen, sich damit brüsten, diese Kunstform, diese Künstler und ihren Aktionismus nur miterlebend zu verstehen.

Diese perversen Fleischhauer und ihre Gläubigen! Denn der Schritt zur nächsten Steigerung ist winzig. Fleisch ist Fleisch – nur eine Frage der Zeit und der fehlenden Ethik, diesen kleinen Schritt *kunstsinnig* zu beschreiten. Der von Wahnsinnigen schon immer gegangen wurde. Wie auch in diesem, vor ihm liegenden Fall?

Es war eben Mellers unerschütterlicher Glaube an das Gute im Menschen, der ihn in solchen Situationen resigniert erschauern ließ. Jedoch sein Gefühl, seine Sensibilität für Wahrheit und Gerechtigkeit, sein Sinn für die Schönheit des Lebens und das Akzeptieren der Geheimnisse um die Unendlichkeit dieses Universums ließen ihn innerlich erstarken. Er wusste, das Böse wird besiegt und Gutes hat Bestand. Für immer und ewig. Auch dieser Mordfall wird gelöst werden. Wenn nicht von Menschen Hand, dann durch *Kommissar Zufall* – der Kriminalisten bester Freund und der Täter schlimmster Feind.

Entsetzlicher Verwesungsgeruch hing jetzt bleiern in der Luft. Trotz auffrischendem Wind, der jedoch durch das Gebüsch rund um die kleine Mulde abgebremst wurde.

V-Agent Axel Körner, der stets einen Spruch auf seinen frechen Lippen hatte, brachte gerade noch *ein Mann, ein Mord…* heraus. Gleichzeitig überraschte ihn eine Eruption seines revoltierenden Magens und er übergab sich heftig, vom Fundort abwendend in das angrenzende Buschwerk. Außerhalb der Abgrenzung der Spurensicherer, die ihm missbilligende Blicke zuwarfen.

»Woaahh… phaa…! Entschuldigung…!«, es reckte ihn jedoch ein weiteres Mal und er spendierte den Rest des zuletzt Gegessenen dem morastigen Waldboden.

»Grauslich, wie sowas in natura ausschaut. In Filmen sind die Leichen immer so schön schaurig arrangiert…«, ächzte er, während er sich mit einem Papiertaschentuch den Mund sauber wischte.

»…und stinken auch nicht so fürchterlich wie der da…«, erwiderte Meller und hielt sich die Hand vor Mund und Nase.

Nach Verwesungsgrad und Verfärbung der Weichteile musste der Ermordete schon einige Monate hier liegen, so vermuteten die routinierten Spurenermittler. Verwiesen jedoch auf die Untersuchung im Gerichtsmedizinischen Institut. Diese erst würde eine genaue Analyse erlauben.

»Der war ja eingewickelt wie a… a… chinesische Frühlingsrolle. Schön gschmackig… die Mödlinger Frühlingsrolle!«

Es war V-Agent Mike Lehner, der seit Entdecken der Leiche den Beamten half, den Fundort abzugrenzen, um Schaulustige in sichere Entfernung zu verbannen. Er stapfte mit umgebundenem Mundschutz durch den Morast, sodass man nur an seiner Stimme, an seiner Handbewegung erkannte, dass er dieses denkwürdige Statement abgab: *Mödlinger Frühlingsrolle.*

Er sollte Recht behalten, denn so sah sie aus, die Leiche. Wie eine bestialisch stinkende, stark verweste Frühlingsrolle.

Einer der bereits neugierig Versammelten, die in einiger Entfernung diskutierten und spekulierten, schnappte seine Worte auf und sprach sie übers Handy an seine Dienststelle weiter. Denn jener Reporter von der *Neue-Süd* war einer der ersten, der sofort am Steinbruchweg auftauchte.

Wie kamen diese Zeitungsfritzen so schnell an die Informationen? Meller ärgerte sich immer wieder. Diese Schreiberlinge hatten wahrlich einen Riecher für tragische Ereignisse. Oder gar einen geheimen Informanten beim S-C-ONE? Diese Quelle wollte er sobald wie möglich aufspüren und zum Versiegen bringen. Denn es gab nichts Störenderes als diese Zeitungsheinis, die ihm stets im Wege waren und aus jedem noch so kleinen Vorfall eine Mordsgeschichte aufbauschten.

Wobei sie in diesem Falle ausnahmsweise Recht haben sollten. Es war ein Mordfall, ein grauslicher noch dazu. Welche Freude für die *Neue-Süd*.

Zerhackte Leiche am Jennyberg!

Polizeistatement: »Mödlinger Frühlingsrolle!«

»Deftiger Titel! Eine typische Bacher-Headline. Ich kenn den arroganten Wichser von der *Neue-Süd*. Da wird er sich's wieder geben und spekulieren. Ein gfundenes Fressen für diesen Zeitungsgeier. Die Leut verunsichern, das kann er. Auf das steht er, der Bacher, der Trottel«, kam aus Lo Biancos Mund.

»Aber, wie du siehst, lieber Kommissar Meller, auch in Mödling gibt's bald Zustände wie in Rio. Und? Darf man sich wundern? Keine Grenzen mehr, jede Menge Ausländer, Rauschgiftler, Dealer und sonstige kriminelle Typen. Aber man darf's ja nicht so deutlich sagen, weil sonst wirst ja gleich als Rassist abgestempelt. Damit du mich nicht missverstehst: Ich habe garantiert nix gegen Ausländer, gegen ehrliche Menschen wie du und ich. Ich find es total gut, ja notwendig, dass sich die Kulturen mischen, die Menschen sich austauschen. Das belebt die Sinne, den Geist und die Herzen. Aber ich kann auf die Gangster, auf alle diese Verbrecher verzichten – auch auf die unsrigen. Weil ein Gangster ist und bleibt ein Gangster. Ob der Mörder aus Pakistan mit seinem Dolch oder der unsrige mit dem Kuchlmesser von der Oma einen aufschlitzt – Mord ist Mord. Und dem Sterbenden ist es sicher auch schon wurscht, welche internationale Klinge sein Lebensflammerl auslöscht. Aber mir ist das nicht egal, dir auch nicht so wie den restlichen acht Millionen Österreichern. Deswegen musst du diesen Kriminellen so schnell wie möglich das Handwerk legen. Mit deinem S-C-ONE.«

Lo Bianco beendete sichtlich erregt sein Statement und sicherte den letzten Arbeitsgang auf dem Computer. In seinem Atelier in der Schiller-Straße saß Meller neben ihm und sah zu, wie die Titelseite eines Versicherungsprospektes verschwand. Der LCD-Monitor klinkte sich aus und eine mattschwarze Bildfläche starrte beiden entgegen.

Meller nahm einen Schluck Kaffee und stellte die Tasse ab. Nach einem strafenden Blick von Lo schob er sie weiter weg von Computer und Tastatur.

»Klar, ich seh das genauso. Aber es gibt auch genug ehrliche Ausländer. Wesentlich mehr als die paar Kriminellen, um die wir uns jetzt schon kümmern. Und zukünftig…«

Lo Bianco unterbrach ihn:

»Grad du, der sich eh dauernd mit diesen Gfrastern auseinander setzen muss… mich wundert dein ewiger Optimismus. Schau, ich war auch dafür, dass wir zur EU kommen. Wegen der wirtschaftlichen Möglichkeiten, der einheitlichen Stärke gegenüber anderen Weltmächten. Ich pfeif auf das Klumpert, auf die narrischen Trends, die größtenteils von Amerika rüberkommen. Dieses Fastfoodzeugs, eine Fresskultur *woaab*… unsere Kühe auf der Alm fressen manierlicher und gsünder… Schau s' an, mit welcher Fettn sich die Leut dort drüben über die Straßen schieben. Ich hab sie persönlich und erschütternd registriert, die Dicken in New York, in L. A. und in Was-weiß-ich-wo-Noch, im Land der unbegrenzten Fettweiten...«

Lo holte kurz Luft und setzte seinen Monolog fort:

»Wobei – denk ich an meinen Apple-Mac, was Besseres wie den gibt's nicht. Immerhin auch ein *made in California*, aber sein Geld wert. War schon einmal dort, in San Francisco. Ein geiles Land, dieses Kalifornien – und heute mit einem Gouverneur *made in Austria*. Wie gesagt, Ausnahmen bestätigen die Regel. Und überhaupt, mein Apple ist zum Arbeiten und nicht zum Essen. Ich bin höchstens satt, wenn er abstürzt. Aber das passiert eher selten, gell mein liebes Macilein...«

Er strich dabei zärtlich über den Rand des LCD-Monitors und quatschte weiter drauf los:

»Ja, die EU... wegen eines dauerhaften Friedens in Europa hab ich der EU mein Ja-Kreuzerl verpasst. Aber nicht dafür, dass uns jetzt zigtausende kriminelle Individuen überschwemmen und unsere Gegend verunsichern. Überall einbrechen, Leute überfallen, Autos und alles Mögliche zusammenstehlen, was nicht niet- und nagelfest ist...«

Ein schlürfender Schluck lauwarmer Kaffee ließ ihn kurz unterbrechen.

»...die Politiker haben uns ja die EU so richtig schmackhaft gemacht. Jetzt sind wir dabei. Zwei Drittel der Österreicher hat denen die Freude gemacht. Also müssen sie jetzt auch was gegen diesen kriminellen Ansturm unternehmen. Und zwar jede Regierung eines EU-Landes. Jetzt helfen keine Plakatparolen, keine Wahlversprechen mehr. Weil diese Kriminellen fragen niemanden, ob sie ihn aussackeln, sein Auto unterm Hintern wegziehen oder gar ein bisserl sein Hirn mit einer Magnum aus dem Kopf blasen dürfen. Wir sind seit 1995 bei der EU – und schau, was rundherum passiert.«

»Und was glaubst du, warum ich hier bin. Sogar mitten in Mödling mit dem S-C-ONE?« Meller war jetzt leicht genervt.

»Ich weiß eh, vergiss es… du kennst mich ja, wenn ich einmal in Saft geh. Ich hab mich nicht geändert all die Jahre.«

Die Zeitung lag aufgebreitet vor den beiden. Meller berichtete seinem Freund vom Mord am Jennyberg, nahe dem Steinbruchweg, von der sogenannten *Mödlinger Frühlingsrolle*, wie es peinlich in der Zeitung stand. Auf Mellers Bitte hin verhinderte Eva Roth wenigstens, dass ein Foto von ihr im Artikel zu sehen war. Ein Bild von Mellers Hund Joe kam ohnehin nicht in Frage, dachte er. Der Journalist bildete jedoch auf der Titelseite ohne Skrupel über drei Spalten einen Cockerspaniel ab:

Kommissar Mellers Hund Joe fand die schrecklich zugerichtete Leiche am Jennyberg in der Nähe des Steinbruchweges. Und in Klammern gesetzt stand: Symbolfoto eines Cockerspaniels.

Meller hatte Bacher bei der *Neue-Süd* bereits angerufen und ihm unmissverständlich erklärt, dass er, der Bacher, es sich mit ihm für die nächste Zeit verscherzt habe. Denn das mit der Frühlingsrolle war lediglich ein Ausruf des Schreckens von einem seiner V-Agenten, der in der Zeitung nichts verloren hat. Überhaupt, wenn Bacher zukünftig aus seiner Abteilung etwas erfahren wolle, dann solle er sich gefälligst an ihn, Kommissar Meller, persönlich wenden. Denn Bachers Informationsquelle, Adelheid Müller, aus seiner Abteilung, stehe ihm nicht mehr zur Verfügung. Die habe er kurzerhand aus dem S-C-ONE entfernt, sprich rausgeworfen. Bacher könne sie ja daheim aufsuchen und trösten. Er wisse schon wo. Dort sitzt nämlich diese Dumpfbacke und heult wie eine Sirene, weil sie sich nicht an die Bedingungen des S-C-ONE hielt und deswegen fristlos entlassen wurde. Aber er könne sicher eine geschwätzige, steile Tippse in seiner Redaktion gebrauchen, die zwar nicht viel im Hirn habe, jedoch mit wesentlich mehr Genüssen in tieferen Regionen aufwarten könne. Bitte sehr nur zuzugreifen...

An und für sich war es nicht Mellers Art, so rigoros mit Mitarbeitern umzugehen. Jedoch Falschheit und Hintergehen waren ihm seit jeher ein Greuel. Und in diesem Falle – Adelheid Müller war nicht nur geschwätzig nach außen hin, sie war auch blöd genug, im S-C-ONE durchsickern zu lassen, dass sie mit dem Bacher was habe und dieser ein so toller Typ im Bett sei. Großzügige Geschenke mache, teure Reisen spendiere und so...

Liebe macht eben blind – und blöd.

Zwei

Freitag, 9. Juli 2004 –
ein Jahr zuvor…

Und wieder drang er in sie ein. Sie bat ihn darum, denn sie liebte es besonders, wenn er sie von hinten nahm. Heftig und doch liebevoll. Seine kräftigen Hände massierten sanft ihren Rücken, ihre Lenden. Eine leichte Gänsehaut entstand auf ihren Pohälften und ließ sie kurz aufstöhnen.

Er schloss die Augen. Genoss ihre Enge, ihren feuchten Schoß. Sanft stieß er auf ihren weichen Widerstand. Immer wieder diesen Rhythmus, den die Evolution seit der Menschheit Bestehen einfordert: Überleben, Arterhaltung, Trieb, Liebe…

Seine Erregung zauberte ihm kleine Schweißperlen auf die Oberlippe und ließ sie durch das unruhige Flackern der paar brennenden Teelichter silbrig aufblitzen. Graue, dünne Fahnen dreier Räucherstäbchen zeichneten unermüdlich flackernde Muster in die Luft, ehe sie sich auflösten.

Trotz immer heftigeren Atmens beider beherrschte eine heimelige, fast heilige Stille die Situation, das Zimmer, den Raum um die in ihrer Lust verlorenen Liebenden.

Plötzlich – ein kurzer Regenschauer belebte diesen späten Nachmittag. Passend für traurige Gefühle. Die Vorhänge hatte sie zugezogen. Das machte sie jedes Mal, denn sie genierte sich vor ihm wegen ihrer hellen Haut.

Black and white forever and in Aiwichkait wie Omour zu spötteln beliebte, wenn sie sich schamhaft nackt an ihn kuschelte. Ihr geliebter, weltoffener Omour. Wie gern hätte sie auch diese Eigenschaft, Nacktheit so offen und natürlich zu zeigen wie er es ihr immer wieder vorführte. Nun gut, er hatte es leicht. Toll, wie er gebaut war. Ein kräftiger, wohlgeformter Körper, zusätzlich durch Krafttraining auf Bestform getrimmt. Seine schwarz glänzende Haut, das maskuline Gesicht, die kräftigen Lippen und seine blitzweißen Zähne, wenn er lachte. Attribute, die eine Frau sehr wohl leicht in Erregung versetzen konnten. Die Sehnen, die dezent hervorstehenden Adern an seinen Armen und Beinen, wenn er sich vor ihr spaßhalber in Pose schmiss. Diese knackigen Pobacken... und natürlich sein Geschlecht... ja, er war gut gebaut und füllte sie intensivst aus.

Jedoch am meisten liebte sie seinen Geist, seine Art zu denken. Seine Visionen, wie er seinem Heimatland eines Tages von Nutzen sein wollte, um diese unendliche Armut, das entsetzliche Elend zu lindern. *Ich möchte hier, ja, hier in Europa alles lernen, damit wir uns daheim von der Vorherrschaft der Weißen lösen können. Das gelingt niemals durch Revolutionen oder Kriege, sondern nur durch Lernen und Verstehen. Bildung, Wissen und Information sind die Grundpfeiler, die ich meinem Volk vermitteln will.* Seine heroischen Worte, seine stolze Überzeugung, wenn er von seiner Heimat sprach. Oh, wie sehr sie ihren Omour dann vergötterte.

Das Regengeräusch verstummte ebenso schnell wie es begonnen hatte und einzelne Sonnenstrahlen kämpften sich zwischen Vorhangfalten in das Zimmer.

Und wieder Stille – lediglich unterbrochen von vorbeifahrenden Autos. Die durch Nässe erzeugten Reifengeräusche kamen wie aus dem Nichts und verschwanden wieder.

Ma-Lin weinte, still und unaufhörlich. Das sah er jedoch nicht, denn sie drückte ihr Gesicht fest in das Kissen, während sie sich ihm hingab, ihn aufsaugte. Nicht, weil er ihr wehtat. Keineswegs, sondern weil sie ihn so sehr in sich spürte, ihn mit jeder Faser ihres Herzens liebte. Weil sie deswegen so unendlich traurig war.

Sie dachte an diese kitschige Phrase: *Mit jeder Faser des Herzens lieben*. Die las sie irgendwann in einem Roman. Jetzt spürte sie die Realität durch ihren Körper jagen, sich in ihrer Seele festkleben. Diesen Schmerz, diese unbeschreibliche Sehnsucht nach immerwährender Vereinigung...

Ja, er würde sie verlassen müssen. Beide wollten dies nicht. Doch es gab keine andere Lösung. Noch nicht.

Ihr Onkel Chen war in Wien ein einflussreicher Mann. Er kam in den Achtzigern hierher und baute im Laufe der Jahre eine gutgehende Restaurantkette auf. Jetzt besaß er eine stattliche Anzahl chinesischer Gourmettempel, verteilt über ganz Österreich. Als Inhaber der Huang & Co Import-Export, einer Handelsfirma für chinesische Spezialitäten, belieferte er auch Lebensmittelketten von Wien aus.

Ein Geschäft mit Onkel Chen zu tätigen, verhieß einen sicheren, lukrativen Deal. Er war ein integerer, fairer, wenn auch harter Verhandler. Aber das war in dieser Branche das Um und Auf, um gegenüber immer größer werdender Konkurrenz zu bestehen. Doch auf Chen Huang konnte man sich verlassen. Sein Wort, sein Handschlag galt wie eine Unterschrift. Für ihn zählte das Prinzip: Leben und Leben lassen.

Ma-Lin Huang wurde von ihren Eltern dem Onkel anvertraut. Er sollte ein bisschen auf sie aufpassen. Ihre ersten Schritte in dem so fremden Land kontrollieren. Ihr helfen, damit sie keine

Fehler mache. Hier in Europa, in einer völlig unbekannten Welt – nicht vergleichbar mit der chinesischen Lebensart. Das Mädchen war ja noch so jung und unerfahren.

Denn Ma-Lin wollte unbedingt Musik studieren. Sie wollte weg aus China, nach Europa, nach Wien. So viel schon hörte sie, las sie von diesem kleinen »Austria« inmitten Europas. *Austlia* oder *Östelleich*, wie sie es träumerisch nannte – als es noch nicht so recht klappte mit dem verflixten Buchstaben »R«.

Doch Ma-Lin war ein Multitalent. Unheimlich schnell erlernte sie das Alphabet, wunderte sich, wie einfach es im Vergleich zu den chinesischen Schriftzeichen ging. Mit verbissener Ausdauer übte sie ihre Aussprache. Perfektionierte sie mit Hilfe einer Deutschkurs-CD-Reihe, die ihr der Onkel bei einem seiner Besuche mitbrachte, damit sie eines Tages die Eltern mit dem sehnlichsten Wunsch konfrontieren konnte. Ihrem Wunsch, in Wien zu studieren.

Sie las viel, wusste alles über Österreichs schicksalshafte Geschichte. Über die Babenberger, die Habsburger – deren Weltreich, in dem die Sonne niemals unterging. Über die Weltkriege und letztendlich über das kleine geschrumpfte Land Österreich mit so vielen talentierten Menschen. Sie interessierte sich für diese berühmten Köpfe, die so unvergessliche Werke in Musik, Literatur, Wissenschaft, Architektur, Malerei, Medizin usw. hervorbrachten.

Ma-Lin Huangs Familienclan war sehr vermögend, daher bedeutete ein Studium und der Aufenthalt für die Tochter keinen nennenswerten finanziellen Aufwand. Geld war also für den jüngeren Spross genug vorhanden. Die Familie lebte solange Ma-Lin denken konnte schon in Xuhui. Ein schöner Bezirk in der Stadtmitte Shanghais mit einem weltberühmten Musikkonservatorium.

Trotzdem – nur schweren Herzens ließen die Eltern ihren kleinen Augenstern ziehen. Wie sehr weinte die Mutter, als sie in Shanghai am Airport Pudong standen. Immer wieder drückte sie das Jüngere ihrer zwei Kinder an sich, krallte sich förmlich an deren Bluse fest, als würde sie Schlimmstes ahnen und ihre Tochter, ihr eigen Fleisch und Blut nie wieder sehen. Noch so jung, so unerfahren und so weit weg. Warum konnte sie nicht daheim bleiben. Hier gab es doch sämtliche Möglichkeiten für ein Mädchen wie sie es war. Ma-Lins Bruder blieb ja auch im Land und arbeitete erfolgreich in der Firma des Vaters. Die Eltern hatten doch immer alles für die kleine Ma-Lin getan, ihr sämtliche Wünsche erfüllt. War sie doch am Musikkonservatorium Shanghai eine talentierte und fleißige Studentin. Jetzt mit Zwanzig wollte sie in die Welt hinaus. Als wäre das große China zu klein für Ma-Lin.

Die Mutter schluchzte auf, war einfach nicht zu beruhigen.

Ma-Lin wand sich vorsichtig aus ihren Armen, um sich auch von ihrem Vater zu verabschieden. Dieser jedoch hielt sich abseits und tat so, als studiere er die Abflugzeiten an den riesigen Leuchttafeln. Als er sich ihr zuwandte, sah sie zwei Tränen über seine Wangen laufen. Mit beiden Händen nahm er ihr Gesicht und küsste sie auf die Stirn. Sei immer beschützt von den Geistern unserer Ahnen, mehr brachte er nicht über seine Lippen. Dann drückte sie noch einmal innig an sich.

Winkend verschwand sie hinter der Milchglastür, nachdem sie sich noch von ihrem Bruder fröhlich verabschiedete. Er verstand Ma-Lin nur zu gut. Wie gern wäre er an ihrer Stelle gewesen. Aber Vater Huang war auf seine Hilfe in der Firma angewiesen. Der jüngere Spross hatte es in der liberalen, westlich orientierten Familie Huang eben immer am leichtesten – auch als Mädchen. Das war in China nicht so selbstverständlich.

Zaghaft hob ihre Mutter nochmals die Hand mit dem Taschentuch. Eine Geste, als hätte sie sich diesem Schicksal ergeben. Winkend mit einem kleinen, weißen Tuch.

Doch Ma-Lin war schon längst in Wien. Im Geist wandelte sie bereits durch die Straßen, die engen Gassen, durch die Parks dieser prächtigen Stadt, die ihre Füße noch nie betreten hatten. Denn im Kopf waren sämtliche Abenteuer machbar. Selbst Spaziergänge durch eine noch unbekannte Weltstadt. Auch wenn sie erst einmal von Shanghai über London nach Wien fliegen musste. Fast vierzehn Stunden Flugzeit, die ihr sprichwörtlich wie im Fluge vergingen.

Ma-Lin bekam monatlich die nötige finanzielle Unterstützung für Wohnung, Essen, Kleider, Lernutensilien, Studiengebühren – was eben ein Mädchen in ihrem Alter so alles benötigte – von ihrem Vater überwiesen.

Was für eine tolle Welt in den Augen der jungen, lebenshungrigen Ma-Lin Huang. Seit zwei Jahren lebte sie nun schon in Wien. Sie war ein Sprachtalent in Deutsch, in Englisch ohnehin. Sie verbesserte rasend schnell ihre Aussprache und übte oft spaßhalber den Wiener Dialekt. Wenn auch ihr das »R« immer noch etwas Schwierigkeiten bereitete.

Weniger, dass sie es nicht aussprechen konnte, vielmehr sie sprach ein extrem rollendes »R«, das sie meistens aus Spaß übertrieben einsetzte. Dieses kräftige »RRR« machte das zarte Mädchen um noch einiges hübscher und liebenswerter. Im Freundeskreis – in so kurzer Zeit ein sehr umfangreicher – wurde sie gern gehänselt. *Ma-Lin, gib uns dein RRR,* zogen sie das intelligente Mädchen auf. Ihre Augen blitzten und sie ließ sie rollen. Ihre Augen und ein rundes *RRRRR*...

Außerdem war sie eine begnadete Querflötistin und Geigenspielerin. Jene zwei Instrumente, die sie am Konservatorium im ersten Bezirk, in der Johannesgasse, erlernte. Mozart war ihr Gott, ihr Leben, ging es um die Musik. Das Konservatorium war ihre zweite Heimat, die Freunde und Studienkollegen ihre Familie. Aber die Wohnung in der Thaliastraße war ihre heimelige Höhle.

Mit der monatlichen Zuwendung konnte sie es sich leisten, diese schöne Wohnung im zweiten Stock eines alten Bürgerhauses zu mieten. Ein großer Wohn-/Schlafraum, eine geräumige Küche, ein verfliestes Bad mit Dusche. Ein schlauchähnlicher Vorraum, dafür aber das WC innerhalb der Wohnung. Und noch ein Abstellraum, allerdings ohne Fenster. Ehemaliger Substandard, revitalisiert und frisch renoviert. Die Fenster einerseits auf die Straße, andererseits mit Blick auf einen begrünten Innenhof. Mit einem steinernen Brunnen in der Mitte, der beruhigend plätscherte. Ein paar Holzbänke, auf denen sich in der warmen Jahreszeit die älteren Menschen dieses Wohnblockes gerne sonnten. Ein kleines, abgeschlossenes Paradies auf Erden.

Herrlich und unbekümmert, diese Zeit der unbändigen Freiheit – und so weit weg von elterlicher Kontrolle.

Jedoch, auch wenn sie ein geselliger Typ war, ihr neues Zuhause wollte sie mit niemandem teilen. Sie liebte das Sich-zurück-ziehen-Können, sich mit ihrer so wissbegierigen Seele in spannenden Büchern der deutschen Literatur zu verlieren. Bei klassischer Musik über den CD-Player, made in Japan. Sie wusste es, sie fühlte wie eine Europäerin. Diese Kultur gefiel ihr, die Sprache, die Philosophien, die Menschen…

Ma-Lin lag im Bett. Erschöpft und vom Liebesakt verschwitzt, starrte sie auf die zartgelbe Decke und dachte an vergangene Tage, Nächte, Zeiten. Erlebtes flitzte ihr in Gedankensplittern, in schemenhaften Bildern durch den Kopf.

Sie versuchte mit den Augen irgendein Muster zu verfolgen, während unaufhörlich Tränen über ihr weiches Gesicht liefen. Ihre Hände verkrallten sich im Leintuch. Sie schloss die Augen, als würde sie damit den Tränenstrom aufhalten wollen. Umsonst.

Die Teelichter hatten sie durch neue ersetzt, nachdem die ersten bereits erloschen waren. Ebenso ein paar Räucherstäbchen mit ihrem Lieblingsduft Kokos.

Das heimelige Zimmer bekam durch einen leichten Windstoß, der vom offenen Fenster her wehte, plötzlich Leben. Sodass die sonst fast unbeweglich starren Kerzenflammen hektisch wirre Muster an die Wände warfen. Als würden sie sich dagegen wehren. Ein Windstoß nur, und jede noch so schöne Flamme müsste sterben. Wie die Liebe: *nur wenn sie brennt, lebt sie*.

Omour legte seinen Arm um sie.

»Glaub mir, wir kommen wieder zusammen. Diese Welt hat für Liebende immer Platz. Ein ewiges Band, das niemand zerreißen kann. Schon gar nicht dein blöder Onkel.«

Sie sah ihn traurig an:

»Warum, sag warum musstest du so innig-heftig in mein Leben treten. Mich so glücklich und gleichzeitig so unendlich traurig machen?«

Ma-Lin nahm sein Gesicht in ihre Hände, drückte ihn ganz nah zu sich und flüsterte: »Ich schenke dir meine Seele, meinen Körper, mein Wesen. Sie sollen dein Leben bereichern, dich mit Glück erfüllen. Mein irdisches Ich soll sich in dir ausbreiten, in dir wohnen. Mit deinem Ich verschmelzen, solange diese Erde sich dreht…«

Omour drückte sanft seinen Zeigefinger auf ihre Lippen, als wollte er sie verschließen und erwiderte fast unhörbar:

»Ja, mein Herz – du bist mein Leben, meine Zukunft… und…

wir schaffen das… gemeinsam… Ich fahre zu meinem Vater und werde mich mit ihm beraten. Ich verstehe, dass du mit deinen Eltern nicht über uns sprechen kannst, auch wegen deines Onkels.«

Oh, mein geliebter Omour, wenn du nur wüsstest, dachte Ma-Lin, *wenn du nur wüsstest…*

Doch es war richtig und recht, dass ihr geliebter Omour nie erfahren würde, was vor einer Woche Schreckliches passierte. Sie wollte dieses grausame Geheimnis einfach vergessen.

Ihr Onkel Chen, der immer so aufmerksam und nett war, sobald er in China hin und wieder bei ihrer Familie auftauchte. Er war es, der in ihr den unbändigen Wunsch, in Wien Musik zu studieren, entfachte. Ihr die Bücher und alle die Sachen über Österreich und Wien brachte. Alle die CDs von Mozart, Haydn, Strauß, Schubert, Beethoven…

Onkel Chen war es auch, der ihre Eltern soweit beruhigen, ja überzeugen konnte, dass Wien für ein Musikstudium ihrer Tochter Ma-Lin der beste Platz sei. Dass ihr hier in der Fremde nichts passieren würde. Onkel Chen würde sich persönlich darum kümmern, dass alles seine Ordnung habe. Dass sie regelmäßig studiere, nicht in schlechte Gesellschaft käme. Als kleine Gegenleistung solle Ma-Lin hin und wieder in einem seiner Restaurants aushelfen. Als Kellnerin und gegen Bezahlung natürlich.

Ma-Lins Vater war letztendlich überzeugt und war beruhigt, weil sein Bruder Chen auf seine Tochter schauen würde. Dort im fernen Wien, damit sein Augenstern eine solide Ausbildung bekam und vor allem nicht in diese chinesischen Mafiakreise gezogen würde. Man hörte, sah und las ja in der Zwischenzeit darüber so viele unschöne Dinge, seit die Chinesen – weltweit verstreut – ihre sogenannten *Geschäfte* machten.

Ja, auf Onkel Chen war Verlass, das wusste Papa Huang. Er kannte seinen um drei Jahre jüngeren Bruder ja von Kindheit an und sein schon so frühes Talent für gute Geschäfte. Ein Talent, das Chen solide Betriebe in Österreich aufbauen und vor allem erfolgreich führen ließ. Und letztendlich – auch Papa Huang verdankte seinen Wohlstand hier in China zum Teil dem Bruder. Schließlich war auch er einer der Beteiligten der Huang & Co Import-Export, die allmonatlich Unmengen chinesischer Spezialitäten nach Österreich lieferte. Wer konnte also sonst noch in Betracht gezogen werden, der beste Beschützer seiner Tochter Ma-Lin zu sein, als sein Bruder?

»Hast du schon alles reisefertig gepackt, Omour? Und wirklich nichts vergessen… das Ticket… den Pass…? Und den schönen Seiden-Wandteppich für deinen Vater? Du bist doch immer so gedankenlos! Bitte schau noch einmal alles durch!«

Ma-Lins Stimme schallte aus dem kleinen Badezimmer, während Omour noch im Bett lag und sein Gesicht in das Leintuch drückte, in dem sie noch vor ein paar Minuten innig vereint waren. Er wollte bis zur letzten Sekunde den Duft seiner geliebten kleinen Chinesin aufsaugen, in sich speichern.

Draußen dämmerte es bereits. Die heiße Juli-Sonne hatte die regennassen Straßen längst getrocknet. Sie stand nun angekleidet vor ihm und blickte kontrollierend auf seine beiden offenen Koffer.

»Ihr Männer seid ja ohne uns Frauen völlig aufgeschmissen. Würden wir nicht für euch denken, alles für euch vorbereiten… Da, dieses Hemd, dieses verschwitzte, das so sehr nach dir riecht, das nehm ich als Pfand, damit du es dir von mir wieder holen kommst. Jede Nacht werde ich es in mein Bett legen. So bist du immer bei mir. Ich werde daran riechen wie ein afrikanischer Kaffernbüffel an seiner liebessüchtigen Kuh.«

Sie nahm dabei das oberste Hemd, ein zerknülltes blaukariertes aus dem einen Koffer und steckte es unter ihren Polster. Omour ließ es lächelnd geschehen.

Ma-Lin wollte sich den Abschied, diese verdammte Trennung von ihrem geliebten Omour, so leicht wie möglich machen. So, als würde man sich eben am Morgen verabschieden und am Abend wieder sehen. Es gelang ihr – fast.

Omour stand nun, nur mit einem Bettlaken um seine Hüften wie ein edler Kriegsheld vor ihr, nickte mit dem Kopf, als Zeichen, dass er später alle ihre Anweisungen befolgen würde. Mit einer Hand hielt er das Laken, die andere verbarg er hinter seinem Rücken. Liebevoll sah er in ihr vom Weinen strapaziertes Gesicht.

Sie stellte sich auf die Zehenspitzen, schloss ihre Augen:

»Oh, mein liebster Omour... wie innig ich deinen Namen auf meinen Lippen spüre... wie sehr du mir fehlen wirst...«, und küsste ihn behutsam auf seine Lippen.

Omour nahm nun etwas aus seiner verborgenen Hand und legte es Ma-Lin vorsichtig um.

»Was... was ist das?«

Erstaunt sah sie eine winzige Hand aus Ton, auf einem dünnen Lederband hängend, die einen blauen Stein festhielt.

»Ein Amulett mit einem Glücksstein, wie es mein Vater herstellt«, sprach Omour stolz. »Dieser Stein soll dich beschützen. Er soll alles Böse von dir fernhalten. Diese Hand ist eine Hand von mir. Solang sie an deiner Brust ruht, kann dir nichts geschehen.«

Er drückte ein weiteres Amulett in ihre Hand und bat sie:

»Hänge auch du mir einen Glücksstein um. Nur so wird unser Bund gefestigt und wir überstehen sämtliche Gefahren dieser

Welt. Egal, wo wir leben, unsere Verbindung hält ewig…«

Ma-Lin nahm das fragile Kleinod, er senkte den Kopf und schon baumelte ebenfalls eine kleine Hand mit blauem Stein an seiner Brust.

Omour führte ihren Stein an seinen Mund und küsste ihn: »Forever – Hand in Hand«, und zog dabei Ma-Lin an sich.

Minutenlang standen sie, sich innigst festhaltend im Zimmer. Unbeweglich. Sie drückte ihren Kopf an seine breite, nackte Brust. Sie wollte keine Tränen mehr zeigen. Nicht mehr hier in ihrem Zimmer.

»Ich muss jetzt los, sonst komme ich zu spät ins Restaurant nach Mödling. Wegen meines Onkels… du weißt ja, warum.«

Sie löste sich tapfer von ihm und sah ihm in die Augen. Verdammte Tränen. Schon wieder drohten sie, ihren Blick zu trüben.

»Hör jetzt bitte gut zu: Ich habe mit Li-Che gesprochen. Er ist um 22 Uhr hier und führt dich zum Flughafen. Bitte, bitte – sei rechtzeitig fertig und geh nicht mehr fort. Li-Che Wang ist sehr freundlich, dem kannst du vertrauen. Sperr bitte die Tür zu und gib ihm den Schlüssel. Ich sehe Li-Che morgen wieder. Ich… ich… ach – was soll's…«

Während Ma-Lin das Wort *morgen* aussprach, begann sie zu weinen. Schluchzend warf sie sich an Omours Brust und heulte herzzerreißend auf. *Was heißt morgen? Morgen wirst du weit weg sein… in Afrika sein… und ich bleibe hier. Wirst du je wieder zurückkommen? Werden wir uns jemals wiedersehen?*

Sie riss sich los und rannte zur Tür hinaus. Diese fiel mit einem Knall ins Schloss. Ein unerbittlich harter Knall, der Omour die ausweglose Situation förmlich ins Herz presste.

»Ma-Lin!… Ma…«

Er stand wie betäubt, nahm die kleine Hand mit dem blauen

Stein in seine Faust. Er setzte sich auf das zerwühlte Bett und ließ sich zurückfallen. Dann drehte er sich plötzlich um und hämmerte wie wild auf die Matratze ein. Riss voller Wut das Leintuch vom Bett, zerknüllte es, presste seinen Kopf hinein und begann bitterlich zu weinen, zu fluchen…

»Du… du… scheiß Chinesen-Onkel…! Oh, Ma-Lin… warum!«

Er dachte erlebte Stunden durch. Sie liefen tonlos durch sein Hirn, verkrallten sich in seiner Seele. Genauso, als würde er momentan sterben und ein letzter Film würde ihn mit Erlebtem konfrontieren. Das Gute, das Schöne. Das Böse, das Hässliche.

Damals, als er Ma-Lin das erste Mal sah. In jenem Restaurant in Mödling, in dem sie heute wieder kellnerierte. Mit ein paar Rosen ging er durch die Tischreihen, um sie an den Mann zu bringen. *Rosen für die schöne Frau neben Ihnen? Blumen für Ihre aufregend schöne Begleitung?* Er wollte sich zu seinem mikrigen Taschengeld etwas dazu verdienen. Jeden Freitag Abend zog er schwer bepackt mit einer Ladung Rosen durch Restaurants, Lokale und Kneipen, um seine Ware loszuwerden. Natürlich musste er, um seine Blumen zu verkaufen, den Besitzer oder Geschäftsführer um Erlaubnis bitten. Durch sein gewinnendes Lächeln, seine freundliche, sonnige Art, hatte er selten Probleme. Fast alle Wirte gaben die Zustimmung. War es ja auch für die Gäste eine angenehme Abwechslung. Vielleicht fand durch den Kauf von ein paar Blumen manch einer Gehör bei seiner Begleitung – ein toller Abend, eine tolle Nacht wäre gesichert. Dann käme man bestimmt wieder – in Erinnerung an schöne Stunden – ins Restaurant.

Hier in Mödling traf Omour der Blitz. In Form der grazilen, hübschen Chinesin Ma-Lin Huang. Der Blitz vergrub sich in seiner Seele und löste gewaltige Sehnsuchtswünsche aus. Auch Ma-Lins Herz flog Omour zu, obwohl sie es ihm natürlich nicht sofort zeigen wollte. Es kam, was kommen musste. Ein erstes zartes Herantasten an das Objekt der Begierde. Zufälliges, regelmäßiges Treffen – wie immer, mit Rosen in der Hand durchs Lokal streifend. Zuletzt, eine einzelne Rose für die *schönste Chinesin Österreichs*, wie er immer zu sagen pflegte. Sie strahlte ihn an und nahm, errötend ihren Kopf gesenkt, die Rose in Empfang. Ihre Kolleginnen freuten sich mit ihr, blickten neidisch dem schlanken, wohlgebauten Omour hinterher.

Sie trafen sich erstmals außerhalb ihrer Dienstzeit und gingen ins Kino. Es spielte *Frida*. Anschließend fein Essen in ein Restaurant. In kein chinesisches, sondern in ein afrikanisches in der Liechtensteinstraße, um über den Film zu diskutieren. Bei einem Fou-Fou, einem Brei aus gestampftem Jams mit Auberginen-Okrasoße – Omours Lieblingsspeise. Ergreifend und tragisch schön war dieser Film, die Lebensgeschichte der begnadeten und so von Liebesleid und körperlichen Schmerzen geplagten Malerin Frida Kahlo. Genauso ergreifend nahm die Liebe Besitz von den beiden jungen Menschen, als sie eifrig diskutierend erst über den Film, später über Gott und die Welt und schlussendlich über ihr Leben sprachen. Über ihre Kulturen, ihre Familien, ihre Zukunftswünsche.

Da saßen sie, die Chinesin aus bestem Hause, aus Shanghai. Und er, Omour D. Yakubu, aus Ghana. Aus einem winzigen Dorf ohne Namen, in der Nähe von Tamale. Was denn das D. in seinem Namen bedeute, wollte Ma-Lin wissen. *Das heißt David. Bei meiner Taufe habe ich mir den Namen ausgesucht. Weil ich ebenso ein kleiner Junge wie der biblische David bin und es eines Tages mit allen Goliaths dieser Welt aufnehmen werde.* Dabei blitzten Omours Zähne siegessicher. Ob Ma-Lin ihn vielleicht David nennen solle. Nein, Omour sei ihm lieber. An den Namen erinnere er sich seit er denken konnte. Wenn er

Omour gerufen wurde, klang seine Heimat mit, der vertraute Geruch in Vaters Hütte. Spürte er den heißen Wind, der immer durch das Dorf wehte.

Die Zeit schien sie vergessen zu haben. Der Kellner musste sie mehrmals auf die Sperrstunde aufmerksam machen. In einer sommerlichen Mainacht des Jahres 2003 standen sie schlussendlich auf der Gasse und wussten nicht so recht, wie es nun weitergehen soll. Ma-Lin meinte, er könne jetzt nicht mehr nach Hause fahren. *Was? Schon zwei Uhr früh – zu spät für Straßenbahn und Schnellbahn!* Er könne aber gern, sie lächelte dabei das süßeste Lächeln, das ihm jemals unterkam – wenn er schön brav und artig sei – bei ihr übernachten. Mit ihr noch frühstücken, bevor sie in das Konservatorium fuhr.

Daheim in Ma-Lins Wohnhöhle in der Thaliastraße fühlte sich Omour sofort wie Zuhause. *Er, nur er sei diesem schönen Mädchen ebenbürtig, wie für sie geschaffen,* dachte er sehnsüchtig, behielt jedoch diesen Wunschtraum für sich.

Ein Früchtetee noch, untermalt vom unbeschwerten Kichern ihrerseits über seine Witze und Faxen, bevor sie das Bett für Omour bezog. Sie hatte eine zusammenklappbare Sonnenliege aus dem Kasten geholt. Eine Schaumstoffauflage darauf gelegt und mit einem Leintuch bespannt. Er wolle in der Küche schlafen, meinte er. Damit sie ihr Zimmer ungestört für sich hätte. Sie könne auch die Tür versperren, wenn es ihr so lieber sei. Er verstehe das schon und sei ihr für das Nachtlager sehr dankbar.

Beide schliefen nicht in dieser Nacht. Mit klopfendem Herzen hörte sie atemlos, wie er sich auf der Sonnenliege von einer Seite auf die andere wälzte. Und Omour zählte vergeblich Schafe, um endlich für ein paar Stunden einzunicken. So sehr geisterte ihm Ma-Lin durch seine Wünsche. Immer wieder ertappte er sich bei dem Gedanken, doch aufzustehen und sie in seine Arme zu nehmen. Letztendlich überfiel eine bleierne Müdigkeit die beiden, sich nach Liebe sehnenden Nachtgeister.

Kein Frühstück an diesem Morgen. Nur eine hektisch umherschwirrende Chinesin mit der Zahnbürste im Mund. Sie hatten doch glatt verschlafen. Beide überhörten den Wecker. Wie zwei aufgeschreckte Mäuse wuselten sie in der Wohnung umher. Hastig machte sich jeder auf den Weg. Ma-Lin in die Musikschule, Omour nach Mödling. Ein flüchtiger Kuss zum Abschied, über den er staunte! Das erste Mal, dass sie ihn kurz in die Arme nahm und ihm einen Schmatz auf den Mund drückte. Wie zart und weich fühlten sich ihre Lippen an!

Monate später, das erste Mal – wieder bei ihr. Eigentlich immer bei ihr. Denn in seinem kleinen Zimmer, das er mit einem Schulkollegen teilte, war dies nicht gut möglich. Obendrein war im Jugendgästehaus Damenbesuch nicht erwünscht. Schließlich war er zum Lernen hier und nicht zum Vergnügen.

Vorsichtig hatten sie sich an »das Thema« herangewagt. Sie wussten, es war nur eine Frage der Zeit, bis es passieren würde. Ma-Lin versuchte, ihn wegen einer möglichen Aids-Ansteckungsgefahr zu befragen. Man hörte ja so viel über diese Seuche, besonders aus Afrika. *Ob er schon etwas mit einem Mädchen oder gar mehreren in seiner Heimat gehabt hätte?* Sie wollte es einfach wissen. Er verstand ihre Ängste. Natürlich hatte er schon sexuelle Erfahrungen gemacht. Ein paar Mal war er früher mit Mädchen aus dem Nachbardorf zusammen. Er war doch ein hübscher Junge, der auch daheim den Mädchen den Kopf verdrehen konnte. Wenn er wollte.

Omour stellte sich bereitwillig zur Verfügung. Gemeinsam gingen sie zur Beratungsstelle und er ließ einen Aidstest über sich ergehen. Ihr und auch sich zuliebe. Denn hier in Europa war man viel gewissenhafter, strenger. Hier erfuhr er alles über die Gefahren einer Ansteckung mit Aids. So wollten sie den Test abwarten, damit Ma-Lin beruhigt war. Er fiel negativ aus. Gott sei Dank. Was soviel wie *positiv* hieß. Ein Test, der negativ sein musste, um positive Gefühle in Ma-Lin zu wecken. Verrücktes Wortspiel. Omour war glücklich darüber, dass auch Ma-Lin endlich sicher sein konnte.

Auch er wollte in Zukunft vorsichtig sein. Bei der Wahl seiner Partnerinnen, sagte er im Spaß zu Ma-Lin.

Was heißt vorsichtiger sein? Ich bin jetzt deine einzige Partnerin, für alle Zeit der Welt deine ewige Liebe. Und wehe dir, du betrügst mich. Mein Vater wird dich gefangen nehmen und dich in das tiefste Gefängnis werfen, das ich kenne. Einmal im Monat werde ich dich besuchen, mich vor dir nackt zeigen, damit du vor Sehnsucht nach mir vergehst und vor Trauer alle Monate einmal stirbst.

Lachend warf sich Ma-Lin auf Omour. Stunden nach dem ersten Mal. In ihrem Bett, in dem sie sich neugierig, vorsichtig, letztendlich voll ungeahnter Lust hingaben. Ma-Lin war noch Jungfrau und hatte sich Omour als ersten Mann in ihrem Leben ausgesucht. Weil sie ihn liebte. Vom ersten Augenblick an. Das gestand sie ihm während er in sie eindrang. Sie bat ihn – *bitte, bitte, oh mein Omour* – ganz vorsichtig mit ihr umzugehen, nachdem sie seinen erigierten Penis sah. So mächtig, so schön. Es tat ihr trotz all seiner Vorsicht ein wenig weh. Doch Omour zeigte unendliche Geduld. Er verstand ihre Ängste und ließ ihr Zeit. Wie sehr erstaunte ihn zuletzt die innige Lust und Hingabe dieser kleinen, zarten Chinesin. Wie unterschiedlich war doch der Vergleich mit den Mädchen daheim. Ma-Lin meinte, er sei wie ein Adler, der seine Flügel nur halb ausbreite, damit sie sich nicht vor ihm fürchte. Doch es komme bald die Zeit, wo er seine vollen Schwingen zeigen solle. Dann, wenn sie sich an ihn gewöhnt habe, seinen Rhythmus kenne, seiner Kraft gewachsen sei. *Wir Chinesen sind zwar klein, von zarter Natur. Scheinen leicht zerbrechlich zu sein. Doch täusche dich nicht, wir sind ein zähes, gewaltiges Volk und diese Kraft steckt in jedem von uns.*

Omour lachte nur, zeigte ihr sein kräftiges Gebiss. *Damit schlage ich jeden Löwen, der dich anfallen will, in die Flucht. Meine geliebte Ma-Lin. Mit dir habe ich meine Liebe gefunden, die nie enden wird, die niemand zerstören darf.*

Wie schnell sollte das Schicksal doch zuschlagen. Schreckliche Gewissheit werden. Ihr Onkel Chen bekam Wind von ihrer innigen, heftigen Liebe. Er bat Ma-Lin und Omour um ein Treffen. In Mödling oberhalb des China-Restaurants, in seinem Büro. Da er mehrere Restaurants besaß, war er natürlich nur fallweise in Mödling. Das gemeinsame Gespräch begann freundlich. Als jedoch der Onkel von Ma-Lin verlangte, dass sie den Kontakt zu ihm abbrechen solle, mischte sich Omour heftig in das Gespräch ein und beschwor Ma-Lins Onkel, dass ihr Studium keineswegs beeinträchtigt sei. Ihre hervorragenden Noten bewiesen es. Schließlich sei er schon seit einem Jahr mit Ma-Lin zusammen. Heiraten würden sie, sobald Ma-Lin mit dem Studium fertig sei. Dann würde man sehen, wohin sie ziehen wollten. Hier bleiben, nach China oder vielleicht nach Afrika, in seine Heimat. Ma-Lin könnte dort den Kindern Musikunterricht erteilen, eine Musikschule und ein Orchester aufbauen… und er würde mit dem hier Gelernten eine Firma gründen. Eine Tischlerei vielleicht…

Als Onkel Chen all das hörte, vor allem, als ihm Omour ins Wort fiel, wurde er zornig. Er wünschte, nicht unterbrochen zu werden. Ein Wort ergab das andere. Schließlich brüllte er ihn an, dass er eine Verbindung zwischen ihm und Ma-Lin sehr wohl zu verhindern wisse. Omour solle zu seiner Negerbrut nach Afrika verschwinden und Kaffernbüffel melken. Er solle ja nicht glauben, hier bei einer intelligenten Chinesin der wohlhabenden Familie Huang landen zu können. Schließlich warf er ihn aus seinem Büro. Ma-Lin erstarrte vor Schreck, war wie gelähmt nach diesem emotionellen Wutausbruch ihres Onkels. So hatte sie ihn noch nie erlebt, erzählte sie anschließend Omour. Als der Onkel auch Ma-Lin mit der Warnung entließ, alles ihrem Vater zu berichten, wenn sie nicht augenblicklich diese Beziehung beende, begann Ma-Lin zu weinen und beschwor ihren Onkel, nichts daheim zu erzählen. Sie wolle nicht, dass sich ihr Vater unnötig Sorgen mache. Wenn sie ihr Studium fertig habe und Omour noch immer zu ihr hielt, dann erst würde sie ihn ihren Eltern vorstellen. Ma-Lin war sich hundertprozentig sicher, dass Omour der Mann ihres Lebens sei. Sie hoffte, dass Omour ebenfalls so dachte. Sie jedenfalls glaubte, die richtige Entscheidung getroffen zu haben.

Ab dieser Auseinandersetzung gab es kein rechtes Glück mehr für die beiden. Onkel Chen bedrängte Ma-Lin immer mehr, die Beziehung zu beenden. Er ließ ihr kaum noch eine Gelegenheit, um sich mit Omour zu treffen. Geschickt verstand er es, sie zu ihren freien Stunden im Mödlinger Restaurant Dienst machen zu lassen.

Auch bei der Missionsstelle in St. Gabriel sprach Onkel Chen vor, um die Leitung zu informieren, dass Omour eine Beziehung mit seiner Nichte Ma-Lin hatte, anstatt sich um seine Ausbildung zu kümmern. Er fürchte, seine Nichte würde mit ihrem Studium nicht rechtzeitig fertig. Er wolle aber ihre Eltern mit dieser Nachricht vorerst noch verschonen, damit sie ihr nicht – was ganz schlimm wäre – das Geld fürs Studium vorenthielten. Er, ihr Onkel, sei doch für Ma-Lin, für ihren Studienerfolg verantwortlich. So hatte er es ihrem Vater in Shanghai versprochen.

Omour wurde von der Missionsleitung vorgeladen, erhielt eine Mahnpredigt in Onkel Chens Gegenwart. Er musste versprechen, das Verhältnis zur Chinesin augenblicklich abzubrechen, sonst könne es passieren, dass er das kommende Jahr nicht mehr hier in Österreich lernen dürfe. Und diese Chance wolle er wegen einer Liebesaffäre doch nicht aufs Spiel setzen, oder? Was würde daheim sein Vater sagen, wenn er plötzlich wieder vor der armseligen Hütte stehen und gestehen müsse, dass er seinen Abschluss doch nicht schaffe, wegen einer… *Natürlich schaffe er seinen Abschluss,* versprach er, mit einem wütenden Blick auf Onkel Chen, der siegessicher grinste.

Also blieb den beiden Unglücklichen nichts anderes übrig, als sich nur noch selten, und wenn, nur nachts bei Ma-Lin heimlich zu treffen. Dann, wenn der Onkel seine Restaurantkette in den Bundesländern abfuhr, was lediglich einmal im Monat für ein paar Tage passierte.

Sogar für diese Zeit hatte er einen Spion engagiert. Li-Che Wang, ein Küchenhelfer, der von Onkel Chen im Mödlinger Restaurant beschäftigt wurde. Doch Li-Che gab Ma-Lin bald zu verstehen, dass er auf ihrer Seite wäre. Immer wenn er die beiden ausspionieren müsse, würde er dem Onkel nur Harmloses berichten. Sie könne also beruhigt sein, er würde Chen gegenüber dichthalten.

Es half auch nichts, dass Ma-Lin ein Handy besaß, sie konnte Omour nicht anrufen. Ihm fehlte das Geld für ein eigenes Handy. Das Taschengeld, das er von der Missionsstelle erhielt, war genauestens eingeteilt. Deshalb versuchte er mit dem Rosenverkauf wenigstens ein paar Kinofilme und Kneipenbesuche zu finanzieren.

Ich wünsche mir von dir ein Haus voller roter Rosen.

Ma-Lin stand mit einem bezaubernden Kleid vor Omour. Er sah dieses verschmitzte Lächeln in ihrem Gesicht. Sie bat damals um rote Rosen – an ihrem Geburtstag vor zwei Monaten. Und als sie ihm gestand, dass sie sich eine Heirat, ja und viele Kinder mit ihm vorstellen könne, tat sich für Omour der Himmel auf.

Mit stolz geschwellter Brust malte er sich diesen Traum aus. Der darauf folgende Abend und die Nacht waren für die beiden der absolute Höhepunkt-Wahnsinn. Endlich konnten sie sich wieder ungestört in die Arme fallen und ihr beiderseitiges gieriges Verlangen nach Liebe, Lust und zärtlichen Berührungen stillen.

Denn Onkel Chen war wieder einmal weit, weit weg – in Innsbruck. Und Li-Che Wang, der Spion, wie sie ihn schon spaßhalber nannten, wusste, was er zu berichten habe: keine verdächtigen Vorkommnisse. Der Spion, den Omour bisher noch nie zu Gesicht bekam. Eben ein perfekter Doppelspion.

Es klingelte.

Omour stand blass – ein Zustand, der bei einem Schwarzafrikaner nur gefühlsmäßig Gültigkeit hat – sowie erschöpft und frustriert wartend in der Tür. Seine beiden Koffer hatte er bereits ins Stiegenhaus gestellt.

Li-Che hastete die Treppen hoch und gab ihm entschuldigend zu verstehen, dass es ihm Leid täte, weil er sich verspätet habe. Aber in der Nacht sei es kein Problem, und über die Autobahn kämen sie noch rechtzeitig zum Flughafen. Omour versperrte die Wohnungstür und übergab den Schlüssel wortlos an Li-Che Wang, den Spion.

»Wil müssen laufen, weil Auto steht um Ecke. Es wal vol Haus keine Palkplatz.« Li-Che hob die Hände zu einer hilflosen Geste und grinste Omour an.

Die Lichter von Werbeschildern und der Straßenbeleuchtung spiegelten sich tausendfach zerlegt in den letzten Wasserpfützen.

»Da volne, eine Gasse noch, dann…« Omour hastete mit seinen beiden Koffern missmutig hinter Li-Che her. Wenn sie den Flieger bloß rechtzeitig erreichten…

Das Auto stand in einer dunklen Sackgasse unter einem mächtigen Kastanienbaum. Li-Che öffnete den Kofferraum und forderte Omour mit einem Kopfnicken auf, die Gepäckstücke hineinzulegen. Während Omour sich nun bückte, um den zweiten Koffer zu verstauen, hörte er plötzlich ein Sausen und verspürte einen kräftigen Schlag…

…danach tiefe schwarze Stille.

War *Ma-Lin* war sein letzter Gedanke?

Drei

Samstag, 5. März 2005...

Bereits eine Woche war seit dem Leichenfund am Jennyberg vergangen.

Meller stand Samstag abends in seinem Büro vor der großen Fensterscheibe und starrte gedankenverloren ein Loch in die Finsternis.

Während der Drucker monoton Blatt für Blatt auswarf, sah er sein Gesicht in der dunklen Scheibe, zweifach und versetzt durch den Effekt des doppelt verglasten Fensters. Wie ein williger Geist erwiderte das Spiegelbild verzerrt seine Bewegungen, als er kurz den Kopf in Richtung Drucker wandte, um das letzte Blatt zu erwarten.

Er hatte die Ergebnisse des Gerichtsmedizinischen Institutes kurz überflogen, nachdem er auf sein Bitten hin per Mail einen vorläufigen Bericht erhielt.

Wie weit weg er war. Er liebte diese Gedankenflugzeiten besonders in den Dämmerstunden. Wenn er ungestört in seinem geschmackvoll eingerichteten Büro hinter dem Schreibtisch saß, beide Füße auf der Tischkante. Dieses großzügige Zimmer war in Wahrheit seine derzeitige Wohnung. Hier fühlte er sich wohl, der Raum war neutral und für seine Stimmungsschwankungen ideal. Hin und wieder schmiss er sich auf die dunkle Ledergarnitur. Um nachzudenken, zu kombinieren.

Keine Beleuchtung, lediglich das gespenstisch weiß-blaue Licht des Bildschirms. Klassische Musik füllte den Raum aus, diesmal spendiert von Beethoven. »Eroica« donnerte aus einer winzigen Anlage, mit superkleinen Boxen, jedoch mit einem Mördersound.

Ein Mördersound – ein leichtes Schmunzeln ließ seine ausdrucksvollen Lippen in einem spöttisch-herben Grinsen erstarren. *Der Meller und sein Mördersound*, eine stimmige Aussage von Axel Körner. Inzwischen wussten nämlich sämtliche Mitarbeiter, wenn zur Dämmerstunde aus dem vierten Stock Klassik erschallte, war der Chef im Hause und dachte scharf nach. Er war natürlich auch tagsüber in seinem Büro oder im S-C-ONE unterwegs – bei Besprechungen, Verhören usw. – aber abends durfte ihn niemand mehr in seinen »Heiligen Hallen« stören. Was nicht tagsüber zu lösen war, konnte ebenso gut am nächsten Tag erledigt werden. Diese Freiheit nahm sich Meller heraus. Als Chef des Hauses. Auch das Recht, bei Ermittlungen und Fällen wie dem jetzigen – dem leidigen *Frühlingsrolle-Thema* – den Boss herauszukehren. Kurz – wenn schon Mordfälle in *seinem Mödling* passierten, dann wollte er derjenige sein, der mit seinem ausgesuchten Team den oder die Mörder zur Strecke brachte. Und ins Kittchen.

Wie schnell Mödling eigentlich wieder *sein* Mödling wurde, wo er doch nie-nie-wieder hier leben wollte. Doch er hatte sich nun mal entschieden, diesen Job zu übernehmen. Er war abgehärtet durch den jahrelangen Einsatz in den Slums von Rio de Janeiro, während seiner Amtszeit als Leiter einer verdeckten Spezialeinheit gegen Drogenhandel in den Favelas dieser Millionenstadt.

Es hatte nach außen hin den Anschein, dass Meller solche

Fälle nicht mehr erschüttern konnten. Denn niemandem verriet er seine wahren Gefühle, bei solch schaurigen Ermittlungen.

So glaubte jeder im S-C-ONE, Meller sei der coolste Typ auf Gottes Erden. Wenn er sich hin und wieder hinreißen ließ, von seiner Arbeit in Rio zu berichten.

Axel Körner hing dann an seinen Lippen. Er bewunderte Meller und spitzte darauf, eines Tages das Zepter aus seiner Hand entgegenzunehmen. Das sah man ihm schon von weitem an, so wie er sich sogar outfitmäßig seinem Chef anpasste. Meller musste innerlich lachen, es gefiel ihm, wenn er seinen Schützling heimlich beobachtete. Axel sah ihm sogar etwas ähnlich, nur eben sechzehn Jahre jünger. Er war jedoch kein Schleimer, kein Kriecher, sondern ein äußerst engagierter Elitemann, den er manchmal etwas bremsen musste. Denn sonst ging sein Temperament mit ihm durch. Axel Körner, ein echter Wiener – frech, wortwitzig und clever. Meller freute sich, dass er so tüchtige Männer wie ihn in seiner Truppe hatte – eine Bestätigung seiner gefühlsmäßigen Auswahlentscheidung aus den vielen Bewerbern. Denn er ließ es sich nicht nehmen, persönlich die Teams für den S-C-ONE zusammenzustellen.

So war V-Agent Michael Lehner ebenfalls ein Goldgriff. Mike, wie sie ihn nannten, war ein ruhiger, besonnener Fast-zwei-Meter-Kerl. Mit seinem kurzen Bürstenhaarschnitt sah er wie ein Schwede aus, wobei niemand wusste, war sein Haar nun getönt oder war es von Natur aus blond. *Na, alter Schwede, wie geht's den Elchen,* nahm ihn Axel meist auf die Schaufel. Fast konnte man den Anschein gewinnen, Mike nahm alles geduldig hin, ließ sich mehr als sonst wer gefallen. Jedoch der Schein trügte. Meller bekam dies eines Tages mit, als Mike – wie schon so oft – von Axel auf die Schaufel genommen wurde. Die Folge war, dass Mike Axel wortlos um die Körpermitte schnappte, den verdutzt Zappelnden wie einen Mehlsack vor die Tür trug und dort fallen ließ. Es war das erste Mal, dass Meller den wortgewandten V-Agenten Körner sprachlos sah. Seither hatte jeder im Haus Achtung vor Mikes unheimlichen Kräften. Gutmütig wie dieser war, wollte er niemandem ans Fell gehen, solange er mit Respekt behandelt wurde.

V-Agent Mike Lehner war 41 Jahre alt, um vier Jahre jünger als Meller. Er kam aus dem hohen Norden Österreichs, aus Laa an der Thaya. Ein netter Ort, aber für viele ein Kaff. *Dort wo die Füchse mit dem Brotsack erschlagen werden,* wie Körner immer lästerte. Seine wohl überlegte Lebensweise festigte Mike schon vor elf Jahren mit Lieselotte, die er an seinem dreißigsten Geburtstag heiratete. Damit er den Hochzeitstag nie vergesse, argumentierte er immer verschmitzt lächelnd. Nachdem ihm seine Frau nur bis zur Brust reichte, nannten er und seine Freunde sie liebevoll »Stoppl«. Mike mochte eben Frauen, die zu ihm aufsahen. Ihr gemeinsamer Sohn Tobias, als Beweis liebender Hingabe in der Hochzeitsnacht gezeugt, war dem Vater wie aus dem Gesicht geschnitten.

Meller riss sich vom Fenster los, ging zum Drucker, nahm den ausgeworfenen Stapel Papier des Berichtes *Frühlingsrolle-Mord* und steckte ihn in seine Aktentasche. Wie makaber, sogar das Deckblatt hieß bereits *Frühlingsrolle-Mord*. Eigentlich müsste Mike Lehner für seinen unglücklichen Sager ein Copyright verlangen. Von allen, die diesen Begriff in den Mund nahmen. Vor allem aber von Bacher, dem Schreiberschnösel bei der *Neue-Süd*. Meller wurde wegen dieser Headline von seinem Onkel, Ministerialrat Dr. Walter Meller, gerügt. Er meinte, Meller solle in Zukunft *bitte mehr* auf die Finger dieser Schmierfinken schauen und ihnen notfalls eine drauf hauen, damit denen solche Worte nicht mehr in den Sinn und vor allem in die Zeitungen kommen.

Naja, dafür hatte er in der Zwischenzeit schon gesorgt. Denn der übereitle, auf sämtlichen Hochzeiten tanzende Bacher hatte Meller schon um Vergebung angewimmert. Per Telefon, nachdem er mitansehen musste, wie ihm Adelheid Müller als Geliebte absprang, weil sie letzten Endes ja wegen Bacher ihren Job verlor. Dafür sprang ihm seine Frau ins Gesicht. Im wahrsten Sinne des Wortes. Eine köstliche Vorstellung. Denn als in der Familie Bacher die Affäre mit der Müller bekannt wurde, fuhr Frau Bacher ihrem Schatzimausi mit ausgefahrenen Krallen übers Gesicht. Eigentlich rutschte ihr in einer unkontrollierten Affektreaktion die Hand zur saftigen Ohrfeige aus. Als er jedoch reflexartig sein Gesicht schützend zurückriss, kamen die perfekt manikürten Nägel seiner Holden zum zusätzlich schmerzlich spürbaren Einsatz.

Diese »Killerwatschen« für den Wichtigtuer Bacher sprach sich natürlich schnellstens herum. Halb Mödling lachte sich kaputt über die zerkratzte Visage des Herrn Redakteurs. *Jessas, Herr Bacher, war das Ihre Katze?* Obwohl jeder wusste, er hasste Katzen, litt obendrein an einer Tierhaar-Allergie. Daher gab's auch keine im Hause Bacher. Endlich hatte auch er einmal sein wohlverdientes Fett abbekommen. Er, der schon einige Mödlinger durch zynische Aburteilungen in der Presse durch den Kakao zog.

Eigentlich war die *Neue-Süd* nur der Lokalteil der Zeitung *Neue*, den südlichen Teil rund um Wien betreffend. Eine Beilage mit lediglich zwei bis vier Seiten, je nach Aktualität. Bacher war der verantwortliche Redakteur und bezeichnete sich liebend gerne als Chefredakteur. Mödling war für eine eigene Tageszeitung ja doch zu klein. Und so viel Schlimmes, Aufsehen erregendes passierte nun wirklich nicht in diesem beschaulichen Städtchen. Es gab zwar eine Wochenzeitung, speziell für Mödlinger Ereignisse. Jedoch, wer außer Rentnern, liest noch Storys nach einer Woche, wenn am Folgetag das jeweilige Geschehen in der *Neue-Süd* ausführlichst breitgetreten wird? Die Stärke von Bacher war daher das Ausschlachten irgendwelcher Geschehnisse – und waren sie noch so belanglos. Daher war der *Frühlingsrolle-Mord* ein gefundenes Fressen für ihn.

Doch nun hatte »Chefredakteur« Bacher zerknirscht versprechen müssen, dass in Zukunft nur noch Mitteilungen, die Meller persönlich freigab, erscheinen durften. Und zwar genau nach Mellers Wortlaut, sodass Bacher den S-C-ONE nie mehr ins Lächerliche ziehen konnte. Obwohl Meller wusste, es war nur eine Frage der Zeit, bis sich der Redakteur wieder in allerlei Spekulationen ergehen würde. Sobald er ihm den letzten Stand der Dinge mitteilte. Er kannte diese Art Schmierschreiber. Gott sei Dank gab es noch andere, die ihr Handwerk in diesem Genre auch auf seriöse Weise betrieben. Doch dieses Mal brauchte er Bachers Blatt für einen Zeugenaufruf. Wie das Leben so spielt, eine Hand wäscht die andere. Durch Bachers deftige Reportage kam der *Frühlingsrolle-Mord* erst richtig ins Gespräch und es gab somit eine winzige Chance, eventuelle Augenzeugen zu finden.

Der Schlussakkord Beethovens »Eroica« verklang. So lange wollte Meller noch ausharren, bis er den allerletzten Ton dieses genialen Stückes in sich aufsaugte. Morgen, Sonntag, würde er den Bericht eingehend studieren. Nach dem gemeinsamen Frühstück mit Eva Roth. Er hatte es ihr diesmal hundertprozentig versprochen. Versprechen müssen. Denn sonst könne er sich jemand anderen in der kommenden Woche zum Gassi gehen für Joe organisieren.

Anstrengend, dieses Weibsbild. Aber ganz schön attraktiv, klug, ja raffiniert und... na und... was noch? Gab es da bereits einen gewissen, in seiner animalischen Seelentiefe aufbegehrenden Trieb, den er unterdrückte?

Joe – ja, wo steckte der Spaniel schon wieder? Immer wenn Meller die *klassische Mördersoundphase* überkam, verschwand sein Hund freiwillig aus dem Büro. Manche Musikstücke, speziell Bachs heftige Orgelkonzerte, trieben ihn aus dem Raum – nichts für Joes empfindliche Hörorgane. Oder fehlte ihm das spezielle Kunstverständnis für ein orgiastisches Klassikgedudel? Am ehesten blieb Joe noch bei Mozarts Werken im Zimmer liegen. Auch wenn er bereits seine Pfoten über die Ohren legte, um die Lautstärke zu dämmen.

Einen letzten vorwurfsvollen Blick seinem Herrn stumm zugeworfen, trollte er sich, nachdem Meller hinter ihm die Bürotür ins Schloss fallen ließ. Außerhalb des »Konzertsaales« platzierte sich nun Joe seitlich der Tür. Jedoch in voller Länge quer über den Gang. Um jeden Vorbeikommenden zu warnen: »Chef nicht stören« bzw. um dagegen zu protestieren, was er, der arme Hund, hier alles mitmachen müsse.

Richtig, Joe hatte sich bei Beethovens ersten Eroica-Klängen auf den Gang geschlichen. Meller erinnerte sich. Er riss die Tür auf und...

»Joe..! Scheiße..!«

Zu spät. Meller stieg schon auf die Wurze, die ihm Joe demonstrativ vor die Tür gelegt hatte.

»Verdammter Köter, na warte!«

Dabei musste Meller sich insgeheim eingestehen, dass Joes Gassirunde schon längst überfällig war. Kurz zur Putzfrau degradiert, besorgte er sich einen Kübel mit Wasser und einen

Fetzen um die Sauerei verschwinden zu lassen. Schon des Öfteren musste er sich vom Reinigungspersonal Vorhaltungen anhören, wenn Joe wieder mal den Gang markierte.

»Ach Lilian, was hast du mir bloß angetan mit diesem Hund«, murmelte Meller vor sich hin und wurde ganz trübsinnig.

Erinnerungen an seine schönste Zeit stiegen heftig in ihm hoch. Er verdrängte sie auf später, auf irgendwann. Denn dieses einmalige Glück wurde ihm vom Schicksal brutal genommen. Er wollte Gefühle dieser Art im Moment nicht an sich herankommen lassen.

Joe kroch mit eingezogenem Schwanz aus einer Nische hervor. Er wusste um seine Schuld. Mit seinem traurigen Spanielblick schaute er zu seinem Herrchen auf.

»Schon gut, kannst ja nichts dafür«, Meller fuhr ihm dabei gedankenverloren durch seinen blonden Schopf. Sofort umwedelte der Hund seinen Chef, weil er ihm verzieh und es nach Hause ging. Meller hatte jedoch anderes im Sinn, denn sein »Zuhause« war für ihn lediglich eine vorübergehende Schlafstelle.

Er schlüpfte in seinen dunklen Parka, versperrte das Büro und fuhr mit dem Lift ins Erdgeschoß. Ein besonderer Spaß für Joe, denn Meller erlaubte ihm dann immer, die Treppen hinunterzuhetzen. Jedoch nur am Wochenende, oder zu später Stunde, wenn der Tagesbetrieb längst vorüber war. Damit nicht womöglich jemand durch den die Treppen hinab hetzenden Spaniel erschreckt wurde, oder gar zu Fall kam. Meller wusste, er musste seinem Hund diesen Spaß bald verbieten. Spätestens dann, wenn das Haus voll in Betrieb war. Doch soweit war es ja noch nicht.

Unten angekommen, stand Joe bereits hechelnd vor der Lifttür. Meller gönnte ihm diesen Erfolg und belohnte ihn mit einem Leckerli, von denen er stets einen kleinen Vorrat in seinem Parka hatte. In einer der vielen Taschen, ein praktischer Gassi-geh-Parka eben. Er deaktivierte mit seiner CodeCard die Sicherheitsschleuse und ging Richtung Ausgang.

Der junge Wachebeamte an der Rezeption grüßte seinen Chef freundlich und fragte ihn, ob er einen Wagen benötige. Meller bedankte sich und gab ihm zu verstehen, dass er »per pedes« nach Hause wolle. Am Montag würde ihn ohnehin Axel Körner abholen, da er nach Wien ins Ministerium musste. Die übliche Tour an jedem Wochenbeginn.

Die Rezeption im S-C-ONE war nur tagsüber mit weiblichem Personal besetzt, die Nachtstunden übernahmen Männer. Wobei einer Dienst hatte und ein zweiter sich im angrenzenden Ruheraum in Bereitschaft hielt. Um Mitternacht war Wechsel. Es war Mellers Wunsch, dass keine Frau Nachtdienst an der Rezeption leisten musste.

Zu viel erlebte er diesbezüglich in Rio. Nächtliche Szenen mit eifersüchtigen Männern, weil manche Frauen immer mit einem bestimmten Kollegen hinter der Glasscheibe Nachtdienst schoben, usw… Deswegen kam es in seinem Distrikt sogar zu einer Schießerei, nachdem ein gehörnter Ehemann seine Frau in flagranti mit ihrem Amtskollegen erwischte. Die stöhnende Geliebte unterhalb und auf ihr der vor Lust keuchende Kollege auf der Bereitschaftspritsche. Der Betrogene riss seine mitgebrachte Schrotflinte hoch und knallte dem Rivalen eine Ladung in dessen Allerwertesten. Zum Glück schoss er in seiner rasenden Wut so ungeschickt, dass sich nur ein Teil des Schrotes in das weiche Hinternfleisch des Ertappten bohrte. Der Rest blies dem laufenden TV-Gerät das Leben aus.

Und was in Brasilien passierte, konnte hier genauso geschehen. Meller gönnte zwar jedem seinen Genuss, jedoch nicht zu nächtlicher Dienststunde in seinem Verantwortungsbereich. Da hörte sich jeglicher Spaß auf.

Die erste Zeit in Mödling »wohnte« Meller im einzigen Hotel in der Fußgängerzone, hielt diesen Umstand jedoch nur einen Monat aus. Er, der Jahre zuvor eine grandiose Villa in Rio de Janeiro bewohnte. Mit Blick auf Meer, Copacabana und Zuckerhut. Nach Lilians Tod lebte er in einem mondänen Apartment nahe dem Ipanema-Strand. Er war mehr Freiraum gewohnt, als ihm dieses kleine, unpersönliche Hotelzimmer bieten konnte – und wenn es noch so komfortabel war.

Auch bei seinem Onkel in der Südstadt wollte er nicht leben. Obwohl dort die Möglichkeit bestand, sein ehemaliges Jugendzimmer zu bewohnen. Doch zu sehr schmerzte ihn die Erinnerung an die späten siebziger Jahre, an die ersten Zerwürfnisse mit Onkel Walter und vor allem mit seiner Ziehmutter, Tante Henriette, die ihn sehr mochte, vielleicht sogar liebte. Denn als Marios Eltern bei einen Unfall ums Leben kamen und er über Nacht zum Waisenkind wurde, nahmen die beiden ihn wie einen Sohn bei sich auf.

Ja – Abstand von allem, das war für Mario Meller nach so vielen Jahren notwendig.

Lo Bianco stellte ihm sein ehemaliges Büro zur Verfügung. Es lag am Rande der Stadt, in der Wiener Straße. *Er könne das Haus solange bewohnen, bis er was Geeignetes gefunden habe.* Ein freundschaftliches Angebot, das Meller von Lo gerne annahm. Ihn wollte er jetzt noch treffen. Im *Barometer*, der momentan angesagtesten Bar von Mödling.

»Komm Joe, für heute reicht's.«

Meller stellte seinen Kragen hoch. Obwohl das Föhnwetter

noch immer etwas von seiner Kraft besaß und tagsüber den letzten Schnee wegschmolz, wurden die Nächte doch wieder sehr kalt. Schließlich war es erst Anfang März und der Winter noch nicht restlos vertrieben. Denn die Wetterberichte prophezeiten für die nächsten Wochen heftigen Schneefall.

Während er mit seinem Hund, die schmale Aktenmappe unterm Arm, durchs nächtliche Mödling spazierte, dachte er an sein erstes Zusammentreffen mit Lo Bianco. Nach über zwanzig Jahren. Meller war ihm in der einen Sache – das Thema Nora – längst nicht mehr böse. Nach so langer Zeit. Insgeheim vergönnte er Lo die bittere Zeit mit dieser kauf- und geltungssüchtigen Tussi. Doch heute war das Thema Nora, wenn schon nicht vergessen, doch längst überwunden. Auch Meller musste sich eingestehen, dass es letzten Endes Nora war, die seinerzeit die Entscheidung traf, sich mit Lo unter eine Decke zu schmeißen.

Was sollte also Mellers alphatiermäßiges Gehabe, sein verletzter Stolz? Was für eine Schmach musste er den wirklich erleiden? Bloß ein Mädel, das sich für einen anderen entschied. Allerdings für seinen besten Freund.

Weg aus dem Hirn mit dem alten Schmus!

Meller zog Joe von einem gewaltigen Kackehaufen weg, den ein »Elefantenhund« hinterlassen hatte, sicher mit Erlaubnis eines verantwortungslosen Hundehalters.

Überhaupt, Meller war entsetzt über diese Kothaufen, die eklig stinkend auf Mödlings Straßen und Plätzen herumlagen. Er selbst benützte immer pflichtbewusst die Gratis-Hundesackerln.

Dass die Stadtverwaltung diese Unsitte nicht besser in den Griff bekam. In einer Stadt, in der ein großer Anteil der Bevölkerung zu den bestverdienendsten des Landes gehörte. In Mödling, wo man doch annehmen musste, dass eine gute Kinderstube das Mindeste sei.

Wofür zahlen wir Hundesteuer?, so der allgemeine Tenor der meisten Hundehalter.

Lo Bianco, nicht gerade ein Hundebesitzer-Freund deswegen, erzählte Meller ein dementsprechendes Erlebnis vor seinem Haus. Es passierte vergangenen Herbst.

Zufällig sah Lo vom ersten Stock aus, wie eine ältere, mit teurem Pelzmantel bekleidete Dame, ihren großen hellbraunen Köter auf dem Grünstreifen sein Geschäft verrichten ließ. Er stellte die noble Pelztussi zur Rede und wollte ihr deutlich machen, dass sie gefälligst den Haufen ihres Hundes wegräumen müsse. Sie ließ Lo Bianco mit den Worten: *Das geht Sie einen Dreck an, wo mein Hund hinscheißt!*, auf der Straße stehen, zerrte ihren noch kackenden Hund mit der Leine über den kalten Asphalt des Septembertages und zog mit ihm ab. Eine noch verbleibende braune Spur über den Gehsteig und ein gewaltiger Haufen Hundekot verblieben als sichtbare, stinkende Erinnerung an dieses deftige Wortgefecht mit der noblen Dame in Pelz aus der vornehmen Mödlinger Gesellschaft. Dafür »durfte« Lo Bianco die Hundewurze vor seinem Haus wegräumen.

Seine Erkenntnis: Egal, was bei Menschen und Hunden vorne hineingeschoben wird: *Ob arm, ob reich, was hinten kommt, stinkt immer gleich*.

Das *Barometer* war um diese Zeit gesteckt voll. Es befand sich an der ehemaligen Endstation des Dreihundertsechzigers, die stillgelegte Straßenbahnlinie von Mödling nach Wien.

Lo Bianco hatte die Idee, das überdachte Stationsgebäude in eine Bar zu verwandeln. Er mietete das seit Jahren leerstehende Gebäude. Mit einem Geschäftsfreund baute er nach völlig neuem Konzept daraus eine coole Cocktailbar.

Die dreißig Meter lange gläserne Front, die im Sommer zur Gänze geöffnet wurde, zog – wie das Licht die Motten – die Kunden an die Theke. Das moderne Fliesenmuster am Boden erstreckte sich schlangenförmig vom Lokal bis über die Straße zur gegenüberliegenden Hauswand, zu Sitzplätzen in der warmen Jahreszeit. Eine wellenförmige Theke trennte Durstige von ihren Durstlöschern, den Barkeepern. Der Glasfront entlang gab es kleine Tische mit je zwei, drei Stahlrohrsesseln. Die Wand hinter der Theke war zur Gänze verspiegelt und lediglich von den übervollen Flaschenregalen unterbrochen. Indirektes Licht wechselte in einem unmerklich langsamen Rhythmus den Farbton, sodass die Gesichter der Gäste im Laufe des Abends sämtliche Farben spielten. Das hieß, irgendwann sah jeder auf seine Weise verdammt gut aus, nachdem Licht – genauso wie Parfum – auf jeder Haut anders wirkt. Das Markenzeichen, ein optisch genialer Gag, war oberhalb der Theke als überdimensionales *Barometer* in Neonlicht-Ausführung für das Publikum sichtbar. Es zeigte mit einem blau leuchtenden Zeiger auf der Skala die Menge bestellter Drinks an. Bei jeder hundertsten Bestellung blinkte der Zeiger auf – dieser Drink war somit gratis.

Lo hatte dieses Prinzip in einer ähnlichen Kneipe in San Francisco gesehen. Wenn es dort lief, warum nicht auch hier?

Eigentlich war das *Barometer* eine Notlösung. Nachdem Lo nach jedem hektischen Arbeitstag etwas Kneipenluft zum Stress abbauen suchte, in Mödling aber kein geeignetes Lokal fand, kam er auf die Idee mit dieser Bar. Innerhalb kürzester Zeit entpuppte sich diese als Goldgrube. Die exotischen Drinks, die ausgewählte Musik und ein stets gerammelt volles Lokal garantierten satte Gewinne. Geöffnet war von Donnerstag bis Sonntag. Biancos Geschäftspartner führte den Laden. Er selbst war nur stiller Teilhaber.

»Servus Meller«, grüßte Lo von der Bar her durch das Gedränge.

»Hat Joe schon wieder eine Leiche ausgebuddelt, weil er gar so schnüffelt. Hier gibt's höchstens Alkoleichen, die von selbst nach Hause wackeln.«

»Danke – lieber nicht. Mir reicht der *Frühlingsrolle-Mord.*«

Meller warf seine Aktenmappe auf den Tresen und zog Joe an der Leine zu sich unter den Barhocker. Damit ihm niemand auf die Pfoten trat.

Der Barkeeper wurde nach seinem kurzen Fingerzeig aktiv, der »wie immer« bedeutete, und schob ihm einen Caipirinha zu.

Schon wollte sich eine kurvige Blondine des Hundes annehmen.

»Mei, is des ein süßer Hund… ein Spaniel gell… Wie heißt er denn?«, fragte sie zu Meller gewandt. Mit einem Augenaufschlag, der andere längst zum Verglühen brachte, versuchte sie, ihn anzumachen.

Meller, müde und abgespannt, beließ es bei der knappen Antwort: »Joe Cocker.«

Diese aufgedonnerten, schrillen Blondinen, sie lagen ihm einfach nicht. Schon gar nicht nach dem Befund, den er vorhin vom Gerichtsmedizinischen Institut erhalten hatte.

»Typisch Meller«, grinste Lo, »kaum erscheint er, fliegen ihm sämtliche Bräute zu.«

»Lo – bitte, du weißt, wie mir das peinlich ist…«, er nahm einen Schluck aus dem schweren Caipirinha-Glas, nachdem er hingebungsvoll mit dem Plastikhalm das Eis gestößelt und umgerührt hatte. Seine Aktenmappe, bestens bewacht in Mellers Blickfeld, diente dem Getränk als Untersatz. Nicht auszudenken, käme der gerichtsmedizinische Befund in unbefugte Hände.

Die beiden sahen gedankenverloren dem Treiben in der Bar zu. Meller saugte abwesend am Plastikhalm.

»Eigentlich bin ich groggy. Ich muss mich morgen um meine Leiche kümmern und obendrein erpresst mich die Malerin wieder mit einer Frühstückseinladung, damit sie mit Joe die kommende Woche Gassi geht.«

»Du, Meller, wisst ihr schon wer der Ermordete ist?«

Lo ging auf das Thema Eva Roth, die Malerin, nicht näher ein, weil er wusste, dass dies nur eine Endlosdiskussion über Und-ewig-lockt-das-Weib werden würde.

»Ich darf eigentlich nichts vorzeitig verkünden, solange die Ermittlungen laufen, aber in Kürze erfährst du es ohnehin, also kann ich ein paar Ergebnisse schon jetzt erzählen…«

Meller unterbrach sich kurz, klopfte bedeutungsvoll auf seine Mappe, grinste unverbindlich zur Blondine von vorhin und rührte mit dem Trinkhalm in seinem Caipirinha.

»Lo, du bist ja schon eine Ewigkeit in Mödling. Sag, seit wann sind dir eigentlich die Schwarzen in dieser Gegend vermehrt aufgefallen?«

»Am Bahnhof und in der City schon seit ein paar Jahren. Ich mein, soweit ich weiß, gibt es ja seit ewig ein Ausbildungszentrum oder gab es eines – ich weiß das nicht so genau – wo speziell Afrikaner studieren konnten. Ich las das schon früher irgendwo. Aber da warst du ja auch noch hier in Mödling. Andererseits gibt es in St. Gabriel eine Flüchtlingsstation und in Traiskirchen sowieso… aber das müsstest du ohnehin wissen. Warum…? Hat es was mit der Leiche zu tun?«

Meller sah sich erst um und beugte sich näher zu Lo.

»Die Leiche ist allem Anschein nach ein Schwarzer. Ein Fixer wahrscheinlich. Oder ein Dealer. Es wurden nämlich Spuren von Rauschgift im Torso gefunden. Ich vermute mal, dass es sich um einen Mord im Drogenmilieu handelt. Rache oder Geldgier, was weiß man? Aber bitte, behalte es noch für dich, bis die Zeitungen herumspekulieren. Ich lass den Bacher mit seinem Käseblatt für mich arbeiten. Vielleicht finden wir doch noch einen Zeugen. Du weißt, Zufälle gibt es immer wieder. Der Mord müsste schon im vergangenen Jahr passiert sein. So genau lässt sich das einfach nicht mehr eruieren. Die Zeitspanne liegt, laut vorläufigem Ergebnis, zwischen drei und elf Monaten.«

Meller nahm einen kräftigen Schluck und sprach weiter:

»Also, wieder Zunder von wegen Ausländer, Rauschgift und so. Obendrein gibt es ein einziges, vielleicht wichtiges Beweisstück, diesen chinesischen Wandbehang. Allerdings nur ein herkömmlicher Touristenkitsch, den du in jedem Asialaden findest, in fast jedem Chinarestaurant an der Wand hängen siehst. Nix Seltenes oder Wertvolles also, das sofort auf einen speziellen Täterkreis, ein gewisses Milieu hinweisen könnte…«

»Das ist doch schon was«, meinte Lo nun sarkastisch, »ein Schwarzer in Chinafetzen gehüllt, für den ewigen Schlaf geschnürt. Vielleicht sind sich die chinesische Zigarettenmafia und die schwarze Dealerszene in die Quere gekommen. Du musst wissen, auch diese Märkte werden durch die Globalisierung enger, die Gewinne schmäler. Da kann es schon einmal passieren, dass ein rabiater Chinese wegen ein paar zu wenig verkaufter Zigaretten einen schwarzen Giftspritzer ein bisserl aufmacht und zerlegt. Fachmännisch, wie in der Prosektur, du verstehst…?«

»Das hat schon was an sich«, meinte Meller. »Ist vorerst auch meine Vermutung. Es kann aber genauso gut eine falsch gelegte Spur sein…«

»Wennst glaubst? Du bist der Kommissar, du wirst ihn schon

finden, den Mörder. Und wenn nicht, ist es mir auch egal. Solange die uns mit ihren kriminellen Geschäften nicht bedrohen, unsere Kinder mit Stoff und was weiß ich allem vollstopfen…«

»Du hast eh keine…«, unterbrach ihn Meller süffisant.

»Keine was?« Bianco blickte ihn irritiert an.

»Kinder meine ich«, Meller gefiel es, wenn er Lo in seinem Reizthema unterbrechen konnte. Doch der donnerte schon weiter drauf los:

»…die sollen sich ihre Schädeln ruhig einklopfen, bis keiner mehr von dem Gsindel auf der Welt herumkrebst. Du kennst meine Einstellung dazu. Seit der Grenzöffnung gibt's bei uns nur noch Wickel wegen denen. Das Gemeine ist allerdings, dass die »Guten« von denen zum Handkuss kommen. Wegen ein paar solcher Gfraster…«

»Ich weiß, ich weiß«, unterbrach ihn Meller jetzt endgültig, »über das Thema reden wir ein andermal. Ich bin müde, ich muss nach Hause, der Hund auch. Und du, wenn ich dich so anschau, bist ebenfalls überfällig.«

»Ja, gemma. Ich nehm dich mit zu deinem provisorischen Palast.« Lo grinste Meller an und winkte dem Kellner, dass er Meller eingeladen habe.

In Lo Biancos Auto war es kalt. Beiden fröstelte es.

»Sie spinnt wieder.« Meller sah verkrampft nach vorne.

»Wer spinnt, die Roth…?« Lo kannte diese seltsamen Gedankensprünge Mellers schon seit ihren Jugendjahren.

»Nein, deine Therme im Haus spinnt wieder. Sie lässt sich nicht ein- und ausschalten, auch nicht regulieren.«

Meller machte ein frustriertes Gesicht.

»Ab Montag steht ein Installateur bei dir auf der Matte, reißt den Mist aus der Wand und montiert eine neue Heizung. Die

Alte ist eben hinüber, was soll's.«

»Ich bezahl das aber«, erbot sich Meller schnell, »schließlich lässt du mich gratis in deinem Haus wohnen.«

Meller war plötzlich munter und wegen der Kälte in Redelaune gekommen. Reden wärmte immerhin ein wenig.

»Überhaupt, ich wollte mit dir schon längst eine sehr heikle Sache besprechen…«

»Wieso…? Moment – du bist doch nicht schwul oder was! Also, wenn du meinst, du musst dich unbedingt outen… Bei mir reißt nämlich damit kein Leiberl. Ich bin ausschließlich auf Weibliches scharf, du kennst mich und meine Vergangenheit. Aber wenn du willst, morgen erfährt es der Bacher, und übermorgen ganz Mödling.« Lo grinste ihn schelmisch an.

»Mensch, sei nicht so deppert, Bianco. Natürlich bin ich's nicht«, ärgerte sich Meller und stieß Lo mit dem Ellbogen in die Seite. Freundlicher sprach er weiter:

»Also, was ist jetzt – reißen wir noch ein Flascherl von Evas Rotwein auf? Sie schüttet mich zu damit. Jedes Mal wenn sie bei mir auftaucht, hat sie eine Bouteille unterm Arm. Die Nachbarn, eh so neugierige Armleuchter, tuscheln schon über uns. Kontrollieren alle Augenblicke, wer wann kommt und wieder geht. Echt nervend, dieses dauernde Beobachtet-werden!«

Lo Bianco sah zu Meller hinüber.

»Ja ich weiß, das ist lästig. Hatte damals schon meine Problemchen damit. Seinerzeit, als mein Atelier noch dort war… Doch jetzt, auf zu Evas Wein, mindestens eine Flasche wird geköpft.«

Sie blieb kalt, die Heizung. Der Atem beider stand sichtbar im Raum. Gut, dass es einen Ofen gab, mit Sichtglas, der dem Raum mehr Stimmung verlieh. Dazu Holz, das seitlich aufgeschlichtet lag. Joe verkroch sich schon mal in seinem Körbchen und ließ die beiden beim Holz anzünden werken. Nicht viel später brannte ein eifriges Feuer und verstrahlte in dem kleinen Lofthaus wohlige Wärme.

Eine Flasche Rotwein, zwei halbvolle Gläser sowie Nüsse in der Schale standen auf dem niedrigen Tischchen.

»Prost, Lo!«

»Ebenfalls, Meller… Also, spuck's aus. Was lastet denn so schwer auf deiner Seele?«

Und Meller begann, erst zögerlich:

»Lo, du weißt…, ich… ich vertraue dir. Auch wenn uns Nora damals total auseinander brachte. Letzten Endes hast auch du dabei gehörig dein Fett abbekommen. Doch das ist längst vorbei…«, Meller machte eine bedeutungsvolle Pause und begann einen neuen Anlauf:

»Ich…, ja – ich kenn dich, sag ich mal so… und sicher wird sich an dir nichts geändert haben… so… na so… charakterlich. Weißt eh, wie ich meine… Du bist ein ehrlicher Mensch und ich möchte unsere Freundschaft von damals wieder festigen. Jetzt wo ich wieder hier bin und – so wie es aussieht – endgültig hier bleiben werde. Da brauche ich einen, dem ich hundertprozentig vertrauen kann.«

»Das ehrt mich, aber mach es nicht so spannend, Mario, ich bitte dich.«

Immer wenn Lo Bianco bei Meller etwas sehr nahe ging, nannte er ihn bei seinem Vornamen. Ansonsten war Meller eben seit jeher der Meller. Seit Schulzeiten. Er erinnerte sich blitzartig an Unterrichtsstunden, in denen die Lehrer mit einem kurz gebellten *Meller – an die Tafel!*, den neben ihm sitzenden Mario dorthin zitierten. Dann ein *Schneller Meller!*, weil er wie im Schneckentempo dorthin schlenderte. Dieses »Schneller Meller«

war Mellers Schicksalsbefehl durch alle Schuljahre.

»Klar doch, ich steh zu dir. Kein noch so teuflisch tolles Weib soll uns mehr trennen.« Lo wusste vor Rührung nicht so recht, wie er Mellers Einleitung deuten sollte.

»Was ich dir jetzt erzähle – ich beschwöre dich – behalte es für dich. Es wird auch nicht dein Schaden sein, denn ich bitte dich auch gleichzeitig um einen großen Freundschaftsdienst.«

»Also bitte Mario«, unterbrach ihn Lo jetzt verlegen grinsend und heftig gerührt, »jetzt wird mir deine Ansprache richtig peinlich. Hast was ausgefressen oder angestellt? Bist vielleicht gar du der Mörder, du weißt schon, von der Leiche vom Jennyberg? Hah…? Gestehe…! Jetzt… sofort!«

Er deutete eine fiktive Verhörlampe mit einer Hand an und hielt sie Meller symbolisch drohend unter die Nase.

»Blödsinn Lo, ich meine es ernst. Es liegt mir wirklich viel daran, dich als einen ehrlichen, verlässlichen Menschen und vor allem als einen wahren Freund zu wissen.«

»Also gut. Was soll ich tun?« Jetzt erst zeigte sich Lo ernstlich bemüht, auf Mellers Bitten einzugehen.

»Du, Lo…«

Sekundenlange Pause.

»Ich… ich bin… unendlich reich.«

Meller schnaufte und sah Lo dabei direkt an.

»So… so reich, wie ich es mir in meinem Leben nie erträumt hätte. Ich es auch nie und nimmer sein wollte. So reich, dass mir ganz schlecht wurde, als ich es vom Notar erfuhr. Du musst wissen, ich habe dir bis jetzt nur einen kleinen Teil meines Lebens in Rio erzählt.«

Meller schwieg und starrte Lo unverändert an. Mit einem Blick, als hinge er in einer Vergangenheitsschleife fest.

Das Holz im Ofen knackte plötzlich explosiv, sodass beide

erschraken. Selbst der Hund im Körbchen fuhr hoch und fing wild zu bellen an.

»Pssst! Ist ja schon gut Joe, beruhige dich«, beschwichtigte ihn Meller, nachdem der Spaniel aufgeregt und Schwanz wedelnd zwischen den beiden Männern hin und her sprang.

»Und Joe habe ich auch noch dazu geerbt«, seufzte er und kraulte ihm seinen blonden Haarschopf.

»Nun, das ist ja sehr schön für Sie, Herr Kommissar. Ich gratuliere herzlichst und darf gleich mal eine saftige Rechnung für die Vermietung meines pompösen Palastes an Sie überreichen.«

Lo Bianco ließ seine Stimme hochoffiziell erschallen. Er feixte schon wieder herum und nahm Meller einfach nicht ernst. So war er schon immer. Wenn besondere Anlässe, Ereignisse oder selbst durchgemachte Erlebnisse über einen gewohnten emotionellen Level hinausgingen, musste Lo entweder lachen, Witze machen oder sich sonst irgendwie komisch benehmen. Eben anders, als man sich in solchen Situationen verhielt.

Es war seine Unsicherheit. Sein kleiner Komplex. Er resultierte aus der Tatsache, dass Lo als Adoptivkind aufwuchs. Seine biologischen Eltern kannte er nicht. Er wurde von der Mutter als Neugeborenes bereits im Krankenhaus der Fürsorge überlassen. Die »neuen« Eltern liebten und verhätschelten ihr adoptiertes Einzelkind Lorenzo Bianco. Die Familie Bianco war eine alte Handelsfamilie aus Oberitalien, schon seit den zwanziger Jahren in Wien ansässig. Sie waren zwar nicht reich, jedoch gut situiert.

Als der vierzehnjährige Lorenzo daheim beim Herumstöbern durch Zufall lesen musste, dass er ein Adoptivkind sei, brach für ihn eine Welt zusammen. Einerseits wegen dieser Tatsache, andererseits, weil seine Adoptiveltern ihm dieses Geheimnis vorenthielten. Aus welchen Gründen auch immer.

Lo – wie er immer gerufen wurde – begann alles, vor allem sich selbst in Frage zu stellen. Was ging in Eltern vor, die ihr Kind weggaben, von sich stießen!

Der sonst so fröhliche Junge wurde immer stiller und melancholischer. Die Pubertätsphase tat ihr Übriges dazu.

Eines Tages machte er sich auf die Suche nach seinen Wurzeln. Das hieß, er verschwand über Nacht. Seine Ersparnisse, eine Sporttasche gefüllt mit Wäsche und seinen Reisepass – mehr brauchte er nicht um abzuhauen. Ohne zu wissen, wohin. Wo sollte er auch zu suchen beginnen, in dieser großen weiten Welt. Familie, Schule und Polizei standen Kopf. Nach zwei Wochen war die »Weltreise« vorbei und Lo Gott sei Dank wieder daheim.

Doch es war die erste Reise in sein Inneres. Er wurde erwachsen. Viel zu schnell, wie er glaubte. Als Vierzehnjähriger, als ihm vor Verlegenheit Arme und Beine bei allem hinderlich waren. Als ihm hässliche Pickel wie kleine Vulkane im Gesicht standen. Die erst dann weniger störten, wenn seine Haut durch peinliches Erröten der Pickelfarbe angeglichen war. Und hochrot wurde er schnell. Wegen allem und nichts. Vor allem aber, wenn ihn ein Mädchen ansprach. Falls das überhaupt passierte. Unglückliche Jahre für Lo Bianco.

Aber ebenso eine schwere Zeit für seine Adoptiveltern, die er seit der Gewissheit, kein leibliches Kind zu sein, ablehnte. Vielleicht hatte er ihnen die Möglichkeit genommen, es ihm schonend beizubringen, weil er es selbst entdeckte. Doch passiert war passiert.

Heute wäre es ein Leichtes für Lo, seine Eltern zu finden, wenn er es darauf anlege. Er würde sicher über Amtswege den Namen seiner Mutter erfahren und über sie den Vater ausfindig machen können. Doch das wollte er bis dato nicht. Und überhaupt, wer weiß, ob einer der beiden noch lebte. Vor allem wie und in welcher Situation.

Das war Lo Biancos wahre Schwäche. Meller wusste dies. Einerseits war Lo immer schon scharf darauf, zu erfahren wo seine Wurzeln waren, andererseits hatte er panische Angst, zu viel zu erfahren. Negatives etwa. Kaputtes.

Sicher, Meller durchlitt ein ähnliches Schicksal, wurde selbst mit sechs Jahren zum Waisenkind. Er hatte ebenfalls eine gelebte, glückliche Familiengeschichte. Aber in seinem Herzen befanden sich reale Bilder seiner liebevollen biologischen Eltern. Er verstand Lo wie niemand sonst. Seinen Schmerz, seinen Sarkasmus. Als würde er den Menschen in seinem Umfeld die Schuld dafür geben, für seine unbekannte Herkunft verantwortlich zu sein.

Lo war in dieser Weise ein armer Hund. Immer auf der Suche. Zynisch behauptete er, seit Meller sich erinnern konnte:

Das Schöne im Leben ist das Suchen, nie das Finden. Denn das Gefundene ist in der nächsten Sekunde bereits alltäglich, langweilig. Zum Sterben verurteilt...

So erging es Lo später auch in seinen Beziehungen. Keine Frau hielt er lange in seiner Nähe aus. Als würde er jede für die Schandtat seiner Mutter bestrafen wollen. Er unterlag seinem eigenen Leitspruch, fand immer ein begründetes Argument, eine Liebe vorzeitig zu beenden. Sicher war Nora damals die Einzige, der es gelang, ihn richtig zu nehmen. Länger als ein paar Monate. Sie schaffte es allerdings auch, ihn fast zu vernichten.

Deswegen verstand sich Lo mit Meller so gut. Weil sie beide in ihrer Jugend so sehr an dem Wunschbild einer wahren Familie hingen. Vater, Mutter, Kind – alle ein und dasselbe Blut. Eine streitbare Einheit gegen sämtliche Gefahren.

Wie zwei mit Gewalt abgenabelte Raumkapseln flogen beide unter solider, jedoch fremder Führung hilflos durch den Zeitraum ihres Erwachsenwerdens.

Diese traurigen Erlebnisse schweißten Mario Meller und Lo Bianco schon seit ihrem ersten Kennenlernen zusammen. Ein Blutsbrüder-Duo, wie Winnetou und Old Shatterhand gegen den Rest der Welt.

»Bitte Lo, pflanz mich nicht. Ehrlich – ich leide darunter. Es gibt sonst niemanden, mit dem ich darüber reden kann. Ich habe keinerlei Erfahrung mit so viel Geld umzugehen. Und diese Börsenheinis und Anlageberater, die ja doch nur in erster Linie an ihren eigenen Vorteil denken, können mir gestohlen bleiben...«

Er unterbrach sich selbst und setzte wieder an:

»Ich möchte mich nicht plötzlich mit Geld beschäftigen müssen. Ich will endlich ein ruhiges Leben führen. Sicher, die Bitte meines Onkels, den S-C-ONE aufzubauen, erfülle ich, das habe ich ihm versprochen...«

Wieder hielt er kurz inne und nahm einen Schluck aus seinem Glas.

»Denn mein Job bei der Polizei ist nur ein Teil meines Lebens. Mein Gerechtigkeitssinn verlangt es, Kriminelle zu fangen. Das ist zwar eine Zeit lang spannend und interessant, aber das kann nicht alles im Leben sein... nicht für immer. Es war nie mein Bestreben, ewig in dieser kranken, brutalen Verbrecherwelt herumzustöbern. Ich möchte auch wieder was Normales, was Schönes erleben, was Gesundes, was Natürliches. Einen Sinn für meine Zukunft finden. Zu lange bin ich ohne echtes Ziel durch die Welt gezogen. Ich möchte mich wieder freuen können an Beständigem, an Werten, an einer wahren Freundschaft,

…vielleicht auch später wieder eine Frau finden. Jetzt muss ich erst einmal den Verlust von Lilian verarbeiten… Also Lo – verstehst du endlich, was ich meine?«

Meller war fertig, geschafft.

So erregt hatte Lo seinen Freund Meller noch nie erlebt, seit er wieder in Mödling war. Er beruhigte ihn:

»Mario – jetzt wirklich Spaß beiseite. Du kannst mir vertrauen, so wie ich dir. Und überhaupt, es ist ein Wahnsinn, dass du wieder hier bist. Dass du bleibst. Vielleicht ist es ein Wink des Schicksals, dass wir beide – so wie früher in der Klasse – Seite an Seite durch ein noch recht abenteuerliches Leben wandern werden. Meine Hand drauf… hier.«

Lo reichte ihm seine rechte Hand.

Meller schlug ein.

»So und jetzt erzähl mir deine Geldprobleme. Niemand wird je etwas davon erfahren. Da kannst du mir reinstechen…«, Lo zeigte dabei mit der Hand auf seinen Hals.

»Aber, du musst zugeben – es ist schon eine verrückte Welt. Andere haben Probleme, weil sie permanent pleite sind. Bei dir ist es genau umgekehrt…«

Lo lehnte sich zurück und hörte aufmerksam zu.

Meller hatte vor, in Mödling ein größeres Grundstück mit oder ohne Villa zu kaufen. Nicht zu weit weg »vom Schuss«, wie er für einen Kommissar treffend meinte, denn er mochte die Nähe zu Menschen. Er genoss es ebenso, an den Wochenenden ein bisschen durch die Stadt zu flanieren. Soweit es sein derzeitiges Arbeitspensum erlaubte. In den Gastgärten der Cafes zu sitzen, an einer Tasse zu nippen und dabei Leute zu beobachten. Diese innere Ruhe, die er in Indien das erste Mal erlebte und die ihm später auch im pulsierenden Rio von Nutzen war. Überhaupt, wie die Brasilianer ihr Leben in den Griff bekamen – dieses freie Gefühl, diese lockere Sichtweise. Das war für Meller schon immer ein Phänomen. Hier waren die Menschen viel zu hektisch, zu engstirnig, ja zu gierig auf alles und jedes im Leben.

Erstmals sah sich Meller in der Lage, den privaten Teil seines Lebens in den Griff zu bekommen. Er war ungebunden und wollte es auch längere Zeit bleiben. Finanzielle Sorgen schienen ein für alle Mal gestorben zu sein. Obwohl er die ohnehin nie hatte. Bescheiden wie er in früheren Jahren lebte.

Ja, er hätte es bei Gott nicht mehr nötig, je einen Finger krumm zu machen. Doch das war nicht seine Art. Die Arbeit bei der Polizei gefiel ihm prinzipiell.

Deshalb nahm er auch den Job in Mödling an. Aber nur zu seinen Bedingungen, das hatte er seinem Onkel unmissverständlich erklärt. Er wusste, was er, was seine Erfahrung wert war. Viel zu oft geriet seine Truppe in Rio in Lebensgefahr, fast wäre er selbst dabei draufgegangen. Er bekam bei brutalen Kämpfen – Polizei gegen Gangster – die vernichtende Macht des Bösen zu spüren. Kollegen, längst Freunde von ihm, starben vor seinen Augen im Kugelhagel in den Hängen und Gassen der Favelas.

Aber war dies nicht wieder eine Flucht nach vorne? Weg von Rio? Von der furchtbaren Tatsache, dass dort sein glückliches Privatleben zerstört wurde? Genau darum floh er! Aber was ist, wenn es ihm wieder gelingen würde ein neues Glück aufzubauen und dieses wieder den Bach runterginge? Wie schon so oft in seinem Leben.

Meller, ein frustrierter, vom Schicksal geschlagener Mensch? Und jetzt gar ein Kommissar wider Willen? Mitnichten! Solange er seinen Job machte, war er ein leidenschaftlicher Kämpfer. Das war er sich und seinem Team schuldig.

Könnte in seiner Heimat je eine solch brutale Kriminalität wie in Rio entstehen? Sicher nicht. Hier waren die Verbrechen ein »Lercherlschaß«, wie es Axel Körner so treffend auszudrücken vermochte. Sicher, die Kriminalitätsrate stieg bedrohlich an. Die Verbrechen bewegten sich hauptsächlich in den Bereichen Drogenhandel, Zigarettenschmuggel, Vandalismus, Einbruch, Diebstahl, Sexualdelikte und Körperverletzungen. Nur hin und wieder ein Mord und der Täter war ohnehin meistens im Umfeld des Opfers zu finden. Wesentlich schwieriger war das Aufspüren und Zerschlagen diverser mafioser Gruppierungen. Doch seine Abteilungen waren verbissen hinter diesen Kriminellen her.

Lo Bianco würde ihm helfen, eine passende Immobilie zu finden. Meller war froh darüber. Er konnte sich voll seiner Tätigkeit im S-C-ONE widmen. Es standen auch noch einige Flüge nach Rio an, um wichtige Anweisungen zu tätigen, rechtliche Dinge abzuklären. Reichtum in den Griff zu bekommen und zu verwalten kostete eben seine Zeit und die musste er mit seinen Einsatzplänen hier in Einklang bringen.

Für Lo würde es puren Spaß bedeuten. Insgeheim verriet er Meller, dass er ohnehin bald wieder ein Haus bauen müsse, es sei ihm bereits zu fad in seiner spartanischen Holzhütte, wie er sie spaßhalber nannte. *Ob es dann nicht gleich meine Villa sein könnte?*, war Mellers lauter Gedanke, *natürlich ohne Kosteneinschränkung!* Na klar, nichts lieber als das. Endlich durfte Lo wieder ein Haus oder gar größeres Anwesen planen, umbauen, neu gestalten. Auch die Holzvilla in der Schiller-Straße entstand nach seiner Idee.

Fürs Erste sollte Lo das passende Grundstück finden. Selbstverständlich sah er die Suche nach einer geeigneten Immobilie für Meller als Freundschaftsdienst.

»Aber so leicht werd ich's dir nicht machen, Lo«, meinte Meller vergnügt, »denn du wirst sehen – ich bin ein ziemlich heikler Kunde.«

»Ach was, ich werde schon eine adäquate Bude für dich finden, es stehen ohnehin unzählige Villen leer. Die Zeiten waren auch schon mal besser. Die alten Leute sterben aus den Häusern raus und die Jungen streiten dann darum. Solche Fälle gibt's hier genug. Je mehr zu holen ist, desto mehr Freude haben die Anwälte, weil die am meisten abschöpfen bei der Aufteilung des Erbes unter den Streithähnen.«

»Ja, ja, der Mensch ist im Prinzip gut – so lange es seinem Nächsten nicht besser geht als ihm«, sinnierte Meller gedankenverloren vor sich hin.

»Na dann schau einfach, dass es mir auch so gut geht wie dir«, schmunzelte Lo, leerte sein Glas und setzte wieder an:

»Also sag schon endlich, nachdem du mich mit deinen sogenannten Finanzproblemen gelöchert hast, mir ewige Freundschaft hast schwören lassen, um wie viele Millionen geht's denn eigentlich?«

»Also in Euro sind's so an die… hundert Millionen.«

»Pfau, na bumm…!«

Sekundenlanges Schweigen.

»So viel? Da wundert's mich natürlich nicht, dass du leicht ausflippst.«

»Das ist aber noch nicht alles. Monatlich kommen noch Fünfzigtausend dazu – für Lilians Stiftung. Dann noch eine riesige Villa, ein Apartment in Rios bester Lage und ein paar Autos. Zuletzt noch saftige Aktienpakete, wobei ich mich in diesem Geschäft nicht ein bisschen auskenne.«

»Armer, reicher Mario Meller. Pass auf, dass wirklich niemand davon erfährt.«

»Eben. Deshalb will ich auch bei diesem Villa- oder Grundstückskauf überhaupt nicht in Erscheinung treten. Du, Lo, bist ein erfolgreicher Unternehmer. Du bekommst das nötige Geld von mir, sodass alles über dich läuft – dann sind sie eben dir die Villa neidig«, grinste Meller.

»...also bau mir nichts zu Pompöses hin. Und mit einem gesonderten Vertrag beschließen wir, dass ich das Wohnrecht in deiner Villa habe – bis ich die Patschen strecke. Bin sozusagen auf Lebenszeit dein Hauptmieter... Einverstanden, Lo?«

Lo Bianco war einverstanden.

Vier

Montag, 7. März 2005...

Ein Montag – das genügte.

Der Verkehr war schlechthin ein Horror. Dicht an dicht. Ein Gehupe, ein Gerangel um jeden möglichen freien Platz in den Autokolonnen Richtung Wien. Der übliche Montagsstau, der ganz normale Wahnsinn. Die armen Pendler, die sich das jeden Tag antun mussten. Man konnte sich vorstellen, wie geladen jene auf ihren Arbeitsplätzen ankamen. Garantiert täglich zu spät. Jahrelang schiefe Blicke von Kollegen, Rügen oder gar Verwarnungen durch Vorgesetzte. Die Folge: unterdrückte, hinuntergeschluckte Aggressionen, dadurch Magen- oder andere Geschwüre, Krebs, Tod und aus... Amen!

Meller hing seinen Gedanken nach. So ein täglicher Morgenstau war in jedem Falle lebensverkürzend, wenn man es nicht schaffte, diesen so gelassen wie möglich über sich ergehen zu lassen. Fünf mal die Woche, das waren – abzüglich Urlaub, Feiertage, ein paar Krankheitstage – im Jahr etwa zweihundertzwanzig Staus und das mal zwei! Denn der Weg nach Hause, ebenfalls ein Horror. Nach etwa vierzig Jahren war so ein »Staumensch« ein Wrack und hatte keine Chance auf eine lange, geruhsame Pension. Kein schlechtes Geschäft für die Pensionsanstalten, wenn solch angezüchtete Stresskrankheiten ab In-Rente-Gehen ausbrachen. Das müsste erst mal bewiesen werden, ob Staufahrer wirklich das Alter erreichen, das die Sterbetafeln der Versicherer prognostizieren.

Meller war ein Fatalist. Zu viel erlebte er bereits. Das Schicksal war unerbittlich, das Unberechenbare berechenbar. Zumindest, dass ein Schicksalsschlag einen folgenden förmlich hervorrief. Er stellte in Mußestunden solch verrückte Prognosen auf. So wie jetzt auf der Fahrt nach Wien. V-Agent Axel Körner hatte das Vergnügen, Meller ins Ministerium zu kutschieren.

Der vergangene Sonntag begann angenehm und endete wie so oft, konzentriert arbeitend im S-C-ONE.

Wie versprochen erschien er mit Joe um zehn Uhr bei Eva Roth, um mit ihr ins Kaffeehaus frühstücken zu gehen. Daraus wurde ein Brunch, der sich bis in den Nachmittag hinzog. Inklusive anschließender Spazierrunde im Wienerwald oberhalb der Othmarkirche. Sie wanderten schweigsam hinauf zum Schwarzen Turm, über die Turnerwiese nach Maria Enzersdorf. Zu dritt, wie eine kleine Familie mit Hund: Eva, Meller und Joe. Jeder hing seinen Gedanken nach. Selbst der Hund, so schien es jedenfalls. Denn Joe verhielt sich völlig gesittet – *braves Hundi* –, als würde ihm dieser Gedanke »zu dritt« sehr wohl behagen. Vor Evas schwedenroter Villa in der Giannoni-Gasse verabschiedete sich Meller und überließ ihr Joe, um sich ungestört seinen Ermittlungen im *Frühlingsrolle-Mord* zu widmen.

Eva Roth – die ausgeflippte, vielleicht etwas verrückte Künstlerin. Jedoch eine ausdrucksstarke Frau. Sicher war sich Meller bei ihr nie. Ist sie so oder spielte sie ihm das wohldosierte Theater einer Künstlerin vor, die in höheren Ebenen schweben wollte. Schweben musste?

Wer kann von sich behaupten, dass er keinen Vogel hat? Wer hat die Garantie, dass er nicht spinnt? Ein Körner-Spruch, wenn er wieder einmal an die Grenzen menschlicher Vernunft stieß, kam ihm plötzlich in den Sinn.

Dabei war Eva eine clevere, blitzgescheite Frau. Das spürte Meller. Sie hatte ihn längst durchschaut und spielte mit ihm. Sie hielt in Wahrheit Meller an der Leine. Weil sie wusste, dass sein Joe liebevolle Betreuung brauchte, die Meller – durch seinen arbeits- und zeitintensiven Job – niemals bieten konnte. Irgendwann erzählte er Eva, dass Joe der erklärte Liebling seiner Frau Lilian war und er es nach ihrem tragischen Tod nicht übers Herz brachte, den Hund einfach abzugeben. Eva Roth war es dann, die Meller dazu überredete, ihr Joe hin und wieder zu überlassen. Ein kleiner Freundschaftsdienst sozusagen, zur Entlastung des gestressten Kommissars. Doch der Preis dafür wurde Meller erst später bewusst, als er bereits in Evas Falle saß. Denn sie war scharf auf ihn und wollte ihre »Bezahlung« einfordern und zwar bald. *Stress, Stress…*

Wenigstens war der Hund für die kommende Woche untergebracht. Wenn es die Zeit erlaubte, wolle er bei Eva vorbeischauen. *Vorbeischauen…* was für eine blöde Redewendung, dachte Meller.

»Schau dir diese Arschlöcher an…!, fluchte V-Agent Körner.

»Aber, aber, Herr Körner – schön sprechen«, ermahnte Meller seinen Chauffeur schmunzelnd und weiter belehrend:

»Auch wenn du wie ein Rohrspatz fluchst, es hilft nichts. Eine Stunde ist eine Stunde. Und so lange brauchen wir. Da können sich noch so viele vor dir reinzwicken. Die sind auch nicht früher dort, wo sie hin wollen. Und merk dir: Auch der Mensch braucht seine Zeit zum Sterben. Es geht nur durch Gewalt etwas schneller. Du willst uns doch nicht umbringen und genauso verrückt wie diese Schnösel Hin-und-her-Kurven?«

»Aber schau dir den Trottel an. Da – den vor uns…!«

»Bitte Axel!«

Meller war sichtlich genervt, weil er endgültig in seinem morgendlichen Gedankenspiel gestört wurde.

Sie kamen natürlich rechtzeitig an. Was sonst.

»Siehst du, in der Geduld liegt das wahre Leben.« Er zwinkerte Körner zu.

Die Besprechung war frustrierend. Ministerialrat Dr. Walter Meller hielt vorerst einen ausführlichen Vortrag über die zukünftigen Grenzöffnungen und über deren unausweichliche Folgen. Würde man die Ergebnisse so ungefiltert der Öffentlichkeit präsentieren, gäbe es bald einen Aufstand. Nach den enormen Einsparmaßnahmen im Sicherheitswesen.

Denn die Kriminalität erstreckte sich in der Zwischenzeit von den städtischen Bereichen bis in die ländlichen Gebiete. Wie die Heuschrecken begannen organisierte Banden ganze Landstriche »abzugrasen«. Gerade an diesem Montag passierten wieder zwei Fälle. In einem Nobelbezirk wurde die Besitzerin eines Schmuckladens ermordet. Und im Süden Wiens überwältigten vergangene Nacht drei Einbrecher ein älteres Ehepaar während die beiden schliefen. Drohten, sie zu erschießen, wenn sie nicht Schmuck und Bargeld rausrückten.

Auch der Mord in Mödling kam zur Sprache. Mario Meller referierte kurz über die Sachlage und den weiteren Ausbau der bestehenden V-Gruppen.

Andere Sicherheitseinheiten wünschten sich ähnliche Unterstützung, wie sie der S-C-ONE erhielt. Es entstand eine heftige Diskussion, bei der der Ministerialrat ganz schön ins Schwitzen kam. Weil er mit aussichtslosen, wenn auch geschickten Argumenten erklären musste, dass für sämtliche Forderungen einfach zu wenig Budget vorhanden sei. Jetzt und auch in nächster Zeit. Nur punktweise könne man vorerst die dringlichsten Bedürfnisse finanzieren. Dabei hätte man dem S-C-ONE vom Ministerium aus vorerst den Vorrang zugesprochen. Eine einzige Sauerei in den Augen der Kollegen der anderen Einheiten. Doch die Prognosen und die Realität bewiesen, dass sich im Süden Wiens eine extreme Kriminalität entwickelte. Dagegen musste in erster Linie angekämpft werden.

»Ich habe hier zwei neue Mitarbeiterinnen – zwei pfundige Frauen – die für deine V-Gruppe wie geschaffen sind.«

Das tirolerische »Pfundige« hatte natürlich keineswegs etwas mit zu vielen Kilos zu tun, sondern war die Bezeichnung für extrem tolle Typen. Mellers Onkel konnte seine Tiroler Herkunft nicht leugnen. Zu sehr steckten noch manche Wörter oder Ausdrucksformen des Tiroler Dialektes in ihm.

Mario Meller saß Dr. Walter Meller gegenüber. Nach der hitzigen Diskussion genossen beide die Zweisamkeit im geräumigen Ministerialratsbüro.

Frischer Kaffeeduft machte sich breit. Das Zimmer war geschmackvoll eingerichtet. Eine harmonische Bürowelt, wie sie ein über sechzigjähriger Mann seit Jahrzehnten liebte. Vielleicht nicht ganz Mellers Geschmack, etwas zu düster – eben der Geschmack einer anderen Generation.

»Sie werden sich bei dir melden. Das Personalbudget dafür ist bewilligt. Du weißt, schön langsam. Nur nicht zu viele Ausgaben auf einmal beantragen. So bekommen wir die Truppe zusammen, die wir brauchen. Ich weiß schon, wie ich die Verantwortlichen um den Finger wickeln kann.«

Lausbübisch lachte der Onkel übers ganze Gesicht und zeigte dabei seine strahlend weißen Zähne. Denn darauf war er stolz, auf seine Zweiten, die Jahrzehnte nach den Milchzähnen immer noch vollzählig und gesund waren.

»Und jetzt erzähl mir, was ist denn mit der *Frühlingsrolle-Leiche* nun wirklich los. Ich kenne den Steinbruchweg oberhalb der Weingärten sehr gut. Oft sind Henriette und ich…«, er hielt kurz inne, dachte wehmütig an seine Frau, die jetzt auf den Rollstuhl angewiesen war, sprach dann aber weiter:

»Der gerichtsmedizinische Befund ist ja nicht gerade sehr Erfolg versprechend.«

»Kein Wunder, die Leiche ist ja lange Zeit im Wald gelegen, sogar übern Winter. Aber man wird sehen.«

Und Meller erzählte.

Ab heute könne man in den Zeitungen Genaueres lesen. Auch der chinesische Wandteppich wurde groß abgebildet. Speziell Redakteur Bacher war in seiner *Neue-Süd* sehr kooperativ. Meller ersparte es sich, seinem Onkel das Warum zu verraten.

Die Bevölkerung wurde via Zeitung aufgerufen, sich an Auffälligkeiten zu erinnern, die sich im Zeitraum des vergangenen Sommers am Steinbruchweg abgespielt hatten. Eine Leiche kann nicht so ohne weiteres vergraben werden. Da mussten schon mehrere Täter im Spiel sein. Der Steinbruchweg war immerhin eine beliebte Wanderstrecke. Auch musste ein Auto für den Transport des Opfers benutzt worden sein. Obendrein lag der Torso an einer Stelle, die nicht so sehr abgelegen war. Schicksalshaft verblüffend war jedenfalls, dass es Mellers Hund war, der die Leiche entdeckte. Darüber schmunzelten die beiden Männer schließlich.

»Ein Tausendsassa, dieser kleine brasilianische Rabauke. War es eigentlich schwierig, ihn nach Österreich zu bringen?«

Mit dieser Frage stieß der Onkel ohne es zu wissen in eine verdammt große Wunde Mellers.

»Es ging«, antwortete er seufzend.

Nein, es war natürlich nicht schwierig, dachte Meller. Aber alles, was irgendwie mit Rio, Brasilien, vor allem natürlich mit Lilian zu tun hatte, zerriss ihm fast das Herz vor schmerzlicher Erinnerungen, war eben noch offenwundes Seelengebiet. Und Joe war Lilians vierbeinige Herzeroberung. Doch Joe fragte nicht dauernd danach, sondern forderte von Meller lediglich Futter, Gassi-geh-Zeiten sowie hin und wieder ein paar Streicheleinheiten – nach Zuneigung bettelnd, wie das Tier nun mal war. Meller wusste, würde Lilian plötzlich durch die Tür schreiten – *mein Gott, wie wär das schön* – der Hund würde sich vor Freude jaulend auf die Erde werfen und sich anpinkeln. Aber Lilian gab's nur noch in seiner Erinnerung…

»Sag, wo ist er eigentlich, wenn du im Dienst bist – der Spaniel meine ich?«

Der Onkel riss ihn von seinen schmerzlichen Gedanken weg.

Meller schluckte kurz:

»Zeitweise bei mir im Büro. Ansonsten ist er tagsüber meistens bei Eva Roth, der Malerin. Ich glaube du kennst sie. Zumindest habe ich dir schon von ihr erzählt.«

»Ahja, die Künstlerin in der Giannoni-Gasse, die in dem roten Haus wohnt. Ich bestellte früher immer diesen exzellenten Rotwein bei ihrem Vater. Als er noch lebte. Schade, dass diese Quelle nun versiegt ist.«

Wenn du wüsstest, lieber Onkel, mich schüttet sie damit zu, dachte er und nahm sich vor, beim nächsten Besuch in der Südstadt, seinen Onkel mit einer Auswahl erlesener Eva Roth-Weine zu überraschen.

Axel Körner nützte währenddessen die Zeit und studierte in der Kantine des Ministeriums bei einer Melange und einem

Nusskipferl den gerichtsmedizinischen Befund des *Frühlingsrolle-Mordes.* Er konnte es auch nicht lassen, mit der drallbusigen Kellnerin zu flirten.

Neue-Süd, 7. März 2005

Erste Ergebnisse im Frühlingsrolle-Mord!

Laut gerichtsmedizinischen Untersuchungen an der Leiche, die in Mödling am Jennyberg gefunden wurde (die Neue-Süd berichtete bereits darüber), können nun die ersten Ergebnisse bekannt gegeben werden.

Es handelt sich um einen Mann mit schwarzer Hautfarbe. Womöglich um einen Dealer bzw. um einen Drogensüchtigen. Denn es wurden Rauschgiftspuren im Körper des Toten entdeckt. Der etwa zwanzig- bis vierzigjährige Mann musste im vergangenen Sommer sein Leben lassen, wobei nicht mehr zu eruieren ist, ob dem Opfer beide Arme und Beine sowie die Genitalien vor seiner Enthauptung abgetrennt wurden.

Laut ähnlicher Funde wird diese Folterart im Dealermilieu immer öfter als drakonische Strafe der Drogenmafia praktiziert. Vor allem in südamerikanischen Ländern fand die Polizei bereits Ermordete mit derartigen Verstümmelungen.

Der Torso, in Müllsäcken eingepackt und verklebt, wurde zusätzlich in einen chinesischen Seidenteppich (im Bild links) eingewickelt und fest verschnürt. Da er nur etwa fünfzig Zentimeter tief im Erdreich vergraben lag, wurde er den Winter über durch die Kälte tiefgefroren, was die Untersuchungen prinzipiell erleichterte.

Die komplette DNA-Auswertung liegt noch nicht vor, die Gerichtsmediziner hoffen jedoch, trotz der gegebenen Umstände – die lange Liegezeit der Leiche unter extremen Hitze- und Kälteeinflüssen – weitere verwertbare Daten zu erhalten.

Anzunehmen ist, dass die Leiche nachts vergraben wurde. Sie musste mit einem Fahrzeug transportiert worden sein. Der Mord selbst geschah mit Sicherheit an einem anderen Ort, da man keinerlei Blutspuren, genauso wenig die abgetrennten Körperteile fand.

Dass der Torso überhaupt entdeckt wurde, ist Cockerspaniel »Joe«, Kommissar Mellers Hund, zu verdanken.

Die Bürger werden nun gebeten, Auffälliges, das sie im Zeitraum des vergangenen Sommers am Steinbruchweg beim Jennyberg bemerken konnten, zu melden. Vor allem Beobachtungen über Personen, die sich verdächtig verhielten, oder Autos, die in dieser Gasse unterwegs waren, können als wertvolle Hinweise dienen. Jede Information – auch wenn sie noch so unbedeutend erscheint – ist wichtig und kann hilfreich sein, diesen grässlichen Mordfall aufzuklären.

Eine eigens im S-C-ONE eingerichtete Hotline mit der Nummer 0800-122334 ist dafür freigeschaltet. Jeder Anruf wird natürlich absolut vertraulich behandelt.

Nach Erscheinen des Artikels in den Medien dauerte es nicht lange, bis die Telefone im S-C-ONE heiß liefen. Auch ein Interview des lokalen TV-Senders mit Kommissar Mario Meller – in dem er die Bevölkerung bat, sich an eventuelle Begebenheiten zu erinnern und diese zu melden – tat sein Übriges dazu. Vor allem auch, weil Meller ein äußerst telegener Typ war, wie ein profilierter Schauspieler über den Bildschirm kam. Doch Meller hasste diese TV-Auftritte. Niemand jedoch nahm ihm diese lästige Pflicht ab. Schließlich und endlich war er der Boss.

Freude an seinen Auftritten hatte jedoch Mödlings Damenwelt. So wie früher der beliebte Fernsehpfarrer sein begeistertes Publikum hatte, scharten sich im Laufe der Zeit mehr und mehr schwärmende Fans um den Kommissar. Allen voran Eva Roth.

Obwohl Meller – wenn er schon mal auftreten musste – alles andere als das Heil Gottes verkündete. Sondern vielmehr das Teuflische, das Hässliche, das Unmenschliche. Banküberfälle, Einbrüche, Verbrechen aller Art…

Im schlimmsten Fall einen Mord. In diesem Fall den *Frühlingsrolle-Mord.*

Habts ihn auch gsehn, den Meller? Gestern Abend in den Nachrichten? Ist das nicht ein geiler Typ. Also, wenn der auf meiner Bettkante sitzen würd, ich tät ihn nicht runterstoßen!

Sicher, tragisch dieser Mord, doch Meller war einfach interessanter. Ein für allemal.

Verliebte, Jogger, Rentner, Junge, Alte – gewissenhafte Bürger riefen an, um ihre eventuell verdächtigen Beobachtungen vom vergangenen Sommer abzuliefern. *Man müsse allerdings bedenken, dass es schon so viele Monate her ist. So genau könne man sich natürlich nicht mehr erinnern. Aber da war doch dieses und jenes verdächtig… Damals…*

Es gab auch genug Verrückte oder geistig Minderbemittelte, die sich einen Spaß daraus machten, entweder anonym oder unter falschem Namen anzurufen. Diese Irren waren meistens in den Nachtstunden am Telefon und stotterten oder lallten ihre Vermutungen durch die Leitung. Manche nützten die Hotline, um endlich ihrem Frust über *die Scheiß-Ausländer, diese Kanaken, diese Bimbos,* freien Lauf zu lassen. Als man die wütenden Anrufer höflich um Name und Adresse fragte, hängten sie entweder mit einem *Ihr-könnts-mich-Mal* oder überhaupt wortlos ein. Da waren sie dann zu feige, mit Name und Adresse zu ihrem Wort zu stehen. Dabei wäre es ein Leichtes, diese Personen ausfindig zu machen. Längst war jede Nummer im Speicher gelandet. Die sichtbaren wie die anonymen. Doch wer wollte sich schon die Mühe machen, solche Beleidigungen zu ahnden, auch wenn es unter anderem mehrfach hieß: *Hauptsache wieder einer weniger von den Giftlern.* Man hatte ohnehin mit den täglichen Kriminalfällen genug um die Ohren.

So sind die Menschen eben. Nicht alle waren so nett, wie sie sich sonst zum Beispiel jeden Samstag Vormittag bei einer Melange oder beim wöchentlichen Bad in der Menge in der Fußgängerzone zeigten:

»Ja, grüß Sie, Herr Ingenieur. Wie geht's Ihnen denn? Wo sind denn die Gattin, die Kinder? Shoppen, ahja! Sagen S' einmal, was meinen denn Sie zu dieser Frühlingsrolle-Mordgschicht? Schrecklich net wahr! Der arme Schwarze. Aber es war eh nur ein Giftler, zumindest steht's in der Zeitung so. Aber trotzdem, so grauslich ermorden? Na, Zuständ sind des heutzutage. Früher hätt's des alles net geben. Damals beim Hitler, denk ich mal so laut für mich. Aber seit die Grenzen grenzenlos sind – haha, klingt das witzig – da hört sich der Spaß auf. Da muss man ja bald selbst um Leib und Leben fürchten. Das hamma davon, weil wir jetzt alle von draußen reinlassen müssen. Also, schönen Tag noch, Herr Ingenieur.«

Und für sich dachte der freundlich plaudernde Herr:

»Ja, ja, mein Chef, der Draganic. Der ist genauso ein Kanake, nur um dreißig Jahre früher hier aufgetaucht. Bin ich halt freundlich. Aber, wenn ich was zu sagen hätt…«

»Mike, du übernimmst noch die Maier aus der Goethe-Gasse, den Doktor Müller aus der Neusiedler Straße und die Huber aus der Rieger-Straße. Das wären dann alle, die noch zu befragen sind…«

Meller schaute kurz von seinen Unterlagen auf und deutete mit einem Kopfnicken auf Mike. Die letzten Tage waren mühsam. Sämtliche eingegangenen Hinweise mussten nachgeprüft werden. Auf einen möglichen Zusammenhang mit dem Mord. Die Befragungen waren jedoch nervend. Nichts war von Bedeutung, nichts wies ein interessantes Detail auf. Meller ahnte dies natürlich, war aber dennoch frustriert.

Vielleicht bekam er bei den letzten Befragungen noch einen heißen Hinweis.

»Sonst noch was…?«, meinte Mike hektisch und sah nervös auf seine Armbanduhr.

»So warte doch. So viel Zeit muss schon sein.«

Meller sah Mike nervös an seinem Handy hantieren.

»Aber ich muss dringend los. Stoppl und ich müssen um zehn… wegen Tobias… die Sache mit dem Direktor…«

»Da bin ich… Entgeht mir da etwas?«, mischte sich jetzt auch V-Agent Axel Körner neugierig ein, nachdem er – stürmisch wie immer – die Tür zu Mellers Büro aufriss und einen gestressten Mike vor sich sah.

»Das geht dich gar nichts an«, fuhr Mike ihn frustriert an.

»Also Freunde, so läuft das nicht«, unterbrach Meller gebieterisch, schälte sich aus seinem Sessel, um sich auch optisch mehr Respekt zu verschaffen.

»Du Mike, verschwinde jetzt und erledige deine leidige Angelegenheit. Aber am Nachmittag bist du gestellt und übernimmst die noch eventuellen restlichen Anrufer, okay?«

Mike verschwand mit einem bissigen Blick auf Axel aus Mellers Büro. Der Kommissar setzte sich wieder.

»Musste der heute Morgen kalt duschen oder hat ihn Stoppl vielleicht net lassen…?«, grinste Axel Körner.

»Axel, bitte! Was weiß ich. Es gibt mit seinem Buben Schwierigkeiten. In der Schule. Und der Direktor hat sofort die Eltern zu sich berufen.«

»Na das fängt ja gut an. Sein Vater beim S-C-ONE und der Junge beginnt eine Karriere als unser zukünftiger Klient. Also arbeitslos werden wir garantiert nicht.«

»Mensch Körner, bleib am Teppich«, Meller jetzt sichtlich genervt: »Der Tobias hat einem anderen eine auf die Nase gegeben, wegen… ach weißt eh, wie die Buben sind… nachdem er selbst eine aufs Auge bekommen hat. Der Direktor ist zufällig den Gang lang und hat die beiden auseinander dividiert. Dabei bekam er von Tobias den letzten Schwinger, den sein Kontrahent hätte kassieren sollen. Nun blüht dem Direktor wahrscheinlich ebenfalls ein blaues Auge. Und dem Tobias blüht… naja, das Finale kann man sich jedenfalls bildhaft vorstellen… So und jetzt zu dir.«

Meller schob ihm den Ausdruck mit den drei Namen und Adressen über den Schreibtisch, die eigentlich Mike erledigen sollte.

»Mach dir mit denen Termine aus. Und sei bitte – ich wiederhole – *bitte* nett und freundlich.«

»Bin ich doch immer, Chef«, entgegnete Axel gespielt entrüstet.

»Also, ernsthaft jetzt! Saug so viel wie möglich aus denen raus. Du weißt ja, wie man Zeugen am effektivsten anbohrt.«

»Ich habe hier noch zwei Damen, um die kümmere ich mich persönlich…«

»Ah, die feschen jungen Mädels reißt sich der Herr Kommissar selbst unter den Nagel! Typisch Meller. Während ich die Rentnerpartie ausfratscheln…«

»Axel verschwind! Raus…!«

»Bin schon weg, Herr Frauenflüsterer!«

Meller schnaufte, ließ sich aber grinsend in den Sessel zurückfallen. *Frauenflüsterer* – nicht schlecht. Dann hob er den Telefonhörer ab und wählte die erste der beiden Nummern.

Er ließ es länger läuten und legte schließlich auf. Bei der zweiten Nummer erschien es ihm, als hätte die Angerufene direkt beim Telefon gesessen.

»Smurda…?«

»Ja, hier Kommissar Meller vom S-C-ONE. Frau Smurda, Sie waren so freundlich und haben bei der Hotline…«

»Ja ich… ich war das… ich möchte…«

»Ich weiß. Wäre es Ihnen recht, wenn ich gleich jetzt zu Ihnen komme?«

Stille, als wäre plötzlich die Leitung tot.

»Frau Smurda… Hallo, sind Sie noch dran?«

»Nein… ja…«, erklang Frau Smurda etwas atemlos, »doch, doch… kommen Sie. Ich möchte nur meine Tochter in der Bank anrufen. Vielleicht kann sie kurz nach Hause kommen. Wir waren nämlich damals beide am Steinbruchweg.«

»Danke, das ist sehr nett, Frau Smurda. Also ich bin in einer Viertelstunde bei Ihnen.«

Man muss Damen im gewissen Alter mit dem nötigen Respekt entgegenkommen. Meller kannte die Frau bereits vom Sehen. Sie wohnte in unmittelbarer Nähe von Lo Bianco.

Gerade als er sein Büro verlassen wollte, ertönte sein Telefon und die Rezeptionistin kündigte ihm zwei junge Damen an. Sie seien die Neuen im Team und wollten sich bei ihm anmelden.

Bitte nicht jetzt. Das kam ihm momentan höchst ungelegen.

»Ich komm runter«, sprach er und verließ, sich seinen Parka umhängend, das Büro.

Die Damen, sie sahen umwerfend aus.

Verdammt Meller, reiß dich zusammen. Was ist los mit dir?, schalt er sich insgeheim.

Die etwa einssiebzig große und durchtrainierte Blondine, Irene Schneider, gab ihm die Hand und lächelte ihn an.

Die zweite, Manuela Kohn, ebenfalls sportlich war dunkelbrünett und etwa zehn Zentimeter kleiner. Ihre weiblichen Rundungen, die besser zur Geltung kamen, machten sie weicher und lieblicher.

Das konnte ja heiter werden. Meller dachte an Körner, den er ab jetzt wohl fesseln müsste. Zumindest dürfte er ihn nie mit einer der beiden Schönen allein auf Verbrecher loslassen.

Wo kamen plötzlich diese hübschen jungen Frauen her? Das bisherige weibliche Personal, auch im S-C-ONE, war längst nicht so aufregend. Eben normal, Durchschnitt. Oder spielte bereits sein Alter mit eine Rolle? Mit Sicherheit, dachte er wehmütig und sah blitzartig an sich hinunter.

Welch peinliches Wunder, dass Meller, der coole Kommissar, eine rote Birne bekam, wie schon lange nicht mehr. Er setzte jedoch unmittelbar sein Killerlächeln auf und schlug den beiden vor, sich von einem Beamten, der ihnen an der Rezeption zugeteilt würde, inzwischen das Haus und die Abteilungen zeigen zu lassen. Denn er müsse jetzt eine wichtige Ermittlung durchführen. In etwa einer Stunde sei er zurück.

Frau Inga Smurda, eine rüstige, etwa sechzigjährige gepflegte Dame erwartete den Kriminalkommissar bereits vor dem Gartentor. Nach der Begrüßung bat sie Meller ins Haus.

»Meine Tochter kommt ein bisschen später, denn sie arbeitet in Perchtoldsdorf. Sie versprach jedoch, so schnell wie möglich hier zu sein.«

»Ihr Name, Frau Smurda – sind sie denn aus Schweden oder Dänemark?«

»Nein, nein«, lachte sie, »ich bin eine geborene Mödlingerin. Aber mein verstorbener Mann war aus Dänemark. Zeit seines Lebens nannte er mich liebevoll seine Inga. Das blieb mir. Eigentlich heiße ich Inge.«

Frau Smurda führte Meller in ihr Wohnzimmer.

»Die Schuhe können Sie bitte anlassen… Wollen wir warten, bis Kerstin hier ist? Ich habe Kaffeewasser aufgestellt. Sie trinken doch sicher auch einen. Alle Kriminalkommissare trinken in den Filmen Kaffee aus dem Becher. Bei mir bekommen sie jedoch eine Tasse. Wissen Sie, ich seh am liebsten Krimis. Weiß auch am schnellsten, wer der Mörder ist.«

Schön, schön, Frau Smurda. Könnten Sie mir mal schnell verraten, wer der Mörder im Frühlingsrolle-Fall ist?

Wenn das so leicht wie im Film ginge. In neunzig Minuten wurde der Mörder erkannt, verhaftet und für die Ewigkeit weggesperrt.

Meller sah sich um, stülpte seinen Parka über die Sessellehne und stellte seinen Voice-Recorder – ein digitales Speichergerät nicht größer als ein Handy – auf den Tisch.

»Wenn es Ihnen recht ist, würde ich unsere Unterhaltung gerne aufzeichnen. Modernste Technik soll auch unsere Ermittlungen erleichtern. Obendrein geht es schneller und wir können uns auf das Wesentliche konzentrieren.«

Meller war froh, dass jeder von ihnen solch ein Gerät besaß. Damit gehörte die lästige Schreiberei bei Ermittlungen der Vergangenheit an. Im S-C-ONE wurden die digitalen Aufzeichnungen von den Sekretärinnen sofort im Computer umgewandelt und in Textform ausgedruckt. Fragen und Antworten wurden lesegerecht bearbeitet. Auch das digitale Fotografieren ersetzte längst mühevolle Zeichnungen oder Skizzen. Natürlich konnte sich jeder zusätzlich händisch seine Aufzeichnungen machen. Auch Meller verwendete hin und wieder seinen kleinen Notizblock mit eingestecktem Bleistift.

Während Frau Smurda sich um den Kaffee kümmerte, sah sich Meller im Wohnzimmer um und fühlte sich in die Vergangenheit um 1920 versetzt. Dunkle, klobige Möbel aus dem letzten Jahrtausend. Man schrieb immerhin das Jahr 2005, Anfang März. Ein kalter noch dazu, denn es hatte in den letzten Tagen wieder kräftig an Minusgraden zugelegt.

Große Ölbilder mit Landschafts- und Jagdmotiven in schweren Rahmen verdeckten weite Flächen der hohen Räume. Auf zwei Anrichten standen eine Unmenge Bilderrahmen mit Fotos in Schwarz-weiß und in Farbe. Süße Babys, fröhliche Kinder, junge glückliche Gesichter, ernste alte Menschen, Urlaubsbilder, Hochzeitsbilder. Eine Familienchronik, stumm in Bildern festgehalten. Ein unbarmherziger Beweis der Vergänglichkeit. Meller dachte an seine Fotos, die noch in Rio in einem kleinen Koffer lagen und auf ihn warteten. Er seufzte still vor sich hin.

»Ja, ja, wie die Zeit vergeht.« Frau Smurda kam mit einem gefüllten Tablett – Geschirr, Kaffee, Kuchenstücke auf Tellern – ins Zimmer. Sie sah Mellers gedankenverlorenen Blick auf ihre Bildergalerie.

»Und heute bin ich allein. Mein Sohn ist seit Jahren in Frankfurt. Börse und so. Kerstin wohnt auch schon seit ein paar Monaten in Brunn, besucht mich jedoch fast täglich. Gott sei Dank, sonst wäre das Alleinsein gar so schnell gekommen.«

Während Meller mit Zucker-im-Kaffee-Verrühren beschäftigt war, kam auch schon Kerstin zur Tür herein. Ein Abbild der Mutter, nur etwa dreißig Jahre jünger.

Sie grüßte atemlos und bat um Verständnis, dass sie nur sehr kurz Zeit hätte. Die Jugend von heute, immer in Eile. Aber für ein paar Fragen müsse wohl schon Zeit sein. Meller schaltete seinen Voice-Recorder ein.

»Wer will mit dem Beantworten meiner Fragen beginnen?«

Meller sah die beiden Frauen freundlich auffordernd an. Die Mutter nickte mit dem Kopf zur Tochter.

»Also, Frau Kerstin Smurda, was ist Ihnen am Steinbruchweg und wann etwa aufgefallen?«

»Es war Anfang Juli, der neunte Juli, ein Freitag. Ich habe es mir im Kalender herausgesucht. In Mödling war die »lange Einkaufsnacht«. In der die Geschäfte immer bis um zehn Uhr nachts offen halten. Ich weiß das deswegen so genau, weil das mein letzter Arbeitstag vorm Urlaub war. Ich kam jedenfalls – wie immer nach Büroschluss – zur Mama«, während sie einen Blick der Mutter zuwarf.

»Erzählen Sie mir bitte, was später in der Nacht passierte«, bat Meller geduldig.

»Ja... also... nach unserem Bummel durch Mödling, gingen wir noch ins Bockerl rauf und setzten uns in den Gastgarten. Es war eine laue Nacht. Wir wollten noch etwas trinken und eine Kleinigkeit essen. Und vor allem ein bisschen vom Feuerwerk sehen, das angekündigt wurde. Ich hatte dann aber mit Mama eine längere Diskussion wegen meines Freundes, mit dem ich auf Urlaub fahren wollte... Jedenfalls vergaßen wir auf das Feuerwerk. Da war es sicher schon gegen zwölf Uhr... im Bockerl.«

Die Tochter sah erst auf ihre Mutter, versank dann in Gedanken, als würde sie jene Nacht noch einmal vor ihrem geistigen Auge ablaufen lassen.

Jetzt mischte sich die Mutter ein.

»Das gehört nicht hierher... Die Nacht war warm und angenehm. Wir wollten noch nicht heim. Also machten wir einen kleinen Umweg nach Hause und gingen über den Steinbruchweg. Wir waren beide etwas aufgedreht wegen unserer Diskussion – Kerstin hat sie kurz erwähnt – daher wollten wir dieses leidliche Thema auf dem Heimweg ausdiskutieren. Wären wir nicht so erregt gewesen, ich glaube wir wären nie um diese Zeit dort gegangen. Immerhin nach zwölf und im Wald. War doch so Kerstin, oder?«

Meller hielt sich im Hintergrund, nippte nur an seinem Kaffee. Er wollte nicht unterbrechen, wartete nur darauf, wer weiter berichtete.

Die Mutter:

»Wir waren etwa zweihundert Meter vor der Abzweigung zur Krausten Linde. In der Nacht sieht man natürlich nicht viel. Doch der Weg ist asphaltiert und hin und wieder geben Waldlichtungen den schönen Blick auf Mödling frei. Vielleicht war etwas Mondlicht. Ich weiß es nicht mehr so genau…«

»Das lässt sich überprüfen«, warf Meller ein. Er wollte, dass sie fortfuhr, denn jetzt schien es spannend zu werden.

»Ich weiß nicht mehr, was uns plötzlich zum Verstummen brachte. Jedenfalls sahen wir Scheinwerferlicht. Das Auto musste auf der Straße zur Krausten Linde gefahren sein. Es hielt jedoch abrupt und die Lichter wurden abgeschaltet. Zuerst dachten wir beide an ein Liebespärchen. Wir blieben stehen und verhielten uns ruhig. Wir hörten nur Autotüren einrasten und sahen schemenhaft mehrere Personen. Vielleicht zwei oder drei…«

Die Mutter verstummte und sah ihre Tochter an, als warte sie auf eine Bestätigung, dass es sich genauso abgespielt hatte.

Die Tochter fuhr fort:

»Wir sind schnellstens den Weg zurückgegangen. Wir wollten nicht näher ran. Wer weiß, was passieren würde, wenn…«

»Und sonst? Was fiel Ihnen sonst noch auf? Können Sie die

Personen beschreiben? Das Auto – welche Type oder Marke war es?« Meller ließ sich seine Enttäuschung nicht anmerken.

Leider, sie wussten nichts mehr zu berichten. Die beiden waren durch den Vorfall, dem Gefühl einer möglichen Gefahr ausgesetzt zu sein, schnellstens nach Hause geeilt. Nachdem nichts weiter passierte, verlor ihre Beobachtung jedoch bald an Bedeutung.

»Sie sagten, es war nach zwölf Uhr nachts?« Meller sah dabei auf seine Uhr. Er musste weg.

»Wahrscheinlich war es schon später«, erwiderte die Mutter, »wir waren doch schon einige Zeit unterwegs, blieben auch hin und wieder stehen…«

Meller schaltete sein Gerät aus, nahm den letzten Schluck Kaffee und erhob sich. Den Kuchen ließ er stehen.

»Ich bedanke mich für Ihre wertvolle Zeit… und für den Kaffee.«

»Aber Sie haben noch gar keinen Kuchen gegessen!«, Frau Smurda sah ihn vorwurfsvoll an.

»Danke, danke… es tut mir sehr Leid, aber ich habe einen Termin in der Zentrale.«

Höflich verabschiedete er sich und verließ gemeinsam mit Kerstin Smurda, die wieder in ihre Firma fuhr, das Haus.

Meller stieg in seinen Dienstwagen und bog kurze Zeit später auf den Parkplatz vor dem S-C-ONE ein.

Nachdem Meller den Voice-Recorder im Sekretariat zur Weiterbearbeitung ablieferte, begab er sich in sein Büro. Auf dem Weg dorthin traf er Axel Körner. Im Schlepptau die beiden neuen Damen.

»Gut, dass du schon hier bist. Ich habe die Frau Maier aus der Goethe-Gasse befragen können. Eine delikate Geschichte, kann ich dir sagen. Die anderen beiden habe ich noch nicht erreicht.«

Axel grinste und mit einem Blick auf die beiden Schönen meinte er:

»Ich habe mir in der Zwischenzeit erlaubt, unsere neuen Kolleginnen hier richtig einzuführen, um dich damit zu entlasten, was dir sicher recht sein wird.«

»Schon gut…«, Meller ließ alle drei in sein Büro eintreten.

»Wow! Wer hat, der hat«, meinte Irene Schneider neidvoll, »nicht schlecht das Loft. Was muss man tun, bis man so elitär einquartiert wird?«

Meller missfiel diese freche, direkte Art, die sich Frau Schneider herausnahm.

»So lange arbeiten, bis Sie sich Ihr Mobilar selbst verdienen und bereit sind, es in Ihrem Büro zu verwenden. Ich habe mir erlaubt, diese kahlen vier Wände auf eigene Kosten zu gestalten. Weil ich der Chef bin und großen Wert auf ein stimmungsvolles, persönliches Arbeitsklima lege.«

Jetzt verstand ihn die blonde Super-Frau Schneider errötend.

Manuela Kohn schwieg lieber, sah sich nur um und begab sich auf Mellers Aufforderung mit den beiden anderen zur Sitzlandschaft.

Als sie in der Runde zusammensaßen, begann Meller:

»Ihren neuen Kollegen V-Agent Axel Körner kennen sie bereits. Sicher hat er Ihnen auch Ihre Arbeitsplätze gezeigt. Gemeinsam mit V-Agent Michael Lehner ist diese Einheit nun komplett. Ich schlage fürs Erste vor, Herr Körner wird Sie in unseren aktuellen Fall einweisen, von dem Sie sicher auch über die Medien erfahren haben. Es gibt noch Erhebungen durchzuführen, an denen Sie, meine werten Damen, bereits mitwirken dürfen. Am besten ist es nämlich, sich sofort in die Materie zu vertiefen. Herr Lehner ist in Kürze wieder hier. Dann entscheiden Sie sich bitte, wer mit wem die noch zu erledigenden Befragungen durchführt. Das wär's momentan. Die notwendigen Basisinformationen erhalten Sie von Herrn Körner. Axel, du nimmst dich bitte dieser Aufgabe an, okay?«

Wie auf frischer Tat ertappt, guckten die beiden Neuen aus der Wäsche. Meller wollte keine Männer-verwirrenden-Emotionen hoch kommen lassen. Schließlich war ein Job zu erledigen. Und zwar ein sehr harter. Ein Mord aufzuklären. Die »Zügel« konnte er in ein paar Monaten immer noch lockern. Dann, wenn sich die beiden an seinen Arbeitsstil gewöhnt hatten. Also, gleich von Beginn an den strengen Boss markieren, ein bisschen Härte zeigen, konnte nicht schaden.

»Nun Axel, bitte berichte, was deine Frau Maier seinerzeit zu sehen glaubte. Und Sie«, Meller sah kurz zu den beiden Neuen im Team und lächelte, »spitzen die Ohren, was unser V-Agent aus einer Beobachterin nach fast einem Jahr noch rauskitzeln konnte.«

Axel räusperte sich und setzte an:

»Also, wahrlich eine delikate Geschichte. Die von der Ruth Maier aus der Goethe-Gasse.« Er nahm seinen Block zur Hand und legte ihn als Gedankenstütze auf sein Knie. Wie man sah, war Axel ein Agent, der sich zusätzlich auf seine persönlichen Notizen verließ.

»Zuerst quasselte sie gleich drauflos. Eine Frau, deren Mundwerk man extra erschlagen muss. Man kennt das ja…«

»Axel, bitte. Schweif nicht ab…«, unterbrach ihn Meller.

»Um es kurz zu machen: Sie ließ mir anfangs keine Möglichkeit, gezielte Fragen zu stellen. Wie aufgezogen erzählte sie mir, was sie gesehen hätte und das nach fast einem Jahr. Aber immerhin. Als ich sie nun löcherte, wieso sie das noch so genau wusste, stockte sie plötzlich und wurde rot. Ich bin es ja gewöhnt, dass Frauen in meiner Gegenwart nervös werden…«

Axel grinste machomäßig.

»Jedenfalls schoss ihr die Röte in die Wangen, wie die Lava über die Berghänge des Ätnas. Und dann musste ich ihr – unter garantierter Verschwiegenheit meinerseits – zitzerlweise die Informationen rauskitzeln. Die Maier ist nämlich verheiratet – noch – und eine recht gschmackige Dame. So um die Vierzig und mit logischer Midlifecrisis oder sonst irgendwie frustriert. Warum sie gerade mir ihren Seitensprung beichtete, hat mich schon etwas verwundert. Vielleicht steht sie auf so einen wie mich…?«

Axel legte eine effektvolle Pause ein, um bei den beiden Neuen ordentlich Eindruck zu schinden. Meller ließ ihn den vermeintlichen Erfolg auskosten. Wenn er nur endlich zum Thema kam.

»Letztendlich gestand sie mir, dass sie damals ein Verhältnis mit dem Chef ihres Mannes hatte. Weil mit ihrem Alten nichts mehr lief, dieser eigentlich schon immer ein Schlappschwanz war. Nicht nur im Bett, sondern auch in der Firma. Also angelte sie sich seinen Chef, um für ihn zukünftig eine etwas bessere Position zu erwirken. Was Frauen so alles aus Liebe machen, ich meine alle Achtung… Ihr Mann hat es aber eines Tages spitz gekriegt, das Verhältnis. Er freute sich zwar, dass er plötzlich für ein größeres Vertriebsgebiet – er war Vertreter für Installateurzubehör – eingeteilt wurde und weil er mehr Fixum bekam. Dafür musste er allerdings ab nun ein- bis zweimal in der Woche auswärts übernachten. Sein Chef tauchte in diesen bewussten Nächten dann bei Frau Maier auf… eines Nachts auch überraschend ihr Ehemann… Heute lebt sie in Scheidung… Und jetzt kommt's…«

Axel Körner sah kurz auf seine Notizen.

»Vorigen Sommer – es muss ein Freitag gewesen sein. So ziemlich am Beginn ihrer Affäre. In Mödling gibt es an manchen Freitagen so eine Einkaufsaktion bis in die Nacht…«

»Die lange Einkaufsnacht.« Meller unterbrach ihn jetzt höchst interessiert. »Frau Smurda und ihre Tochter berichteten ebenfalls von der Freitagnacht, am 9. Juli. Also, da muss was dran sein. Aber bitte, erzähl weiter.«

»Frau Maier jedenfalls war mit dem Chef-Habschi am Jennyberg. Es war eine traumhafte Sommernacht. Mit einer Flasche Wein und einer Decke machten sich die zwei Verliebten auf in den Wald. In der Nähe dieser Abzweigung zur Krausten Linde fanden sie im Unterholz ein lauschiges Plätzchen und schon ging's an die Wäsche… eigentlich aus der Wäsche. Nachdem alles vorbei war – die Details behielt Frau Maier für sich – bekamen sie es plötzlich mit der Angst zu tun. Denn sie hörten ein Auto die Straße hochkommen und wurden beinahe vom Scheinwerferlicht erfasst. Nackt wie sie waren, drückten sich die beiden auf die mitgebrachte Decke. Motor und Licht wurden abgeschaltet, Autotüren geöffnet. Es mussten mehrere Personen ausgestiegen sein. Sie hörten jedoch nur Flüstern. Eine Heckklappe wurde geöffnet, etwas plumpste zu Boden und die Stimmen entfernten sich. Sie und ihr Lover blieben einige Minuten lautlos liegen, zogen sich dann in aller Eile an und verschwanden aus ihrem Versteck. In einiger Entfernung sahen sie ein Auto. Bei der Dunkelheit mitten im Wald konnten sie die Marke leider nicht erkennen. Außerdem hatten sie Angst, entdeckt zu werden.«

Meller unterbrach Axel:

»Warum kommt die erst jetzt mit ihrer Geschichte zu uns und nicht schon im vergangenem Jahr?«

»Sie meinte, es könnten auch Umweltverschmutzer gewesen

sein, die einen Kühlschrank im Wald deponierten, um sich die Entsorgungsgebühr zu ersparen. Zumindest klang das Auf-den-Boden-Fallen so ähnlich.«

»Die Uhrzeit? Wann waren sie im Wald?«

»Sie weiß es nicht mehr genau, aber es war sicher so um ein Uhr in der Nacht. Denn daheim hatte sie deswegen einen gewaltigen Wickel mit ihrem Alten, weil sie so spät nach Hause kam. Trotzdem ihre beste Freundin für das Alibi herhielt.«

»Prüf bitte ebenfalls die Aussage dieses Casanova-Chefs. Wie heißt eigentlich seine Firma?«

»Mühlrieder GmbH aus Traiskirchen – Handel mit Installationszubehör, Boiler und so. Aber die Maier ist mit dem Erwin Mühlrieder – so heißt der Chef – schon lange nicht mehr zusammen und ihr Mann ist längst aus der Firma rausgeflogen.«

Meller machte sich kurz ein paar Notizen und rief im Sekretariat an, wann seine Daten lesefertig seien. Kurz darauf erschien das Gespräch mit den Smurdas auf seinem Bildschirm.

Es klopfte an der Tür und Mike Lehner kam niedergeschlagen in Mellers Büro.

»Ich darf vorstellen, V-Agent Michael Lehner, kurz Mike genannt.« Meller stand auf und wies mit der Hand auf die beiden Damen, die bis jetzt stumm dasaßen und nur zuhörten. »Frau Irene Schneider und Frau Manuela Kohn. Nun ist unsere Gruppe komplett.«

Beide erhoben sich, gaben Mike freundlich die Hand und setzten sich wieder. Mike blieb stehen und seine Miene verdüsterte sich zunehmend:

»Also, ich bin sowas von am Boden zerstört. Das gehört zwar jetzt nicht hierher, aber ich muss mir den Ärger zuerst von der Seele reden.«

Meller hob sein Gesicht und forderte ihn dazu auf.

»Der Direktor... ich muss euch sagen, Leute gibt's, die gibt's gar nicht. Ich war also mit Stoppl...«, erklärend zu den Neuen blickend, »das ist meine Frau... also, wir waren beim Direktor. In der Schule von unserem Tobias. Ich meine, was kann der Bub dafür, dass der Direktor ein blaues Auge hat. Wäre der nicht dazwischen gefahren, als die beiden Kinder sich prügelten. Jetzt stellt er den Vorfall so hin, als hätte Tobias absichtlich auf ihn eingedroschen. Er möchte deswegen eine Disziplinarkonferenz einberufen – im Beisein des Landesschulinspektors – und Tobias' Rauswurf aus der Schule beantragen. So ein Miesling. Bloß weil der Direktor weiß, dass ich beim S-C-ONE bin, möchte er ein Exempel an meinem Sohn statuieren. Weil Tobias, seiner Meinung nach, deswegen noch mehr für alle ein Vorbild sein müsse. Am liebsten hätt ich dem Direktor ein zweites Veilchen verpasst – mit Absicht. Stoppl und ich müssen jetzt einen Canossagang zum Landesschulinspektor machen. Wegen diesem Blödsinn. Na, der liebe Herr Direktor kommt auch noch in meine Gasse. Mein Freund bei der Mödlinger Polizei wird in Zukunft ein *besonderes Auge* auf sein Auto werfen. Der soll uns kennen lernen... Stoppl und mich... und die Polizei. So eine Frechheit.«

Stille.

V-Agent Mike Lehner holte tief Luft, atmete aus und setzte sich zu den anderen. Völlig neutral kam von ihm:

»Gibt's was Neues in Sachen *Frühlingsrolle?* Was haben die Zeugen ausgespuckt?«

Ein Handy verströmte Sambaklänge. Meller hob ab.

»Meller, ja...?« Immer nur sein kurz gebelltes *Meller, ja...* Ein Kennzeichen Mellers, wenn er nicht gestört werden wollte.

Wer störte, das war – wie meistens – Eva Roth. Es gab in Mellers Leben Frauen, die störten prinzipiell. Dabei konnten sie nichts dafür. Oder doch? Es lag an der Tonlage, aus der daraus entstehenden Stimmung. Eva hatte für Meller immer etwas Nervendes, Befehlendes oder Frustrierendes in ihrer Stimme. Je nach Angelegenheit. Speziell am Telefon. Irgendwann müsse er sie darauf hinweisen. Oder sie vielleicht aufnehmen und es ihr vorspielen? Es war ein Manko, das einem bei Menschen, die man mochte, besonders irritierte. Wie störender Mund- oder Körpergeruch. Obwohl man wusste, dass sie sich bestimmt pflegten. Aber Körperausdünstungen kamen oft plötzlich und waren nicht für jedermanns Nase angenehm. Genauso erging es Meller mit manchen Stimmen. Ein akustischer Mundgeruch sozusagen.

»Ja, hier Eva! – Dein Joe… wann holst du ihn ab?« Und weiter, ohne auf Antwort zu warten:

»Bitte, um sechs musst du hier sein.«

Meller wurde nervös. Was war passiert? Sie hatten doch vereinbart, dass Joe diese Woche bei ihr bleiben würde. Was sollte die plötzliche Änderung?

»Wenn du um sechs nicht hier bist, streu ich Joe Pfeffer in den Hintern und leine ihn an den Gartenzaun. Bei seinem Gejaule sind deine Kollegen von der Polizei genauso schnell hier wie du – wetten?«

Meller, völlig konfus:

»Eva, bitte… Was ist passiert? Wir haben doch ausgemacht, dass du…, dass Joe bei dir…«

»Richtig, richtig, haben wir. Aber leider kommt im Leben immer etwas dazwischen. Dieses Mal was ganz Schlimmes: nämlich meine Mutter. Und die hasst Hunde, Katzen und sonst alles Vierbeinige, wahrscheinlich die ganze Welt inklusive sich selbst. Sie will mich heute um 19 Uhr besuchen! Weißt du was das für mich heißt? Großreinemachen heißt das! Es geht sie zwar einen feuchten Schmutz an, wie es bei mir aussieht. Aber *sie* ist da anderer Meinung und ich darf mir das einen Abend lang anhören. Sie hat sich auch nicht abwimmeln lassen. Leider. *Ich muss doch nach meinem Evili sehen. Nachdem es sich nie bei mir blicken lässt.*« Eva äffte schrill ihre Mutter nach.

Ah – von da kam Evas markante Stimme, kombinierte Meller. Ihm wurde plötzlich bewusst, dass er nicht alleine in seinem Zimmer saß.

»Jaha…! Natürlich… 18 Uhr bei dir… ich hol den Joe ab.«

Meller unterbrach kurzerhand die Verbindung und sah hilflos zu Axel.

»Nur ein toter Hund ist ein guter Hund – wuff…!«, ätzte Körner in Mellers Richtung.

»Raus, Axel – geh an deine Arbeit und verschone mich mit deinen Weisheiten!«

Knapp vor sechs Uhr verschwand Meller, um seinen Joe vor Eva Roths Androhung zu bewahren.

Der kommende Tag im S-C-ONE war wie jeder andere, nervend und hektisch. Vor allem, weil ein Mord aufzuklären war. Mellers erster Mordfall nach nicht einmal einem Jahr hier in Mödling.

Die letzten Befragungen, die von Körner und Lehner mit den zwei Damen im Schlepptau durchgeführt wurden, ergaben keine direkten Hinweise im Zusammenhang mit dem *Frühlingsrolle-Mord.*

Herr Doktor Müller aus der Neusiedler Straße – von Axel Körner und Irene Schneider befragt – war Anfang August mit seinem Hund am Steinbruchweg unterwegs. Er traf auf ein paar Jugendliche, die sich zur mitternächtlichen Stunde mit Alkohol zudröhnten und ihn anpöbelten. Natürlich hatte er damals sofort die Gendarmerie verständigt. Wisse aber nicht, ob seine Anzeige weiter verfolgt wurde. *Bei ihm sei jedenfalls diesbezüglich kein Beamter aufgetaucht,* meinte er vorwurfsvoll.

Auch Frau Huber aus der Rieger-Straße, eine drahtig-dürre Mittdreißigerin und Single, berichtete, immer diesen Weg zu absolvieren. Weil sie sich für Marathonläufe fitmache. *Absolvieren, nicht laufen,* meinte Mike amüsiert. *Man könne auch sein Leben absolvieren und nicht mehr leben.* So sah sie auch aus, die Frau Huber mit ihren dünnen Laufbeinchen. Sie *absolvierte* jedoch schon mehrere Marathonläufe auf diesem Globus. *Ganz vorne mit dabei durchs Ziel,* wie sie mit Siegerstolz bemerkte. Was ihr auffiel im vergangenen Sommer? Immer wenn sie nicht schlafen konnte, schnürte sie ihre Laufschuhe und *absolvierte* eine Runde um Mödling. Dabei sah sie einmal, wie sich ein Mann und eine Frau lauthals stritten – und das mitten in der Nacht. Wobei die Frau wie eine Furie schrie und anschließend heftig auf den Mann einschlug. Mit einem Holzstück oder ähnlichem Ding. Sie rannte jedenfalls schnell vorüber, denn sie wollte ihre Zeit halten. Obendrein, was hätte sie verhindern sollen – einen Mord? Die Frau wird schon ihre Gründe gehabt haben. Vielleicht ist er der Ermordete. Ob es ein Schwarzer war, das könne sie nicht sagen. Es war ja Nacht und da sehen alle Männer dunkel aus.

Auch Mellers zweite »nette junge Dame«, wie Körner spitz bemerkte, war keine Offenbarung. Zumindest nicht im Mordfall *Frühlingsrolle.*

Meller wusste dies ohnehin, behielt es aber für sich.

Sie sah ihn lange und stumm an. Ihre Stimme zitterte ein wenig, als sie leise ansetzte:

»Wieviel Jahre sind in der Zwischenzeit vergangen, seit wir…«

Meller schaute seine Schuhspitzen an, dachte nach, ließ blitzschnell Vergangenes an sich vorüberflitzen:

»Dreiundzwanzig Jahre... damals 1982... Du branntest mir ein Loch in meine Seele. Jahrelang litt ich wie ein geprügelter Hund. Verdammt, wie habe ich dich geliebt... vergöttert und... und verflucht.«

Sie saßen im kleinen Wohnzimmer einer Gemeindewohnung in Brunn am Gebirge. In einer jener Anlagen, die in den fünfziger Jahren errichtet wurden. Galt es damals als absoluter Glücksfall, eine solche Wohnung zu bekommen, so war es heute nur bescheidener Standard: kleines Wohnzimmer, noch kleineres Schlafzimmer, winzige Küche, ein Fleckerl Badezimmer ohne Fenster, ein WC und eine Loggia, mit Platz für einen Klappständer mit Wäsche.

Auch die Wohnungseinrichtung stammte aus der damaligen Zeit. Fast Kultstatus, wären die Möbel, Teppiche und Vorhänge nicht so abgewohnt und verblichen.

Jedoch ausreichend für Nora Weichselbaumer. Obwohl sie früher gern auf großem Fuß lebte, auf viel zu großem Fuß. Damals als sie noch Nora Bianco hieß, die jetzige Exfrau von Lo.

»Ich weiß, dass ich verdammt viele Fehler gemacht habe. Nicht nur den, Lo zu heiraten. Achja... wir waren so jung, so naiv. Mein allergrößter Fehler aber war, dass ich damals nicht auf dich hörte, Mario. Es tut mir heute noch Leid, dass ich dich so sehr enttäuscht habe. Doch ich hatte nie die Möglichkeit, mich bei dir dafür zu entschuldigen.«

Nora verfolgte Mellers Blicke durch ihr Wohnzimmer. Wie sehr hatte sie sich verändert, sich so sehr ihrem trostlosen Leben angepasst. Im Gesicht, wie im Outfit. Sie spürte sein Mitleid und bekam traurige, glänzende Augen:

»Ach Mario, du warst ja plötzlich weg. Ich konnte mich damals einfach nicht entscheiden zwischen dir und Lo. Dann bin ich schließlich in seinen Armen gelandet und…«

»Vergiss es.« Meller schnitt ihr das Wort ab. Vielleicht etwas zu brutal. Denn er sah, wie sie zusammenzuckte und ihn erschrocken anstarrte.

»Vergiss es bitte…«, wiederholte er diesmal sanfter, beugte sich zu ihr und berührte ihre Hand. Sie zog diese nicht weg.

Stumm und in Gedanken versunken, saßen sie sich gegenüber. Zwischen ihnen auf dem geschwungenen Nierentischchen eine Flasche Rotwein und zwei Gläser. Halbvoll.

Es dämmerte bereits. Mellers Blick aus dem Fenster galt den trostlosen Grünflächen zwischen den Häuserzeilen. Nicht nur, weil sie noch nicht grün waren, sondern noch immer schneebedeckt. Grauer schmutziger Schnee. Dieser Winter wollte und wollte nicht aufgeben.

Knapp 15 Jahre genoss Meller schneelose Winter in Rio mit Temperaturen um die 30 Grad. Sein Körper hatte sich längst an das tropische Klima gewöhnt. Doch, kaum hier, schon traf ihn ein ungewöhnlich langer, harter Winter. Düster, grimmig, eisig und ungemütlich. Ihm war seit Wochen prinzipiell zu kalt und er war deswegen dauerfrustriert.

Die Sonne, wo war die Sonne!

Jetzt ihm gegenüber die vom Leben gezeichnete Nora. Alles andere als ein lustig-fröhliches Wiedersehen. Dazu diese bedrückende Dämmerstunde, die ihn plötzlich anbrüllte:

Was willst du noch hier, verschwinde!

Meller blieb jedoch sitzen.

»Soll ich Licht machen?«, Nora wollte aufstehen.

»Nein, bitte lass es so…«, Meller nahm einen Schluck aus seinem Glas.

Dann erzählte sie ihm ihre Geschichte. Noras, zuerst buntes, fröhliches, hektisches, später chaotisches und letzten Endes trauriges Leben.

Die Anfangszeit mit Lo lief hervorragend, ein Himmel voller Geigen. Die Hochzeit war im Mai 1983. Kein Tag, keine Nacht verging, wo nicht irgendwas los war. Dauernd auf Achse, zu zweit oder mit Freunden.

Nora hatte einen tollen Marketing-Job bei einem Computerkonzern. *Ja, und die Firma gibt es heute, dank der Globalisierung, auch nicht mehr.* Sie brachte Lo damals dort als Freelancer unter, nachdem er sich selbstständig machte. Er verdiente als Grafiker gut. So hervorragend, dass er sein Arbeitszimmer in der gemeinsamen Wohnung bald gegen ein eigenes Atelier tauschte. Das kleine Haus in der Wiener Straße. *Dort, wo du momentan wohnst.* Nora wusste alles.

Mitte der Achtziger begannen für Bianco die fetten Jahre. Allerdings kümmerte er sich mehr um seine Kunden als um Nora. Sicher, sie liebte, vergötterte ihren Lo. Aber sie war eifersüchtig. Auf ihn und seine Erfolge. Beneidete ihn um sein Talent, weil er aus dem Nichts etwas schaffte. Sie konnte das nie, wollte ihm jedoch mindestens ebenbürtig sein. *Nora, die Kämpferin.*

Noras Leben mit Lo war ein genussvoller Sturz ins volle Tages- und Nachtleben. Von Montag bis Freitag – volles Rohr für die Firma. Die Wochenenden wurden durchgefeiert mit Freunden, mit der Clique… Geld war vorhanden. Sie verdiente prächtig und Lo noch um ein Vielfaches mehr.

1985 wurde Nora schwanger und beide freuten sich wie die Schneekönige auf einen Sohn. Auf dem Monitor der Ärztin bestaunten sie Daniel. *Der Winzling*, wie ihn Lo liebevoll nannte.

Dann der Absturz. Nora verlor das Kind. Sie fiel und fiel. In ein tiefes Loch. In eine schwere Depression. Lo stürzte anfangs mit, später jedoch konzentrierte er sich nur noch auf seine Jobs. Verarbeitete so seinen Schmerz. Nora hingegen hörte auf zu arbeiten, kündigte und zog sich zurück. Verkroch sich hinter ihrer verwundeten Seele. Ihre extrovertierte Art kehrte sich plötzlich ins Gegenteil um. Sie brach sämtliche Kontakte zum oberflächlichen Freundeskreis ab und entdeckte eine völlig andere Art der Flucht: den Kaufrausch – kaufen, kaufen, kaufen.

Nora zog ihre Kreise durch die Shopping-Citys und deckte sich wahllos ein. Mit Kleidern, Schuhen, Kosmetika, Schmuck, Videos, Büchern, undundund…

Lo sah ihr eine Weile zu. Verstand sie. Bemerkte aber missmutig, wie sein schwer verdientes Geld beim Fenster rausflog. Verzieh Nora. Anfangs.

Dann kam es eines Tages zum Krach. Es flogen die Fetzen – im wahrsten Sinn des Wortes. *Er schmiss alles auf die Straße. Schuhe, Kleider, Tuben, Dosen, Flacons, Videos, Klunker, alles… Als im Gegenzug seine gesamte Plattensammlung den harten Asphalt küsste, war der Ofen aus.*

1986 im dritten Jahr. Das abrupte Ende von Noras Ehe mit Lo.

Noch in der selben Nacht zog Lo in sein Atelier, in dem er ohnehin schon mehr Zeit verbrachte als zu Hause. Geschieden wurden sie zwei Monate später. Einvernehmlich. Sie verzichtete, er ebenfalls, auf was auch immer.

Lo Biancos Leben lief weiter wie bisher. Er war ein *Workaholic* – auch heute noch. Was Meller bestätigen konnte.

Noras Welt brach jedoch nach der Scheidung völlig zusammen. Sie bekam sich nicht mehr in den Griff. Daheim hielt sie es nicht mehr aus. So streifte sie stundenlang durch die SCS, Mariahilfer Straße, Kärntner Straße. Gustierte, kaufte, schaute sich in Kinos jeden Filmkäse an. Vertrödelte die Zeit, ihr Leben.

Ihre Kaufsucht nahm bereits drohende Formen an. Die Ersparnisse waren längst aufgebraucht, das eigene Konto heillos überzogen. Die Quellen – Lo Biancos Kreditkarten und Konten – versiegten nach der Scheidung. Ihr Zugriff auf sein Firmenkonto wurde gesperrt. Doch Nora kaufte weiter ein. Ertränkte ihre Trauer, ihr Selbstmitleid, ihre Wut jetzt durch Versandhausbestellungen.

Eines Tages war endgültig Schluss mit lustig. Die Wohnung, die ihr Lo großzügig überließ, musste sie räumen. Ihre Mutter – Nora wuchs vaterlos auf – starb an Krebs.

»Nicht mal ihre Pension konnte sie erleben, obwohl sie sich all die Jahre als Putzfrau bei der Gemeinde abrackerte.«

Das Leben von Noras Mutter war alles andere als ein Honiglecken. Meller erinnerte sich noch. Als Alleinerziehende hatte sie genug Sorgen mit Nora und ihren unberechenbaren Forderungen. Sicher war gerade das Fehlen eines Vaters in Noras Leben eine schwere Herausforderung für die Mutter.

Meller wusste nicht mehr, warum es keinen Vater gab. Er wollte auch nicht nachfragen. Besser keine alten Wunden aufreißen.

»So tragisch der Tod meiner Mutter war – ich bekam ihre Gemeindewohnung. Als hätte sie gespürt, dass ich am Ende war. Denn aufgrund meiner Verschuldung wäre ich auf der Straße gelandet. Eine Obdachlose geworden.«

Vor ein paar Jahren konnte Nora mit Hilfe der Schuldnerberatung per Gericht einen Privatkonkurs erwirken. 2008 wäre sie frei von allen Schulden und Verpflichtungen. Allerdings stand sie ohne Job da. Und so wie der Arbeitsmarkt derzeit war, gab es für sie keinerlei Chancen auf eine Anstellung. In ihrem Alter.

»Was glaubst du. Mit dreiundvierzig Jahren! In den Konzernen wollen sie Zwanzigjährige mit der Erfahrung einer Fünfzigjährigen um ein Lehrlingsgehalt. Förderlich wären noch ein Modelface, ein paar stramme Titten und ein Knack-Arsch zum Reinbeißen. Zur Dauermotivation der Bosse. Damit könnte ich ja noch mithalten. Am Gehalt scheitert's allerdings. Weißt du, wie oft ich schon hören musste, dass ich überqualifiziert sei. Leider. Wenn ich dann anbot, selbst um das Lehrlingsgeld zu arbeiten, hörte ich nie wieder was von denen. So schaut's aus.«

Was hatte sie nicht alles versucht. Vorstellungsgespräche führen, Bewerbungsschreiben tippen, dass die Finger krachten. Nach dem dreihundertsten Brief gab sie auf. Nora lebte seither von der Notstandshilfe.

Trotz eines Lebens mit dem Existenzminimum kam Nora wieder halbwegs hoch und strampelte sich durch die Jahre. Schließlich war sie für ihren Schuldenberg allein verantwortlich.

Sie reduzierte ihr Leben auf das Wesentlichste. Las unendlich viele Bücher, geborgte oder gebrauchte vom Flohmarkt. Ging oft spazieren. Unternahm im Sommer kleine Radtouren, mit dem Drahtesel ihrer Mutter, der schon seit Jahrzehnten im Keller vor sich hin gammelte. Auf Urlaubsreisen konnte sie liebend gern verzichten. Sie war ohnehin das ganze Jahr »auf Urlaub«.

Ja, und noch etwas.

Nora half tatkräftig bei einem Verein in Wien mit. Freiwillige fuhren Restaurants ab und sammelten die übrig gebliebenen Speisen ein. An einer Ausgabestelle im sechsten Bezirk verteilte Nora zweimal in der Woche warmes Essen an Obdachlose.

»Weißt du was für ein tolles Gefühl es ist, etwas für andere zu tun, denen es noch dreckiger geht als dir selbst?«

Dadurch bekam sie auch neue Freunde. Wesentlich wertvollere als die oberflächlichen Typen aus ihrer wilden Zeit mit Lo.

Zuletzt erklärte sie Meller:

»Damit du mich nicht missverstehst, Mario. Ich will dich um

Himmels Willen nicht um Geld oder einen Job anflehen. Ich möchte mich nur endlich bei dir entschuldigen. Für damals, als ich mit Lo... als ich dich verlassen habe...«

»Warum hast du dich über die Hotline gemeldet und mich nicht direkt angerufen?«, wollte Meller wissen. »Ich habe angenommen, du könntest mir Wichtiges zum *Frühlingsrolle-Mord* mitteilen.«

»Nein, ich habe keine Hinweise bezüglich des Mordes. Aber mich einfach nur so bei dir zu melden, das hab ich mich nicht getraut. Als ich dich dann im Fernsehen sah, musste ich dich einfach anrufen. Über die Hotline eben...«

»Warum so kompliziert? So warst du doch früher auch nicht«, erwiderte Meller. »Ich freue mich, wenn ich höre, dass es dich noch gibt. Auch wenn es dir nicht gerade blendend geht. Aber das wird wieder. Ich sehe, wie du dich hochkämpfst – alle Achtung...«

Meller schluckte, sprach weiter:

»Das mit eurem... mit deinem Kind... das tut mir ehrlich Leid... ich kann mit dir fühlen. Ich habe... habe ähnliches... Doch davon ein andermal...«

Inzwischen war es Nacht geworden. Nora hatte in der Zwischenzeit ein paar Kerzen auf das Tischchen gestellt. Das Licht der alten, vergilbten Deckenleuchte hätte nur gestört.

Meller erhob sich abrupt und wollte plötzlich nach Hause. Denn diese trostlose Geschichte drückte zu schwer auf seine Seele... und... verdammt – Joe.

Den Hund hatte er total vergessen. Joe saß im Haus und legte bestimmt gerade einen stinkenden Krapfen in die Garderobe.

»Du, Nora – ich muss... mein Hund...«

»Ich verstehe«, Nora lächelte gequält, fügte aber noch hinzu: »Eine Bitte noch. Sag Lo nichts von unserem Treffen. Ich habe ihn seither nie mehr gesehen. So unwahrscheinlich das klingen mag. Wir wohnen so nahe nebeneinander und doch… ich glaube, er weiß es nicht einmal.« Nora sah Meller dabei bittend an.

»Er lebt in seiner, ich in meiner Welt. Ich schäme mich so vor ihm. Wegen der Sache… meinen Schulden. Ich möchte das erst hinter mich bringen, bevor ich wieder mit erhobenem Haupt der Welt entgegentrete…«

Verdächtiger Glanz trat wieder in ihre Augen.

Zwei Tränen kämpften sich heraus und rollten über ihre Wangen.

Meller stand betroffen im Flur. Er zog seinen Parka an. Dann nahm er Nora das erste Mal nach 23 Jahren wieder in seine Arme. Drückte sie an sich.

Sie zitterte, schluchzte plötzlich auf…

Nach Minuten erst beruhigte sie sich und lehnte währenddessen ihren Kopf an Mellers Brust. Kein Wort fiel zwischen ihnen.

Stille beherrschte wie betäubend die beiden schicksalsgeprüften Menschen. Meller löste sich vorsichtig von ihr und ließ die Tür leise hinter sich ins Schloss fallen.

Durchatmen…

Aufatmen…

Jetzt aber sofort zu Joe.

Natürlich lag eine Protest-Wurst in der Garderobe.

Joe kam mit eingezogenem Schwanz aus seinem Körbchen hervor und sah Meller traurig an. Dann drehte er sich um und tapste wieder auf seinen Platz zurück.

Meller musste sich bei Joe entschuldigen.

»Was mache ich bloß mit dir, lieber armer Joe…«

Fünf

Dienstag, 29. März 2005 – Ostern vorbei…

Der Security-Circle-One war eine von Ministerialrat Dr. Walter Meller seit Jahren angeregte Idee, die das Bundesministerium für Inneres auf Druck der Bevölkerung endlich bewilligte und umsetzte. Im Juli 2004 wurden diese Spezialeinheiten erstmals aktiv.

Der S-C-ONE war im Süden Wiens, in Mödling, einquartiert. Unterhalb der HTL, in einem ehemaligen Hotel, am Fuße der sanft ansteigenden Weinberge, das dafür dementsprechend umgebaut wurde.

Das Bereichsgebiet des S-C-ONE umfasste die Region südlich von Wien, den Großraum der politischen Bezirke Baden und Mödling. Als spezieller Schwerpunkt galt die Einkaufs- und Industrieregion Vösendorf. Dort passierten, statistisch gesehen, die meisten Vergehen, Verbrechen, Diebstähle und Einbrüche. Immer mehr Banken, Tankstellen und Geschäfte, aber auch Privatpersonen wurden überfallen.

Der S-C-ONE war in vier verdeckte Verteidigungsgruppen (V-Gruppen) unterteilt.

V-Gruppe 1:

Zuständig für organisierte Kriminalität, Verbrechensdelikte im großen Stil (Suchtgifthandel, Schlepperhandel…).

V-Gruppe 2:

Zuständig für Beschaffungskriminalität (Diebstahl, Einbruch, Überfall, Raub...).

V-Gruppe 3:

Zuständig für Sittlichkeitsverbrechen (Prostitution, Vergewaltigung, Kindesmisshandlung...).

V-Gruppe 4:

Zuständig für Schutz von Leib und Leben (Körperverletzung, Mord und Totschlag).

Die vier V-Gruppen arbeiteten – wenn notwendig – natürlich auch direkt mit der örtlichen Polizei zusammen.

Je nach Ermittlungsaufwand wurden bei einem intensiven Einsatz auch V-Agenten aus anderen Gruppen hinzugezogen.

Jede V-Gruppe bestand vorerst aus vier speziell dafür trainierten V-Agenten (verdeckte Verteidigungsagenten) die ausschließlich im Hintergrund agierten. Geschickt in das kriminelle Milieu eingeschleust, versuchten diese V-Agenten die Täter im Vorfeld zu überwachen. Konnte ein Verbrechen erfolgreich aufgedeckt werden, wurden die Kriminellen gefasst und der gerechten Strafe zugeführt.

Es zeigte sich bald, dass sowohl Ausländer als auch Bürger dieses Landes gleichermaßen die Straftäter waren. Speziell im Drogen- und Mädchenhandel sowie im Schleppermilieu wurden meist Österreicher als die kriminellen Drahtzieher gefasst. Selbst »kleine Vergehen«, wie das Stehlen von Geldtaschen und Handys sowie Kaufhausdiebstähle, verübten Täter aus der Umgebung ebenso, wie eigens dafür ins Land geschleuste Diebesbanden.

Im vierstöckigen S-C-ONE Gebäude war pro Stockwerk eine V-Gruppe untergebracht. Es gab noch eine ganze Reihe unbenutzter Räume. Diese sollten erst nach Notwendigkeit von zusätzlichen V-Agenten belegt werden. Man wollte seitens des Ministeriums abwarten, wie das S-C-ONE Konzept anlief.

Schließlich verschlang der bisherige Aufwand – Gebäudeumbau, Sicherheit, Technik, Einrichtung, Material, Personal, Gehälter – schon genug Millionen an Steuergeldern, die mit Erfolgsbilanzen in der Verbrechensaufklärungsarbeit begründet werden mussten, wie Ministerialrat Dr. Walter Meller dem Kommissar bereits bei einem der ersten Gespräche offenbarte.

Die Rezeption im Erdgeschoß war die Anlaufstelle für sämtliche Belange der Belegschaft, ebenso für die der Bevölkerung. Sie war zuständig für den Fuhrpark des Hauses, organisierte aber auch Pressekonferenzen und Sitzungen. Ein bewaffneter Sicherheitsbeamter stand dem Rezeptionisten zur Seite, kontrollierte den täglichen Parteienverkehr und war für die Besucherkontrolle sowie die Personenschleuse zuständig.

Im Keller standen Räumlichkeiten für Verhöre mit Spiegelwand und Aufzeichnungsmöglichkeiten sowie Gefängniszellen zur Verfügung. Die gesamte Gefängnisanlage sowie die Einrichtung der Zellen entsprach den internationalen Sicherheitsstandards (Sicherheitsschleusen, elektronische Gittersperren). Sämtliche Zellen und Verhörräume wurden per Video von der Rezeption aus überwacht.

Ein großer Fitnessraum, ausgestattet mit allen möglichen »Foltergeräten« stand allen V-Agenten zur Verfügung. Es wurde den Mitarbeitern empfohlen, mindestens eine halbe Stunde täglich zu trainieren. Im Saunabereich konnte man genüsslich neben den Gangsterzellen schwitzen. Die einen »drinnen«, die anderen »draußen«.

Die verurteilten Straftäter wurden auf die Gefängnisse in Österreich aufgeteilt. Ausländer sollten nach Absitzen ihrer

Strafe für immer des Landes verwiesen werden.

Nachdem sich Kriminelle jederzeit in einschlägigen Kreisen mit falschen Pässen eindecken konnten, gab es Bestrebungen, die immer mehr EU-Länder vor allem zur Verbrechensbekämpfung einzuführen gedachten:

Jeder EU-Bürger sollte in einem neuartigen System gespeichert werden. Mit biometrischen Daten des Gesichtes, plus Fingerprints. Eine derzeit absolut fälschungssichere Methode. Somit war die Einzigartigkeit jedes einzelnen Bürgers dokumentiert. Straftäter könnten in einer speziellen Datei erfasst werden, auf die jede staatlich autorisierte Stelle weltweit Zugriff hätte. Blitzschnell würde man erfahren, ob das eingefangene »Vögelchen« ein Neuzugang sei, schon allerhand verbrochen habe oder womöglich gesucht werde.

Diese biometrischen Daten sollten ebenso in den zukünftigen Reisepässen fälschungssicher eingebaut werden.

Der Vorteil: Dieses System wäre perfekt.

Der Nachteil: Es wäre das aufwändigste und teuerste bisher. Und – bis jeder EU-Bürger Besitzer eines solchen Dokumentes wäre, müsste noch viel, viel Wasser die Donau hinabfließen. Obendrein wären massive Proteste aus der Bevölkerung die Folge, weil die persönlichen Daten des Einzelnen transparent würden und der Staat jederzeit Zugriff hätte. Als ob er das nicht ohnehin schon längst hatte. Sogar private Unternehmen wissen heute schon hundertfach mehr von jedem Bürger. Wenn sie bei Preisausschreiben oder bei Internetbestellungen vom Interessenten freiwillig sämtliche personenbezogenen Informationen erhalten und speichern. Doch darüber regt sich kaum jemand auf.

Wer sich nichts zu Schulden kommen lässt, hat ohnehin nichts zu befürchten. Und ehrlich: ist nicht jeder anständige Bürger beruhigt, wenn Verbrecher und Terroristen dank der gespeicherten Daten gefasst werden? Wieviel Unheil könnte oft allein durch diesen Informationsvorsprung verhindert werden?

Seit Juli 2004 war nun Mario Meller als Chef in Amt und Würden und sollte den S-C-ONE zum Laufen bringen. Mit tüchtigen Mitarbeitern und Kollegen, die bei ihren bisherigen Einsätzen bis an die Grenzen ihrer Belastbarkeit gingen. Sie waren es gewohnt, präzise zu entscheiden, effektiv und blitzschnell zu handeln. Wenn es darauf ankam. Eine unabdingbare Voraussetzung im Kampf gegen das Verbrechen, gegen das Böse.

So war es auch Pflicht eines jeden V-Agenten, immer und überall seine Dienstwaffe, eine Glock 19, im Schulterhalfter am Körper zu tragen.

Damit hatte Meller allerdings so seine Probleme. Nicht, dass ihn das gute Stück an seiner rechten Seite – Meller war Linkshänder – störte. Auch in Rio galt es als ein absolutes Muss, mit der Hand an der Knarre die Gegend zu durchstreifen. Viel zu leicht konnte ein gestellter Dealer mit gezogener Waffe das Leben tragisch verkürzen.

Aber sollte er hier, in seiner Heimatstadt Mödling, den starken Jimmy spielen? Nur zu gern »vergaß« er seine Glock versperrt in seinem Schreibtisch.

Er besaß zwar noch eine zweite private Waffe, diese jedoch lag daheim. Griffbereit unterm Kopfpolster – das hatte er sich in Rio schnell angewöhnt. Dort passierte es ihm einmal, dass er in der Nacht überfallen wurde. Als er erst kurz seinen Dienst dort versah. Seine Kollegen machten ihn darauf aufmerksam, dass in seiner Gegend – die damalige ebenerdige Wohnung lag in einem ziemlich üblen Viertel – oft eingebrochen wurde. Während er lachend meinte, bei ihm sei ohnehin nichts zu holen, wurde er schnell und schmerzhaft eines anderen belehrt. Denn mitten in der Nacht tapste der geschockte Meller mit einer Pistole im Rücken durch das Zimmer und drückte dem Einschleichdieb seine Geldtasche in die Hand. Den Schlag, den er anschließend auf den Hinterkopf bekam, spürte er schon fast nicht mehr. Als er sich wieder aufrappelte und seine blutende Nase, auf die er gefallen war, befühlte, schwor er sich: *nie-nie-wieder ohne Waffe schlafen.*

Seither nahm er sie immer mit ins Bett, seine Pistole. Auch hier in Mödling. Was würde wohl eine Frau dazu sagen, läge sie in Mellers Bett, rekle sich genussvoll und bekäme dabei seine Waffe in ihre Hand?

Nichts, gar nichts würde Meller zu hören bekommen, denn soweit war es in Mödling bisher noch nicht gekommen. Er hatte auch in naher Zukunft nicht vor, ein weibliches Wesen auf sein Spannleintuch einzuladen.

Verzweifelt rannte er um sein Leben. Durch tiefen, frisch gefallenen Schnee. Denn stundenlang schneite es bereits. Joe bellte und zog wie verrückt an der Leine bis diese abriss. Mit einem Satz verschwand der Hund in der winterlichen Landschaft.

Über sich sah Meller, wie ein Flugzeug mit ohrenbetäubendem Lärm vorbeidröhnte – haarscharf und mit dem Gefühl, der Flugzeugrumpf streife seinen Kopf. In nächsten Augenblick krachte der fliegende Koloss keine fünfhundert Meter hinter dem S-C-ONE Gebäude in die Weingärten und explodierte.

Die Erde bebte, Trümmer flogen mit sirrenden Geräuschen durch die Luft. Meller warf sich geistesgegenwärtig zu Boden.

Wahnsinn!

Wie betäubt lag er im Schnee, hielt die Hände schützend über seinen Kopf und betete zu Gott, dass er dieses Inferno überlebe.

Welch ein Wunder – nach einer geglaubten Ewigkeit rappelte sich Meller wieder hoch. Betastete sich, bewegte vorsichtig Arme und Beine.

Nichts – völlig unverletzt.

Keine Wunde an seinem Körper. Außer dass er von der Explosion völlig taub war, verspürte er keinerlei Schmerzen.

War er bereits tot?

Er lief auf die Wrackteile zu. Mit Entsetzen sah er zerfetzte Menschenleiber zwischen brennenden und rauchenden Metallteilen. Aus Koffern geschleuderte Kleidungsstücke lagen verstreut im Schnee oder hingen auf den vom Flugzeugabsturz noch verschonten Bäumen.

Da – ein blutiger Beinstummel, der Schuh noch dran…

Und dort – eine Puppe in einer Kinderhand, das Mädchen dazu fehlte…

Grauenhaft!

Dann sah er sie. Sie lag blutverschmiert und mit verdrehten Beinen im jungfräulich weißen Schnee.

»LILIAN…!«

Mit einem verzweifelten Aufschrei stürzte sich Meller auf seine Frau, wollte ihr die wirren Haare aus dem Gesicht streifen, die blassen Wangen vom Blut befreien. Plötzlich hielt er Lilians Kopf in seinen Händen. Völlig losgelöst vom Körper. Wie von Sinnen hielt er ihn anklagend in den Himmel. Da bewegten sich plötzlich Lilians Lippen:

»Suche nicht mich, Mario – suche dich…!«

Vor Schreck ließ er den Kopf fallen, der sofort im Schnee versank und verschwand. Verzweifelt suchte Mario den verlorenen Kopf und wollte ihn wieder auf Lilians Körper setzen. Doch ihr ebenmäßiger Leib schälte sich wie eine Schlange zuckend aus den zerrissenen Kleidern und wurde hässlich schwarz. Verwandelte sich in den Torso, der am Jennyberg gefunden wurde.

Joe, der plötzlich neben ihm im Schnee saß, stürzte sich wütend auf die schwarze Masse und begann gierig Fleischfetzen davon abzureißen…

»JOE – AUS…! WEG, DU ELENDER KÖTER…!

Meller schrie auf…

…und wurde munter.

Joe leckte innig an seinen Fingern, umkreiste abwechselnd springend sein Bett, bellte aufgeregt und leckte weiter.

Schweißgebadet richtete sich Meller auf.

Schrecklich – ein Albtraum – und was für einer.

Das kam davon, dass er am Abend zuvor noch bei Lo Bianco reinschaute, der schon wieder wie ein Süchtiger vor seinem Computer saß. Kurzerhand hatte Meller ihn aus seiner Jobsucht gerissen und ins Barometer eingeladen.

»Überredet«, grinste Lo nur. Auch ihm war nach einer rauchigen, von Blues-Songs getränkten, hochprozentigen Stimmung. Dort kam es dann zur Diskussion um den schon seit Monaten stärker werdenden Fluglärm über sowie rund um Mödling.

Sarkastisch, wie es Biancos Art war, meinte er nur:

»Was das Überfliegen von Mödling betrifft, haben wir endlich den Status einer Weltstadt erreicht. Fehlt uns nur noch ein eigener Flughafen. Danke, liebe gewählte Bürgermeister unserer Region, dass ihr so fürsorglich um die Ruhe eurer Bürger bemüht seid. Und der Fremdenverkehrsstadt Mödling dieses Überfliegfeeling gönnt.«

Nach ein paar kräftigen Schlummerdrinks und weiteren Worten über alles und nichts trennten sich die beiden wieder.

Doch diese Flugschneisendiskussion bescherte nun Meller nachhaltig seinen heftigen Albtraum.

Mensch – erst halb zwei!

Er konnte nun auch nicht mehr einschlafen. Trübsinnig lag Meller in der Finsternis und dachte über seinen Traum nach.

Das mit dem Fluglärm über Mödling, das war Biancos Schuld. Doch die Schrecksekunden wegen Lilians Kopf und diesem ekligen, verwesten Torso eines Drogensüchtigen?

Suche nicht mich, Mario – suche dich…!, dröhnte es in Mellers Hirn. Die Erinnerung holte ihn ein, jagte ihn nach Rio. In die Vergangenheit…

Er dachte mit Wehmut an seine Frau Lilian.

Sie kam am 22. Mai 2003 bei einem Flugzeugabsturz ums Leben. Ein paar Wochen nach ihrer Hochzeit in Rio, als sie von ihrem Notar in Sao Paulo zurückflog.

Er dachte an die Hochzeit im engsten Kreise der Familie. Wobei der Kreis auf elf Leute zusammengeschrumpft war.

Helmuth und Erika Hauser, das stets freundliche Hauswartehepaar, das schon von Lilians Großmutter eingestellt wurde. In der Villa eine Dienstwohnung hatte und so gut wie zur Familie gehörte.

Veronica und Ricarda, Lilians beste Freundinnen von Kindheit an. Veronica Valpares, Lilians Trauzeugin, leitete den »Crianças do Rio«, Lilians Verein *Kinder von Rio.* Ricarda Fernandes war Journalistin beim *Jornal do Brasil,* eine der großen Tageszeitungen.

Fernando Moreno, Notário in Sao Paulo, der langjährige Freund und Berater der Familie Goldmann.

Luigi Penido und Francesco Mendes, Mellers treueste Freunde sowie Kollegen seiner Polizeieinheit. Beide Singles und immer auf der Suche nach der Frau ihres Lebens.

Padre Rafael Gomes, der seit Lilians Taufe ihr Leben begleitete, ihren Verein von Beginn an tatkräftigst unterstützte und auch ihrer Hochzeit seinen Segen gab.

Marios familiärer Beistand kam extra aus Österreich angeflogen. Sein Onkel, Walter Meller, ließ es sich nicht nehmen, seinem *Lieblingssohn,* wie er ihn oft nannte, bei der schönsten Entscheidung des Lebens beizustehen. Liebend gerne wäre auch seine Frau mitgeflogen. Leider war sie wegen ihrer Erkrankung an Multipler Sklerose seit knapp vier Jahren schon auf den Rollstuhl angewiesen. Eine so weite Reise nach Rio de Janeiro wäre für sie nur eine Tortur gewesen. Der Arzt hatte Henriette Meller davon dringlichst abgeraten.

Die Trauungszeremonie fand in der elterlichen Villa im Stadtteil Santa Teresa statt. Eigentlich in der kleinen Kapelle im dazugehörigen großzügig angelegten Park. Onkel Walter stand stolz hinter seinem *Sohn.* Als Trauzeuge und so weit weg von daheim. Schade, dass seine Henriette das nicht miterlebte.

Die Hochzeitstafel war im Freien aufgedeckt. Das Wetter spielte mit angenehmen Temperaturen mit.

Ein Traumtag. Eine Nacht völliger Hingabe, die sich in Marios Seele für ewig einbrannte. Seine Lilian – was für eine schöne, sinnliche Frau…

Auch Onkel Walter, der Rio nur von den Karnevalsumzügen im Fernsehen kannte, war überwältigt von der üppigen Vielfalt der Natur, der pulsierenden Stadt, den fröhlichen Menschen. Kein Wunder, lernte er durch diese Hochzeit nur die eine Seite, den Wohlstand der Reichen dieser Stadt kennen.

Natürlich wusste er aus den Medien auch von den kriminellen Zuständen in den Straßen, in den Elendsvierteln von Rio.

Mario zeigte seinem Onkel diese andere Seite. Er fuhr mit ihm zu den trostlosen Favelas in den steilen Berghängen.

Das Elend in natura. Onkel Walter bekam die Realität förmlich zu riechen. Er war erschüttert von der bitteren Armut der Menschen, vom Dreck und den desolaten Zuständen. Mario zeigte ihm auch die Stätten der Verbrechen, wo Mord und Totschlag zum Alltag gehörten.

Zuletzt führte er seinen Onkel auch dorthin, wo er fast sein Leben lassen musste, hätte sein Freund Luigi Penido sich nicht damals auf Mario gestürzt, um ihn aus der todbringenden Schusslinie zu stoßen. Francesco Mendes erledigte den Drogendealer mit einem gezielten Schuss. Mitten in die Stirn. Mario sah noch, wie es den Verbrecher nach hinten riss.

Zwei Schüsse. Todesstille – im Zeitlupentempo eine sekundenlange Ewigkeit. Der erste zischte haarscharf an Kommandant Mario Meller vorbei, der zweite traf den Dealer.

Mario war bisher nie gläubig gewesen. Aber nach diesem Schuss glaubte er an eine barmherzige Gottheit. An das Schicksal. An sein Leben, das ihm gnädig geschenkt wurde. Er fuhr weg. Niemand – nicht mal er – wusste, wo er diese Nacht verblieben war. In der Morgendämmerung läutete er den Padre der *Igreja de Nossa Senhora da Glória do Outeiro* im Stadtteil Gloria aus den Federn, erzählte sein Schicksal und bat um Einlass in die Kirche. Ausnahmsweise zu so früher Stunde – für ein Gebet. Der Padre verstand ihn. Wortlos ließ er Mario in die morgendliche Stille dieser geweihten Halle eintreten. Die ersten Sonnenstrahlen drangen durch bunte Glasfenster und zauberten einen Bogen ungeahnter Farbenpracht quer durch das Kirchenschiff. Mario fiel auf die Knie und dankte dem Gekreuzigten für sein geschenktes Leben. Er zündete für seine verstorbenen Eltern und für sich Kerzen an und verharrte wie in Trance in der Kirchenbank. Ließ dabei sein Leben an sich vorüberziehen. Starrte auf die kleinen züngelnden Kerzenflammen bis ihm die Augen brannten. Tränen rannen unaufhaltsam über seine Wangen. Schließlich schlich er sich demütig aus dieser heiligen Stille hinaus ins Freie. In einen neuen sonnigen Tag.

Sein Leben änderte sich ein weiteres Mal.

Vor allem bekam Meller von diesem Tag an tiefes Ohrenbrummen. Es war ein Dröhnen, das sich unmerklich in seine Gehörgänge schmuggelte. Immer dann, wenn er unter besonderem Stress stand oder wenn er intuitiv eine heiße Spur witterte. Er nannte dieses unheimliche Phänomen den *Favela-Ton*.

Der verweste Torso vom Jennyberg.

Wer war dieser Mensch? Woher kam er und warum musste sein Leben hier zu Ende sein? Seine Eltern, machten sie sich Sorgen um ihn?

Er war doch auch einmal ein Baby, das von seiner Mutter unter Schmerzen geboren wurde. Geliebt und geherzt von seinen Eltern. Mit Stolz den Verwandten gezeigt.

Musste dieser Mensch eines Tages flüchten, die Familie hinter sich lassen, weil Kriege sein Land verwüsteten? Weil das Elend und der Hunger zu groß waren? Konnte er sich dank eines Schlepperringes bis in unsere Gegend durchschlagen?

Fragen, Fragen, Fragen…

Meller lag im Bett und wälzte Gedanken. Er dachte sich in den schwarzen Mann hinein, der hier sein Leben lassen musste. Und tat sich schwer dabei. Es fehlten ihm Gesichtszüge dazu. Auch wenn dieser Mensch unter entsetzlichen Qualen umkam, in seinem Gesicht hätte Meller lesen, irgendetwas erkennen können. Jedes Gesicht zeigt ein gelebtes Leben, selbst ein totes. Aber hier bei diesem Mordfall – ein Körper ohne Kopf und Gliedmaßen, sogar ohne Geschlechtsteile?

Warum ein so schreckliches Ende? Ein zerstückelter Körper.

Das war mehr als nur ein Zweckmord, wegen Drogen etwa. Dieser Mord drückte puren Hass aus.

Meller liebte es, im Dunkeln seinen Gedanken nachzuhängen auch wenn es solch schaurige waren. Denn die Finsternis beflügelt den Geist, die Fantasie und verzeiht viele Fehler.

Auch optische Mängel. Er musste schmunzeln, als ihm eine amouröse Nacht mit einer weiblich-molligen Schönheit einfiel. Die der Dunkelheit sicher dankbar war, weil die Hautfalten rund um ihre Mitte gnädig verhüllt blieben. Obwohl er sie spürte und liebevoll knetete. Ihn störten die weichen Falten keineswegs, denn er mochte diese Frau. Ihre Art, ihren Geruch, ihren Körper. Damals. Diese angenehme Erinnerung verschlug Meller kurz in eine andere Zeit seines unsteten Lebens.

Die orange blinkende Ampel der nahen Kreuzung warf ihr zuckendes Licht durch das große Fenster an die gegenüberliegende Zimmerwand. Meller zählte gedanklich im Takt mit. An... aus... an... aus...

Seit er aus seinem Albtraum hochgeschreckt war, fiel unaufhörlich dichter Schnee. Die blinkende Ampel dazu verzauberte Mellers Zimmer in eine Höhle tanzender Schneeflockenschatten. An... aus... an... aus...

Joe lag neben Mellers Bett am Boden und schnarchte wie ein Holzknecht. Meller stubste den Hund kurz an, damit er sich anders legte und seine Schnarchtöne leiser wurden.

Ende März, Ostern vorbei, saukalt und noch immer Schnee sowie ein ungeklärter Mordfall. Der *Frühlingsrolle-Mord* vom Jennyberg. Wenigstens etwas *Frühling* im Wort, wenn schon nicht da draußen, dachte Meller noch und schlief wieder ein.

Sechs

Montag, 4. April 2005...

Vor zwei Tagen war Papst Johannes Paul II. gestorben und die Welt schaute gebannt nach Rom. Die Medien waren übervoll mit Berichten über den Verstorbenen. Sowie mit Spekulationen, ob es denn ein Afrikaner, ein Südamerikaner oder ein Europäer sei, der die Nachfolge als würdiges Oberhaupt der katholischen Kirche antreten würde.

In Österreich passierte eine politische Peinlichkeit: bei den Blauen grummelte es ja schon einige Zeit. Nun spaltete sich die Partei und die neuen Orangen präsentierten sich überbreit und oberwichtig in Zeitungen und im Fernsehen.

Meller interessierte dieser politische Hickhack nicht. Vielmehr nervten ihn die aufgeblasenen Politiker-Typen, die sich in selbstgefälligen Posen und mit einstudierten Phrasen bei der Bevölkerung einschleimen wollten.

Brrr – Meller ekelte davor. Er schlug die Zeitung zu und ließ sie im Papierkorb verschwinden.

»Da ist eine Frau Huang für Sie an der Rezeption, Herr Meller. Holen Sie sie ab oder sollen wir sie zu Ihnen bringen lassen?«

Die Beamtin wartete in der Leitung.

»Ich komme runter, danke.«

Meller legte den Hörer auf. Joe kroch unter dem Schreibtisch hervor, reckte und dehnte sich. Als hätte er Abwechslung gerochen, wedelte er munter mit dem Schwanz und sah sein Herrchen auffordernd an.

»Na gut, kannst mitkommen Joe«, versprach er dem Hund und klappte die Mappe, in der er zuvor las, zu.

An der Rezeption stand eine hübsche Chinesin, so etwa um die Zwanzig, hochschwanger und sehr aufgeregt.

»Herr Meller, das ist Frau Huang, Frau… Ma-Lin Huang«, die Beamtin sah kurz in ihren Aufzeichnungen nach. »Sie hätte eine Aussage bezüglich des chinesischen Seidenteppichs zu machen. Sie wissen, das Teppichfleckerl von dem Frühlings… von dem Mord da… das in der Zeitung abgebildet war.« Nachdem die Chinesin sie kurz ansah, behielt sie den Titel *Frühlingsrolle* für sich.

Meller stellte sich vor und bat die junge Frau, ihm zu folgen.

Wenn sie nur nicht hier ihr Kind zur Welt bringt – bei dem Bauch –, dachte sich Meller insgeheim, während er sie in die Liftkabine eintreten ließ.

»Joe, lass die junge Dame in Ruhe!«

»JOE, AUS…!«

Eifrig wollte der schwanzwedelnde Joe die Chinesin beschnüffeln und an ihrem drallen Bauch hochspringen. Die junge Frau fuhr erschrocken zurück und stieß fast mit Meller zusammen. Der Kommissar drückte den Hund in die Kabinenecke und befahl ihm streng, still zu sitzen. Was dieser, mit Blick auf den drohend erhobenen Zeigefinger schließlich ausführte.

»Verzeihung. Ich hoffe, dass er Sie nicht zu sehr erschreckt hat. Aber Joe – so heißt der Hund – ist noch jung und verspielt… Und eine Frau in ihren… hm… äh… Umständen hat er noch nie so nahe…«

»Ach lassen Sie ihn nur«, unterbrach sie Meller, »es ist mir nichts passiert. Ich war nur nicht darauf gefasst.«

Woher konnte diese junge Frau so gut Deutsch? Meller war erstaunt. Frau Huang sah es ihm an.

»Ich habe in meiner Heimat, drüben in Shanghai, schon deutsch gelernt. Obwohl ich erst etwa zwei Jahre hier bin – ich studiere nämlich Geige und Querflöte auf dem Musikkonservatorium – kann ich es doch schon sehr gut, nicht wahr?«

Wenn auch noch immer etwas verunsichert, aber doch stolz, lächelte sie jetzt den Kommissar an.

»Mein Kompliment. Sie sprechen ein schöneres Deutsch als mancher hier in Österreich.«

Meller war beeindruckt und legte Bewunderung in seine Stimme, um dieser hübschen Chinesin ihre Nervosität etwas zu nehmen. Ein lockerer Smalltalk brachte allemal leichter das Eis zum Schmelzen, führte schneller zu einem Ergebnis.

In seinem Büro nahm er ihren Wintermantel entgegen, bot ihr einen bequemen Platz und etwas zu trinken an.

»Kaffee…? Mineralwasser…?«

»Mineralwasser, bitte.«

Ihre Schwangerschaft machte Meller leicht nervös. Er hatte schon einmal eine komplizierte Geburt in den Straßen von Rio miterleben müssen. Ein Autounfall mit einer Schwangeren als beteiligtes Unfallopfer. Blechsalat, Glassplitter, schreiende Menschen, Verletzte, Blut und Tränen. Und als Folge des Unfallschocks eine Geburt am Straßenrand. Sie ging noch glimpflich aus – Mutter und Kind überlebten dank der noch rechtzeitig eintreffenden Rettungsmannschaft.

Kaum saß die hübsche Chinesin im weichen Leder der Sitzlandschaft, fing sie plötzlich zu weinen an.

Oh Gott, Schwangere!

Meller wusste, warum er nervös wurde. Er reichte ihr eine Packung Papiertaschentücher, die sie hektisch aufzureißen versuchte. Was ihr misslang. Meller nahm sie ihr sanft aus der Hand, öffnete die Packung und reichte ihr ein Taschentuch.

»Entschuldigen Sie bitte, Herr... Herr... Kommissar. Es ist mir so peinlich. Ich wollte stark sein. Aber... aber... ich... ich fürchte... es ist mit Omour etwas ganz Schlimmes passiert...!«

Meller ließ ihr Zeit, um sich die Nase zu putzen und die Tränen abzuwischen. Am besten, er ließ sie das Tempo bestimmen, um ihre Geschichte loszuwerden.

»Ich glaube, liebe Frau Huang, Sie sollten ganz von vorne beginnen. So verstehe ich am ehesten einen Zusammenhang.«

Er stellte seinen Voice-Recorder in ihrer Nähe auf den kleinen Tisch.

»Ich hoffe, es stört sie nicht, wenn ich unser Gespräch aufzeichne.«

Ma-Lin Huang nickte nur, schneuzte sich noch einmal und dann begann sie zu erzählen:

Von ihren Eltern in Shanghai, ihrer Übersiedlung nach Wien, ihrem Studium auf dem Musikkonservatorium. Von Onkel Chen dem Restaurantbesitzer, der hier auf sie aufpassen sollte. Bei dem sie neben dem Studium in einem seiner Restaurants als Kellnerin aushalf. Und von Omour, den sie in Mödling kennen lernte. Sich in ihn verliebte. Dass ihr Onkel gegen diese Beziehung war, sogar den Küchengehilfen Li-Che Wang als Spion auf sie ansetzte, um zu melden, ob sie sich noch mit Omour treffe.

So begann der ganze Jammer, die schlimmste Tragödie ihres Lebens.

»Omour flog am 9. Juli letzten Jahres nach Hause. Nach Ghana. Ich weiß es noch ganz genau, es war ein Freitag.«

Ma-Lin schoss, in Erinnerung an den schlimmen Trennungstag, wieder Wasser in die Augen.

»…und ich habe seither nichts mehr von meinem Omour gehört – nichts mehr seit diesem Freitag«, flüsterte sie mit tränenerstickter Stimme.

Meller ließ die Chinesin in ihrem Schmerz, in ihren Erinnerungen verweilen. Die beste Gelegenheit, mehr Vergangenes zu erfahren. Er wartete geduldig, bis sie sich wieder halbwegs gefasst hatte.

»Das Kind – ist es… ist es von ihm? …von Omour?«

Sie nickte nur.

Meller begann mit Fingerspitzengefühl das Gespräch in eine bestimmte Richtung zu lenken.

»Hat Omour nicht versprochen, dass er wiederkommen wolle?«

»Natürlich ja, aber… aber… da gab es eine Auseinandersetzung mit meinem Onkel…«, die Chinesin hielt kurz inne, als würde sie in sich hineinhören, »…dieser war gegen unsere Beziehung. Omour meinte, er müsste darüber mit seinem Vater sprechen. Dieser lebt allein, denn Omours Mutter ist schon verstorben. Der Vater kann sich mit geschnitzten und aus Ton gefertigten Handarbeiten seinen Unterhalt finanzieren. Ich habe Omour das Geld für das Ticket gegeben. Selbst hätte er es nicht finanzieren können und ich wusste ja, wie wichtig ihm das Wiedersehen mit seinem Vater war.«

Sie nahm einen Schluck Wasser.

»Omour kommt aus einem kleinen Dorf etwa siebzig Kilometer von Tamale entfernt. Das Dorf hat keinen Namen. Er nannte es immer nur sein *Vaternest*. Aber in Tamale, der größten Stadt in dieser Region, gibt es eine Missionsstation. Omours Vater brachte seit Jahren einmal im Monat seine Handwerksarbeiten dorthin. Der kleine Omour war immer mit dabei. Als er schon größer war, wurde er von den Missionaren aufgenommen. Er durfte in Tamale die Missionsschule besuchen. Seinem Vater war dies nur recht, denn sein Verdienst reichte gerade für ihn allein. Obendrein erhielt der Junge eine gute Ausbildung und bekam eines Tages sogar die Möglichkeit, nach Europa zu reisen. Er erhielt ein Stipendium, um in Mödling die HTL zu besuchen. Für den armen Vater ein unvorstellbares Glück. Sein Omour würde einmal ein tüchtiger, gebildeter Mann werden und seiner Heimat von großem Nutzen sein.

So kam Omour nach Österreich... so erzählte er es mir«, sagte sie. »Ein Stützpunkt dieser Missionare ist in Mödling. Deswegen ging Omour hier zur Schule.«

»Und warum kam er nicht mehr zurück? Ist denn sein Stipendium abgelaufen?«, warf Meller ein.

»Das ist es ja, warum ich so verzweifelt bin. Ich trage Omours Kind unter meinem Herzen und er liebt mich, das hat er mir geschworen. Er wollte nur seinen Vater um Rat fragen... und dann weitersehen, mit seiner Ausbildung im Herbst. Mit der Möglichkeit, einen Beruf... Aber er weiß ja nicht einmal, dass ich ein Kind von ihm erwarte...!«

Die Chinesin bekam wieder tränende Augen. Meller hielt sich zurück und ließ ihr Zeit, sich auszuweinen.

»Ich kann einfach nicht glauben, dass er mich vergessen hat. Und das mit dem Onkel wäre auch zu regeln gewesen – irgendwann, da bin ich mir sicher. Omour hat mir sogar ein Amulett gegeben. Ein Amulett der Liebe, wie er es nannte. Es sollte uns immer und überall beschützen.«

»Dieses hier...«, sie streifte ein Schmuckstück vom Hals und gab es Meller. Eine kleine Hand aus Ton, die einen blauen Stein festhielt.

»Ich trage es immer bei mir. Auch Omour hat so ein Amulett von mir umgehängt bekommen. Ebenfalls mit einem blauen Stein. Eine schöne Handarbeit von seinem Vater. So zierlich und…«, sie wurde wieder leiser, »…und ich …ich gab ihm einen chinesischen Seidenteppich für seinen Vater mit. Einen solchen, wie er… wie er… in der Zeitung abgebildet war.«

Jetzt war es gesagt.

»…und ich …und ich wollte warten, bis Omour sich endlich meldet… aber jetzt… ich kann nicht mehr! Ich halte diese Ungewissheit nicht mehr aus…«, stumm sah sie Meller direkt in die Augen. Tränen rannen über ihr Gesicht.

Diese junge Frau war eine wunderschöne Chinesin. Während sie ihm gegenüber saß, kam ihm dieser Gedanke. Sie hatte etwas europäisch Graziles an sich. Mit Sicherheit war es in früheren Generationen zur Mischung von Kulturen gekommen, dachte sich Meller. Shanghai war schon seit Jahrhunderten ein Schmelztiegel der Völker.

Durch die Schwangerschaft bekam Frau Huang zusätzlich eine unglaublich weibliche Ausstrahlung. Dieser Omour konnte sich glücklich schätzen und sollte schnellstens zu seiner Geliebten zurückkehren. *Falls er noch lebt,* Mellers nächster, allerdings sehr betrüblicher Gedanke.

»Aber diese Seidenteppiche gibt es doch überall zu kaufen«, versuchte Meller sie zu beruhigen.

»Gehen wir einmal davon aus, Ihr Omour hat sich noch nicht entscheiden können und kam noch nicht dazu, Sie zu informieren. Immerhin ist Ghana ja doch weit weg und wenn Omour in so einem kleinen Dorf lebt, kann es schon dauern, bis er wiederkommt.«

Eine blödere Aussage konnte mir nicht rausrutschen, dachte sich Meller. Dieser werte Herr Omour hat einfach kalte Füße bekommen, wollte keine Schwierigkeiten mit einem Chinesen-Onkel haben und hat sich wahrscheinlich längst eine Schöne seines Stammes angelacht. Anderes Land, andere Mädchen.

Mein Gott, diese Jugend – wie überall auf der Welt. Schade nur, dass diese hübsche Chinesin allein gelassen mit einem Kind im Bauch jetzt hier herumsaß und sich die Augen ausweinte. Immerhin, so wie sie von ihren Eltern erzählte, war das Finanzielle sicher ihre kleinste Sorge.

»Dieser Seidenteppich«, lenkte Meller sie jetzt ab, »können Sie sich noch genau an ihn erinnern? Wie sah er aus?«

Meller wählte eine Nummer.

»Ich lasse das Stück, das noch halbwegs zu erkennen ist, zu uns bringen. Damit Sie es in Ruhe ansehen können.«

Kurz darauf erschien V-Agent Mike Lehner und brachte das besagte Stück Stoff, das in einer Plastikfolie steckte.

Die Chinesin nahm das Beweisstück in ihre Hände, drehte und wendete es. Dann legte sie es auf den Tisch, lehnte sich zurück und schloss die Augen. Als würde sie intensiv an eine längst vergangene glückliche Zeit denken.

»Ich weiß nicht…«, begann Ma-Lin zaghaft, »…ich kann nicht sagen, ob das der Seidenteppich war. Der, den ich Omour gab, war doch ganz neu…«, und ganz leise, fast zu sich gesprochen, »…hoffentlich ist er es nicht, denn sonst wäre…«

Welch eine Tragödie. Weiter konnte sie, wollte sie nicht denken. Sie sah auf den Hund, der zu ihren Füßen lag und sich daraufhin mit eingezogenem Schwanz hinter der Sitzgarnitur verkroch. Als würde er ahnen, welch schreckliche Gewissheit plötzlich im Kopf der Chinesin Gestalt annahm.

Die Stille im Raum schnitt sich förmlich in ihre Seele und tat ihr weh.

Da war er wieder, Mellers *Favela-Ton.* Aus seinem Innersten begann er zu tönen, ein fast unhörbares tiefes Brummen.

Meller räusperte sich.

Er dankte Mike Lehner flüsternd, der sich davonschlich. Dann gab er sich einen Ruck.

»Wir müssen uns Klarheit verschaffen – so Leid es mir tut – aber wir sind bis jetzt kein bisschen weitergekommen in diesem Fall.«

»Sie glauben doch nicht, dass mein Omour…?«

»Nein das meine ich nicht. Ich denke vielmehr, dass wir Ihre Geschichte von Beginn an aufrollen müssen. Ich möchte auch mit Ihrem Onkel sprechen. Wenn Sie mir bitte Name, Adresse und Telefonnummer hier aufschreiben«, er hielt ihr einen Notizblock mit Kugelschreiber entgegen, »und auch Ihre Daten bitte. Weiters brauche ich etwas Persönliches von Omour. Sicher haben Sie noch was in Ihrer Wohnung.«

Er wartete, bis sie ihm Block und Kuli zurückgab.

»Das wär's vorerst. Wenn es Ihnen recht ist, fahre ich Sie jetzt nach Hause. Ich glaube in Ihrem Zustand ist es sicher angenehmer, als mit dem Zug nach Wien zu fahren. Wir können uns während der Fahrt noch ein wenig über Omour unterhalten…«

Meller wollte die psychisch überforderte Schwangere nicht den öffentlichen Verkehrsmitteln aussetzen. Obendrein hatte er vor, so viel wie möglich in ihrer Wohnung auszukundschaften. Er reservierte telefonisch einen Dienstwagen.

»Kann Joe inzwischen in der Rezeption auf mich warten?«, bat er die Beamtin mit einem hilflosen Seufzer. Sie mochte Meller und erklärte sich bereit, den Hund zu betreuen.

Joe sprang auf, streckte sich und gähnte ausgiebig, bevor er Meller und der Chinesin folgte. Er spürte, sein Ruheplatz würde die nächsten Stunden wieder bei den wohlgeformten Beinen der Rezeptionistin sein. Sie mochte Joe und er die dunkle Höhle unter ihrem Arbeitsplatz.

In der Wohnung war es stickig heiß und die Vorhänge zugezogen. Die Chinesin streifte sie zur Seite und öffnete die beiden großen Fenster.

»Die Heizung lässt sich leider nicht regulieren«, meinte sie entschuldigend.

Meller sah aus dem Fenster auf die Thaliastraße. Der Schnee war bereits zur Seite geräumt und hatte seine unschuldige Farbe längst verloren. Schmutziges Grau in matschiger Form zeigte an, wie die Thaliastraße verlief. An den parkenden Autos konnte man erkennen, wer schon unterwegs gewesen war. Die weißen Schneehauben von den Autos waren abgekehrt, die Parkplätze notdürftig freigeschaufelt. Andere Fahrzeuge steckten tief eingepackt unter einer dicken Schneelage. Meller war froh, nicht in Wien zu wohnen.

Eine Straßenbahn knirschte bremsend auf eine Station zu und hielt an. Dick eingehüllt in Winterkleidern stiegen Männer, Frauen, Schulkinder aus und zu. Vor allem viele Frauen mit Kopftüchern schoben sich aus dem Waggon. In der Nähe gab es den Brunnenmarkt, ein Schmelztiegel multikultureller Begegnungen. Menschlich wie kulinarisch. Kinder warfen sich gegenseitig Schneebälle nach. Ältere Leute schimpften, schüttelten missmutig die Köpfe. *Kinder gegen alte Menschen, Ausländer gegen Inländer. Eine ganz spezielle Wiener Toleranz-Barriere.*

Meller sah sich in der Wohnung um, ließ sich von der Chinesin deren kleines Wohnreich zeigen. Sie hatte es sich gemütlich eingerichtet. Ein Kasten, ein ungemachtes Bett, mit darauf verstreuten Kleidern. Daneben ein Gitterbett, liebevoll dekoriert mit ein paar Stofftieren.

Ein quadratischer Tisch verriet ein einsames Frühstück: eine

Tasse, eine tönerne Teekanne und ein leerer Teller samt Kuchenbrösel. Dazu zwei Sessel. Eine kleine Möbelwelt von Ikea, praktisch und gemütlich.

Ein Fernseher, eine Stereoanlage, Geräte von einem japanischen Hersteller, gediegen modern und sicher teuer. Viele, viele Bücher in Regalen und auf einer Anrichte. Ein buntes Durcheinander. Am Rande der Anrichte lag eine Geige, der Bogen quer über die Bücher. In der Ecke stand ein Notenpult, darauf ein Notenheft. Joseph Haydn las Meller aus der Entfernung.

Zwei Stehlampen beim Bett sowie eine Leselampe bei einem gemütlichen Sofa schienen die einzigen Lichtquellen in diesem Raum zu sein. Von der blassgelben Decke baumelten statt einer Lampe bunte Schmetterlinge und kleine Laternen aus Pappe und Seidenpapier. Oberhalb des Bettes hing ein chinesischer Seidenteppich. Einer, der aussah wie der verrottete Überrest, der im S-C-ONE lag. Fotos, die fröhliche Gesichter zeigten, standen auf einer Bettseite auf dem Nachtkästchen.

Schwarz-gelbe Vereinigung, dachte Meller. Er wusste jetzt, so sah dieser vielgeliebte Omour aus. Lachend, mit blitzweißen Zähnen. Dem Foto nach ein schwarzer Feschak.

»Darf ich eines dieser Bilder haben?«

Die Chinesin nahm das Foto aus dem Rahmen, das sich Meller ausgesucht hatte und gab es ihm.

»Hier ist es momentan ein bisschen unordentlich«, entschuldigte sich Ma-Lin wieder, »aber mit dem Kind in mir schaffe ich es nicht mehr so recht. Obendrein möchte ich noch so viel wie möglich lernen, wenn auch nur stundenweise.«

»Wir wollten auch nachsehen, ob wir noch etwas von Omour finden. Vielleicht gibt es...«

»Jaah – sein Hemd! Ich... ich hatte es früher unter meinem Kopfpolster. Als Omour nach Hause flog, war es jede Nacht mein Trost. Später habe ich es weggeräumt. Ich konnte es nicht mehr sehen – es tat mir weh, …zu weh.«

Sie öffnete den Kasten und kramte aus der untersten Lade ein zerknülltes, blaukariertes Hemd hervor.

»Ich habe es aber leider schon öfters gewaschen, weil ich es als Nachthemd benutzte.«

Ojeh. Meller sah die Chancen einer erfolgreichen DNA-Analyse drastisch schwinden. Doch was weiß man. Die Spezialisten des Gerichtsmedizinischen Institutes in Innsbruck bekamen schon schlechtere Beweismittel und erzielten trotzdem brauchbare Ergebnisse.

»Darf ich es mitnehmen?«, bat Meller. Wortlos holte sie aus der Küche eine Tragtasche und hielt sie ihm entgegen. Meller stopfte das Hemd hinein. Als ahne sie, was damit passiere, sah sie ihm dabei traurig zu und meinte:

»Wenn sich nun herausstellt, dass der Ermordete mein Omour ist, was dann…? Mein Kind, mein armes Kind…!«

Sie setzte sich auf das Bett, legte eine Hand auf ihren Bauch und fing wieder an zu weinen.

»Frau Huang, ich bitte Sie… noch ist nichts bewiesen. Ich vermute ohnehin, dass der in Mödling Gefundene ein Drogentoter ist und sie versicherten mir doch, dass Omour nie Rauschgift nahm.«

Meller wollte sie nicht schon vorher beunruhigen. Bevor ein DNA-Test Gewissheit brachte. Hoffentlich die positive, dass der Torso vom Jennyberg nicht ein Teil Omours war.

Ihm tat die junge Chinesin einfach Leid.

Sicher auch, weil sie ein wirklich bezauberndes Geschöpf war. Sogar in ihrem Liebesschmerz. Wie unfair sind doch meine Empfindungen, dachte er. Wäre sie ein Mann, wäre Mellers Mitgefühl ein völlig anderes. Ein neutrales Mitleid, wenn es so etwas überhaupt gab. So aber spürte er zu dieser schönen Schwangeren eine intensive Verbindung. Fühlte sich direkt zu ihr hingezogen.

Weil sie ein Kind bekam?

Seine Lilian hätte auch ein Kind bekommen sollen. Meller erfuhr es erst einen Monat nach dem Flugzeugabsturz, dass seine Frau schwanger war. Ein Anruf der Assistentin von Lilians Frauenärztin klärte ihn unwissentlich auf, als sie seine Frau für eine weitere Untersuchung in die Ordination bat. Lilian hatte es Meller verschwiegen, wollte ihn sicher überraschen. Er fuhr in die Ordination und musste von der Ärztin erfahren, dass Lilian eigentlich im vierten Monat schwanger sei, wäre sie noch am Leben. Die Ärztin übergab Meller wortlos ein Ultraschallbild, als sie vom tragischen Schicksal erfuhr.

Ihrer beider Kind, Bub oder Mädchen war noch nicht zu erkennen, durfte diese Welt nicht erleben. Es starb mit der Mutter ohne geboren zu werden. Mit Mario Meller als Vater, der nun doch keiner war. Nie wieder einer werden wollte, schwor er sich damals voller Verzweiflung und Wut, mit seinem Schicksal hadernd.

Das Ultraschallbild steckte in seiner Geldtasche. Jedes Mal wenn er sie zückte um zu bezahlen, starrte er gedankenverloren auf das schwarz-weiß gesprenkelte Bild. Er nahm es in der Zeit nach dem Flugzeugabsturz oftmals zur Hand. Betrachtete es in Erinnerung an eine wunderschöne Zeit. Viele Flaschen Alkohol mussten dafür ihren Inhalt opfern. Eines Tages jedoch steckte er seinen Führerschein davor, um sich vor weiteren schmerzlichen Gedanken zu schützen. Aber wegwerfen wollte er das schon längst zerknitterte Bild von seinem Fast-Kind nicht.

»Jetzt habe völlig vergessen zu fragen… Darf ich auch für Sie eine Tasse grünen Tee zubereiten?«, riss die Chinesin Meller aus seinen Gedanken und sah ihm dabei direkt an. Dieser Blick, diese Augen! Tränen hingen noch in den Wimpern.

»Ja… bitte… danke… ja.«

Er folgte Ma-Lin. Bis auf ein paar herumstehende Geräte, Töpfe und Tassen war die Küche aufgeräumt. Insgesamt vermittelte die Wohnung einen absolut sauberen Eindruck.

Meller warf einen Blick durch das Fenster in den Innenhof. Dicke Schneehauben waren putzig verteilt. Auf Sitzbänken, Sträuchern und Bäumchen sowie auf einer Brunnensäule und deren weit abstehenden Wasserhahn. Wie ein einarmiger Soldat stand der Brunnen im Hof, als würde er dieses kleine Paradies gegen Feinde von außen verteidigen wollen. Doch dort unten herrschte Stille und Frieden. Sogar der Schnee lag jungfräulich weiß und unberührt über allem. Lediglich eine schmale Trittspur zu mehreren Türen war freigeschaufelt worden.

Er sah der Chinesin bei der Teezubereitung zu und half ihr anschließend, Tassen und Teekanne ins Wohnzimmer zu tragen. Meller versuchte, ein neutrales Gespräch anzuleiern, über den langen Winter, die Kälte, den Schnee. Ma-Lin antwortete nur zaghaft oder gar nicht. Liebend gerne hätte sich Meller in ihren Gedankengängen verlaufen, um Vergangenes auszukundschaften.

Schweigend saßen sie sich gegenüber und schlürften grünen Tee. Ungezuckert.

Meller sah gedanklich den jungen Schwarzafrikaner in dieser Wohnung. Er stellte sich vor, wie die beiden hier stürmische Liebesstunden genossen. Ein schönes Leben für einen Habenichts, wie Omour es war. Aufgefangen, im Schoße einer wohlhabenden chinesischen Familie. So ließ es sich bestimmt gut leben.

Meller urteilte jedoch völlig wertfrei, er kombinierte lediglich.

Wie durch einen Kanal führten ihn seine Gedanken dabei zum Onkel der Chinesin.

»Ihr Onkel… wie heißt er noch…?«

»Chen. Chen Huang. Er ist der jüngere Bruder meines Vaters.«

»Ihr Verhältnis zu ihm… wie ist es heute?«

Die Chinesin sah zu Boden. Ihre Traurigkeit war verschwunden und ihr Gesicht bekam einen verbissenen Ausdruck. Dann stieß sie plötzlich hervor:

»Ich hasse meinen Onkel. Ja, ich hasse ihn, diesen… Verbrecher…!«

»Warum denn Verbrecher?«

»Er allein ist schuld, dass Omour nicht mehr gekommen ist. Weil er…«

»Weil er ihm den Kontakt zu Ihnen verboten hat?«

Meller nutzte ihren heftig emotionellen Ausbruch. Stachelte sie jetzt auf:

»Sie sind doch eine erwachsene Frau, können tun und lassen was Sie wollen. Wieso darf sich der Onkel eigentlich so in Ihr Leben einmischen?«

Sie schwieg verbissen. Überlegte. Als würde sie jedes Wort, das über ihre Lippen kommen sollte, doppelt überdenken.

»Wie ich Ihnen ja schon erzählte. Mein Vater hatte die Vereinbarung mit ihm getroffen, dass mein Onkel mir helfen, auf mich aufpassen solle. Damit mir hier in Wien nichts passiert. Ich kam auch durch ihn zu dieser schönen Wohnung. Überhaupt, zu Beginn lief es ohnehin prächtig. Ich verstand mich mit meinem Onkel bestens. Als Gegenleistung arbeitete ich auch gerne als Aushilfskellnerin in seinem Restaurant in Mödling. Dann aber, als ich Omour kennen lernte, wurde er plötzlich ungehalten und verbat mir den Kontakt zu ihm. Er meinte, dieser Buschneger – so nannte er ihn –, sei nur auf eine lukrative Hochzeit und mein Geld aus. Dabei stimmte das überhaupt nicht. Vielmehr wollte Omour hier seine Ausbildung beenden und wieder zurück in sein Land gehen, um dort Aufbauarbeit zu leisten. Omour war so stolz. Stolz auf sich und auf seine Heimat. Ja, ich wäre mit ihm mitgezogen. Nach Afrika. Wer weiß… Aber dann passierte diese Auseinandersetzung mit Onkel Chen und… dass er uns unentwegt überwachen ließ und… dass mich mein Onkel sogar…«

Sie hielt plötzlich inne.

»Was passierte noch?«

»Ach… ach, nichts. Das gehört nicht hierher. Es hat nur mit meiner Familie zu tun…«, antwortete sie mehr für sich.

»Wollen Sie es mir denn nicht erzählen?«

Meller hakte nach. Was meinte sie wohl mit »ach, nichts«.

»Nein… nein… ich…«

Sie schüttelte verneinend ihren Kopf, schwieg und biss sich auf die Lippe, bis sie fast blutete. Sah auf ihren gewaltigen Bauch hinab und streichelte behutsam darüber. Dann blickte sie erschöpft zu Meller.

»Ich bin jetzt müde und würde mich gerne ein wenig hinlegen. Eine Freundin kommt mich anschließend besuchen. Mit ihr möchte ich noch ein paar Seiten durchmachen«, dabei sah sie auf Geige und Notenständer.

»Verstehe. Natürlich. Selbstverständlich. Und Entschuldigung. Ich vergaß doch glatt Ihre Schwangerschaft. Wann ist es denn eigentlich soweit?«

»Bald, sehr bald«, war ihre leise Antwort.

»Wir bleiben in Kontakt.«

Meller wollte schon gehen. Da fiel ihm noch etwas Wichtiges ein.

»Ahja – noch was. Ihr Amulett, diese kleine Hand mit dem

Stein. Würden Sie es mir für ein paar Tage überlassen. Sie erhalten es selbstverständlich zurück.«

Sie überließ es ihm.

»Also, dann – ich bedanke mich für den Tee und wir sehen uns wieder…«, versicherte er und verabschiedete sich.

Diese Augen. Verdammt – diese wunderschönen, ausdrucksvollen Augen.

Pater Florian, ein knapp sechzigjähriger Mann, von der Missionsstelle in St. Gabriel war höflich und hilfsbereit. Meller bekam von ihm umfassende Auskünfte über Omour David Yakubu.

Der Pater berichtete:

Im vergangenen Jahr war Herr Chen Huang bei ihm und beschwerte sich, dass Omour seine Nichte verführt und mit ihr ein Verhältnis hätte. Den Pater wunderte dies, zumal Omour kein schlechter Umgang war. *Mein Gott, die heutige Jugend.* Obendrein war die Chinesin schon längst volljährig. Omour lernte eifrig und war ein verlässlicher, fleißiger Bursche. Seine Mitschüler mochten ihn und seine fröhliche Art. Er war allgemein beliebt. Und hilfsbereit. Immer wenn es in der Missionsstelle an einem tatkräftigen Mann fehlte – Omour war stets zur Stelle und half mit. So viel der Pater noch wusste, verdiente er sich mit Blumenverkauf ein wenig Taschengeld dazu.

Nachdem Herr Huang jedoch heftigst darauf bestand, dass diese Beziehung – im Sinne eines weiterhin ungestörten Musikstudiums seiner Nichte – sofort zu unterbinden sei, sah sich die Missionsleitung angehalten, in Gegenwart des Herrn Huang von Omour das Versprechen dafür zu erhalten. Andernfalls würde man gezwungen sein, seine Ausbildungsmöglichkeit hier zu beenden, was sehr schade wäre.

Omour sah dies natürlich nicht ein. Was hatte er denn schon verbrochen, meinte er zerknirscht zum Pater. Er liebe Ma-Lin, schrie er Herrn Huang ins Gesicht. Und nichts und niemand könne ihn daran hindern. Wir mussten der heftigen Diskussion schließlich Einhalt gebieten. So aufgebracht habe Pater Florian Omour noch nie gesehen. Mein Gott, er war jung, ungestüm – ein hübscher Bursche und kam bei den Mädchen gut an. Vielleicht war dies mit ein Grund, dass er sich in unserer Gegenwart so gehen ließ. Irgendwie konnte sogar der Pater den jungen Hitzkopf verstehen. Widerwillig versprach Omour Herrn Huang schließlich mit finsterer Miene, die Beziehung zu seiner Nichte zu beenden.

Omour sei dann Anfang Juli – das Schuljahr war vorbei – nach Hause geflogen. Seither hätten sie nichts mehr von ihm gehört. Auch in Ghana, bei der Missionsstelle tauchte er nicht auf. Die freiwilligen Helfer in Tamale hatten nicht die Möglichkeit, alle umliegenden Siedlungen regelmäßig zu besuchen. Sie waren daher darauf angewiesen, dass die Menschen zu ihnen in die Missionsstation kamen.

Der Kontakt zu Omours Vater war in letzter Zeit oft monatelang abgebrochen. Der Pater bemerkte es deswegen, weil in letzter Zeit keine Lieferungen mehr nach Mödling gesendet wurden. Diese kleinen Handwerksarbeiten, die in den umliegenden Dritte-Welt-Läden verkauft wurden, damit sie Omours Vater wieder etwas Geld übermitteln konnten. Vielleicht war der Vater krank. Wenn also Omour nicht selbst in die Station käme, würde man nichts von ihm wissen.

Sie hätten sich zwar auch gewundert, dass Omour zum Schulbeginn im September nicht mehr auftauchte, aber wahrscheinlich habe er das Interesse an der Ausbildung verloren. Nach der Auseinandersetzung hier mit Herrn Huang sowie seiner unglücklichen Liebesbeziehung zu dessen Nichte.

»Diese ungestümen Jungen, man muss sie verstehen und ihr Verhalten akzeptieren. Sie sind auf der ganzen Welt gleich – egal ob arm oder reich«, seufzte der Pater zuletzt und ergab sich mit einem kurzen Blick gegen den Himmel dem Schicksal seines göttlichen Herrn.

Ob Pater Florian jemals einen solch stürmischen wie schmerzhaften Liebesrausch zu seinem Erfahrungsschatz zählen durfte?, dachte sich Meller.

Als er dem Pater das Foto zeigte, auf dem Omour und die Chinesin fröhlich lachten, meinte dieser nur seufzend:

»Ja, das ist Omour.«

Auch das Zimmer in dem er schlief ließ sich Meller zeigen. Das brachte allerdings wenig, da im vergangenen Sommer das Jugendgästehaus völlig saniert und neu ausgemalt, die alten Möbel durch neue ersetzt wurden.

Im ehemaligen Zimmer von Omour David Yakubu gab es so gut wie nichts mehr von seiner Existenz zu entdecken.

»Verdammt. Zu spät«, entfuhr es Meller.

Sieben

Mittwoch, 6. April 2005...

Es war Mitte der Woche, bereits dämmrig und es nieselte. Ein beginnender Abend, der nur in heimelig-wohligen vier Wänden einen glücklichen Tagesausklang versprechen würde.

Meller stand, wie falsch hinbestellt, mit Joe an der Leine und einem Strauß Blumen in der Hand in der Wohnhalle. Feinen, sichtbaren Hauch ausatmend, die Winterkälte noch in den Kleidern und im Gesicht.

»Ich komme gleich...!«, schallte es von irgendwo dort oben.

Die alte, schwedenrote Villa in der Giannoni-Gasse war ihr Zuhause, ihr Atelier, ihr Lebensmittelpunkt. Das Erdgeschoß musste schon vor längerer Zeit völlig ausgeräumt worden sein. Jedoch nicht nur das Inventar. Nein – auch die Wände betreffend. Es gab keine mehr.

Sämtliche Zwischenwände waren herausgerissen, Stützwände mit I-Trägern unterfangen und teilweise durch Metallsäulen zusätzlich abgestützt. Lediglich an den unterschiedlich abgenutzten Fußböden und dem Grundriss der Raumanordnung konnte man noch die ehemalige Zimmereinteilung erkennen: Vorraum, Wohnzimmer, Zimmer, Zimmer, Küche. Einzig das Bad mit WC war durch großflächige Milchglaswände optisch abgetrennt. Die Küche stand anscheinend noch dort, wo sie schon vor der

Wandvernichtung ihren Platz hatte, nur lag sie jetzt offen. Rundum frei im Raum – fast schwebend.

Eine gewaltige Metalltreppe führte von der Mitte des Lofts hinauf in den ersten Stock. Die Öffnung für diese Treppe war so großzügig gehalten, dass im Obergeschoß eine Galerie entstand, von der aus man mehrere Glastüren, die in weitere Zimmer führten, ausnehmen konnte. Durchgehende Gitterfelder, in Metallrahmen eingefasst, schützten im Treppenbereich sowie im Obergeschoß als Geländer vorm Herabfallen.

Sämtliche Metallteile waren in anthrazit gehalten, so auch die Fensterrahmen.

Alles in allem bot diese Villa ein nahezu doppelt großes Raumangebot, als sie – von außen gesehen – vermuten ließ. Die Mischung, massive, flächig einfärbige Wände kombiniert mit viel Stahl und Glas, verlieh der Atmosphäre eine zusätzlich technische Note.

Meller bewunderte wie gebannt das strahlende Kunstobjekt, das von der höchsten Stelle im Obergeschoß in den Stiegenaufgang herabhing. Unzählige lange, kurze, mächtige, winzige, posaunenförmige Trichter aus glänzenden Metallen, die ihr Licht in alle Richtungen des Raumes verstrahlten.

»Die Posaunen von Jericho, meine künstlerische Jugendsünde«, erklärte sie, während ihr Joe schon schwanzwedelnd die Treppe empor entgegenlief.

Wow, dachte Meller, die hat's aber drauf. Auch wie sie die Treppe runterkam. In einem hautengen dunkelrotem Outfit, das – *wow-wow-wow* – nicht von schlechten Eltern war.

In dieser nüchternen Architekturwelt bewegte sich Eva mit ihren weiblichen Rundungen gekonnt – eine atemberaubende Kombination von katzenhafter Wildheit und gottgegebener Natürlichkeit – auf ihn zu. Meller schluckte und spürte eine aufkeimende Gänsehaut unter seinem dezenten Kaschmir-Pullover.

So sah er Eva bis jetzt noch nie, wenn sie gefälligerweise seinen Hund vom S-C-ONE abholte oder wenn er – hektisch, mangels Zeit – Joe vor ihrem Haus aus dem Auto springen ließ. Es war das bisherige grausliche Wetter, das eine stets in Winterklamotten dick vermummte Eva Roth präsentierte. Auch sonst lief sie eher in unkleidsamen, wenn auch praktischen Overalls durch die Gegend. Als wollte sie jeden Augenblick einen Pinsel aus der unförmigen Latztasche zaubern und zu malen beginnen. Meistens strotzten diese Overalls vor Farbflecken. Eine begnadete Künstlerin eben.

In diesem Moment jedenfalls verabschiedete sich Meller vom ersten Vorurteil: *unförmige, männerfeindliche Zicke*. Das *Unförmige* war ein für alle Mal gegessen.

Blieb noch die *männerfeindliche Zicke*, die Meller jetzt wohlproportioniert Schritt für Schritt sprühende Erotik entgegenschleuderte. Noch trennten sie ein paar Meter. Wie in einem klischeehaften Hollywoodstreifen, dachte er. Ein perfekter Auftritt.

Klappe. Langsamer Kameraschwenk durch das Loft…

Zoom auf die Treppe… Spots an und: Action!

Eva, die Treppen herunterschwebend…

Aus und Schnitt…

Bis auf den Boden – der sah einfach scheußlich aus. Voll mit Farbe beschmiert, bekleckert und mit unterschiedlichsten Schablonenformen besprüht.

»Der Boden – ich weiß. Sieht eklig aus. Aber mir sind beim Sanieren die Kröten ausgegangen. Für den Belag hier drinnen sowie für draußen rundum hat's dann nicht mehr gereicht. Was soll's. In ein paar Jahren hab ich mir wieder ein hübsches Sümmchen zusammengemalt und dann erledige ich auch das noch…«, dabei fuhr sie mit der Schuhspitze eine der Schablonenkonturen nach.

»Dafür kann ich mit meinen Farben rumpatzen, dass die Leinwände bei jedem Pinselstrich vor Lust aufjaulen.«

Deftige Sprache einer sinnlichen Malerin.

Was letztendlich nicht zu übersehen war. Großflächige Gemälde hingen an den Wänden oder standen dicht geschlichtet wahllos herum. Drohendes, Mystisches, Figurales wie Abstraktes. Wild und mit kühnen Pinselstrichen auf Leinwände gezaubert. Bei keinem ihrer Bilder wurde mit Farbe gegeizt. Ein freizügiges Haus in dem ungestüme Malorgien stattfanden. Ein Haus der Kunst. Wahrlich.

Und Meller staunte. *Die hat was. Die kann was!*

Eva, bei ihm angekommen, strahlte Meller nun an.

»Also, nochmals und offiziell – herzlich willkommen, Herr Meller«, begrüßte sie ihn schnippisch. »Du warst ohnehin schon einmal kurz hier. Zum Hosenreinigen, hihi… Doch damals war ich geschockt von der Leiche, die Joe fand. Und du hattest natürlich andere Sorgen deswegen, soweit ich mich erinnere…«

»Ja, ja unser *Frühlingsrolle-Mord*, ein schauriges Kapitel… Aber das hier – ich muss schon sagen – fantastisch«, war alles, was Meller herausbrachte, während er sich nun genauer umsah.

»Der Architekt hat dir dafür sicher eine Stange Geld abgeknöpft.«

»Ach was, von wegen Architekt. Ich kenn die. Alles Dampfplauderer und nix dahinter. Keinen Cent haben die von mir bekommen! Der Bianco hat mir geholfen, mich beraten, und ein bisschen herumgeplant. Den Rest hab ich selbst zusammengeschraubt und geschweißt. Ob Autogen oder Elektrode, ich kann mit Schweißgeräten umgehen wie ein Haubenkoch mit Pfanne, Kochlöffel und Herd. Hier – alles was aus Metall besteht: made by Eva Roth.«

Sie zeigte voll Stolz auf die Treppe, das Geländer, die Säulen.

»Und wenn du einmal eine solide Schweißnaht brauchst… ich komm mit meinem Brenner und…«

…ich schweiß dich nieder, dachte Eva Roth für sich.

»Aber komm jetzt, ich zeig dir meine heiligen Hallen, bevor wir zum gemütlichen Teil überschwenken. Häng deine Winterklamotten dort auf und… ooh – wie galant – Blumen!«

Eva nahm sie entgegen und verschwand im Küchenbereich, sofern man von Verschwinden sprechen konnte. Evas sichtbarer Teil hantierte mit Blumen, Vase und Wasser.

Flugs war der Strauß auf einem pseudoantiken, steinernen Säulenstummel platziert, der wie zufällig im Raum stand.

Dann kam sie wieder auf Meller zu.

»Also, ich zeig dir den Rest – oben.« Sie nahm ihn kurz entschlossen an der Hand. Die Treppe hoch, in das obere Geschoß. Wie eine frisch Verliebte, die ihre Eroberung zur Erfüllung ihrer Träume abschleppte.

Joe verkroch sich inzwischen auf seinem gewohnten Platzerl nahe der Küchenzeile. In Fressnapfnähe sozusagen.

Meller ließ sich geduldig Raum für Raum zeigen. Neutrale Zimmer, Schlafräume, ein weiteres großzügiges Bad…

»Und hier, meine sündige Höhle«, bemerkte sie mit einem eindringlichen Blick, der sich tief in Mellers Seele bohrte.

Anschließend saßen sie wieder im unteren Bereich in einer gemütlichen Wohnlandschaft. In Schwedenrot, Evas Lieblingsfarbe, wie er bald herausfand. Sie hatte sich unsterblich verliebt in diese Farbe, als sie in jungen Jahren eine Zeit lang in Schweden verbrachte.

»Alle meine Lieben verloren sich irgendwann. Wie der Wind die Wolken vertreibt, nur die zur Farbe blieb. Mein Schicksal.«

Eva Roth und ihr buntes Kismet.

Meller wagte es.

Hatte er sich doch glatt bei Eva eingeladen. Um für seinen Onkel Walter Wein zu besorgen. Exquisiten Rotwein aus dem Weinkeller der Roths, wie ihn sein Onkel genüsslich in Erinnerung hatte.

Natürlich, Meller könne, ja müsse kommen – noch heute Abend. Sie sage alles ab, was auch auf sie zukomme.

Eva bestand aber darauf, dass Meller ihr allein einen Abend widmete. Ganz ohne Handy-Sambatöne, ohne auch nur einen Hauch Zwischendurch-Mord. Einen ungestörten Abend mit offenem Ende…

Wie, was, offenes Ende?

Pünktlich zwanzig Uhr. Ehrenwort?

Ehrenwort! Unter einer Bedingung: kein Abendessen.

Meller wollte nicht eingekocht werden. Er wusste, wohin das führte. Wohlig gesättigter Bauch – genüssliches Entspannen und so weiter…

Nur ihre Villa von innen sehen. Schauen, wie und was sie so malt. Ein, zwei Gläser Wein dazu. Das sollte für den ersten offiziellen Besuch genügen.

»Kochen ist eh nicht so meins. Dafür gibt's einen Sonderpreis für meinen vielgerühmten Roth-Wein«, versprach sie Meller, als er sie mittags anrief.

Und ehrlich, eigentlich wollte er nur den Wein holen. Aber nachdem Eva sich immer so lieb und fürsorglich um seinem Joe kümmerte…

Jetzt jedoch, als er hier war, bekam er ein schlechtes Gewissen. Als er sah, welch begnadete Künstlerin ihm gegenüber saß. Mit spritzig-witzigem Geist und weiblichen Rundungen, die Gott erlaubt, ja sogar geschaffen hatte.

Wäre nicht ihre etwas zu schrille Stimme. Das einzige, was Meller nach wie vor an Eva missfiel. Tragisch.

Als hätte sie seine Gedanken erraten, meinte sie entwaffnend zu ihm:

»Ich weiß Mario, dich stört irgendetwas an mir. Das spüre ich schon seit unserem Kennenlernen, damals im Barometer. Du kannst es mir ruhig sagen. Ich bin ein direkter Mensch und lege großen Wert auf Offenheit. Bei Freunden wie bei Geschäftspartnern. Deswegen werden meine Kunden auch meistens gute Freunde. Und der Kreis vergrößert sich ständig.«

Meller schoss die Röte ins Gesicht, als hätte er gerade wie ein Zwölfjähriger einen Kaugummi aus dem Regal geschnappt und wäre von der Verkäuferin ertappt worden.

»Ich… ah-woher… also bitte ni-nichts… ich schwöre…«, stotterte er peinlich herum.

»Meller! Bitte nicht so… ich mag dich… warum weiß ich auch nicht… aber mir würde deine Offenheit sehr, sehr viel bedeuten.«

Mensch, Meller! Er kam ins Schwitzen. Aber warum nicht, wenn sie ihn schon so direkt anflehte.

»Deine Stimme…«, kam nach peinlichen Sekunden von ihm.

»Meine Stimme…? Ja, wenn's weiters nicht ist, dann schweige ich halt.« Sie zog demonstrativ ein Schnoferl.

Lügt man sie an, sind sie beleidigt. Sagt man ihnen die Wahrheit, sind sie ebenfalls beleidigt. Meller verstand nichts von Frauen. Doch welcher Mann versteht schon diese komplizierten Schaltvorgänge in den Köpfen der Frauen, dachte er.

»Ich weiß, meine Stimme klingt schrill… penetrant.«

Richtig, Frau Roth, wie wahr. Meller lehnte sich entspannt zurück. Selbsterkenntnis, die hört man gern von anderen.

»Tja, leider. Ein Erbe meiner Mutter. Auch ein Grund, warum

sich Papa so selten daheim blicken ließ. Diese ewig meckernde Stimme. Ich konnte Papa irgendwie verstehen.«

Sekundenlanges Innehalten, seufzendes Augenverdrehen.

»Aber komm, jetzt trinken wir ein süffiges Weinderl und vergessen meine unstimmige Vergangenheit. Wer trinkt, der genießt und schweigt.«

Eva sprang auf und verschwand sprichwörtlich im Boden.

Ein Treppenabgang in Küchennähe führte anscheinend zu den Weinschätzen im Hause Roth. Meller wartete, bis sie wieder aus der Versenkung auftauchte. Mit ein paar Flaschen unterm Arm und je eine in der Hand.

»Sag, kann es nicht passieren, dass du einmal unabsichtlich die Treppe da runterfällst. Ungesichert wie die ist.«

»Nur wenn ich zu viel getankt habe. Aber dann schaffe ich es ohnehin nur noch bis auf die Couch hier, hihi…«, grinste sie Meller an und stellte die Flaschen auf die niedrige Tischfläche. Ein längliches Tischtuch aus einer einzigen Metallplatte geformt, das auf dem Faltenwurf an den Ecken stand.

»Du bist heute der Herr im Haus. Wähle aus und öffne den besten meiner geheimen Schätze«, forderte sie ihn auf und hielt ihm einen Flaschenöffner entgegen.

Meller nahm Flasche für Flasche zur Hand, tat so, als wäre er ein erfahrener Weinkenner.

»Durchschaut und durchgefallen«, lachte Eva jetzt auf.

»Ich erkenne einen Fachmann auf den ersten Blick.«

Meller lächelte peinlich berührt und gestand, dass er von Weinmarken, Sorten und Jahrgängen überhaupt nichts verstehe. Wenn ihm ein Wein schmecke, dann war es egal, ob er aus einer besonders geschichtsträchtigen Südhang-Lage stammte oder einen pelzigen Abgang hatte. Solange er davon nicht Kopfweh bekam.

»Ist mir auch lieber so. Mich nerven diese Besserwisser, die nur Blech reden und den nächstbesten Heckenklescher als Jahrhunderttropfen hochjubeln. Mir kann keiner was vorgaukeln. Mein Papa hat mir die wahren Weingeheimnisse verraten. Aber ich kann dich, wenn du willst, nach und nach einweihen«, meinte sie augenzwinkernd.

»Um Himmels Willen, bitte-bitte nicht«, wehrte er lachend ab, »da wäre ich dir ja völlig ausgeliefert – weinmäßig meine ich.«

Und auch sonst, du knutschgeiler Typ du… Eva Roth fixierte ihn förmlich, wie er so vor ihr saß. Tastete mit einem Blick sein sympathisches Äußeres, seinen vermutlich wohlgeformten Körper ab und legte alle weibliche Kraft in ein unwiderstehliches Lächeln. Meller begann leicht zu flimmern. Körperliches regte sich verdächtig, wohlige Durchblutung in unterer Region. Er neutralisierte seine Gefühle und meinte:

»Also, für meinen Onkel soll es ein typischer Chianti sein. Einer aus der Toskana, den trinkt er am liebsten.«

»Wobei wir bei Lektion 1 wären: Chianti kommt immer aus der Toskana«, meinte Eva jetzt amüsiert.

»Siehst du, wie schnell ich mich blamiere…« Erneute Röte.

»Ich stell dir aber noch ein paar Weine aus anderen Regionen Italiens dazu. Testweine sozusagen. Dein Ministerialrat soll sie probieren. Vielleicht findet er Geschmack daran.«

»Sag mal, dein Weinkeller, wie groß ist der eigentlich? Lo erzählte mir nämlich Sagenhaftes darüber«, wollte Meller jetzt Eva von seiner peinlichen Weinverfehlung ablenken.

»Später, später… Also, jetzt mal endlich… Prost! Auf eine gute Freundschaft und sonst noch alles Schöne, das uns widerfahren soll…«

Behutsamer Gläserklang.

Andächtiges, geräuschloses Weinschmecken.

»Deinen Onkel kenne ich von früher. Mein Papa lieferte ihm hin und wieder Wein in die Südstadt. Damals, als mein Papa noch lebte, war dein Onkel auch einige Male hier im Haus. Da sah es jedoch noch etwas anders aus. Mufflig und düster, du kannst es dir vorstellen – alte Villa, alte Menschen.«

»Aber jetzt zu dir, Mario. Von Lo erfuhr ich ja einiges aus eurer Mödlingzeit. Als sämtliche Mädels von ihren Eltern weggesperrt wurden, wenn ihr zwei um die Häuser gezogen seid. Ich wohnte ja damals leider – das leider, möchte ich betonen – noch in Wien.« Sie grinste kumpelhaft. »Ihr müsst ja ein jungfrauenvernichtendes Duo gewesen sein, was ich da so hörte.«

»Der Bianco hat's notwendig, der Angeber«, entrüstete sich Meller gespielt. »Ich war damals ein schüchternes Bubi, höchstens ein bisschen goschert in der Clique. Auch fanden die Mädels an Lo wesentlich mehr Interesse als an meiner Wenigkeit. Dafür schau ich noch nicht so verbraucht aus wie er, haha…«, wand sich Meller aus der Ausfratschelfalle.

»Aber jetzt ehrlich, Eva. Ich war eher zurückhaltend.« Er dachte kurz nach.

»Etwas von früher willst du also wissen…? Jaah – weil es mir spontan einfällt – da gab's eine Crash-Aktion. Also…«

Meller schwenkte das Glas, nahm einen Schluck Wein, lehnte sich zurück und begann:

»Es war in einem schneereichen Jänner, das muss so 1980/81 gewesen sein. Lo hatte sich von einem gstopften Studenten einen Porsche ausgeliehen. Das heißt, der Student war genauso ein Armutschkerl wie wir alle damals, nur seine Mutter ließ ihn hin und wieder mit dem Kübel fahren. Seine Eltern waren die reichen Säcke. Lo hatte einen besonderen Schmäh, um an das Auto zu kommen. Der Student war nämlich ein überheblicher Schnösel mit einem akuten Hormonproblem: sprich Pickel im

Gesicht. Was die in dieser Lebensphase so wichtigen Mädchenkontakte gänzlich zunichte machte. Daher versprach Lo dem Pickelschnösel, wenn er seiner Mutter den Porsche für den Abend abluchse, würde er ihm eine superklasse Braut für eine Nacht verschaffen. Ich kam damals übrigens in dieses Schlamassel wie die Jungfrau zum Kind. Also, Lo tauchte fröhlich mit dem knallgelben Porsche bei mir auf und lud mich auf eine Spritztour ein. Große Kneipentour durch Wien war angesagt. Unterwegs klärte er mich auf: liebeshungriger Pickelstudent, Aktion Mädelbeschaffung usw. Und am Retourweg könnten wir ja am Gürtel eine Nutte zusteigen lassen, die bereit war, den Studenten zu vernaschen…«

»Na-na, ihr zwei ward ja ganz schöne Früchterl…«, warf Eva lachend dazwischen.

»Also, wir düsen nach unserer Kneipentour auf den Gürtel. Es war Winter, schneeglatt und saukalt. Vielleicht fuhren wir zu einer ungünstigen Stunde, jedenfalls stand nur eine einzige Nutte auf der Straße. Ein Traum von einem Weib, ich seh sie noch heute vor mir. Lo handelte mit ihr das Geschäftliche aus. Sie wollte jedoch das Geld im vorhinein. Ich weiß nicht mehr wieviel. Jedenfalls viel mehr, als wir beide gemeinsam in unseren Taschen hatten. Obendrein wäre auf dem Notsitz des Porsches für ihre kurvige Figur kein Platz gewesen. Also fuhren wir unverrichteter Dinge zurück nach Mödling. Der Student wohnte bei seinen Eltern in der Rieger-Straße. Als wir dort einbogen, sahen wir einen prächtigen Schneemann am Straßenrand stehen. Mit Zylinder, Rübennase, Besen und so weiter. Ich höre noch Biancos Worte: Schneemänner haben Parkverbot… auf ihn mit Gebrüll…!«

Eva konnte sich vor Lachen kaum einkriegen.

»So warte doch, jetzt kommt's erst! Also Lo steuert auf den

Schneemann zu – und bumm-knartsch...! Der Schneemann musste von Kindern über einen Hydranten gebaut worden sein. Jedenfalls hatte der Porsche eine ganz böse eingedrückte Schnauze.«

Eva bog sich vor Lachen, schnappte nach Luft...

Meller wurde ebenfalls angesteckt und ließ eine Lachsalve nach der anderen los. Als er sich halbwegs gefangen hatte, erzählte er weiter:

»Dabei hatten wir noch Glück, dass der Hydrant heil blieb. Was aber nun? Wir schafften es noch bis zum Haus des Studentenschnösels und stellten den Kübel dort ab. Irgendwie mussten wir ihn wachkriegen und ihm den Porsche übergeben. Aber wie? Damals gab es noch keine Handys, auch kein Telefonhütterl war in unmittelbarer Nähe. Die Gegend um die Rieger-Straße, wie du weißt, ist eines der Nobelviertel in Mödling. Schimmliger Alt-Adel, wie wir ihn früher verächtlich nannten. Ich war damals ein Ultralinker. Der gegen alle und alles, vor allem gegen hochnäsige Geldsäcke zu Felde zog. Zurück zur Geschichte. Inzwischen war es etwa drei Uhr früh. Lo und ich versuchten also, den Studenten in seinem Zimmer zu wecken. Mit Schneebällen, geworfen auf ein Fenster im zweiten Stock. Jedoch der Schnee war inzwischen zu Eis geworden und die Scheibe fiel klirrend herab – Pech. Jedenfalls flogen unsere Bälle einer Dame ins Schlafzimmer. Sie fluchte und krächzte wie ein Rohrspatz nach der Gendarmerie. Als wir das Malheur sahen, verdrückten wir uns rechtzeitig... Wie die Geschichte ausging? Der Student hatte einen gewaltigen Krach daheim, weil seine Mutter annahm, er hätte ihren Porsche demoliert. Er musste es auch zugeben, denn sonst wäre aufgeflogen, wofür er Lo den Wagen überlassen hatte. Schade, dass die Porschetouren seit dieser Nacht gestrichen waren. Auch für den Studenten.«

Meller trank den Rest seines Glases aus und beugte sich zu Joe, der sich in seine Nähe legte und einrollte. Er wuschelte durch Joes blonden Schopf.

Eva erlaubte sich, Meller nachzuschenken.

»Danke, das ist aber mein letztes…«, er prostete ihr lächelnd zu. Als er absetzte, fiel ihm noch etwas ein:

»Nach so langer Zeit und mit Abstand gesehen, war's ja recht witzig. Was aus dem überheblichen Pickelstudent wurde, eher weniger – wie ich inzwischen von Lo erfuhr. Dieser machte nämlich eine zweifelhafte Karriere, nachdem er die Firma seines Vaters übernahm. Allein am Ruder, wirtschaftete er das Erbe in wenigen Jahren in den Ruin. Der Weg des verwöhnten Bubis begann mit Casinobesuchen, Pferdewetten und ein paar Kindern mit mehreren Frauen. Es folgten Scheidungen, Spielschulden und Bankrott. Zuletzt die Flucht wegen fahrlässiger Krida. Mit ein paar kümmerlichen Scheinen im Fluggepäck konnte er sich noch rechtzeitig nach Südamerika absetzen. Hier hinterließ er jedenfalls einen Schuldenberg von mehreren Millionen.«

»Da sieht man wieder, was dabei rauskommt, wenn man von Beruf verhätschelter Sohn ist…«, war Evas Kommentar. »Aber ich kann aus eigener Erfahrung berichten, dass Eltern letztendlich schuld sind, wenn ihre Kinder so verzogene Fratzen werden. Ich erzähl dir dazu einiges aus meinem chaotischen Leben…«

Eva erhob sich.

»Einen Moment nur… ich muss mal. Und dann möchte ich es uns noch ein bisschen heimeliger machen.«

Flugs stand eine wuchtige Schale mit schwimmenden Kerzen auf dem Tisch. Eva drückte Meller wortlos Zünder in die Hand, bevor sie im Badezimmer-Glaskobel verschwand.

Als sie zurück war, nahm sie eine Fernbedienung. Summend senkten sich die Rollos vor den Fenstern. Über den Raum legte sich gleichmäßige Dunkelheit. Nur die Ecke mit der Sitzlandschaft verwandelte sich in eine dämmrig-orange Insel, als würde exklusiv in der Giannoni-Gasse die Sonne untergehen.

Traumhaft!

Aus dem Nichts erklang esoterische Sphärenmusik. Eine Theaterkulisse. Das Bühnenstück: »Zwei Menschen kurz davor.«

Eva Roths Inselschmäh. Lo warnte Meller. *Pass nur auf. Wenn die Sonne untergeht, die Rollos fallen und Musik mit Meeresrauschen erklingt, dann bist du fällig.*

Eine weitere Flasche wurde gekillt.

Eva war auch so ein verzogenes Einzelkind. Aus Hietzing, einer versnobten Gegend im Westen Wiens. Sie war ihren Eltern passiert, weil sie nicht aufpassten. Bei einem One-Night-Stand würde man heute sagen.

Beide – viel zu jung und unerfahren – ließen sich wiederum von ihren Eltern in das verlogene Nach-außen-heile-Welt-Korsett pressen. *Nur kein uneheliches Kind, um Himmels Willen, diese Schande.* Also musste geheiratet werden, noch bevor die kleine Eva sichtbar im Bauch der Mutter strampelte. Eine gesellschaftlich standesgemäße und teure Hochzeit, plus drei Wochen Hochzeitsreise nach Sizilien. Nach den Weihnachtsfeiertagen. Zu Silvester in Taormina. Finanziert natürlich vom Familienclan.

Evas Mutter kam aus sehr vermögendem Hause, ihr Vater dagegen aus einer sehr gläubigen, weniger situierten Familie. Natürlich war der Schwiegersohn den Schwiegereltern zu minder. Ihre Tochter hätte doch eine wesentlich bessere Partie verdient. Sollte hochheiraten in die Spitzen der oberen Zehntausend. Gesellschaftlich wie finanziell.

Ein drohendes Damoklesschwert, das vom ersten Tag an über Evas Vater hing. Egal was er machte, die Schwiegereltern hatten etwas daran auszusetzen. Bevormundeten ihn, wo es nur ging.

Worauf er nach nicht einmal drei Monaten und einer lautstarken Auseinandersetzung das Handtuch warf, den Kontakt zu ihnen auf das Notwendigste beschränkte und deswegen in einen Dauerstreit mit seiner Frau geriet.

Eine schlechte Basis für die junge Ehe sowie die kleine Eva Roth, die nun das Licht der Welt erblicken sollte. Am 24. Juni 1965 war es soweit. Ohne ihren Vater. Er war zu diesem Zeitpunkt in Italien unterwegs. Denn er hatte – um es seinen Schwiegereltern so richtig zu zeigen – einen Handel mit italienischen Spezialitäten aufgebaut. Ohne ihre Besserwisser-Ratschläge und vor allem ganz ohne ihre finanzielle Hilfe. Ein freundschaftlicher Kontakt aus dem Hochzeitsurlaub war der Anstoß zur Firmengründung.

Damit hatte er nun erst recht »Öl ins Feuer gegossen«: Der eigene Vater bei der Geburt seiner Tochter nicht anwesend!

Während die Ehe der jungen Familie Roth langsam den Bach runterging, blühte der Spezialitätenhandel des Jungunternehmers dafür umso mehr. Allerdings mit der Folge, dass der Jungvater seine Familie eher vom Foto aus der Geldtasche kannte, als in natura. Während nun die junge Mutter frustriert mit dem Baby zuhause saß – man wohnte noch in der elterlichen Villa in der Einliegerwohnung – trieb es Evas Vater immer mehr in südliche Gefilde. Wirtschaftlich, weil sein Laden so hervorragend lief. Emotionell, weil er sich in dieses wunderschöne Italien unsterblich verliebte und kein Verlangen verspürte, sich den permanenten Vorhaltungen der Schwiegereltern sowie seiner Gattin in der protzigen Villa zuhause auszusetzen.

Eines Tages platzte ihm endgültig der Kragen – nach einem dieser endlosen Wortgefechte mit den Hausherren. Demonstrativ packte er einen Koffer und übersiedelte kurzfristig in seinen Laden in der Innenstadt. In der Zwischenzeit konnte er sich nämlich ein Lokal samt Lagerkeller in der Wollzeile im ersten Bezirk mieten und mit seinen Spezialitäten vollräumen. Zwischen Weinkartons und Olivenkisten schlug er für die erste Zeit sein Nachtlager auf. In diesen Tagen und Nächten der inneren Einkehr erkannte er, wieviel Glück und unbändige Freude ihm diese neue Freiheit bescherte.

Hin- und hergerissen zwischen Elternhaus-Zwang und eigenem Kind wollte Evas Mutter nicht auch noch ihren Mann verlieren. Trotzdem ihre Eltern dies zügig vorantrieben. Sie versuchten inzwischen eine Liaison ihrer Tochter mit einem älteren, sehr vermögenden Notar einzufädeln.

Doch sie erkannte in der Zwischenzeit, was für einen tüchtigen Mann sie geheiratet hatte. Vielleicht war es damals das erste Mal, dass Evas Mutter sich gegen ihr Elternhaus auflehnte. Das erste Mal, dass sie eine eigene Entscheidung durchzog.

Evas Eltern versöhnten sich wieder. In dem kleinen Laden zwischen Weinkartons und Olivenkisten erlebten sie ein neues Aufflammen ihrer Liebe und trafen das Übereinkommen, dass Klein-Eva tagsüber von der Schwiegermutter beaufsichtigt wird. In dieser Zeit könne Evas Mutter den Laden führen. Einzige Bedingung ihres Mannes: Mit seinen Schwiegereltern wollte er nie-nie-wieder in Berührung kommen.

Das Geschäft lief hervorragend. Während Evas Vater nun durch Italien gondelte und die feinsten Spezialitäten auftrieb, stand die Mutter in dem kleinen *Specialità italiane*-Laden. Und Evas Großeltern verhätschelten sie mit vielen Bussis, zu viel Spielzeug und noch mehr Süßem.

So lief es die nächsten paar Jahre wie auf eingefahrenen Schienen. Mit der einzigen Veränderung, dass der Vater immer seltener zu Hause auftauchte, ja oft wochenlang nichts von sich hören ließ. Aber solange Warennachschub und Geld ins Haus kam, war der Familienfriede gesichert.

Das änderte sich schlagartig, als Evas Mutter dahinter kam, dass ihr Mann eine Affäre – was heißt eine, mehrere Affären hintereinander – hatte. Mit rassigen Italienerinnen. In Florenz, in Neapel, in Taormina. Überall dort, von wo regelmäßig die Lieferungen in Wien eintrafen.

Evas Mutter wollte ihre Eltern nicht einweihen, um sich ein: *Wir haben es immer gewusst, dass dein Mann ein Haderlump ist,* zu ersparen. Nein, das wollte sie sich und ihrer inzwischen schulpflichtigen Tochter Eva nicht antun. Eine Scheidung kam ebenso wenig in Frage. Ihr Mann zuckte lediglich mit den Schultern und verschwand wieder nach Italien. Zu seinen Verpflichtungen und Freuden. Die Folge war, sie wurde immer grantiger und bissiger, was sich im Laufe der Jahre auch in ihr Gesicht schnitt.

Keine schöne Erfahrung für die Mutter, genauso wenig für die bereits zwölfjährige Tochter. So wuchs Eva fast vaterlos auf. Entweder dem Grant ihrer Mutter oder den verwöhnenden Großeltern ausgeliefert. Dass sie dabei pummelig wurde war vorauszusehen.

Immer jedoch, wenn Papa sich blicken ließ, war für sie ein Sonnentag. Er fuhr mit ihr in den Wienerwald, meistens nach Perchtoldsdorf, Baden, Laxenburg oder Mödling. Ging mit ihr in der Hinterbrühl spazieren. Sie paddelten mit den bunten Holzbooten im Laxenburger Teich umher. Als Tagesabschluss sahen sie sich meistens in Badener Beethoven-Kino oder in der Mödlinger Bühne einen Spielfilm an. Sie flanierten die Hauptstraße entlang, setzten sich in die Konditorei Glanz auf ein Eis oder einen Kakao mit Kuchen. Das waren Klein-Evas Lichtblick-Wochenenden.

Deswegen auch Evas Liebe zu Mödling.

»Weil ich dort mit meinem Papa so schöne Zeiten erlebte.«

Kaum daheim, gab es meistens Krach mit der Mutter, weil sie zu spät zum Essen kamen… Wo sie denn so lange gewesen seien? Und so schrille Stiefel kaufen, was soll das…

Das Daheim wurde für Eva immer mehr zur frustrierenden Eishölle. Also konzentrierte sie sich voll auf die Schule, ihre Ausbildung. Schon früh bemerkte Eva ihr Talent zum Zeichnen und Malen.

»Ich hab noch sämtliche Arbeiten von der Schule.«

Die Lehrer mochten sie, weil sie so klug und fleißig war. Weniger beliebt war sie bei ihren Mitschülern. Sie, die Streberin, eine pummelige obendrein.

Doch dann kam die Veränderung. Nach dem vierten Jahr Gymnasium, das sie als Vorzugsschülerin absolvierte, drehte sie sich schlagartig um 180 Grad. Was sie bisher an Frust und Erziehungsmethoden in sich hineinfraß und über sich ergehen ließ, wendete sie in aggressiver Art und Weise gegen ihre Mutter an. Tägliche Anbrüll-Attacken und grimmiges Aus-dem-Weg-Gehen machten den Alltag beider noch unerträglicher.

Evas Mutter schimpfte immer wieder, an allem sei nur Papa, der Haderlump schuld, der sich in Italien mit seinen Schlampen herumtrieb. Dass er ihr einen sinnvollen Job verschaffte, das kam ihr nie in den Sinn. *Sie hätte es ohnehin nicht nötig gehabt zu arbeiten.*

Ihr Papa, wie sehr hatte sie all die Jahre Sehnsucht nach ihm, den immer fröhlichen, gut aussehenden Mann. Er verstand es – trotz vieler Rückschläge – die Leichtigkeit des Lebens zu genießen. Eva liebte, vergötterte ihren Papa, den Unerreichbaren. Trotzdem er so selten in ihr Leben trat. Aber wenn er es tat, dann war er hundertprozentig bei ihr. Wunderschön-himmlische Zeiten.

Was war der Grund, dass sich Eva plötzlich wie eine unmögliche, meckernde Ziege benahm, wie die Mutter sie immer beschimpfte?

Die erste Liebe, das erste Mal mit einem atemberaubend schicken Jungen aus der Disco. Ein One-Night-Stand.

Wie sich das Schicksal doch wiederholte. Die Mutter schlug zuerst jammernd die Hände über ihrem Kopf zusammen, dann eine in das verzweifelte Gesicht Evas, die daraufhin drei Tage und Nächte unauffindbar war. Damals war ihr Papa leider nicht im Lande. So sehr hoffte sie, Trost und Verständnis von ihm zu bekommen.

Zur Polizei wagte sich die Mutter jedoch nicht, wegen dem Gerede und so. Als Eva wieder daheim auftauchte – sie schlief bei einer Schulfreundin –, fiel ihr die Mutter schluchzend um den Hals, bat Eva um Verzeihung wegen der Ohrfeige und flehte sie an, dass sie *bitte-bitte* nie wieder verschwinden dürfe. Das hielte ihr Herz nicht mehr aus. Sie liebe doch ihre Tochter wie keinen anderen Menschen auf der Welt.

Die Mutter organisierte die Abtreibung. Sie war damals erst sechzehn, noch viel zu jung, um ein Kind zu bekommen. Aber nicht zu jung, um das Ausbrechen aus der verlogenen heilen Großeltern-Eltern-Welt durchzuziehen. Das Gymnasium jedoch machte sie fertig, wie zu erwarten mit Vorzug.

Endlich Achtzehn.

»Der Tag, an dem ich mich vor Freude unter den Tisch soff, mein erster Vollrausch.«

Keinen Tag länger blieb sie bei der Mutter.

Ihr Papa hatte sich in der Zwischenzeit in Mödling eine alte Villa gekauft und sich mit seinem Ersparten zur Ruhe gesetzt. Eva zog zu ihm in das Obergeschoß und trampelte ihm sozusagen »auf dem Kopf herum«. Er ließ sie jedoch im Großen und

Ganzen unbehelligt. Außer ihre Eskapaden wurden auch ihm zu wild. Dann gab's mal ein kräftiges Gewitter und man war wieder lieb und nett zueinander. Wie sehr mochte sie die Nähe ihres geliebten Papas. Er verstand sie und unterstützte auch ihre Träume von Malerei und einem eigenen Atelier.

Evas Weg war also vorgezeichnet: entweder die Höhere Graphische Bundes-Lehr- und Versuchsanstalt oder die Akademie für Angewandte Kunst. Sie probierte beides. Erst besuchte sie die Graphische, dann ging sie auf die Akademie. Nach vier Semestern haute sie den Hut drauf, da war sie Mitte Zwanzig. Sie bekam ein lukratives Angebot, bei einer Ausstellung in Schweden mitzuwirken. Das hieß, über Nacht alles zusammenpacken und ab nach Stockholm.

Die Folge: Bei der Eröffnung lernte sie Lars, einen talentierten Maler kennen, verliebte sich Hals über Kopf in ihn, in seine Malerei und blieb bei ihm. Als sie Papa anrief und ihm mitteilte, dass sie in Schweden bleiben wolle, meinte er nur, dass sein Haus nun ganz traurig sei, so ganz ohne Evas Fröhlichkeit. Dass dem Haus die bunten Farben fehlen werden. Sie meinte unbekümmert: *Dann mal die Hütte doch schwedenrot an.* Und wirklich, er ließ die Villa schwedenrot einfärben.

Erst später wurde ihr bewusst, dass Papa es ihr zuliebe tat, er wollte seine Tochter um sich haben. Wenn schon sie nicht bei ihm war, dann wenigstens etwas Schwedisches.

Als sie nach drei Jahren wieder nach Österreich zurückkam – die Liebe zu Lars erlosch so schnell, wie sie entbrannte – war ihr Papa bereits krank. Darmkrebs und nicht mehr heilbar.

Sie pflegte ihn Tag und Nacht, war bei ihm, als er starb. Es war das zweite Mal in ihrem Leben, dass sie sich so zuschüttete und in ihrem Dusel fast die Villa abfackelte. Nach dem Begräbnis, als sie allein war und Rotz und Wasser heulte.

Doch auf die Mödlinger Feuerwehr war Verlass. Eva kam mit einer Alkoholvergiftung ins Krankenhaus und musste sich den Magen auspumpen lassen. Damals glaubte sie, dass sie sterben müsse. Es war ihr egal, ohne Papa wollte sie auch nicht mehr auf der Welt sein. Damals spürte sie so innig – wie sonst nie wieder – wie sehr sie ihrem Papa seelisch aus dem Gesicht geschnitten war. Wie sehr sie Papas Leben nachlebte. Dass sie genauso unbekümmert wie er, so fair handelnd, über alles ehrlich und frei denkend war.

Ganz wie der Papa, trotzdem sie mehr und mehr aussah wie ihre Mutter.

So schmerzhaft und tragisch der Tod ihres Vaters auch war, so viele neue Kontakte bekam sie durch sein Begräbnis. Sämtliche Geschäftspartner, Freunde, sogar ehemalige Freundinnen ihres Vaters waren gekommen, um ihn auf seinem letzten Weg zu begleiten. Fast ein italienisches Begräbnis. Sie blieb mit einigen der Trauergesellschaft in regem Kontakt, besuchte sie in Italien und lernte ein völlig neues Lebensgefühl kennen.

Noch etwas: Auch ihre Mutter kam zum Begräbnis. Eva erkannte sie fast nicht wieder. Immerhin hatte sie seit ihrem achtzehnten Geburtstag keinen Kontakt mehr zu ihr. Doch was war mit ihr passiert? Wie frisch und blühend sie aussah. An ihrer Seite ein älterer, nobler Herr – der Notar von damals, den die Großeltern ihrer Mutter reindrücken wollten. *Ganz schön hartnäckig und ausdauernd, der Herr Notar.* Anscheinend tat er ihr gut, wie man sah.

Jedenfalls nach Papas Tod kamen sich Mutter und Tochter wieder etwas näher. Nicht für lange allerdings, das sollte sich bald herausstellen.

Den Laden in der Innenstadt übernahm nach Papas Tod Evas Mutter und führte ihn mit drei Angestellten weiter. Einer der drei, ein Italiener, den sie in Wien kennen lernte, vermittelte ihr weitere Geschäftskontakte in Italien. Wie froh sie jetzt doch war, diese Firma zu haben. *Nun war er doch für etwas gut, ihr Mann (der ehemalige Haderlump) von dem sie seit vielen Jahren getrennt, jedoch nie geschieden war.* Plötzlich war er der liebe Papa, nachdem er ihr die Firma und das Geschäft vermacht hatte. Ihr damit eine sinnvolle Lebensaufgabe übertrug.

Das andere Erbe, die Villa in Mödling und eine nicht unbeträchtliche Summe Bares erhielt Eva. Zuerst wollte sie die Villa verkaufen, weil die Erinnerung an ihre schöne Zeit in Papas Haus zu sehr schmerzte. Schlussendlich behielt sie sie doch.

Sie beließ vorerst die düsteren Räume wie sie waren und richtete sich in Papas Wohnzimmer ein provisorisches Atelier ein. Von der Malerei konnte sie zwar noch nicht leben, aber es war genug Geld vorhanden. Für sich selbst brauchte sie nicht mehr, als Farben, Pinsel, Leinwände und ein bisschen zu essen. Die zu vielen Kilos der Jugend waren schon längst runtergehungert.

Es war Evas Fehler, dass sie die Mutter wieder an sich ranließ. Schon drängte sie sich wieder mit voller Wucht in ihr Leben. Sie tauchte zu den unmöglichsten Zeiten unangemeldet auf und hielt sie von der Arbeit ab. Machte Telefonterror, wollte dies und das… Vor allem machte sie Eva Vorhaltungen, dass sie vormittags schlief. Anstatt zu arbeiten, wie alle anderen normalen Menschen auch. *Ja was denn! Sie sei Künstlerin und male eben wann sie will.* Es folgten die nervtötenden Statements der Mutter. *Typisch – ganz der Vater! Der Apfel fällt ja bekanntlich nicht weit vom Stamm…*

Das reichte Eva und sie zog eine klare Grenze. Eines Tages passierte es. Kaum stand die Mutter wieder einmal bei ihr im Haus, ließ sie ihre bissigen Bemerkungen *über diesen Sauhaufen hier* und *typisch – ganz der Vater,* vom Stapel. Das war's dann. Eva packte die Mutter bei den Schultern, öffnete die Haustür, schob sie wortlos hinaus – und Türe zu. Abends rief dann eine verheulte Mutter an und entschuldigte sich wegen ihres Verhaltens. Sie winselte herum, sie könne eben nicht anders – alles von ihren Eltern übernommene Verhaltensmuster, nach denen auch sie ihr bisheriges verhasstes Leben durchlitten hatte.

Was aber Eva an ihrer Mutter schon seit sie denken konnte auf den Nerv ging: diese penetrante schrille Stimme, wenn sie erregt war. Diese war es auch, die Eva an sich nicht mochte. Ein weiteres Erbe war ihre weibliche Figur, in der sie sich Gott sei Dank gefiel. Besonders auch der Männerwelt. Trotzdem sie in früheren Jahren wegen ihrer pummeligen Figur verhöhnt und geschnitten wurde, damals im Gymnasium.

Aber – alles Schnee von gestern.

An jenem Abend unterhielt sich Eva das erste Mal mit ihrer Mutter normal und vernünftig über ihre gemeinsame Vergangenheit. Stundenlang übers Telefon, wie bei einer Seelsorge-Hotline.

Sie versprachen sich, zukünftig mehr Rücksicht auf den anderen zu nehmen. Bis vor kurzem hielt das noch. Jedoch in letzter Zeit kam bei ihrer Mutter wieder diese verdammte Nörgelei und Kontrollsucht durch.

Meller erinnerte sich daran, als er vor kurzem Joe sofort von ihr abholen musste. Weil ihre hysterische Mutter zu Besuch kam und keine Hunde vertrug. Überhaupt allergisch gegen alles war, was auf vier Beinen lief. Meller meinte, er könne ja Joe dressieren, dass er nur auf zwei Beinen durch die Gegend tanze, dann wäre das Problem erledigt. *Ha-ha, wie witzig.*

Und Lo Bianco? Ja, den lernte sie schon vor Jahren bei einer ihrer Vernissagen kennen und freundete sich mit ihm an. Hin und wieder ließ ihr Bianco einen Werbejob zukommen. So kam man sich näher. *Wie nahe,* darauf ging sie nicht ein. Sie konnte halt gut mit ihm, beide lagen auf der selben Wellenlänge. Vor allem waren die durchzechten Nächte im Barometer »schuld« an einem freundschaftlichen Kontakt.

Letztendlich hatte sie vor drei Jahren das Projekt »Evas Atelier« nach seinen Plänen realisiert. Dass für den Boden das Geld nicht mehr reichte, war nicht weiter schlimm. Es freute Eva sogar diebisch, weil sie damit ihre Mutter ärgern konnte. Jedes Mal wenn sie bei ihr reintanzte. *So schön könnte es hier sein, wenn doch endlich der scheußliche Boden saniert wäre.* Die Mutter litt förmlich körperlich an dessen Hässlichkeit.

Ja, dann konterte Eva stets, das wäre eben ihre Rache, ihre *bodenlose Gemeinheit,* mit der sie umgehen lernen müsse. Bis die Mutter endlich zu einer toleranten Einstellung bereit sei. Erst wenn sie der Zustand dieses Bodens kalt ließe, hätte sie ihr Leben endlich kapiert.

Sie wollte ihr nicht beichten, dass ihr das Geld ausging. *Um Himmels Willen, nur keinen Euro von der Mutter.* Nur damit sie prahlen könne, sie hätte Evas Atelier eingerichtet.

Als Abschluss ihrer Lebensgeschichte erklärte Eva:

»Also Mario, ich kenne das beschissene Gefühl, ein verwöhnter Fratz reicher Eltern zu sein. Auch mir wäre ein solches Schicksal beschieden gewesen, wie damals eurem Pickelstudenten. Wenn ein Kind vorne und hinten alles reingeschoben bekommt, gewöhnt es sich daran und tut sich später verdammt schwer. Denn die Eltern sitzen einem noch jahrelang im Nacken – eine Gehirnwäsche. Sei es klammeraffige Elternliebe oder permanentes schlechtes Gewissen, weil sie einen aus Bequemlichkeit mit Geld und Gekauftem überhäufen. Anstatt die Talente ihres Pamperletsch zu fördern, seine Persönlichkeit mit ehrlicher Zuwendung und Liebe zu stärken, damit er als Erwachsener kein Wischi-waschi-Lulu wird und allen möglichen Schaden anrichtet. Charakterlich, finanziell oder so...«

»Aber das berechtigt noch niemanden, eines Tages kriminell zu werden«, erwiderte Meller, hielt dabei die Hand über sein Glas, als Eva nachschenken wollte.

»Stimmt. Aber ich verstehe eben die Hintergründe – und du sicher auch. Ich hab diesen Horror längst hinter mir. Aber hören wir auf mit dem Thema.« Sie leerte ihr Glas in einem Zug.

»Du, Mario, bist der Kommissar, eben das Gesetz. Und ich bin eine, die es bricht. Hin und wieder zumindest... hihi...«

»Ich bin bei Gott kein Gesetz, ich bin ein Mensch mit Fehlern wie du und jeder andere auch...«

»Eben deswegen mag ich dich ja, sag ich mal so. Vor allem, weil ich deine Fehler kennen lernen will. So, jetzt habe ich dir gestanden, dass ich auf dich steh. Das tu ich sonst nie...«

Eva schenkte sich großzügig nach, rückte näher zu Meller und berührte leicht seine Hand.

Er zuckte zurück, als wäre er unter Strom geraten. Geriet er auch, denn eine winzige elektrische Aufladung – durch synthetische Fasern ihres Kleides verursacht – ließ Funken überspringen. Auch Eva zuckte zusammen.

»Mensch Mario, du bist ja ordentlich geladen«, schnurrte sie wie ein gefährlicher Panther.

Dadeldüdel-dadeldüdel-dadeldüdel...!

Ein Telefon meldete sich plötzlich schrill. Meller fuhr hoch, als hätte er eine Nadel in den Hintern bekommen.

Die Stimmung, die Eva eingefädelt hatte, war beim Teufel. Wer sollte jetzt noch anrufen? Sie runzelte missmutig die Stirn und sah auf ihre Armbanduhr.

Halb elf.

Ja, richtig! Sie erwartete noch einen wichtigen Anruf aus Florenz. Warum musste das gerade jetzt sein! Sie überlegte kurz, ob sie es weiter klingeln lassen sollte…

Nein – es war nervend und störte extrem. Sie entschuldigte sich bei Meller, erhob sich leicht schwankend und dimmte mit der Fernbedienung das Licht etwas heller, damit sie zum nahestehenden Festnetzapparat hinfand.

Sie hob ab.

»Eva Roth…?«, lauschte, sagte dann höchst erstaunt: »Jaja, ich verstehe Sie… Meller…? Ja… ja, der ist hier. Aber wieso wissen sie, dass er…?«

»Für dich, Mario…« Eva, ein einziges Fragezeichen, hielt ihm frustriert den Hörer entgegen.

Meller zog die Augenbrauen hoch, wunderte sich, wer denn das jetzt sein konnte. Doch sogleich holte ihn die nüchterne Realität ein. V-Agentin Irene Schneider berichtete, dass im S-C-ONE soeben wie wild herumgeballert wurde. Es wäre zwar schon alles unter Kontrolle, aber er möge so schnell wie möglich kommen.

»Das tut mir jetzt aber wirklich Leid. Ehrlich, ich glaub's einfach nicht… Da schießt doch glatt wer im S-C-ONE Löcher in die Gegend.«

»Ist schon okay. Wenn der wilde Westen nach dem Sheriff ruft, muss er eben seines Amtes walten. Lass dich nicht abknallen, Amigo. Ich brauch dich noch…«

Eva warf ihm enttäuscht eine Kusshand zu, während Meller bereits in Schuhen und Wintermantel bereit stand.

»Hey Joe…!« Der Hund kam verschlafen aus seiner Ecke.

»Sag, darf ich Joe heute bei dir lassen? Ausnahmsweise…?«

»Lass ihn hier. Ich bringe ihn dir morgen in den S-C-ONE. In den nächsten Tagen kann ich ihn leider nicht zu mir nehmen, da ich an einem sehr wichtigen Bild arbeite. Ein Hochzeitsgeschenk für einen dieser Vorstandsdirektoren, der seine Gattin damit milde stimmt. Was glaubst du, was ich mit der mitmache, wenn die bei mir nackt Modell sitzt.«

»Du malst auch Akt? Das wusste ich nicht, zumindest sehe ich keinen hier herumhängen.«

»Weil ich die nur auf Auftrag male. Das ist nämlich meine ganz spezielle Note«, meinte sie kokett grinsend, »weil ich nackt male, während das Objekt für mein Gemälde ebenfalls ganz ohne vor mir sitzt.« Eva zog vor ihm eine kleine Show ab. Reckte und streckte sich mit schlangenhaften Bewegungen.

»Auch Männer?«

»Na klar! Was glaubst du, wie brav die dasitzen und keinen Mucks machen. Wenn du willst, ich male dich. Wie Gott dich schuf. Na, Mario, wär das was: ich und du und Joe dazu… Joe müsste allerdings sein Fell ablegen. Wenn schon nackig, dann alle.«

Er lachte: »Ich glaube, dazu bin ich nicht geeignet.«

»Schon gut, schon gut du feiges Mellerchen.«

Mensch Meller, wenn du wüsstest, was du für einen Akt abgeben würdest. Du Traum meiner einsamen Nächte.

Im S-C-ONE herrschte das pure Chaos.

Menschen liefen hektisch ein und aus. Ein Polizeiauto und ein Rettungsfahrzeug mit blinkenden Blaulichtern standen vor dem Eingang. Ein Polizist mit einer blutenden Kopfwunde wurde soeben von einem Sanitäter zum Rettungswagen geführt.

Als Meller in das Gebäude eilte, musste er zwei weiteren Rotkreuzmännern ausweichen, die einen Verletzten auf der Trage hinaustrugen und in das Innere des Rettungswagens schoben.

Im Foyer, nahe der Rezeption, hörten bedrückte Beamte

einem Arzt zu, der ihnen etwas zu erklären schien. Auch sein Onkel, Dr. Walter Meller, war anwesend und unterhielt sich ziemlich aufgebracht mit einer Gruppe V-Agenten. Meller eilte auf ihn zu.

»Hallo Walter, was ist denn…?«

»Mario, gut dass du da bist. Die Tragödie hier ist bereits passiert und nicht mehr zu ändern. Komm wir gehen besser in dein Büro. Frau Schneider, Frau Kohn… kommen Sie bitte auch mit…« Der Ministerialrat winkte den beiden V-Agentinnen. Diese kamen mit erregter Miene auf Meller zu.

»Ich kann wirklich nichts dafür. Es konnte doch keiner voraussehen, dass dieses Gfrast…«, versuchte sich Frau Schneider zu verteidigen.

»Also, kommen Sie, wir klären das jetzt erst Mal in Ruhe«, unterbrach sie Dr. Meller.

Zu viert saßen sie im Büro. Irene Schneider berichtete:

Vier betrunkene Jugendliche wurden in der Nacht beobachtet, wie sie auf der Hauptstraße in Mödling, nahe der Hofer-Filiale eine niedrige Holzabgrenzung mit den Schuhen durchtraten. Als ein vorbeikommender Mann das besoffene Pack zur Rede stellte, wollten sie sich nach einem Wortgeplänkel auf ihn stürzen. Der Passant konnte sich jedoch losreißen, rannte in die nächste Kneipe und bat die Kellnerin, sofort die Polizei zu rufen.

In diesem Moment fuhren gerade sie und Manuela Kohn vorüber – sie waren an diesem Tag der V-Gruppe 2 für eine Erhebung zugeteilt – und sahen diesen kurzen Raufhandel. Funkten ebenso die Polizei an, bevor sie eingriffen.

Zu zweit wollten sie die Jugendlichen bis zum Eintreffen der Exekutive beobachten. Nachdem die randalierenden Typen jetzt die Hauptstraße weitergingen und in Höhe der Demelgasse von einer Anschlagtafel erst das Glas zertrümmerten und anschließend den zerstörten Kasten aus der Erde zu reißen versuchten, stiegen die zwei V-Agentinnen aus und stellten die vier zur Rede. Bemerkten natürlich, dass diese Burschen ziemlich getankt hatten. Sie zu beschwichtigen schlug leider fehl, da V-Agenten ja keine sichtbare Uniform wie Polizisten tragen. *In einer entsprechenden Uniform hätte man wenigstens einen gewissen Respektvorschuss.* Obendrein bedrängte einer von denen sofort Manuela und versuchte, sie zu küssen.

Gut, dass in diesem Moment Verstärkung mit Blaulicht von der nahen Polizeidienststelle vorfuhr. Die zwei Beamten traten nun gemeinsam mit den V-Agentinnen in Aktion. Es blieb ihnen nichts anderes übrig, als den vier Randalierern Handschellen anzulegen.

Manuela Kohn zeigte stumm eine böse Bisswunde an der linken Hand, die bereits anschwoll. Der Möchtegern-Küsser verpasste ihr diese gefährliche Wunde. Meller forderte daraufhin in der Rezeption sofort einen Beamten an, der sie ins Krankenhaus fahren sollte und schickte die Verletzte runter. Mit solchen Wunden war nicht zu spaßen. Frau Kohn verabschiedete sich, nicht ohne noch einen bewundernden Blick auf ihre Kollegin zu werfen.

Irene Schneider erzählte weiter.

Man beschloss, die Randalierer in den S-C-ONE zu verfrachten, um ihre Identität zu eruieren und sie anschließend in Einzelzellen zu stecken. Sie wollten nachprüfen, ob nicht eines dieser Früchtchen noch mehr auf dem Kerbholz hätte. Sie suchten nämlich eine Bande, die seit längerem zerstörerisch durch die Stadt zog und immensen Schaden anrichtete.

Zwei der Typen waren einschlägig bekannte Raufbolde aus der Gegend, die anderen zwei, ein Türke und ein Bulgare, hatten sie zum ersten Mal aufgegriffen.

Meller unterbrach die V-Agentin:

»Wie kam es denn schließlich zu diesem tragischen Zwischenfall im Keller?«

»Das ging so schnell, so verdammt schnell. Die zwei Polizisten gingen mit Manuela und mir in das Untergeschoß, um uns zu helfen, die vier Ganoven in ihre Zellen zu verfrachten. Einzeln sperrten wir die Typen weg. Der kräftigste, der Bulgare, wurde von einem der Polizisten in seine Zelle geführt. Als er ihm die Handschellen abnahm, fiel dieser plötzlich um und war ohnmächtig. Der Polizist beugte sich zu ihm hinunter um nachzusehen, was er denn hätte. Tätschelte ihn, um ihn aufzuwecken. Dann erhob er sich und wandte sich wahrscheinlich von ihm ab, als er uns hinzurief. Jedenfalls, als wir zu den beiden in die Zelle kamen, fuchtelte der Bulgare mit einer Pistole wild herum und drohte, den Polizisten, der mit einer blutenden Kopfwunde am Boden lag und auch uns zu erschießen.«

Irene Schneider sprang auf und ahmte den Bulgaren nach:

»Du Frau, stehen bleib – ich Pistole von Polizeiwurstel…«, und er bedrohte uns alle: »Wenn du machen eine Schritt, ich machen kaputt… alle tot.«

Irene fuchtelte mit einer unsichtbaren Pistole umher und setzte sich wieder.

»Der Bulgare hatte dem Kollegen die Dienstpistole in dem Augenblick aus dem Halfter gezogen, als er sich umwandte, um uns zu rufen. Dann wurde er von ihm k.o. geschlagen. Der andere Polizist, ein ganz junger noch, stand nur zitternd da und starrte erschrocken in den Lauf der Kollegenpistole. Manuela und ich wussten, was zu tun war. Ich versuchte, den Bulgaren in ein Gespräch zu verwickeln und erklärte ihm, er käme hier niemals heraus, da müsse er mich schon abknallen. Obendrein verriet ich ihm, dass die Zellen videogesichert seien und seine Attacke auf uns schon längst bemerkt wurde. Vor allem, dass jeden Moment ein Betäubungsgift von der Decke sprühen würde. Daraufhin blickte der Bulgare nach oben, um die Sprühdüse zu entdecken. Ein Blick zu Manuela und sie fiel dem Bulgaren mit einem Hechtsprung in die Füße, sodass dieser zu straucheln begann. Ein Trick, den wir bis zur Perfektion beherrschen. Ich hingegen wollte ihm mit einem Fußtritt die Pistole aus der Hand schlagen. Durch das Straucheln des Bulgaren verfehlte ich seinen Arm, traf ihn jedoch seitlich an der Schläfe. Dieses Biest war stark wie ein Bär. Normalerweise befördere ich einen Erwachsenen mit einem einzigen Tritt in das Land seiner Träume. Lediglich benommen von meinem Schlag rappelte sich der Bulgare wieder hoch und begann wild herumzuballern. Erst als ihn Manuela von hinten einen gezielten Schlag in den Nacken versetzte, war Schluss. Der junge Polizist hat Gott sei Dank nur einen Streifschuss am Oberschenkel abbekommen. Uns beiden, Manuela und mir, ist nichts passiert, weil wir uns hinter dem Randalierer in Deckung warfen. Ich jedoch bekam daraufhin eine solche Wut, dass ich dem Bulgaren in die Hoden trat. Ein Leben lang wird er an diese Nacht denken. Und wenn sie ihm deswegen abgenommen werden müssen. Ich steh zu meiner Tat. Da – Sie können mich jetzt abführen…«

Irene Schneider streckte ihre Hände, für die Handschellen bereit, den beiden Mellers zu.

»Nanana, so schnell wollen wir Sie nicht verhaften«, meinte der Ministerialrat. »Ich verstehe zwar ihre Reaktion. Aber es ist bedenklich, sich so gehen zu lassen, Frau Schneider.«

Mario Meller sah sie wütend an. Was erlaubte sich diese eingebildete Superbullin. Wenn das in die Medien kam, hatten sie ein gewaltiges Problem. Nichts war schlimmer, als prügelnde

Polizisten, von den Zeitungen an den Pranger gestellt.

»Wer aller hat diesen Tritt gesehen?«

»Manuela, der Jungspitz und ich. Der andere Polizist war sicher noch zu benommen. Glaube ich zumindest.«

»Also, das bleibt unter uns. Und ich, Frau Schneider – nicht Sie – werde mit den Polizisten reden. Über den Vorfall dringt nichts aus diesem Büro. Ist das klar, Frau Schneider?«, betonte Meller und nahm sich vor, ihre Geschichte anhand der Videoaufzeichnung genauestens zu prüfen. Meller brauchte keine Schlägertypen in seinen Reihen.

Meller saß grübelnd allein im Büro. Nachdem er mit seinem Onkel den Vorfall durchbesprochen hatte. Es sollte alles intern bleiben. Dr. Walter Meller versicherte ihm, er werde das Ministerium nach Möglichkeit weitgehendst raushalten.

Wohin drifteten die Menschen ab?

Die Jugendlichen, ja sogar die Kids wurden immer brutaler. Eine Entwicklung, die sich wie eine Seuche ausbreitete. Doch wer waren die Schuldigen? Die Eltern, weil sie sich nicht mehr um ihren Nachwuchs scherten? Die Filmproduzenten, weil sie mit ihren Brutaloschinken jede menschlich normale Hemmschwelle abtöteten? Die profitgeilen Spielehersteller, die mit ihrem schwachsinnigen Computerhorror aus jedem Pubertierenden einen schießwütigen Revolverhelden, einen Massenkiller oder einen rasenden PS-Bolzen machten?

Aber, das ist doch völlig harmlos! Nur Spiel, nichts Ernstes! So die Meinung vieler.

Jedoch die Realität in Stadt und Land zeigte schon längst ein anderes, ein höchst beunruhigendes Bild:

Nämlich dieses, dass Jugendliche sich überall und zu jeder Zeit, dank genügend Geld, mit Alkohol und anderen Drogen eindecken konnten. Sich in ihrem Dusel so unheimlich stark vorkamen und ihren Frust, ihre ohnmächtige Wut in Zerstörungsorgien abreagierten.

Nämlich dieses, dass echtes Blut floss, wenn das Messer wie durch Butter in die Bauchhöhle eindrang. Oder die Kugel wie im Zeitlupentempo das Hirn durchschlug. Das Opfer jedoch leider nicht wieder aufstand.

Nämlich dieses, dass es keine fiktiven Menschen waren, die sich mit dem Asphalt vermischten, bevor sie herausgeschleudert wurden. Nachdem sich der Bolide mehrmals in der Luft drehte, bevor er sich um einem Baum wickelte.

Ist das der ultimative Kick für diese Generation?

Acht

Freitag, 8. April 2005...

In England wurde ein junger Mann von der Polizei aufgegriffen. Er geisterte als »Piano-Man« durch die Medien, weil er nicht sprach und lediglich auf dem Klavier herumklimperte. Das Bild zum Artikel zeigte einen verstörten jungen Mann, dem es sichtlich lieber wäre, dort nicht abgebildet zu sein. Ein armer Mensch, der sozusagen *aus dem Nest gefallen* war und nicht mehr wusste, wohin er gehörte. Oder er war ein genialer Blender, den es geltungssüchtig in die Medien trieb? Und doch – irgendwie hatte er etwas Geheimnisvolles an sich.

Meller musste schmunzeln.

»Okay, bring Joe zu mir, bei mir kann er ohnehin nichts anknabbern. Und die Schroeder soll ihn Gassi führen.«

»Die Schröder? Wer ist die Schröder?«

»Heike Schroeder aus Berlin!«

»Ist das eine Verwandte vom deutschen Bundeskanzler?«

»I wo, sie schreibt sich mit *oe* ...Schr-o-e-der, sprich Schröder. Also, komm schon, bring Joe, dann siehst du meine neueste Eroberung... naja, weißt eh... aus grafischer Sicht.«

Meller tauchte mit Joe bei Lo Bianco auf. Eine sportliche junge Frau mit schrill buntem Kurzhaar öffnete ihm die Tür.

»Tach, ik bin die Heike Schroeder«, eine perfekte, strahlendweiße Zahnreihe berlinerte ihm lächelnd entgegen. »Die neue Freelancerin.«

Kawumm, ein schriller Engel von einem unbekannten Stern. Meller verspürte bereits ein zweites Mal seit dem »Eva Roth-Abend« ein wohlig-verlangendes Prickeln in seiner unteren, gefühlsmäßig schon stark vernachlässigten Zone. *Höchste Zeit, wieder etwas Warmes, Weiches, Weibliches zu spüren.* Ein kurzes Für und Wider flackerte in seinem Innersten sekundenschnell auf – von wegen Lust und Sünde.

Zwei Tatsachen, die Meller beschäftigten.

Die erste sofort:

»Mensch Lo, wo hast du denn diese verboten steile Aufregung aufgegabelt?«, flüsterte er, während Heike aus Berlin mit Joe herumalberte und ihn durch das Atelier jagte. Mit bewundernden Blicken verfolgte er ihre grazilen Bewegungen, zog blitzartig Vergleiche mit den knackigen Frauen an Rios Stränden.

Lo freute sich, dass sein melancholischer Freund endlich wieder typisch männliche Reaktionen zeigte, sprich: normal wurde.

»So eine herausragende Schönheit trifft man um die Geisterstunde nur im Barometer«, zog Bianco ihn auf.

»Für ihren bescheuerten Namen Heike kann sie nichts. Deutsch eben. Ich sah sie – ahnte es – nahm sie. Sie suchte einen Job. So einfach lief das. Heike ist eine verdammt gute obendrein. Grafikerin meine ich, hehe…«

Und noch leiser, nur für Mellers linkes Ohr bestimmt:

»Mehr noch nicht. Leider.«

Währenddessen strahlte Heike die beiden Männer mit der schönsten Waffe einer Frau, einem offenherzigen, fröhlichen Gesicht, an.

Kein Wunder, dass die zweite Tatsache erst jetzt in Mellers

Blickfeld geriet:

»Und was ist das?«

Ein verbundenes Auge verlieh Lo das Aussehen eines verwegenen Seeräubers. Unrasiert wie er war und gezeichnet von einer durcharbeiteten Nacht. Wie der legendäre Moshe Dayan trug er eine schwarze Klappe über seinem rechten Auge.

»Ist das ein Überbleibsel vom letzten Gschnas? So wie du heute durch die Gegend guckst, müsste ich dich ja fast verhaften. Als Serienkiller oder gefährlichen Lustmolch«, stellte Meller schließlich grinsend fest, als er das geschwollene Umfeld des verdeckten Auges näher begutachtete.

«Haben S' wahrscheinlich wieder wo hingeguckt, wo es eins auf die Äuglein gibt. Gestehen Sie, Herr Bianco...!«, feixte Meller.

»Wenn's das nur gewesen wäre. Was glaubst du, was ich gestern Abend noch mitmachte«, jammerte Lo und wehrte Joe von sich ab, weil dieser plötzlich bellend auf ihn zusprang, wild um ihn herumtanzte. Anscheinend war ihm Lo mit Augenbinde unheimlich.

»Ich sag's ja, so schauen bei uns die Gangster aus. Solltest nach Hollywood, Lo. Vielleicht bekommst eine Hauptrolle im Remake von *Der Würger von Boston*. Sogar der tapfere Joe macht sich bereits in die Hose und ich auch gleich... haha!«

»Mann-oh-Mann! Sei nisch so jarstisch zu Lo. Det is ne janz dolle Jatastrophe jewesen. Jestern gloobte ik tatsächlich, ik muss ihm die letzte Ölung jeben. Der arme Junge der.«

Heike schmollte lächelnd und tätschelte Lo dabei zärtlich seine Wange.

»Aber jetzt ehrlich, was ist dir wirklich passiert, Lo?«, wollte Meller schließlich wissen.

Bei einem Kaffee erfuhr er die Geschichte.

Lo wollte gestern Abend noch schnell zu seiner Hausbank auf der Hauptstraße rüberjoggen. Ein kleiner Ausgleich für sein stundenlanges Sitzen vor dem Computer.

»Schau mich an, ich setze Fettröllchen an, wenn ich nicht bald was unternehme«, stellte er mit einem tiefen Blick in Heikes Augen fest. Sie grinste nur.

Eigentlich war Lo ein Freak, was moderne Arbeitsweisen mit dem Computer anbetraf. Jedoch das Online Banking vom Büro aus war nicht sein Ding. Es bot ihm zu wenig Sicherheit. Deshalb benützte er die Überweisungsautomaten in der Bank. Mit dem kurzen Lauf dorthin bekam er obendrein das Gefühl, etwas Gutes für seinen Körper getan zu haben.

Er schnappte sich also die Überweisungsunterlagen, zog die Joggingschuhe an und startete los. Es war schon dunkel, als er in die Gasse neben seinem Haus einbog. Es nieselte leicht und letzte Schneereste erschwerten das Laufen. Plötzlich fiel eine der Straßenbeleuchtungen aus. Sekundenlang nur – und ging dann wieder an. Und zwar jene Lampe, die sich dort befand, wo starre Efeutriebe von einer Mauer herab, weit in die Gasse hineinstanden. Genau dort passierte das Unglück. Bianco musste einem Radfahrer ausweichen, der ihn fast niederfuhr. Das Quietschen tretender Pedale ließ ihn geistesgegenwärtig zur Seite hechten und er geriet mit seinem Gesicht in die Efeuranken.

Waahh… das ging voll ins Auge!

Zuerst sah er nur Sterne, bunte blinkende – aber dann kam er, der höllische Schmerz und Lo sah nichts mehr. Er ging in die Knie und hielt sich mit beiden Händen schützend das verletzte Auge. Ein Mann kam des Weges und fragte neugierig, ob er sich denn verletzt habe. *No-na-net*, sonst würde er nicht so gekrümmt hier knien. Schließlich gab's hier ja nichts anzubeten.

Mit einem: *Des kommt davon, weil die Leut nie ihre Hecken zrückschneiden*, verzog sich der verständnisvolle Passant.

Schließlich taumelte Lo halbblind nach Hause und Heike brachte ihn sofort ins Spital. Die Diagnose: Die Bindehaut sowie die Hornhaut über der Pupille waren schwer beschädigt und das Auge musste für die nächsten Wochen ruhiggestellt werden. Am liebsten hätte der Arzt Lo im Spital behalten. Schließlich wurde er nach der schmerzhaften Verarztung mit einer schwarzen Klappe überm malträtierten Auge entlassen.

Noch in der Nacht besah sich Lo die Unglücksstelle.

»Ich brach einen der Zweige ab, an dem fast mein Auge hängenblieb und steckte ihn in ein Kuvert. Dazu einen Brief mit dem Hinweis, dass der rücksichtslose Herr Hausbesitzer diese gefährlichen Efeutriebe auf seiner Mauer gefälligst entfernen möge. Übrigens sehe man sich diesbezüglich vor Gericht. Mit nicht mehr freundlichen Grüßen vom derzeit einäugigen Lo Bianco. Diese Botschaft warf ich in den Briefkasten des neureichen Schnösels, der sich zu gut war, die grundlegenden Verpflichtungen einer funktionierenden Gemeinschaft zu beachten.«

»Det is wirklich 'ne Jemeinheit. Also bei uns in Berlin jäb es sowat nisch. Nisch wahr?« Heike fühlte mit Lo.

»Was glaubst du, was ich dann erst die ganze Nacht mitmachte? Keine Sekunde hab ich das Auge – das gesunde – zugetan. Vor Schmerzen musste ich mich in einen schmerzlosen Zustand bringen, mit Wein zuerst. Nachdem das nicht viel half, musste Härteres herhalten. Heike war so mitfühlend und teilte mit mir diese grauenvollen Stunden.«

Lo, du kleiner Gauner, du wendest auch jeden Trick an, dachte sich Meller, innerlich grinsend.

»Irgendwann muss selbst Heike eingeschlummert sein. Und

ich, völlig allein mit meinem Schmerz, dachte über vieles nach. Dabei kam ich drauf, dass mir das Schicksal eine Lektion erteilen wollte: Was hilft es, stets mit offenen Augen durch die Welt zu rasen und nie innezuhalten. Muss einem erst etwas schmerzhaft ins Auge fahren, damit man den rechten Weg erkennt? Ich habe ihn gefunden, heute Nacht. Meinen neuen Weg. Denn eine salomonische Weisheit streifte mich. Wer nur ein Auge hat, sozusagen nur den halben Blick, der leiste auch nur noch die Hälfte. Sprich: Ich reduziere ab sofort meinen Job um mindestens fünfzig Prozent. Ist die nicht stark – diese Erkenntnis?«

»Wahrlich, wahrlich – welch weise Worte.« Meller bestätigte Biancos segensreichen Entschluss. Heike grinste ihn hinterlistig an. *Dieses Miststück hat's wirklich faustdick hinter ihren Berliner Ohren.*

»Und du glaubst nicht, was heute passiert ist«, fuhr Lo fort, »als ich heute Vormittag dem Nachbarn einen Besuch abstatten wollte, um mich für meine schreckliche Nacht, die ich wegen ihm hatte, zu bedanken, war natürlich keiner daheim. Obwohl ich sah, wie sich der Vorhang im Vorzimmer leicht bewegte. Diese feigen Säcke! Jedoch die Efeutriebe – die waren schön sauber weggeschnitten. Na immerhin etwas.«

Lo schnaufte sichtlich hörbar, nahm einen kleinen Taschenspiegel zur Hand und betastete die Schwellung rund um das verdeckte Auge.

»Und die Anzeige?«, wollte Meller noch wissen.

»Ach was, pfeif drauf. Ich hab mein Auge ja noch und wie heißt es doch im ZDF: *Mit dem Zweiten sieht man besser.* Stimmt absolut. Das kann ich, dank dieser schmerzhaften Erfahrung, jedem bestätigen. Aber jetzt was anderes, Mario. Ich hätte da zwei Angebote. Du weißt schon, was ich meine. Wenn du heute Abend Zeit hast, könnten wir uns das erste ansehen.«

»Okay, Lo. Ich ruf dich an.«

Meller wollte vor Heike nicht über seinen Grundstückskauf sprechen, wäre aber dieses Mal gerne länger geblieben. Jedoch die Pflicht rief und sein Hund war bei Heike bestens versorgt. Vielleicht könnte er ab jetzt seine bisherige Hundesitterin, die unberechenbare Eva Roth, ein bisschen »entlasten«.

Ab jetzt lieber Joe: mal bei Eva, mal bei Heike.

Mal sehen, wem Joe mehr hündische Liebe schenkt.

Nachdem er seinen Hund bei Lo abgeliefert hatte, nahm Meller zur Erhebung die V-Agentin Manuela Kohn mit. Beide standen nun vor dem chinesischen Restaurant. Sie hätte zwar – wegen des Bisses in ihre Hand – in Krankenstand gehen können, wollte jedoch mit dabei sein, bei der Jagd nach dem Täter in Sachen *Frühlingsrolle-Mord*. Meller rechnete ihr dieses Engagement hoch an.

Das Büro lag im ersten Stock. Sie gingen jedoch durch den Haupteingang hinauf, nicht durch das Restaurant. Denn sie wollten den Chinesen überraschen.

Meller würde nun diesem »Verbrecher«, wie ihn Ma-Lin bezeichnete, kennen lernen. Die Rollen waren verteilt: Meller führt das Gespräch. Manuela Kohn hört zu, beobachtet den Chinesen und das Umfeld nur.

Chen Huang wurde förmlich überrumpelt. So liebte es Meller. Der Chinese wollte sich aber die Überraschung nicht anmerken lassen und zeigte sich einerseits weltmännisch offen, andererseits unterwürfig kriecherisch. Eine Art, die Meller veranlasste, ihn von Beginn an direkt mit Fakten zu konfrontieren. Obendrein missfiel Meller das unruhige Flackern in den Augen des Chinesen.

Beide beschlossen unausgesprochen, sich misstrauisch abzutasten und zu belauern. Wie zwei Raubtiere, wobei Meller sich als den mächtigeren Tiger sah.

Mellers drohendes: »Wissen Sie, warum ich zu Ihnen komme, Herr Huang?«, quittierte der Chinese mit einem schlecht gespielten ahnungslosen Blick und einem hilflosen Hochhalten der Hände.

So kannte Meller das kriminelle Milieu. Jahrelange Routine und Erfahrung bestätigte ihm wieder seine untrügliche Intuition. Dieser Mann hatte etwas zu verbergen, das roch man drei Meilen gegen den Wind. *Nur was?* Er würde es schon noch herausfinden. Deswegen waren sie hier.

Angewidert von der schmierigen Freundlichkeit seines Gegenübers legte er seinen Parka ab und suchte demonstrativ eine Sitzmöglichkeit. Manuela Kohn zog ihre Jacke aus, behielt sie jedoch am Arm. Sie blieb stehen, sah zum Fenster raus und tat so, als berühre sie das Gespräch in keiner Weise.

»Abel bitte«, lächelnd und mit einer übertrieben ausholenden Handbewegung wies der Chinese auf die Sitzgarnitur. *Wieder dieses schmierige Lächeln!*

Meller versank in teurem Leder. Hier, und nicht nur in diesem Raum, war Geld zu Hause. Das spürte er, obwohl das Restaurant alles andere als diesen Anschein erweckte.

Ein großräumiges Büro mit drei Fenstern. Und doch irgendwie düster. War es der nebelige Vormittag oder der nahestehende Baum, dessen kahles Geäst fast bis zu den Scheiben ragte – wodurch weniger Licht in den Raum kam? Neben dem Eingang befand sich eine weitere Türe, wahrscheinlich in die Privaträume von Herrn Huang führend. Denn es war seine gemeldete Wohnadresse.

Vor einem Fenster der Schreibtisch, komplett aus Glas. So einen hatte selbst Meller noch nie gesehen. Einen Schreibtisch aus Glas, mit Laden aus Glas, ihr Inhalt komplett sichtbar. Darauf technischer Schnick-Schnack, den ein Business-Süchtiger gern um sich hatte.

Die gewaltige Sitzlandschaft an der Wand entlang, die schon eher einer sündigen Liegewiese in feurigem Rot gleichkam. Dahinter ein großflächiger Spiegel mit geschnitztem Rahmen. Vergoldete chinesische Drachen, in sich verschlungen, hielten das Spiegelglas vorgeneigt über die Sitzgarnitur, sodass man sich – sitzend wie liegend – betrachten konnte. Bestimmt eine Liegewiese für allerlei »Verbotenes«.

Manuela Kohn starrte auf eine Wand und begann zu grinsen.

Vis-a-vis der Sitzlandschaft spielte sich eine Hardcore-Szene ab. Auf einem modernen, überdimensionalen Flatscreen. Eine Blonde und eine Rothaarige, mit unglaublich drallen Brüsten und samtiger Hautbräune, bearbeiteten soeben einen Schwarzen, der sein nacktes Hinterteil mit rhythmischen Bewegungen förmlich in das Büro des Chinesen streckte.

Anscheinend wollte Herr Huang den Film ausschalten, als Meller und Manuela Kohn überraschend zur Tür reinkamen. Zumindest sahen sie noch, wie der Chinese hektisch an der Fernbedienung hantierte, denn der Ton war stummgeschaltet. Jedoch der Film lief weiter und Herr Huang bekam einen roten Kopf. Er sah verlegen grinsend zur V-Agentin.

Spinnt der Chinese?

Ein Grund mehr, ihn noch unsympathischer zu finden. Demonstrativ stellte Meller seinen Voice-Recorder vor sich auf den Tisch und aktivierte ihn. Dann fuhr er den Chinesen an:

»Ersparen Sie uns bitte diesen Schmarrn!«

»Velzeihung, abel bitte.«

Sein nervöses Drücken auf der Fernbedienung verwandelte die Szene in eine dunkle, nichtssagende Fläche.

Was so ein Bildschirm alles ertragen muss, schoss es Meller sekundenschnell durch den Kopf. Schönes, Wertvolles, aber auch Schreckliches, ja jeden Mist muss er zeigen. Die Technik lässt dies jedoch kalt, die Menschen nicht.

»Eines vorweg. Können Sie mir sagen, wo sich Ihr Küchengehilfe Li-Che Wang aufhält? Ich hätte ihm ein paar Fragen zu stellen.«

»Li-Che… Wang?« Chen Huang stand vor seinem Schreibtisch. Sekundenlange Gedankenpause. Ein Chinese, bei dem man an seiner Mimik sah, wie sein Gedankenapparat arbeitete.

»Ist… ist nicht mehl in Östelleich. Li-Che velschwunden. Ich Li-Che entlassen, weil gestohlen viel Geld aus Lestaulant. In Innsbluck. Li-Che albeit hat in Innsbluck. Viele Monate hel. Dann gestohlen Geld und ich elwischen dabei. Übel Nacht weg Li-Che. Velschwunden fül immel.«

Der Chinese blickte jetzt gehetzt vom sitzenden Meller zur stehenden Manuela Kohn und tupfte sich mit einem Taschentuch die ersten Schweißperlen von seinem kahlen Haupt. So viel deutsch sprechen schien für ihn anstrengend zu sein. Das freute Meller ungemein und er nahm sich vor noch mehr Antworten einzufordern.

»Von wann bis wann hat Herr Wang bei Ihnen gearbeitet? Zeigen Sie mir bitte seine Abrechnung für den Zeitraum, als er bei Ihnen angestellt war.«

Das Gesicht zuckte verdächtig. *Hatte der ein Nervenleiden?* Immer dieses Zucken um die Augen. Jetzt aber kam der Chinese richtig ins Schwitzen. Ein Seitenhieb, den er wohl nicht erwartete. Er ging zum Schreibtisch und kramte hektisch in Papieren.

Meller wusste längst, dass Li-Che Wang hier nicht auftauchen konnte. Auf Papier. Denn er existierte als Küchengehilfe bis dato nirgends in Österreich. Auch nicht in Chen Huangs Restaurantkette. Das fanden Mellers Mitarbeiter über die Krankenkasse heraus. Somit wurde Li-Che Wang von Herrn Huang schwarz beschäftigt.

Mit dieser Tatsache konfrontierte Meller jetzt den Chinesen. Garantierte ihm, wenn er nicht augenblicklich seine Fragen wahrheitsgemäß beantworte, lasse er den Laden hier in Mödling und die restlichen in Österreich auseinander nehmen. Vom Finanzamt, von der Krankenkasse und natürlich auch von der Fremdenpolizei.

Der Chinese zuckte bei jeder einzelnen Androhung zusammen, nahm dann eine Zigarillo aus einer offenen Packung, klemmte sie zwischen seine Lippen, zündete sie an. Mit nervös zitternden Fingern.

»Das... das mit Li-Che... ich wissen... eine gloße Fehlel. Ich habe... habe viel, viel Geld velolen... wegen Li-Che...«

Er nahm einen tiefen Zug, blies den Rauch an die Decke und sah, wie um Verzeihung bittend, zur V-Agentin, die ihn mit einem vorwurfsvollen Blick fixierte.

Der Chinese riss sich von ihren Augen los.

»Ich habe sonst nichts zu velbelgen... mein Ehlenwolt!« Er hob demonstrativ die Hände, ergab sich seinem Schicksal und lächelte verlegen zu Meller. Setzte sich erstmals als Zeichen seiner Unschuld ihm gegenüber auf die Lederlandschaft.

Jetzt kam Meller in Fahrt. Diesen Chinesenfurz ein bisschen zwicken, das bereitete ihm Spaß. Obendrein fand er, war er es Ma-Lin Huang schuldig, nachdem er erfuhr, wie hartherzig sich ihr Onkel gezeigt hatte.

»Ihre Nichte, Ma-Lin Huang – wie stehen Sie zu ihr? Sie sagte mir, Sie hätten große Probleme mit ihrem Freund, Herrn Omour Yakubu. Würden Sie mir bitte von der Auseinandersetzung erzählen, die Sie mit ihm wegen Ihrer Nichte hatten?« Meller zeigte ihm dabei das Foto der beiden und sah ihm direkt ins Gesicht.

Guter Tiger gegen böser Tiger.

»Hat Omour Sie etwa bedroht, nachdem Sie ihn in der Missionsstelle zur Aufgabe seiner Beziehung zu Ihrer Nichte zwangen?«

Meller wartete keine Antworten ab und sah, wie der Chinese um Worte rang. Die direkte Konfrontation schaffte ihn, er war jetzt höchst erregt und durchschwitzte bereits seinen maßgeschneiderten Anzug.

Chen Huang sprang abrupt hoch und zitterte wie Espenlaub. Vor Wut? Vor Angst?

Meller kam ihm zuvor.

»Wie Sie sehen Herr Huang, wir sind über alles Vorgefallene informiert.« Er ließ sein Gegenüber nicht aus den Augen.

»Abel bitte! Ich… ich… meine Bludel habe mich gebittet, ich solle auf seine Tochtel passen auf. Ich mache gute Dienst fül meine Bludel in Shanghai und auch fül Ma-Lin, damit sie gute Studium hat in Musik. Ich bin gutes Mensch, ich helfe Familie. Ich nix böse. Ich abel bin gewesen böse auf Negel aus Aflika. Auf diese Omoul, weil nicht gelassen Fingel von meine Nichte, obwohl ich velboten…« Er setzte kurz ab und sah wütend auf das Foto. Tupfte weitere Tropfen mit dem Taschentuch von der Stirn und setzte wieder an:

»Abel jetzt Negel nicht mehl hiel. Is weg und Nichte haben dicke Bauch von Omoul. Vatel von Ma-Lin dalf nicht wissen dicke Bauch von Tochtel was Omoul gemacht. Ich gloße Plobleme bekommen mit Bludel, weil nicht gut aufpassen auf Tochtel.«

Jetzt bluffe ich mal, dachte sich Meller. Der ist doch weichzuklopfen wie ein Tintenfisch auf sardischen Felsen, so wie der sich gebärdet.

Er stand auf und stellte sich breitbeinig vor den schwitzenden und bebenden Chinesen:

»Sie haben bestimmt von dem Mord und von den Leichenteilen, die hier in Mödling gefunden wurden, gehört. Durch die Zeitungen und das Fernsehen geistert der Torso als *Mödlinger Frühlingsrolle* – ein interessanter Vergleich, finden Sie nicht?« Meller gelang es nicht, ein Grinsen zu unterdrücken, »Und soviel bereits festgestellt wurde, handelt es sich dabei um einen Schwarzen. Eingehüllt in einen chinesischen Seidenteppich.«

Meller hielt kurz inne, um die Tragweite seiner Worte noch zu unterstreichen:

»Und Ihnen, Herr Huang, sage ich jetzt, dass dies die Überreste von Omour Yakubu sind. Sie hatten doch mit ihm mehrere Auseinandersetzungen. Könnten Sie also nicht auch ein reges Interesse gehabt haben, den unbequemen Liebhaber Ihrer Nichte ins Jenseits zu befördern?«

»Was erlauben Sie sich, Hell Kommissal!

Der Chinese tanzte bereits nervös wie ein Derwisch herum.

»Ich nichts kann zu Leide tun eine Tiel… noch wenigel eine Mensch. Ich bin nix Möldel. Ich bin gute Mann. Alle mich kennen als ehlliche Mensch, was macht gute Geschäfte mit Östelleichel.«

Dieser Feigling konnte keinen Menschen umbringen, soviel war sich Meller mehr als sicher. Dieses Nervenbündel schiss sich bereits die Hose voll, bevor er ein Messer in Bauch- oder Halsnähe eines Gegners bringen könnte. Besonders bei einem durchtrainierten Muskelpaket, wie Omour eines gewesen sein musste.

Chen Huang gegen Omour Yakubu? Nie und nimmer!

Meller beschloss, dem Schwitzpaket eine gnädige Chance zum Dampf ablassen zu geben.

»Also gut, wenn Sie so ein ehrlicher Mensch sind, wie Sie beteuern, dann haben Sie auch nichts zu befürchten. Trotzdem bitte ich jetzt um Ihren Reisepass. Ich benötige Sie noch für weitere Vernehmungen. Sie dürfen Österreich nicht verlassen und müssen sich hier in Mödling zur Verfügung halten.«

Der Chinese protestierte stumm, schüttelte demonstrativ seinen Kopf und ruderte heftig mit den Armen in der Luft umher:

»Muss halten meine Telmine in Ausland. Muss nach Hause, machen Geschäfte… wichtige Geschäfte…«

Was ist das bloß für ein Wichtigtuer!

»Nun gut, ich kann auch anders«, meinte Meller bereits genervt und ungemütlich, »dann lasse ich sie auf Verdacht hin in U-Haft nehmen, wenn Ihnen das lieber ist.« Er blickte zur V-Agentin.

»Frau Kohn, veranlassen Sie bitte das Nötige!«

Manuela holte demonstrativ das Handy aus der Tasche und setzte zum Nummerntippen an.

Diesen Wink verstand der Chinese. Er nahm seinen Pass aus dem in der Nähe liegenden Aktenkoffer und reichte ihn Meller mit einem wutschnaubenden: »Abel bitte, abel bitte.«

Meller zog seinen Parka an, der bisher schlapp über der Lehne der sündigen Sitzlandschaft hing, schnappte sich seinen Voice-Recorder, nahm den Pass und steckte ihn ein.

»Ich möchte auch noch gerne einen Blick in Ihren Terminkalender des letzten Jahres werfen. Den Zeitraum von Mai bis Oktober betreffend. Sicher haben Sie den Planer in einem der Kästen hinter Ihrem Schreibtisch«, forderte Meller scharf und unpersönlich.

Mechanisch und wie dressiert ließ sich der Chinese auf seinen Bürostuhl plumpsen, rollte zu einem der niedrigen Bürokästen hin, kramte herum und holte ein abgegriffenes Terminbuch hervor.

Na also, geht ja problemlos, wenn man nur will.

»Abel bitte.«

Meller blätterte, blätterte – und fluchte in sich hinein.

Der Chinese grinste jetzt schadenfroh und meinte:

»Wenn ich bin Chinese, dann ich schleibe chinesisch.«

Abel bitte, abel bitte. Ich welde dich schon noch kliegen, du Chinesenfulz und dann hüte deine Eiel, dachte Meller grimmig.

»Den Terminplaner nehmen wir ebenfalls mit. 2004 ist ohnehin vorbei. Sie bekommen ihn wieder.«

Kommissar Meller und V-Agentin Manuela Kohn verschwanden stumm grüßend.

Endlich Freitag Abend.

Gut, dass er Joe bei Heike unterbringen konnte. Sie würde sich auch übers Wochenende um ihn kümmern.

Meller saß im Büro, hatte sein Arbeitspensum hinter sich und war wie erschlagen, platt gemacht. Wegen der täglichen Routinearbeiten. Nichts nervte ihn mehr, als das Organisatorische. Auch wenn es notwendig war. Täglich Tätigkeitsberichte kontrollieren und freigeben, Hausinternes wie -externes bestimmen, Dienstpläne erstellen, an Besprechungen teilnehmen, Grundsatzdiskussionen mit den V-Gruppenleitern durchstehen, Beschwerden anhören, telefonieren, delegieren... Ein Hin und Her, immer mit der Gewissheit, dass einfach zu wenig Personal vorhanden war.

Selbst seine Einheit bestand zeitweise lediglich aus ihm und nur einem V-Agenten, weil er seine Leute anderen Abteilungen überlassen musste. Vorbildlich wollte er den V-Gruppenleitern zeigen, dass er gewillt war, selbst sein Personal zur Verfügung zu stellen. Schließlich passieren doch nicht so viele Morde in der Gegend hier, wie Einbrüche, Diebstähle, Überfälle oder Vandalismusfälle. In Mellers kurzer Dienstzeit war dies der erste Mord.

Wie sollte der S-C-ONE mit zu wenig Personal funktionieren? Was zu Beginn hervorragend anlief, geriet plötzlich ins Stocken. Wie es sein Onkel schon des Öfteren leise anklingen ließ. Er hielt sich jedoch zurück, mit seiner wahren Meinung über die derzeitige Stimmungslage im Ministerium.

In welche Tretmühle hatte sich Meller hineindrücken lassen? Wie kam er wieder raus aus diesem Affenzirkus? Wie leicht könnte er sich doch zur Ruhe setzen und von den Millionen leben, die er vererbt bekam. Bloß mit den Fingern schnippen und der kühle Drink würde ihm am Pool serviert. Hinter sich eine Zwanzig-Zimmer-Villa, vor sich das sanft schäumende Meer und im Blickfeld eine Fünfzig-Millionen-Yacht. Doch das wollte er nicht und diesen Protzwahnsinn schon gar nicht. Er war bescheiden, vielleicht ein bisschen zu sehr der sensible Romantiker.

Mein Gott, Lilian! Um wieviel lieber hätte ich dich um mich statt des vielen Geldes!

Er wollte jetzt selbst sein Schicksal bestimmen. Dieses Mal würde es funktionieren. Hier in Mödling zur Ruhe kommen und einen sinnvollen Lebensausklang finden. Jedoch vorher noch einen ordentlichen Job machen. Einen für sich und die Gesellschaft wertvollen.

Deshalb bekämpfte er hier in seiner Heimat das Verbrechertum. Direkt und größtmöglich effektiv. Das war *sein* Job. Aber nicht vom Schreibtisch aus. Meller war kein Sesselfurzer, keiner dieser fetten Bürohengste, die manierlich und gemütlich ihren Job ableisteten und sich der Meinung ihres Amtsobersten anpassten, sich wie ein Wendehals drehten. Um sechzehn Uhr den Stift fallen ließen und sich ins Private verzogen. Nein, so einer war Meller beileibe nicht. Er war ein Mann der Tat. Einer, der an der Front stand und die Gangster aus dem Verkehr zog.

Meller hatte im Laufe der Jahre viele Verbrechen und Täter gesehen. Er wusste, die Zustände, die in Südamerika herrschten, würden sich hier nach der EU-Erweiterung genauso entwickeln. Leider. Die mafiosen Bewegungen waren doch schon längst im Lande: die Drogendealer, die Schmugglerorganisationen, die Einbrecherbanden, die Autoschiebergangs, die Diebe und Bankräuber. Und ein weiteres Tor war weltweit für Betrüger geöffnet: das Internet.

Verbrecher kennen eben keine Grenzen. Weder geografisch noch moralisch. Selbst Serienkiller würden hier bald ihrem blutigen Handwerk nachgehen. Es war nur eine Frage der Zeit…

Meller hatte diese Verbrecherwelt satt, das Böse, das Verbrecherische. Der Grund, warum es ihn im S-C-ONE noch hielt.

Meller hing seinen düsteren Gedanken nach. Lediglich die Schreibtischlampe leuchtete im großen Zimmer ihr kleines Umfeld aus. Die schwermütige Bach-Suite »Air Nr. 3« – diesmal in dezenter Lautstärke – unterstützte seine frustrierte Stimmung. Weitere Cantaten auf dieser CD klangen ähnlich tragend und schwer. Eine ideale CD für frisch Getrennte oder einsame Singles, bevor sie sich die Kugel gaben oder eine Kiste Bier durch die Kehle rinnen ließen.

Hey Meller, aufwachen! Es gibt doch noch ein positives Leben. Ein Leben des wahrhaft Schönen, geistig wie körperlich. Denk doch nur an Eva Roth. Die ist doch scharf auf dich wie eine Chili-Schote!

Es half nichts. Wie auch. Meller überflog soeben eine Aufstellung der letzten Verbrechen, die in der vergangenen Woche in seinem Revier südlich von Wien verübt wurden.

Ein Banküberfall in der Südstadt, Schaden 20.000 Euro. Ein weiterer Bankraub in Wiener Neudorf, Schaden 80.000 Euro. In beiden Fällen waren, trotz intensiver Fahndung, die Straftäter auf freiem Fuß.

Ein Jugendlicher spielte Erpresser, indem er sich mittels Sprühdose und Feuerzeug einen Flammenwerfer bastelte und damit von jungen Frauen Geld oder Sex mit ihnen erpresste. Das Früchtchen konnte wenigstens geschnappt werden. Dabei stellte sich heraus, dass der Knabe noch wesentlich mehr auf dem Kerbholz hatte.

Im Großraum Baden wurden vier Dämmerungseinbrüche in Häuser und Villen verübt, Gesamtschaden 150.000 Euro. Der oder die Täter konnten unerkannt entkommen.

Ein Überfall auf einen traditionellen Juwelierladen im Zentrum Badens brachte den Gangstern 75.000 Euro Beute. Dabei konnte die schon etwas ältere Dame von Glück sprechen, dass sie den Überfall überlebte. Sie wurde nämlich auf einen Stuhl gefesselt und wäre fast erstickt, wenn nicht ihr Sohn, für den sie in der Zwischenzeit auf das Geschäft aufpasste, rechtzeitig von der Bank zurückgekommen wäre und sie befreit hätte. *Eine alte Frau allein im Juwelierladen. Manche machen's den Verbrechern ja wirklich leicht.*

Der Leiter einer Bankfiliale in Vösendorf hatte seit sechs Jahren mit Konten und Sparbuchguthaben seiner Kunden eine Scheinfirma aufgebaut. Geschickt transferierte er Gelder, kaufte und verkaufte Aktien. Verspekulierte sich und verlor ein Riesenvermögen. Nachdem er letztendlich bei einer Revision auffiel, verschwand der Filialleiter über Nacht. Allerdings mit seiner Gattin – wo doch sonst üblicherweise in solchen Betrugsfällen meistens eine Freundin die Komplizin war. Beide flüchtig, unauffindbar. Der Schaden: 2,5 Mio. Euro.

Doch hier der Überknaller: Eine Tankstelle an der Autobahnauffahrt in Wiener Neudorf wurde komplett leergeräumt, obwohl sie durchgehend geöffnet war. Der Pächter und ein Angestellter wurden bewusstlos geschlagen, die Tankstelle mit Schildern für *Außer Betrieb* erklärt. Währenddessen kam ein LKW an die Rückseite des Gebäudes gefahren und ein Gangstertrio übernahm die Räumung. Wenigstens konnte dieser Fall schon geklärt werden. Der bewusstlos geschlagene Angestellte war ein Komplize.

In den Weinbergen von Gumpoldskirchen wurde von einer Wandergruppe ein aufgebrochener Safe gefunden. Leer natürlich. Er stammte von einer technischen Firma aus dem Nahbereich, bei der vor einem Jahr eingebrochen wurde.

In einem Pub in Baden kam es zu einer Messerstecherei. Drei Illegale, zwei Männer und eine Frau, gerieten in dem Lokal in Streit. Der Grund, laut Aussage des Lokalbesitzers: Eifersucht. Ein Serbe stach seinem Kontrahenten mehrfach in den Bauch. Der Schwerstverletzte wurde per Nothubschrauber ins Krankenhaus Mödling gebracht und verstarb beim Flug dorthin. Der Messerstecher und die Frau sind seither unauffindbar…

Schrecklich! Eine Woche des ganz gewöhnlichen Wahnsinns.

Die Sambaklänge des Handys rissen Meller aus seiner tristen Stimmung.

»Meller, ja…?«

»Hey, servus – also, auf zur Villa!«

»Villa… was… welche Villa? Wer spricht da…?

»Mensch Meller, wer wohl! Dein Superarchitekt, Mann…!«

»Ahh-duu – Lo! Du entschuldige, ich war nicht ganz da… Ich sitz noch hier im Büro.«

»Aber jetzt geht's zur Sache, Mellerboy. Bin schon unterwegs zu dir. Die Villa, du weißt. Ich hab mir soeben die Schlüssel geholt. Du – eine Taschenlampe bräuchten wir. Du hast sicher eine, Herr Kommissar, hehe…«, Lo lachte scheppernd. »Nimm sie mit, denn dort gibt's momentan kein Licht. Der Besitzer hat alles abgemeldet. Und der Garten ist auch ein bisserl verwildert. Also, ich hol dich ab, komm aber gleich runter vors Haus. Bin gleich da…« Lo legte auf.

Meller packte sich zusammen, fuhr mit dem Lift ins Erdgeschoß, wünschte denen an der Rezeption ein schönes Wochenende und wartete draußen auf seinen Freund.

»Hallo, wie geht's dem Einäugigen«, zog ihn Meller auf, als er in sein Auto stieg. Lo zeigte ihm wortlos den Stinkefinger.

Es dauerte, bis er den passenden Schlüssel fand. Widerspenstig zeigte sich das Schloss am Eingangstor. Lo mühte sich ab und fluchte dabei leise.

»Verdammt, verflixtes Klumpert.«

Minuten später. Endlich – quietschend und knarrend ließ sich das Tor öffnen. Meller leuchtete mit der Taschenlampe den verwilderten Weg entlang.

»Der Besitzer hätte auch ein wenig mehr auf seinen Garten achten sollen. So verkauft man doch keine Villa…«, murrte Meller, als er über eine vorstehende Steinplatte stolperte.

»Hoppala, aufpassen Meller, dass d' nicht in die Stauden fliegst und auch mit einem verpickten Aug rumlaufen musst. Ich hab's dir ja prophezeit, dass es ein bisserl wild aussieht da. Doch der Besitzer kann nichts dafür, denn der liegt im Pflegeheim und kein Schwein schert sich um dieses schmucke Kleinod. Seine beiden Söhne haben den Kasten sofort einem Realitätenbüro zum Verkauf übergeben, nachdem sie ihn von ihrem Alten überschrieben bekamen. So passiert es eben heute vielerorts. Die Jungen verscherbeln den Besitz, den ihre Eltern im Laufe der Jahre mühsam aufgebaut haben. Innerhalb von ein paar Wochen. Hauptsache sie erhalten genügend Bares dafür. Zum Verprassen. Schnelle Autos, schicke Klamotten, teure Klunker, Urlaub auf den Malediven… du weißt ja, wie das läuft…«

Inzwischen waren sie bei der Villa angekommen. Lo plauderte derweil munter weiter drauf los.

»Die Alten kommen aus dem Pflegeheim ohnehin nicht mehr raus. Und wenn, dann nur im Holzpyjama… Also, vor so einer vernachlässigten Hütte, lieber Meller, stehen wir soeben. Ich weiß, es ist eine Sauerei, aber die Realität ist so. Und der, dem diese Realität hier gehört«, er deutete auf das düstere Gebäude, »der bestimmt, was damit geschehen soll. Immerhin kommst du zu einem echten Schnäppchen, wenn du hier zuschlägst. Denn Vatis zwei verwöhnte Sohnemanns sind schwer verschuldet und haben keinen Verhandlungsspielraum mehr. Das weiß ich aus sicherer Quelle, von der Vermittlerin nämlich.«

Die käufliche Immobilie befand sich »Im Auholz«, ein kleines Gasserl. Versteckt hinter hohen Bäumen in einem völlig verwahrlosten Park. Jetzt mitten in der Nacht sah man natürlich fast nichts von alledem. Selbst der Lichtstrahl der Taschenlampe schaffte es nicht, das gesamte Grundstück auszuleuchten.

Sie gingen vorsichtig um das finstere Gebäude herum, stolperten manchmal über altes Gerümpel. Was hier so alles vergammelte: ein niedriger, mit Wasser gefüllter Holzbottich, eine Gießkanne, ein total verrostetes Fahrrad, ein hölzerner Liegestuhl mit zerrissener Bespannung…

»Hey, Meller – stell dir vor: über zweitausend Quadratmeter und die verschimmelte Hütte geschenkt dazu. Weil die eh schon hinüber ist«, flüsterte Bianco fast andächtig, als sie den Rundgang beendet hatten und vorm Hauseingang standen.

»Sicher, der Preis ist etwas gschmalzn – fünfhundert Euro der Quadratmeter – aber wer kann sich schon so viel Grund leisten, wenn nicht du. In der Gegend noch dazu. Also, ich tät's nehmen, wenn ich du wär«, flüsterte Lo.

»Wenn ich du wär? *Du* bist ja eh jetzt *Ich*. Weißt nimmer, was wir vereinbart haben, Lo?«, flüsterte Meller zurück.

»Ja-eh, aber… es ist schon recht viel Kohle, findest nicht? Zweitausend mal fünfhundert. Das ist eine Mio, plus-plus-plus«, rechnete Bianco flüsternd.

»Was ist denn plus-plus-plus?«, wollte Meller, jetzt ebenfalls flüsternd wissen.

»Plus Vermittlung… plus Notar… plus Finanzamt.«

»Wieviel also übern Daumen Gesamtplus, Lo?«

»Also in etwa… noch… noch a bisserl was dazu… so um die 15 Prozent.«

»Na, was meinst Lo – nemmas? Sprich, nehmen wir es?«

»Also, wennst meinst – nemmas! Sprich, wir nehmen es!«

»Na also! Beschlossen, genommen und gekauft«, bestätigte Meller, während er prüfend an die abbröckelnde Fassade klopfte.

»Leucht bitte mal hierher. Ich muss den Schlüssel suchen, der da reinpasst…«, flüsterte Bianco wieder.

Meller leuchtete auf den schweren Schlüsselbund in Biancos Hand:

»Sag, Lo, warum flüstern wir eigentlich, als hätten wir grad was gestohlen?«

Plötzlich.

Mehrere Scheinwerfer blitzten gleichzeitig auf und beleuchteten den Villeneingang taghell.

»POLIZEI… SIE SIND UMSTELLT…!«

Und nochmals:

»POLIZEI… WIDERSTAND IST ZWECKLOS…!

Ein Rascheln und Keuchen. Mehrere dunkle Gestalten sprangen auf die beiden zu und drückten sie an die Wand.

»HÄNDE AN DIE WAND UND BEINE GRÄTSCHEN…!

Mellers Arme wurden unsanft nach oben gerissen, jemand stieß ihm heftig die Beine auseinander. Zuletzt musste er das alte Gemäuer »küssen«, als ihm eine Hand brutal den Kopf zur Wand drückte. Hilflos ergab er sich seinem Schicksal und sah, dass es Lo ähnlich erging. Sie schauten sich gegenseitig verdutzt an. Meller mit beiden, Bianco nur mit einem Auge.

Der Überfall kam so überraschend und in Sekundenschnelle, dass keiner der beiden fähig war, auch nur einen Laut von sich zu geben. Jetzt blinkten auch noch entfernte Blitzlichter auf.

»Verdammt! Ich bin doch selbst…«, versuchte Meller, an die Wand gequetscht, hervorzubringen.

»Das kennen wir schon. Ihr seid ja immer unschuldig wie die weißen Schäfchen aus der Weihnachtskrippe«, hörte er von seinem hämisch lachenden Kopfhalter, während Mellers Arme nach hinten gerissen wurden und Handschellen um seine Gelenke klickten.

»Da hamma ja zwei recht fesche Bürscherln derwischt. Der eine gleich in voller Montur und mit Augenklappe. Ein Profi wahrscheinlich.«

Verdammt, verdammt – verflixt und zugenäht…

Meller kannte diese Stimme nur zu gut. Er riss sich mit aller Kraft von seinem Peiniger los und konnte wenigstens sein Gesicht in das Scheinwerferlicht drehen. Allerdings nicht ohne ein paar hässliche Schrammen an der Wange abzubekommen.

»ZUM TEUFEL NOCH MAL…!

SEIDS IHR DENN ALLE BESCHEUERT…?«

Meller schrie es wutentbrannt in den Nachthimmel hinaus.

Peinliche Stille.

»Jessas, der Chef«, kam es jetzt kleinlaut von den Männern, die sich um Meller und Bianco aufgebaut hatten.

»Na da kommts aber zeitlich drauf… ihr Blitzgneißer, ihr!«

Wütend streckte er seine gefesselten Hände den bedropsten Beamten entgegen: »Also, auf was warten wir?«

Irgendwo im Hintergrund hörte man von neugierig eingetroffenen Zaungästen ein fachmännisches Statement:

»Das war sicher eine Nachtübung von der neuen Spezialeinheit, weil den einen Verhafteten kenn ich. Das ist der Chef von dort.«

»Mit dir geh ich nie wieder ein Grundstück anschauen, Meller. Das ist ja lebensgefährlich!« Lo rieb sich sein linkes Ohr, das bei der Aktion ebenfalls ein paar Kratzer abbekam und knallig rot glühte.

Er und Meller saßen im Barometer und erholten sich von dem Schreck, der Fast-Verhaftung wegen Einbruchs in eine Villa.

»Hetzt der uns doch glatt des Überfallskommando auf den Hals. Seine eigenen Leut. Also, Meller – das kostet dich jetzt eine Spezialrunde für alle.«

Meller gab klein bei, nickte nur stumm und steif. Er konnte doch auch nichts dafür. Andererseits war er beruhigt, dass seine Leute so schnell am »Tatort« erschienen. Was ihn jedoch höllisch ärgerte und schmerzte, war, dass er jetzt mit steifem Hals neben Lo saß.

Der eine steif, der andere mit Augenklappe – ein tolles Duo.

Im Stillen verfluchte er den V-Agenten, der ihn so brutal an die Hauswand drückte. Dieser entschuldigte sich zwar überschwänglich bei ihm – aber er tat nur seine Pflicht.

Passiert war eben passiert…

Meller hatte für heute genug Aufregung abbekommen. Er sehnte sich nach seinem Bett – und das erste Mal seit langem nach irgendeiner mitfühlenden Stimme, einer zärtlichen Hand, die ihn trösten sollte.

Nicht einmal Joe war bei ihm!

Er prostete gequält dem vollen Haus zu, das ihn hoch leben ließ und schlürfte mit dem geknickten Halm seinen Caipirinha.

Ja – genauso geknickt kam sich Meller in diesem Moment vor.

Trotz steifem Hals.

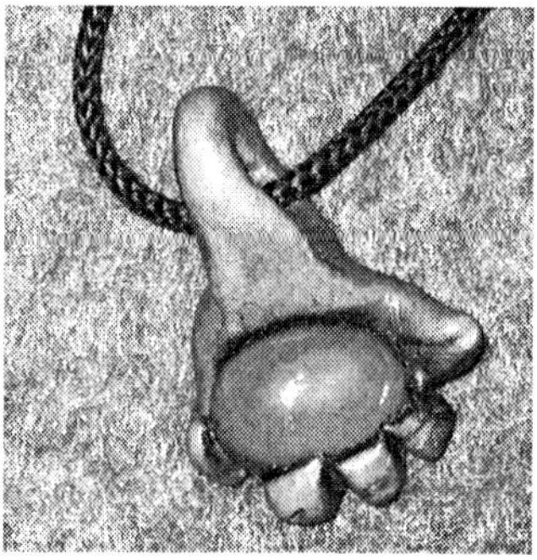

Neun

Montag, 11. April 2005...

Wieder einmal sollte es für Meller eine lange Nacht werden, trotzdem er erst nach Mitternacht ins Bett kam. Ein stundenlanges Hin- und Herwälzen von Gedanken und des Körpers – und das mit steifem Hals. Nachdenken, kombinieren, In-Frage-Stellen, Vermutungen abwägen, Indizien einbeziehen und Möglichkeiten ausschließen.

Verdammt, wenigstens zwei Stunden Schlaf...

Am Morgen war er wie gerädert, jedoch um einige Erkenntnisse reicher. Die Nachwirkungen des nächtlichen Abenteuers vom Freitag zeigten noch immer ihre Spuren. Wenigstens der Termin im Ministerium blieb ihm heute erspart.

Er stand auf, erschrak über das ramponierte Gesicht im Spiegel, zog jedoch unbeirrt sein tägliches Frühprogramm durch. *Brausen, Zähneputzen etc., erster Kaffee...* Schnappte seinen Hund, den Heike in aller Früh zu ihm reinschob, ging die übliche Gassirunde und war als erster seiner Abteilung im S-C-ONE.

Ein Montag, der sich gewaschen hatte. Schon als Meller an der Rezeption vorbeischlenderte, sah er die gesenkten Köpfe. Dachte sich nicht viel dabei. Jeder blickte am Wochenbeginn bekümmert drein.

Als er jedoch bei seinen Sekretärinnen reinguckte, um einen schönen Montagmorgen zu wünschen, hielten sie ihm stumm eine Seite der *Neue-Süd* entgegen. Gut, dass er sich noch an der Tür festhielt, denn sonst hätte es Meller glatt umgehauen.

Halbseitig starrten ihm zwei gequälte Visagen, die an die Wand gedrückt wurden, in Großaufnahme entgegen. Wenigstens waren die Augen der beiden mit schwarzen Balken verdeckt.

Erfolgreicher Schlag des S-C-ONE gegen Einbrecherduo in Mödling!, so die peinliche Headline. Daneben eine kurze Textspalte, in der die Ergreifung zweier krimineller Subjekte lobend dokumentiert wurde. Natürlich waren Meller und Bianco zu erkennen, wie sie von V-Agenten an die Wand gedrückt wurden, die Beine gegrätscht.

Der Nachbar jener Villa, die Meller und Bianco des nachts besichtigten, hatte die Polizei verständigt. An sich völlig in Ordnung, wären wirklich Einbrecher am Werk gewesen.

Der folgenschwere Zufall war aber, dass dieser Nachbar – ein pensionierter Berufsfotograf – sich nebenbei als Bildreporter der *Neue-Süd* die Rente aufbesserte.

Obwohl Bacher, der verantwortliche Redakteur der *Neue-Süd*, Meller und Bianco kannte, ließ er den Artikel veröffentlichen. Seine Rache für die letzte Zurechtweisung?

Der Bacher, dieses hinterhältige Würschtl! Na warte…!

Bacher sollte Meller kennen lernen. Ab jetzt war das Kriegsbeil ausgegraben!

Schon vor der täglichen Besprechung mit seiner Gruppe erbat er sich keinerlei Statements zur Story in der *Neue-Süd*, wenn ihnen ihre Jobs als V-Agenten weiterhin wichtig waren.

»Kann wer von euch Chinesisch?«

Alle vier V-Agenten saßen im Besprechungszimmer: Axel Körner, Mike Lehner, Irene Schneider und Manuela Kohn. Ihnen gegenüber ein geknickter Mario Meller mit zerkratztem Gesicht und steifem Hals.

Ein dicker, abgegriffener Timeplaner, dicht beschrieben mit chinesischen Zeichen, lag aufgeschlagen vor ihm auf dem Tisch. Daneben ein Laptop, ein Stapel Fotos vom Leichenfundort, ein Stück Seidenteppich in Plastikfolie und ein kleines Amulett am Lederband.

Er sah in vier verdutzte Gesichter. *Hat's unser Chef jetzt im Birndl,* dachte sich Mike, woher soll einer von uns Chinesisch können. Axel konterte schlagfertig:

»Sosse schalf und heiß, tut schmecken mit gekochtem Leis… Nimm dir doch als Übersetzerin die schwangere Chinesin.«

Hatte er auch wieder recht. Meller war mit seinen Gedanken momentan nicht bei der Sache.

Wie gesagt, ein beschissener Tagesbeginn.

Bereits am Morgen bei der Sitzung mit den V-Gruppenleitern bekam er zusätzlich richtig Ärger mit der Zweier-Gruppe. Sie beschwerten sich, dass sie einfach zu wenig Leute hätten, um den kriminellen Ansturm – wie der V-Gruppenleiter es formulierte – bewältigen zu können. In der SCS stahlen sie wie die Raben. Und rundum in der Gegend stiegen diese Gfraster in Wohnungen und Häuser ein, als wären es Selbstbedienungsläden. Sogar wenn die Leute im Haus schliefen. Gegen diese neue Generation von Einbrechern kämen sie nicht mehr an. Bei den fremdsprachigen Ganoven hatten sie die größten Probleme. Erwischten sie so einen, benötigten sie den entsprechenden Dolmetscher. Und während sich mindestens zwei der Abteilung im Verhör mit dem Geschnappten abmühten, werkelten inzwischen dessen »Kollegen« munter weiter. Diese Kriminellen verhielten sich so clever, dass man nicht wusste, in welcher Sprache man sie niederbrüllen sollte.

»Ansprechen – nicht niederbrüllen«, meinte Meller unterbrechend. Da flippte der V-Gruppenleiter völlig aus.

»Sie glauben, Sie können es besser, Herr Kommissar? Bitte, ich lade sie herzlichst zur nächsten Vernehmung eines dieser Miststücke ein«, wetterte Hermann Malowezcka.

Meller wusste, im Grunde genommen hatte der Mann recht.

»Und wenn ich nicht sofort doppelt so viel Personal bekomme«, drohte Malowezcka, »dann können Sie sich einen anderen Deppen suchen. Im privaten Securitydienst verdiene ich ohnehin wesentlich mehr. Ich habe mich bereits erkundigt.«

Es war nur eine Frage der Zeit bis das Thema: »Doppelt so viele Mitarbeiter als bisher«, brennend wurde. Nicht einmal ein Jahr und die vier V-Gruppen waren bereits völlig überfordert. Malowezcka hatte es ohnehin am leichtesten, weil die V-Agenten der anderen Gruppen permanent zu ihm abkommandiert wurden. Auch seine Leute murrten bereits, wenn sie schon wieder bei der V-Gruppe 2 einspringen mussten.

»Es ist Ihre Entscheidung, ich kann Sie nicht halten! Ich habe in der Zentrale immer wieder auf dieses akute Personalproblem hingewiesen«, legte Meller dem V-Gruppenleiter nahe.

»Sie haben wohl zu wenig Mumm in den Knochen, um die Ziele des S-C-ONE durchzusetzen«, fuhr ihn Malowezcka völlig unerwartet an.

Meller konterte genervt: »Also, dann fahren Sie doch selbst ins Ministerium und veranstalten Sie dort einen ordentlichen Ramba-Zamba. Wenn Sie glauben, dass Sie damit mehr erreichen…«

Daraufhin stand Malowezcka auf, verließ den Raum und knallte die Tür hinter sich zu.

Schade um diesen V-Gruppenleiter. Er war im Prinzip ein

fähiger Mann, wäre er nicht so jähzornig. Doch die Lösung des Problems lag nicht in Mellers Hand, sondern im Ministerium.

Meller ahnte es. Schon nach ein paar Monaten als Oberster im S-C-ONE. Hier Chef zu sein, war ein Schleuderposten. Ob das sein Onkel damals schon wusste?

Bei der letzten Zusammenkunft mit ihm war seine Stimmung längst nicht mehr so souverän wie bisher.

Onkel Walter »weinte« sich bei ihm aus.

Es habe sich im Laufe der vergangenen Monate leider Grundlegendes verändert. Neue Abteilungen, neue Entscheidungsträger. Leider sehr, sehr politisch eben. Kurz, es laufe nicht mehr nach seinem ursprünglich vorgeschlagenen Plan. Zu viele mischten sich plötzlich wichtigtuerisch ein. Das setze ihm und seinen Nerven zu. Mario wisse ja, dass er heuer im Sommer in Pension gehe. Das müsse er, auch der Gesundheit wegen. Denn er wollte noch viele Jahre daheim bei seiner geliebten Henriette verbringen.

Zum Abschluss meinte der Onkel:

»Auch ich muss mich der Zeit, dem Lauf meines Lebens anpassen. Deswegen freue ich mich auf die Pension. Mario, du bist noch jung, du bist talentiert und hartnäckig. Bleib bitte weiterhin im S-C-ONE. Auch wenn du jetzt Geld wie Heu hast und den Job locker hinschmeißen könntest. Ich weiß davon – frag mich nicht, woher – ich gönn es dir wirklich. Von ganzem Herzen! Geh aber klug damit um.«

Ja, Ma-Lin Huang, die Chinesin, sollte ihm helfen, das gekritzelte Wirrwarr zu entziffern. Meller stand schmerzgeplagt auf. Ein Flipchart, schematisch vollgeschrieben mit Namen, Zahlen, Quadraten, Kreisen und Verbindungspfeilen half ihm bei seinen Ausführungen.

»Ich erkläre euch jetzt meine Theorie über den Mord – aufgrund der bisherigen Ermittlungen und Ergebnisse.

Es gibt prinzipiell zwei Verdächtige. Der Onkel der Chinesin hat etwas auf dem Kerbholz. Ebenso der verschwundene Li-Che Wang. Was, das werden wir noch herausfinden.

Ich bin mir sicher, es ist der Torso von Omour David Yakubu.

Ein Restplatzbörse-Ticket wurde im vergangenen Jahr von Omour in einem Stadtbüro in Wien gekauft. Das konnte eruiert werden. Ob er es jedoch tatsächlich einlöste, lässt sich nicht mehr feststellen, da die Fluglinie mit der Omour nach Ghana reisen wollte, die Bordlisten maximal sechs Monate aufbewahrt.

Ich konnte nun ein Hemd, das mir die Chinesin von ihm gab, zur Analyse weiterleiten. Bis zur Auswertung nehmen wir jetzt mal an, es handelt sich um Omour Yakubu.

Ich spiele nun einen möglichen Ereignisablauf durch und versetze uns zeitlich zurück. Zur Nacht vom 9. auf den 10. Juli 2004.

Die Beobachtungen von den beiden Smurdas und von Ruth Maier sind ein Indiz dafür, dass in dieser lauen Sommernacht ein Torso, nämlich der von Omour Yakubu, vergraben wurde.«

Dazu warf Axel Körner ein:

»Wobei ich mir nicht vorstellen kann, was diese Frau Maier an dem Herrn Mühlrieder so gewaltig erotisch fand. Ich hab ihn in seiner Firma aufgesucht. Ein Kotzbrocken, charakterlich und sein Aussehen betreffend. Und wie peinlich ihm die Konfrontation mit der Geschichte vom letzten Sommer war. Vor allem, dass wir von seinem Verhältnis wussten. Ein richtig schmieriger und ungepflegter, blader Typ.«

»Davon gibt's mehrere. Mindestens fünfzig Prozent. So viel, wie es eben Männer gibt«, setzte Irene Schneider eines drauf und grinste Axel Körner kämpferisch an.

Schau, schau, eine blonde Besserwisserzicke, dachte sich Körner und grinste ebenso zurück.

»Sammas jetzt? – zu Deutsch, haben wir uns wieder im Griff?«

Was ist das heute bloß? Gibt's was Mörderisches im Sonderangebot, weil alle so aggressiv sind?

Meller sah beide kurz giftig an und referierte weiter:

»Also, mehrere Männer waren am Vergraben der Leiche beteiligt. Welches Auto sie fuhren, war nicht zu eruieren.

Der Tote musste an einem anderen Ort ermordet worden sein. Denn an dieser Stelle am Jennyberg wurde der Torso lediglich vergraben. Hermetisch verpackt in schwarzen Müllsäcken und zusätzlich mit Klebeband umwickelt. Zuletzt war der verpackt-verklebte Torso nochmals in einen chinesischen Seidenteppich eingewickelt – wie eine Frühlingsrolle.«

Meller sah sekundenlang zu Mike Lehner, der nach dem Auffinden des Torsos den makabren Fund dokumentierte: *Mödlinger Frühlingsrolle.* Mike errötete und verzog grimmig das Gesicht, weil es ihm noch immer peinlich war.

Meller nahm nun die Plastikfolie mit dem Rest vom Seidenteppich und hob sie hoch.

»Warum ein chinesischer Seidenteppich und nicht eine weitere Schicht Müllsäcke? Dieser Teppich ist hell und bunt, fällt auf. Beim Schleppen wie beim Vergraben. Müllsäcke dagegen sind bestens geeignet, will man etwas heimlich vergraben. Sind schwarz und unauffällig.«

Axel warf ein: »Vielleicht hatten sie zu wenig Müllsäcke…«

»…und der Seidenteppich stand unmittelbar zur Verfügung«, ergänzte V-Agentin Manuela Kohn.

»Richtig. Ja, der Teppich lag in einem von Omours Koffern. Er sollte ein Geschenk für seinen Vater sein. Ma-Lin konnte zwar an diesem vergammelten Rest nicht mehr ihr Geschenk erkennen, meinte jedoch, es könne ein solcher gewesen sein. Leider gibt es Millionen Souvenirteppiche mit ähnlichem Muster.

Also, wenn jemand einen solchen Tranchiermord plant, dann besorgt er sich auch ausreichend Müllsäcke für seine Aktion. Warum aber entschieden die Mörder, dass dieser Seidenteppich Omours Leichengewand werden sollte? Ein Zeichen? Eine Absicht…?«

Meller nahm einen Schluck Wasser.

»Jetzt zur nächsten Frage.«

Dann zeigte er auf einen weiteren Kreis auf dem Flipchart.

»Warum vergruben die Mörder den Torso ausgerechnet hier in Mödling? Omour wurde an dem bewussten Freitag um 22 Uhr von der Wohnung seiner Geliebten im 16. Bezirk abgeholt. Von Li-Che Wang. *Der Spion*, wie ihn die beiden Liebenden nannten. Li-Che, der Verbündete von Chen Huang.

Soweit ich jedoch von der Chinesin erfuhr, war Li-Che auch auf ihrer Seite. Das versicherte er ihr zumindest des Öfteren.

Li-Che Wang ist eine weitere verdächtige Figur in diesem Drama. Er war wahrscheinlich der Letzte, der Omour lebend sah. Chen Huang bezichtigte ihn auch des Diebstahls. Es ging dabei angeblich um viel Geld, das er Herrn Huang in Innsbruck aus dem Restaurant stahl. Dann aber war Li-Che plötzlich verschwunden. Weg von der Bildfläche, wie ausgelöscht. Nachdem er nirgends gemeldet war, konnte es auch ein Leichtes für ihn sein, das Land unerkannt zu verlassen. Auf Fluglisten schien er nirgends auf, das wissen wir bereits.

Ma-Lin jedenfalls bekam wie vereinbart am darauffolgenden Tag, am Samstag, von Li-Che ihren Wohnungsschlüssel. Ein paar Wochen später wurde dann Li-Che von Chen Huang nach Innsbruck versetzt. Ma-Lin sah ihn seither nie wieder.«

Meller machte ein kurze Pause und fragte:

»Können mir alle bis hierher folgen… ja?«

Ein stummes Nicken aller vier V-Agenten.

»Gut, dann weiter. Grenzen wir die mögliche Mordzeit ein – von Freitag, den 9. Juli ab 22 Uhr bis Samstag, den 10. Juli um etwa 2 Uhr früh – so haben wir vier Stunden. Das heißt in dieser Zeit wurde Omour ermordet, in seine Einzelteile zerlegt und verpackt. Die nicht gefundenen Teile wie Kopf, Arme, Beine und Geschlecht vernichtet oder anderweitig entsorgt. Schließlich wurde der Torso nach Mödling transportiert und vergraben. Natürlich verschwanden auch seine beiden Koffer innerhalb dieses Zeitraumes. Der sicher geringste Aufwand, bei einer so perfekt geplanten Tat.

Eine Meisterleistung – unter Anführungszeichen –, die in der knappen Zeit nur von Profikillern durchgeführt werden konnte. Also musste dieser Mord von langer Hand vorbereitet worden sein.«

Meller nahm jetzt einen Filzstift zur Hand, blätterte auf dem Flipchart um und skizzierte in Stichworten seine Vermutung.

»Ich sehe grundsätzlich zwei Täter und Tatmotive vor mir… Der erste Täter – Chen Huang. Ein emotionelles Motiv wie Liebe oder Eifersucht zwischen Ma-Lin und Onkel Chen kann ich mir nicht so recht vorstellen. Aber, was weiß man. Ich sehe eher ein übertriebenes Verpflichtungsgefühl, seinem Bruder gegenüber. Denn wenn Omour erst mal aus der Welt war, wäre dieses Problem auch gelöst. An und für sich eine ehrenhafte Einstellung, solange sie nicht mit einem Mord endet.

Also bedeutet Omours Tod für Chen Huang einen enormen Vorteil. Ich denke aber eher, in finanzieller Hinsicht. Denn Chen Huang scheint mir sehr geldgierig zu sein.«

Meller kam jetzt richtig in Schwung.

»Ich spiele jetzt für euch den Onkel Huang und inszeniere

einen möglichen Ablauf…«

»…und wo sind Glatze und Schlitzaugen?«, witzelte Körner.

»Wie, was…? Hey, hamma Fasching heut, oder hast was im Birndl, Axel?«, fuhr ihn Meller gereizt an, »Wir sprechen uns anschließend noch, *Herr Körner!*«

Die zwei V-Agentinnen verdrehten demonstrativ übertrieben ihre Augen und grinsten Körner schadenfroh an.

»Also – ich als Onkel Huang will nicht, dass Omour mit meiner Nichte rummacht. Weil ich meinem Bruder in China versprochen habe, hier in Wien auf seine Tochter achtzugeben, damit sie ihr Studium flott und ohne Verzögerungen durchzieht. Wir sind ein vermögendes Brüderpaar und durch unsere Huang & Co Import-Export auch wirtschaftlich miteinander verbunden. In familiären Angelegenheiten helfen wir uns gegenseitig. Ich achte sehr darauf, wer in unseren Familienclan einheiraten will und entdecke mit Entsetzen, wie sich meine in Liebesdingen unerfahrene Nichte ein Armutschkerl aus Afrika ins Bett holt. Wenn also Ma-Lin diesen Omour heiratet, gehört er ebenfalls zur Familie. Ma-Lins Erbe, Firmenanteile usw., kämen eines Tages auch in Omours Hände. Daher will ich deren Beziehung sofort beenden und drohe mit Konsequenzen. Wie zum Trotz ergeben sich die beiden jetzt erst recht ihrem Liebesrausch. Omour bedroht mich und ich flippe völlig aus…

Oder gibt es noch ein anderes dunkles Geheimnis? Ma-Lin hat es versehentlich angedeutet. Vielleicht handelt es sich um viel Geld.

Was aber dagegen spricht, dass Herr Huang der Mörder ist: Er ist noch hier. Und so wie ich dieses Schweiß triefende Nerverl kennen lernte, schafft der es nicht einmal, eine harmlose Spinne durch die Klomuschel wegzuspülen. Obendrein lag die Leiche verdächtig nahe an seinem Wohnort vergraben. In chinesische

Seide eingewickelt – fast zu symbolisch. Als würde man Herrn Huang einen Mord in die Schuhe schieben wollen.

Wenn Chen Huang der Mörder war, dann gibt er für mich maximal einen Auftragsmörder ab. Dann jedoch hätte er die Leiche Omours mit hundertprozentiger Sicherheit auf Nimmerwiedersehen verschwinden lassen.«

Meller atmete tief durch und machte eine kurze Pause.

»Also, der Auftragsmord und sein Szenario…«, er wies auf ein paar Daten auf dem Flipchart.

»Li-Che Wang oder Chen Huang – egal, wer von beiden der Auftraggeber ist. Derjenige jedenfalls organisiert die Vorbereitungen für Omours Ermordung. Das Killerteam erledigt den Job und verschwindet wieder spurlos.

Wenn Chen Huang der Auftraggeber war, dann hat er möglicherweise den Profimördern zu wenig bezahlt. Er wäre nicht so leichtsinnig, in seiner Nähe auch nur ein Futzerl von Omour vergraben zu lassen. Sie wollten ihm sicher einen Denkzettel verpassen und ihn erpressen – aus sicherer Entfernung, aus China zum Beispiel. Sie verraten der Polizei den Vergrabungsort, wenn der Bursche nicht gewillt ist, die Kröten rüberwachsen zu lassen.«

»Allerdings unser Kommissar Joe hat ihnen die Suppe versalzen«, grinste Axel Körner.

Als Joe seinen Namen hörte, kroch er unter dem Besprechungstisch hervor, reckte und streckte sich, als wolle er sich für die ehrenvolle Erwähnung bedanken. Meller streichelte ihn. Joe schüttelte sein Fell kräftig durch, gähnte und verschwand wieder. *Applaus, Verbeugung, Abgang.*

Meller nahm den Faden wieder auf:

»Allerdings glaube ich nicht, dass Killerteams sich mit solchem Firlefanz, wie nachträglicher Erpressung abmühen. Auftragsmörder kommen, killen und verschwinden. Und falls der Auftraggeber sie linken will, dann war das seine letzte Tat.«

Meller nahm jetzt einen Schluck Mineralwasser, ging zu einem Fenster, kippte es auf und kehrte zu seinem Platz zurück.

»Zweiter Täter plus Motiv – Li-Che Wang. Was dafür spricht, dass Li-Che der Mörder ist: Er ist verschwunden. Er hat sich ins Ausland abgesetzt. Mit dem Geld, das er Chen Huang gestohlen hat. Was für uns dabei die Sache erschwert: Es gibt kein Bild von ihm, keinen sichtbaren Beweis, wo sich Li-Che aufhielt. Wir können uns lediglich auf Aussagen von Ma-Lin, Chen Huang und seinem Personal stützen.

Auch vom Restaurant in Innsbruck konnten unsere dortigen Kollegen lediglich Aussagen übermitteln, dass es einen Li-Che gab, der irgendwann im Juli vergangenen Jahres kurzzeitig in der Küche aushalf, immer schweigsam war und keinerlei Kontakt mit seinen Kollegen pflegte. Nicht einmal zwei Monate sei er beschäftigt gewesen. Einem Koch fiel noch ein, dass Li-Che in dieser Zeit einmal eine heftige Auseinandersetzung mit Herrn Huang hatte. Worum es dabei ging, bekam er nicht mit, da er sich um die Speisenzubereitung kümmern musste. Es war an einem Abend, an dem das Restaurant bis auf den letzten Platz besetzt war. Der Koch erinnerte sich deshalb daran, weil er Li-Che seinerzeit mit einem größeren Geldbetrag aushalf, den dieser jedoch nicht zum vereinbarten Zeitpunkt zurückzahlte. Tags darauf jedoch lag ein Kuvert mit dem Geld, allerdings doppelt so viel, auf seinem Arbeitsplatz. Als Absender: *Danke, Li-Che.* Dieser aber war seither verschwunden.«

Meller hielt kurz inne und setze wieder an.

»Meine Vermutung: Li-Che ist der Killer. Er hat Komplizen, die ihm helfen, Omour zu töten, zu zerlegen und an einer ganz gewissen Stelle verschwinden zu lassen. Denn Li-Che Wang will

Chen Huang damit erpressen und lässt Omour in unmittelbarer Nähe seines Chefs begraben. Am Jennyberg in Mödling. Drei klare Gründe gibt es dafür:

Er weiß, dass Chen Huang will, dass Omour verschwindet.

Er weiß, dass Chen Huang Geld wie Heu hat.

Li-Che Wang dagegen braucht Geld wie Heu. Für sich und zur Ausbezahlung seiner Komplizen.

Li-Che weiß also, dass Chen Huang sehr vermögend ist. Als *Spion* erfährt er aus dem Familienclan mehr, als Chen Huang lieb sein kann. Einiges sicher auch von Ma-Lin, der gegenüber er sich als Verbündeter zeigt. Da reift in Li-Che der Gedanke an Mord und Erpressung.

Deswegen war Chen Huang so nervös, als ich ihn auf Li-Che Wang ansprach. Weil er all die Monate wusste, irgendwo in seiner Nähe liegt hübsch verpackt ein *Gruß aus Afrika*, der um Himmels Willen weiterhin schön unentdeckt vergraben bleiben soll. Denn Li-Che hatte die Torsovergrabung so geschickt eingefädelt, dass im Falle des Auffindens der Leiche mit Sicherheit Chen Huang als der Mörder Omours gelten würde.

Li-Che jedenfalls sitzt garantiert inzwischen im Ausland und erpresst von ihm hübsche Sümmchen.

Chen Huangs innigster Geburtstags-, Weihnachts- und Neujahrswunsch heißt daher: Falls er jemals Li-Che in seine Finger bekommt, dann…«

Chchchttt – Meller zeigte mit dem Daumen einen symbolischen Schnitt an seinem Hals an und setzte sich.

»So oder ähnlich könnte sich diese Mördergeschichte abgespielt haben. Dass Omours Torso frühzeitig gefunden wurde, wird Li-Che Wang wenig freuen. Weil seine Geldquelle versiegt ist.«

Meller schwieg nun endgültig.

Jeder der vier hörte in sich hinein. Meller fühlte direkt, wie sich diese grausame Geschichte in ihnen festkrallte.

Die Stille wurde beklemmend. Eine Mörderstille.

Bis auf Joes Schnarchen.

Vom Gang her drang plötzlich ein helles Lachen durch die Tür. Schritte wurden laut… *tak-tak-tak-tak…* gingen vorüber. Verklangen. Wieder Stille.

»Ich wette mit jedem von euch, es ist Omour, der am Jennyberg vergraben lag«, begann Meller von neuem.

»Leider fehlen mir noch klare Indizien zu einer der Versionen. Ich sähe auch lieber die zwei Chinesen bereits in U-Haft. Nur leider spielt's das nicht. Einerseits, weil Li-Che Wang derzeit unauffindbar ist und für Chen Huang bekam ich von der Staatsanwältin noch keinen Haftbefehl durch. Ich müsse handfeste Beweise bringen – wie immer, die übliche Leier. Inzwischen entwischt er uns wahrscheinlich auch noch. Einem Durchsuchungsbefehl für dessen Büro könne sie jedoch zustimmen. Na wenigstens etwas.«

Nachdenklich sah er auf den Tisch. Auf das kleine Amulett, nahm es hoch und ließ es durch seine Finger gleiten.

»Was ist mit dem Amulett?«, wollte Manuela Kohn wissen.

»Es war ein Abschiedsgeschenk, das Ma-Lin Huang von ihrem Omour bekam. Als Erinnerung an ihre immerwährende Liebe. Er ließ sich auch von ihr so ein Amulett umhängen. Es ist eine Handarbeit von Omours Vater. Mit solchen Basteleien verdient er sich seinen Lebensunterhalt.«

»Darf ich mal sehen?«, bat Irene Schneider. Meller reichte es ihr über den Tisch.

»Ist das aber niedlich!«, rief sie entzückt aus. Manuela Kohn beugte sich neugierig zu ihr hin.

»Jö – eine Hand mit einem blauen Stein. Süüüß…!«

»Tand, nichts als schnöder Tand – im Hirn der Frau und in der Hand.« Axel Körner konnte es sich nicht verkneifen, einen kleinen Seitenhieb in Richtung Weiblichkeit rausfahren zu lassen.

»Der Mann hat's gut – ihm fehlt's an Hirn, doch nicht an Mut«, konterte Manuela Kohn spontan und grinste dabei Axel Körner verhöhnend an. *Was du kannst, das kann ich schon längst, du Macho-Schnösel.*

Irene Schneider legte noch eines nach: »Ja-ja, verbale Inkontinenz tritt bei Männern seines Kalibers meistens in diesem Alter auf. Es sind erste Anzeichen schwindender Intelligenz, einer ohnehin mageren Basis«, zwinkerte Manuela siegesbewusst zu und hob den Daumen zu einem *Top! Perfekt gekontert!*

Ein Knall. Mellers flache Hand schlug hart auf den Tisch.

»Jetzt reicht's mir aber…! Endgültig…! Leute – das hier ist kein Kindergarten…! Hier geht's um Mord. Um einen grausamen Mordfall! Und der Mörder läuft noch immer frei herum. Mensch – verdammt noch mal!«

Er wandte sich zu Körner: »Und jetzt zu dir Axel! Was ist dir eigentlich über die Leber gelaufen?«

»Niiichts.«

»Nichts? Wenn das eben *nichts* war, dann verhalte dich bitte in Zukunft so, als wäre *überhaupt nichts*. Verstanden!«

Stille. Nur Joe in seiner Ecke seufzte während seines Schnarchens kurz auf, als würde er Meller zustimmen.

»Was bedeutet eigentlich dieses Stein-in-der-Hand-Symbol?«, meldete sich jetzt Mike Lehner völlig neutral zu Wort, als berühre ihn dieser Geschlechter-Hickhack seiner Kollegen nicht die Bohne.

»Ich weiß es nicht«, meinte Meller.

Er dachte kurz nach.

»Vielleicht heißt es soviel wie: Es ist besser den *Stein der*

Weisen in der Hand zu halten, als sich am *Stein des Anstoßes* den Fuß anzuhauen.«

Meller grinste dabei in die Runde.

Nachdem Meller mit Körner allein war, kroch Joe hervor und legte sich vor den V-Agenten, als wolle er ihn vor dem kommenden Anschiss beschützen.

»Vorher aber noch – kannst du mir einen Kaffee holen? Ich kipp sonst um, bitte-danke.«

Er nahm schnell heimlich eine Tablette, um den ärgsten Schmerz im Genick zu ertragen.

Als Axel mit zwei Kaffees antanzte und einen über den Tisch schob, forderte ihn Meller auf:

»Also, jetzt kannst *du* deinen Frust ablassen. Ich höre.«

»Es ist wirklich nichts. Nichts was mit unserem Fall hier zu tun hat. Auch nicht mit den beiden Jungmädels…«

»Axel, bitte, das sind keine *Jungmädels.* Das sind Mitarbeiterinnen, gleichberechtigte Kolleginnen. Mir ist schon länger aufgefallen, dass du damit ein ziemliches Problem hast. Oder lieg ich falsch damit? Dann sag es jetzt frei raus.«

»Nein, ja… nein… es ist nicht so wie es aussieht. Mir geht nur die Schneider extrem auf den Geist. Die führt sich auf, als wär sie der Boss… und überhaupt… als Frau. Bloß weil sich alle nach ihr umdrehen. Wegen blond und so… Was glaubt die eigentlich, wer sie ist?«

»Und was glaubst du Axel, wer du bist?«

»Ich…? Ich bin länger hier.«

Meller dachte kurz nach. Es ging natürlich von ihm aus, dass er den beiden, Mike und Axel, schon nach ein paar Monaten Zusammenarbeit das *Du-Wort* anbot. Er hatte keine Bedenken, dass sie seine Autorität deswegen womöglich untergraben würden. Sein Standpunkt war: Entweder man besaß Führungsqualität und Charisma oder man hatte sie nicht. Trotz *Sie-Anrede* würde ein Unfähiger nicht fähiger werden. Aber hier in Österreich war die Grenze zwischen *Sie* und *Du* scharf vorgezeichnet. Hinter einer stur verlangten *Sie-Anrede* verbarg sich, wie schon oft erlebt, eine enorme Unsicherheit und Schwäche von sogenannten Möchtegern-Chefs. Die sich nach oben hin bücken und nach unten hin treten. *Wer bin ich nicht, wer wär ich gern.*

Was für Loser!

»Ah, so läuft das. Darf ich von der Annahme ausgehen, dass du ein ganz gewöhnlicher *Macho ordinário* bist?«

Körner wurde rot und wollte protestieren. Meller hob abwehrend die Hände.

»Ich habe kein Problem mit dir als solcher. In diesem Job ist ein Macho immer wieder notwendig. Soviel dazu. Sei aber wenigstens so clever und lass ihn nicht bei deinen Kolleginnen raushängen – den Macho meine ich. Weil bei den zwei *Mädels* ziehst du ohnehin den Kürzeren, wetten?«

Körner schwieg. Sein verkniffenes Gesicht sprach für sich.

»Ich hätte da noch was…«, kam es dann von ihm.

»Ja, bitte?«

»Ich… ich brauch eine Gehaltserhöhung.«

»Die kann ich dir nicht bewilligen, das entscheide nicht ich. Aber ich setze mich gern dafür ein, soweit es in meiner Macht steht.«

Körner schwieg wieder und starrte grimmig vor sich hin.

»Wofür, wenn ich fragen darf. Zweitauto…? Neue Freundin…? Oder was…?«, Meller wollte ihn wieder aufbauen, aufmuntern.

»He, Sie da, Herr Körner! Das ist ein Verhör! Gestehen Sie!«, er grinste Axel jetzt verschmitzt und versöhnlich an.

»Für eine Wohnung in Mödling. Jeden Tag Tangentenstau, das

reicht. Ich will raus aus Wien. Und in der Sprongl-Gasse bauen sie welche. Ich hab mich für eine angemeldet. Eh nur eine kleine. Doch die bescheuerte Tussi von der Bank will von mir mehr Sicherheiten, als ich bieten kann. Nicht, dass ich gegen die was hätte, gegen die Tussi meine ich – die schaut eh recht manierlich aus. Aber die führt sich auf, als würden ihr alle Wohnungen gehören. Und wenn ich die Kröten dafür nicht aufbringe, kann ich mir die Wohnung abschminken und steh weiterhin jeden Tag auf der Tangente. Deswegen bin ich so angfressen.«

»Ah-ja. Den Bau hab ich schon bemerkt. Ich geh öfters mit dem Hund dort spazieren. Schaut nicht schlecht aus... Und deine Gehaltserhöhung betreffend: Wir werden sehen, was sich machen lässt. Halt mich auf dem Laufenden, wenn's nicht klappt.«

»Eines noch bitte...«

»Noch was?«

»Wenn du nichts vor meinen Kollegen erwähnen würdest... wegen der Wohnung, meine ich. Weil ich ja... Weil ich doch noch bei meinen Eltern wohne«, gestand Axel jetzt.

Schau, schau! Das fast dreißigjährige Bubi lässt sich noch in Mamas Home verwöhnen und traut sich erst jetzt, sich abzunabeln. Wenn das die »Mädels« nur nicht spitzkriegen!

»Klar doch...«, antwortete Meller augenzwinkernd, »und pass auf Kleiner, dein Kaffee wird kalt und nimm dein Latzerl ab, wennst fertig bist. Das kannst du doch schon allein, oder?«

Diese Antwort musste einfach sein, befand Meller genüsslich.

Als er wieder in seinem Büro saß, ließ er sich mit der *Neue-Süd* Redaktion vermitteln.

Bacher war nicht erreichbar, würde ihn jedoch zurückrufen, wenn er wieder im Hause sei.

Der würde schon noch in seine Gasse kommen... *und dann spielt's Granada,* dachte sich Meller grimmig, während er vorsichtig versuchte, seinen Kopf hin und her zu drehen.

Auutsch!

»Was bin ich doch für ein wehleidiger Lappen«, jammerte er laut vor sich hin und widmete sich seiner täglichen Routine, Einbrecher, Diebe, Gangster, Räuber und Mörder, kurz – Verbrecher zu fangen. Vom Schreibtisch aus.

Zehn

Dienstag, 12. April 2005…

»Sagen Sie mir, was Sie genau benötigen und ich werde schauen, was sich auf schnellstem Wege machen lässt«, versprach Pater Florian.

Meller bat ihn um Hilfe und Zusammenarbeit im Falle Omour David Yakubu.

Wie er befürchtete waren im Hemd, das Omour seiner Geliebten Ma-Lin hinterließ, über den DNA-Weg keine Spuren mehr zu finden. Zu oft hatte Ma-Lin es gewaschen. Diese unliebsame Tatsache erfuhr Meller von der Innsbrucker Gerichtsmedizin.

Also war die einzige Chance, etwas Persönliches für Omours DNA-Erkennung zu erhalten, direkt dessen Vater zu kontaktieren. Ein Team nach Ghana zu schicken war zu teuer, würde bei der derzeitigen angespannten Lage vom Innenministerium ohnehin nicht bewilligt werden. Meller konnte sich vorstellen, wie das Statement ausfallen würde. *Wegen eines Drogendealers einen Flug für zwei Personen nach Ghana und retour? Das ist im Budget nicht vorgesehen!* Diese Abfuhr – wie schon ähnliche in Sachen notwendiger Ausgaben – wollte er sich ersparen.

Deswegen saß er jetzt in der Missionsstation, im bescheidenen Büro von Pater Florian. Der Pater bot Meller einen Kaffee an, der hervorragend schmeckte.

»Das ist ein Hochlandkaffee aus Honduras. Den bekommen wir über unsere Außenstellen«, meinte er stolz, als Meller sich danach erkundigte. »Der schmeckt viel besser als die herkömmlichen Marken. Obendrein unterstützen wir durch den Kauf die Familien in den dortigen Regionen.

Aber jetzt zurück zu Ihrem Anliegen. Ich kann veranlassen, dass einer unserer Leute in dieses Dorf fährt, um dort hoffentlich Omour zu treffen. Insofern hoffentlich, denn dann ist Ihre Vermutung, dass es sein Leichnam ist, aus der Welt. Es wäre für uns alle schrecklich, wenn wir erfahren müssten, dass der Verstorbene Omour ist. Dazu noch mit Rauschgift vollgepumpt. Ich weiß doch, dass Omour nie Drogen angerührt hat. Bei Gott.«

Der Leichnam, der Verstorbene…? *Der Ermordete* müsste es wohl heißen, dachte sich Meller. Welch großer Unterschied!

Und trotzdem, tot war tot. Mit oder ohne Drogen. Denn die Umstände *wie* jemand zu Tode kam, machten seine Tätigkeit als Ermittler erst vonnöten.

»Wenn Omour ausfindig gemacht werden kann, wären wir natürlich ebenso froh. Nachdem er ja Vater wird und seine Geliebte sich wegen ihm die Augen ausweint, wäre es seine Pflicht, sich sobald wie möglich mit ihr in Verbindung zu setzen. Wenn Omour jedoch nicht anzutreffen ist, bitte ich, dass sich der Mann von der Missionsstation vom Vater ein paar Dinge seines Sohnes geben lässt. Eine Zahnbürste, eine Haarbürste oder einen Kamm. Oder Wäschestücke… ich weiß ja nicht in welchen Verhältnissen Omour lebte. Ein Kleidungsstück, ein Hemd, Socken – eben etwas, wo am ehesten Haare, Körperschweiß oder Blut nachzuweisen sind. In diesem Fall am besten ungewaschene Wäschestücke. Es kann auch ein Werkzeug sein, das nur von Omour allein benützt wurde.«

»Ich verstehe. Aber wie lassen sich die Sachen schnellstens hierher bringen?« Pater Florian dachte nach. Dann schien ihm eine Lösung einzufallen:

»Ich weiß, wie! Wir kennen einen Piloten, der uns schon öfters aus der Klemme half, wenn es um heikle Dinge ging, Spenden, Dokumente und ähnliches… Wir können es so machen, dass unser Mann Omours Sachen direkt am Flughafen dem Piloten übergibt. Eine Zahnbürste, ein Kamm oder ein Socken haben leicht Platz im Fluggepäck des Piloten.«

Der Pater schaute kurz auf seinen Tischkalender.

»Aber eine Woche wird es im besten Falle mindestens dauern, bis die Sachen hier bei mir sind. Nicht wegen des Piloten, sondern weil es doch einige Zeit dauert, bis unser Mann in das Dorf kommt, wo Omour und sein Vater leben. Sie müssen wissen, die Straßen in Afrika… und das Dorf ist doch etwas weiter weg von Tamale…«

»Natürlich, kann ich mir gut vorstellen. Wenn wir nur etwas von Omour bekommen. Diese Leiche ist ja längst begraben worden, offiziell meine ich. Vorher jedoch wurden noch Proben für eine DNA-Analyse entnommen. Es war ja ein Glück, dass die Verwesung dank des strengen Winters nicht so rasch fortgeschritten war. Jedenfalls konnte eine Analyse erstellt werden. Jetzt warten wir nur noch auf einen Beweis, dass unsere Früh… unser… der Torso eben, Omour oder nicht Omour ist.«

Meller wollte den Begriff *Mödlinger Frühlingsrolle* vor Pater Florian vermeiden.

Der Pater versprach, sich zu melden, sobald Omours Sachen bei ihm eingetroffen waren.

Wenn diese Aktion Kosten verursache, würde Meller natürlich die Spesen bezahlen. Der Pater winkte dankend ab und meinte, dass auch er eine baldige Klärung des tragischen Falles wünsche. Dann hätte man, in Gottes Namen, endlich Gewissheit.

Als Dank für das freundliche Entgegenkommen versprach Meller, wolle er sich zumindest mit einer saftigen Spende für das Missionswerk in Ghana erkenntlich zeigen. Denn es sei auch ihm ein persönliches Anliegen, den Fall so schnell wie möglich zu klären. Allein schon der armen Chinesin Ma-Lin zuliebe, die ja immerhin ein Kind erwartete, zu dem der Vater fehlte.

»Das ist sehr edel, Herr Meller«, zeigte sich Pater Florian erfreut, »wenn sie uns helfen wollen. Wir sind froh über jede Spende, die wir für unsere Schützlinge einsetzen können. Es ist doch so: Ob arm, ob reich – wir sind alle gleichwertige, gute Menschen unseres Schöpfers.«

Wenn ich nur wüsste, welcher Schöpfer die schlechten Menschen produziert. Mit dem sollte man ein klärendes Gespräch bezüglich Gut und Böse führen, dachte sich Meller, als er wieder in den S-C-ONE fuhr.

Gerade als er die Bahnbrücke hinter sich ließ, kam ihm ein spontaner Einfall. Er parkte seinen Wagen ein und ging zu dem neuen Bauklotz, dem ehemaligen Brauhofgebäude. Was für ein architektonisches Verbrechen. Meller hatte noch Fotos aus früherer Zeit in Erinnerung, die dieses Gebäude in einem traditionellen Baustil um die Jahrhundertwende mit wunderschönen Türmchen zeigten. Doch schon in seiner Zeit als Kind, kannte er nur diesen hässlichen Betonklotz – Kas mit Löcher, wie Lo immer sagte –, in dem früher die Bezirkshauptmannschaft ihren Sitz hatte. Heute, seit ein paar Jahren renoviert und umgebaut, zeigte der Klotz genauso wenig Atmosphäre. Es blieb ein *Kas mit Löcher*, wenn auch moderner, jedoch genauso hässlich. Ein optischer Schandfleck, das Zeichen gieriger Immobilienkonzerne, mit einer monströsen Antennenanlage auf dem Dach, der *Tupfen auf dem »I«* grässlicher Baukunst.

In diesem Gebäude jedenfalls befand sich die Redaktion der *Neue-Süd*. Und dem selbsternannten Chefredakteur Bacher würde Meller jetzt einen unangemeldeten Besuch abstatten.

Bacher schwitzte vor Verlegenheit, als ihm Meller, der sich an der Chefsekretärin einfach vorbeigedrängt hatte, die Hand kräftig schüttelte und drückte.

»Aufrichtigen Dank für Ihre so gelungene Reportage. Ich werde mich bei Gelegenheit *so was von erkenntlich zeigen*, dass Ihnen Hören und Sehen vergeht. Darauf meine Garantie, Herr Bacher. Und jetzt beichten Sie mir noch bitte, wie außerordentlich peinlich er Ihnen ist – dieser Artikel über Herrn Bianco und mich.«

Erst jetzt ließ er Bachers Hand frei. Meller hatte von Natur aus einen kräftigen Händedruck. Bei Bacher jetzt einen doppelt starken. Jammernd massierte sich der Redakteur seine malträtierten Finger:

»Herr… Herr Kommissar Meller…«, wimmerte er, »ich kann Ihnen nicht oft genug versichern, wie Leid mir dieser Irrtum tut. Es war ein Versehen in der Redaktion. Ich… ich… ach, was soll ich Ihnen sagen. Was glauben Sie, welche Schwierigkeiten ich wegen diesem verunglückten Artikel bekam. Und wissen Sie, wo ich heute Morgen war? Bei ihrem Onkel, beim Herrn Ministerialrat persönlich. Wie der mich fertigmachte und anschrie. *Wir seien ein niederträchtiges Journalistenpack und ich der Schlimmste von allen! Wir hätten nur Interesse, die Bürger, die Gemeinschaft in den Dreck zu ziehen!* Er wisse seine speziellen Kontakte einzusetzen, damit uns ein gehöriger Denkzettel verpasst wird, drohte er mir. Auch Herr Bianco hat mich schon erreicht und sämtliche Anzeigenaufträge für das Barometer und alle anderen seiner Kunden storniert…«

Bacher, mit Schweißtropfen auf der Stirn, watschelte hinter seinen Schreibtisch und ließ sich mit einem Stöhnen auf den Bürosessel plumpsen.

»Sie müssen mir glauben, Herr Kommissar. Dieses Mal kann ich wirklich nichts dafür. Ich war nämlich gar nicht im Lande. Ich war in Prag wegen einer Kooperation mit einem Verlag dort. Meine Vertretung hat diesen Mist freigegeben. Und als ich heute Morgen dieses Desaster sah… Also, ich kann Ihnen nur nochmals versichern, dass ich mit dieser Sache…«

Meller unterbrach ihn und ließ Gnade walten:

»Nun gut, wenn Sie dieses eine Mal wirklich der Unschuldige sind, was gedenken Sie zu tun, um diesen peinlichen Schnitzer auszubügeln?«

»Ich habe sofort eine dementsprechende Entgegnung in der morgigen Ausgabe vorbereitet. Fett gedruckt, halbseitig und in einem Kasten«, unterbrach ihn jetzt diensteifrig Bacher, nachdem er sah, dass er seinen Hals retten konnte. »Ich zeige Sie Ihnen. Einen Moment bitte…«

Bacher rief seine Sekretärin zu sich und bat sie, den Artikel zu bringen, den er Dr. Walter Meller zur Freigabe faxen musste. Schließlich ging es um den S-C-ONE Chef, der ungerechtfertigterweise von seinem Blatt lächerlich gemacht wurde. Meller kannte seinen Onkel. Bei solchen Berichten konnte er sehr ungut werden.

Meller mochte es nicht, dass Strafsanktionen von seinem Vorgesetzten ausgeführt wurden. Er wusste sich schon selbst zu wehren. Nun, dieses Mal kam ihm sein Onkel zuvor, auch gut. Der Bacher sollte ruhig sein Fett abbekommen.

Man trennte sich förmlich. Bacher versprach, den vom Ministerialrat abgesegneten Artikel in der morgigen Ausgabe gut platziert abzudrucken und sich baldigst sehr, sehr erkenntlich bei Meller und Herrn Bianco zu zeigen. Wie und womit, das wisse er im Augenblick zwar nicht, aber das sei er seinem seriösen Blatt und seiner Person als angesehener, korrekter Chefredakteur doch schuldig.

Meller ließ ihn großzügig im Glauben, wenn es denn so laufe, habe Bacher seine Chance bei ihm noch nicht ganz vertan. Und er werde auch mit Bianco reden, ihn wieder milde stimmen. Man werde also sehen, wie man wieder zusammenkomme.

Kaum saß Meller hinter seinem Schreibtisch, da kam ein Anruf aus Rio. Zuerst verstand er nicht, wer in der Leitung war – hörte nur ein Gestammel, ein Weinen und Schluchzen. Dazwischen öfters den Namen Helmuth.

»…Helmuth, mein liebster Helmuth. Der Herrgott hat ihn mir weggerissen, ihn zu sich genommen. Warum nur?«, Erika Hauser war völlig aufgelöst.

Ihr Mann Helmuth war heute Morgen gestorben. Ein Schlaganfall, plötzlich – und das mit knapp sechsundsiebzig Jahren.

»Er hat immer so bescheiden und so gesund gelebt. Du weißt das doch, Mario. Warum muss es gerade die liebsten Menschen treffen? Genauso wie damals deine Lilian!«

Erika wollte nun auch nicht mehr leben. So ohne Helmuth.

Helmuth und Erika Hauser, das freundliche Hauswartehepaar aus der Villa in Rio de Janeiro, die jetzt Meller gehörte.

Die Hausers, seinerzeit noch von Lilians Großmutter eingestellt, hatten in der Villa ihre Dienstwohnung und gehörten seit Jahrzehnten so gut wie zur Familie.

Erika Hauser bat Mario, flehte ihn förmlich an, er möge doch nach Rio kommen. Sie sah jedoch ein, dass er jetzt nicht von einem Moment zum anderen alles liegen- und stehenlassen konnte. Es gab einen Mord, hier in seiner Heimatstadt und die Aufklärung stand kurz bevor, berichtete er ihr. *Schrecklich.* Ja, leider – auch hier wurden die Menschen immer brutaler. Aber er würde, sobald der Fall erledigt sei, sofort nach Rio fliegen. Mario tat es überaus Leid, dass Helmuth gestorben war. *Wenigstens musste er nicht leiden.* Er drückte Erika sein aufrichtiges Beileid aus. Versuchte, ihr ein wenig vom Schmerz zu nehmen, in dem er von manchen schönen Erlebnissen sprach, an denen sie damals alle teilnehmen konnten. Tröstend verabschiedete er sich und verfluchte im Stillen die Situation, in der er gerade steckte. Wie soll man über tausende Kilometer telefonisch einem liebgewonnenen Menschen Hoffnung geben, wenn man ihn nicht einmal an sich drücken kann?

Scheiß Job! Scheiß Mord! Scheiß Mörder!

Am liebsten hätte er alles hingeworfen und wäre in den nächsten Flieger gestiegen – und ab nach Rio.

Wie benommen saß Meller da und starrte vor sich hin. Verweilte mit den Gedanken an jenem Ort, wo der Tod eben wieder zugeschlagen hatte. Wenn auch dieses Mal gnädig.

Er nahm die kleine Hand mit dem blauen Stein von Ma-Lin, die vor ihm auf dem Schreibtisch lag und ließ sie wie mechanisch durch seine Finger gleiten.

Wie kurz das Leben doch war. Wie schnell sich die Reihen der Liebsten lichteten. Es kam ihn plötzlich der Vergleich mit einem Gebiss in den Sinn, das viel zu früh die Zähne verlor. Dann und wann fiel einer heraus und man sah die hässliche Lücke. Lücken, die wertvolle Menschen hinterließen… Lücken, die sich nie mehr füllen würden…

Wann würde er allein sein?

Wann wäre er der fällige Zahn?

Würde er überhaupt eine Lücke hinterlassen?

Wem würde er fehlen?

Wer würde um ihn trauern?

Meller dachte an den frühen Tod seiner Eltern, das erste traumatische Ereignis, mit dem er Zeit seines Lebens hilflos verkettet war. Der Unfall geschah einen Tag nach Nikolo, am 7. Dezember 1966. Er, der sechsjährige Mario, war damals bei Onkel Walter und Tante Henriette vorübergehend untergebracht, während Marios Eltern nach Lissabon reisten. Sein Papa hatte beruflich zu tun. Seine Mama besuchte ihre Verwandten, denn sie war gebürtige Portugiesin. Seine Eltern lernten sich bei einem Maskenball in Innsbruck kennen und verliebten sich auf Anhieb. *Als portugiesische Seeräuberbraut verkleidet eroberte sie Papas Herz. Sie wurde seine schönste »Tirolerin«.*

Der Meller-Clan lebte damals noch in Tirol.

Wie eine Nadel, die in einer Schallplatte hängen blieb, kamen die Erinnerungen wieder und wieder, jede einzelne Phase. Sogar den Geruch von damals hatte er noch in sich. Tante Henriette formte gerade Weihnachtskekse. Vanillekipferl. Als er den entsetzten Gesichtsausdruck von Onkel Walter sah, nach der Hiobsbotschaft per Telefon. Papa und Mama seien tot – ein Autounfall.

Vanillegeruch, Mellers Todesgeruch. Darum lehnte er jeglichen Adventzauber, das ganze Getue um den Heiligen Abend und all die Weihnachtsbäckereien ab, vor allem Vanillekipferl.

Natürlich nahmen Onkel Walter und Tante Henriette den kleinen Mario als ihr Kind an. Sie selbst konnten keine bekommen. Ein gnädiger Wink des Schicksals führte drei Trauernde zu einer neuen Familie zusammen. Später, als Onkel Walter nach Wien berufen wurde und seine Karriere im Innenministerium festigte, übersiedelte die Familie Meller in die Südstadt nahe Mödling. In einen dieser modernen Bungalows. Das Einzige, was Meller als das Erbe seiner Eltern sah, waren verklärte Erinnerungen an sie und sein Portugiesisch, weil Mama Mario zweisprachig aufzog. Was für Meller von großem Vorteil war, als er – nach jahrelangem Weltenbummeln – 1989 in Rio de Janeiro gelandet war.

Als Mario im Frühjahr 2004, nach fünfzehn Jahren, Rio wieder verließ, bat er Helmuth und Erika Hauser, doch weiterhin in der Villa zu bleiben und das Anwesen wie bisher zu betreuen. Solange, bis Meller in Ruhe entscheiden konnte, was er mit der Immobilie machen würde. In jedem Falle sollten die Hausers natürlich bis zu ihrem seligen Ende in ihrer Wohnung bleiben dürfen. Das war doch völlig klar.

Er, Mario, wollte jedenfalls nach Lilians Tod Rio den Rücken kehren und für immer in seine alte Heimat übersiedeln. Das konnte er natürlich den Hausers nicht so sagen, für sie hieß es nur *vorübergehend*.

Bevor Mario nach Österreich flog, vereinbarten sie, dass sich die Hausers einmal im Monat bei ihm meldeten. Selbst wenn alles in Ordnung wäre. Und natürlich, wenn etwas anfiel, eine Reparatur oder eine behördliche Angelegenheit. Meller ließ ein eigenes Konto einrichten, für sämtliche Ausgaben, das Gehalt der Hausers, die allfälligen Kosten für Grundstück und Villa. Die Hausers sollten nach eigenem Gutdünken darüber verfügen können. Mario war ihnen dankbar, als sie sich bereit erklärten, den Haushalt weiterzuführen. Obwohl es jetzt wohl sehr, sehr still werden würde, in der großen Villa. Nur noch ein altes Hauswartehepaar als die letzten Bewohner eines so schönen Anwesens, meinte Helmuth am Flughafen wehmütig zu ihm. Mario würde schon dafür sorgen, dass sie regelmäßig Besuch bekamen, versuchte er ihn zu beruhigen. Freunde waren im Hause Goldmann-Meller stets willkommen.

Alle standen sie damals in der Abfertigungshalle und drückten Mario Meller zum Abschied an sich. Innig, herzlich und mit vielen Tränen in den Augen. Ein trauriger Abschied…

Veronica Valpares und Ricarda Fernandes, Lilians beste Freundinnen; Luigi Penido und Francesco Mendes, Marios treueste Freunde und Lebensretter und natürlich auch Padre Rafael Gomes.

Helmuth und Erika, die in den dreißiger Jahren als Kinder mit ihren Eltern noch rechtzeitig aus dem Nazideutschland flüchten konnten. In Rio lernten sie sich kennen, verliebten sich ineinander, heirateten und führten seit jeher den Haushalt bei den Goldmanns.

Da standen sie, die alten Hausers, etwas abseits. Zwei stille, bescheidene Menschen, die sich nie in den Vordergrund schieben würden. Kinder blieben ihnen versagt. Oder sie verzichteten freiwillig darauf, weil sie mit den Goldmanns eine neue Familie bekamen, deren Tochter Lilian sie auch ein bisschen als *ihr* Kind ansahen.

Beim Abschiednehmen ahnte Mario nicht, dass er Helmuth Hauser das letzte Mal sehen sollte. Als er versprach, in ein paar Monaten ohnehin wieder in Rio zu sein. Um die weiteren rechtlichen Angelegenheiten, für die er persönlich anwesend sein müsste, zu erledigen. Fürs Erste war ja momentan alles getan.

Als der Flieger die Schleife über Rio zog und er Zuckerhut und Corcovado weit unter sich verschwinden sah, zersprang Marios Herz fast vor Wehmut und Trauer.

Wenn jetzt Lilian neben mir säße…!

Wie gern hätte er ihr sein Österreich, sein Mödling, sein Zuhause gezeigt. Alle Orte, Plätze und Stätten, wo er seine Abenteuer erlebte. Als Kind, als Jugendlicher, mit seinen Freunden. So vieles hatte er ihr doch von seiner Heimat erzählt…

Angestrengt sah er zum kleinen Fenster hinaus, um sich nicht die Emotionen anmerken zu lassen, die ihm die Tränen in die Augen trieben. So viel Schönes – aber auch Schreckliches erlebte er in den vergangenen fünfzehn Jahren. Hier fand und hier verlor er den liebsten Menschen seines Lebens.

Ja, auch Erika Hauser musste nun ohne ihren Helmuth weiterleben lernen. So wie er ohne seine Lilian.

Meller würde sofort nach der Aufklärung des Mordfalles nach Rio fliegen. Es überfiel ihn plötzlich eine unbändige Sehnsucht. Nach Rio de Janeiro; nach der Villa mit dem wunderschönen Park; nach dem Blick vom Apartment aus übers Meer; nach dem Zuckerhut, nach dem Corcovado; nach seinen Freunden; nach dem bunten Treiben an den Stränden Ipanema und Copacabana; nach der unbeschwerten Leichtigkeit des Lebens in dieser traumhaften Stadt…

Also melde dich, du Mörder! Ich muss nach Rio!

Am liebsten gleich morgen!

Er holte seine Geldtasche hervor und nahm seit langem wieder das abgegriffene Stück Papier, das Innigste, was ihm von Lilian geblieben war, zur Hand. Das Ultraschallbild des ungeborenen Mellerkindes. Sein Fast-Kind, wie er es für sich nannte. Er legte den Fetzen Papier vor sich hin…

Und er verfiel wieder in untröstliche Gedanken an seine verunglückte Frau.

Lilian war wie Mario zum Waisenkind geworden. 1973, als Lilian Goldmann gerade 12 Jahre alt war. Sie wartete sehnsüchtig in der wunderschönen Villa, in Santa Teresa – dem malerischen, auf einem Hügel gelegenen Stadtteil von Rio – bei ihrer alten, aber noch sehr rüstigen Großmutter, auf die Rückkehr ihrer Eltern aus Chile.

Bei der Kathi-Omi – Katharina Goldmann, eine Jüdin, die 1934 mit Mann und Sohn von Deutschland nach Brasilien auswanderte – verbrachte Lilian die schönsten Zeiten. Nicht, dass ihre Eltern nicht lieb zu Lilian gewesen wären – Mami und Papi waren die besten auf der Welt – nur leider waren sie eben oft geschäftlich unterwegs. Die Kathi-Omi war – neben den Hausers – für Lilian die stets anwesende Bezugsperson.

Nun, ihre Eltern kamen aus Chile nicht zurück. Nicht an jenem angekündigten Abend, dem 12. September 1973 und auch nicht später.

Lilians Eltern unterhielten Geschäftsbeziehungen zu den mächtigsten Wirtschaftsleuten Chiles und mussten zu diesem Zeitpunkt verschiedene Termine wahrnehmen. So sehr auch die Kathi-Omi ihren Sohn davon abbringen wollte, gerade jetzt in dieser politisch gefährlichen Zeit nach Santiago de Chile zu fliegen. Sie wähnten sich jedoch, als angesehene Partner der Größten im Lande, in relativer Sicherheit. Weit weg von der Politik sozusagen.

Wie jedoch alles im Leben relativ ist, war dies ihr absoluter Irrglaube. Lilians Eltern gerieten ins politische Sperrfeuer zwischen Salvador Allendes Anhängern und den Truppen von Augusto Pinochet, dem von der USA gesponserten General. Sie verschwanden beim Putsch in Chile.

Niemand wusste, wohin man sie verschleppt hatte, wo man sie gefangen hielt. Schlussendlich, als jede Hoffnung schwand, die jungen Goldmanns jemals wieder lebend in die Arme zu schließen, blieb den Lieben daheim die einzig traurige Frage: Wann und wo, vor allem wie schrecklich mussten Papa und Mama Goldmann wohl ihr Leben lassen?

Denn bald erfuhr die Welt, wie grausam und barbarisch

Pinochets Militärjunta unter der Bevölkerung Chiles und unter den Sympathisanten Allendes wütete, folterte und mordete. Doch alle Länder dieser Welt sahen nur zu, vor allem die USA, in deren Interesse dieser Putsch letztendlich passierte.

Wer Glück hatte, konnte den Mördern Pinochets entkommen und lebte in Emigration im Ausland. Von den unzähligen Flüchtlingen konnten über tausend in Österreich Aufnahme finden, einige sogar in hier Mödling.

Als es nach einem Jahr noch immer kein Lebenszeichen der Eltern gab, überließ die Kathi-Omi die Führung des Goldmannkonzernes (Rinder, Baumwolle, Kaffee…) einem von ihr ausgewähltem Team der treuesten und besten Mitarbeiter. Sie hatte sich schon lange nicht mehr um die Geschäfte kümmern müssen, denn ihr Sohn führte seit Jahren erfolgreich und verlässlich das Unternehmen seines Vaters. Doch nun fehlten die jungen Goldmanns und die Kathi-Omi sah sich nicht mehr in der Lage, in ihrem Alter Konzernentscheidungen zu treffen.

Nach dem Tod von Katharina Goldmann im Jahre 1980 – der Großvater war schon 1971 gestorben – ging das gesamte Erbe an Lilian Goldmann über. Die Treuhandschaft übernahm Notário Fernando Moreno aus Sao Paulo, ein langjähriger Freund und Berater der Familie Goldmann.

1983, zehn Jahre nach dem Verschwinden von Lilians Eltern in Chile, wurden sie behördlich offiziell für tot erklärt. Lilian war jetzt 22 Jahre alt und wurde Alleinerbin des Goldmannkonzernes, eines der großen Agrarunternehmen in Brasilien.

Doch all dieser Reichtum interessierte Lilian nicht.

Auf Anraten des Familien-Notars, der natürlich Lilians Desinteresse am Lebenswerk ihrer Eltern spürte, ließ sie den Konzern von den besten Leuten, jahrelange Angestellte und Freunde ihres Vaters, weiterführen. Sie übertrug ihnen die Geschäftsführung. Dafür erhielt sie eine gewaltige Summe als einmalige Auszahlung aus dem Goldmannkonzern sowie eine monatliche Apanage.

Der schlaue Notar wusste, dass es für einen erfolgreichen Fortbestand des Unternehmens notwendig war, dass die unerfahrene Lilian sich nicht in wichtige Konzerngeschicke einmischte.

Sie peilte ohnehin völlig andere Lebensziele an.

Jetzt als neue Herrin des Familienanwesens in Santa Teresa, brachte sie nach Jahren der Trauer endlich wieder Leben und Fröhlichkeit in das alte Gemäuer.

Mit der monatlichen Apanage stellte Lilian ein Hilfsprojekt für die ärmsten Kinder in den Favelas von Rio auf die Beine. Mit ihren zwei besten Freundinnen Veronica Valpares und Ricarda Fernandes gründete sie den Verein »Crianças do Rio« *(Kinder von Rio).* Um den verwahrlosten Kindern in den Favelas eine neue Perspektive zu geben. Sie von der Straße, von Drogen und Kriminalität wegzubringen.

Schnell fand sie ein passendes Grundstück, neue Freunde und Gönner für ihren Verein der Nächstenliebe. Bald konnten die ersten Häuser gebaut und von elternlosen Kindern bezogen werden. Freiwillige engagierten sich als Betreuer oder Tagesmütter. Eine Schule wurde errichtet und Lehrer gefunden, die den Unterricht übernahmen. Den Bau einer kleinen Kirche überwachte Padre Rafael Gomes und setzte sich unermüdlich für das Seelenheil der fröhlichen Knirpse ein.

Was für eine Freude war es doch für Lilian, wenn sie in *ihr* Dorf der Kinder fuhr, um ihre kleinen und großen Freunde zu besuchen. Wenn sie von einem fröhlichen Schwarm Kinder umringt wurde. Die Kleinsten krabbelten an ihr hoch, hängten sich an sie, die Größeren zogen an ihr, um *Mamãe Lilian* ihre neuesten Bastelsachen zu zeigen oder ihre guten Noten in der Schule zu präsentieren. Hier war sie am glücklichsten, hier in dem kleinen Dorf am Rande der Favelas. Weil sie wusste, hier war das viele Geld sinnvoll eingesetzt.

Es sollte ihre Berufung werden. Lilian sah es als ihre Verpflichtung, den Ärmsten zu helfen. Vor allem den Hilflosesten, den Kindern.

1973, als Lilians Eltern verschollen blieben, erzählte ihr die Kathi-Omi erstmals von den erschütternden Schicksalen der Goldmanns.

Wie elendiglich ihre Verwandten und viele Millionen andere Menschen, im Nazideutschland vernichtet wurden. So sehr sich die Großeltern auch damals bemühten, es gelang ihnen nicht, alle ihre Lieben rechtzeitig vor den Nazis in Sicherheit zu bringen. Viele der Goldmanns blieben in ihrer geliebten Heimat. Sie fühlten sich auch mit ihren Geschäften wirtschaftlich an Deutschland gebunden. Und als sie von den ersten Greueltaten in den Konzentrationslagern hörten, die Hitlers Schergen verübten, war es bereits zu spät. Sie kamen aus dem Nazideutschland nicht mehr heraus. Vielmehr, sie kamen elendiglich um, die Brüder, Schwestern, Onkel und Tanten aus dem Goldmann-Clan. In Sachsenhausen, in Buchenwald, in Dachau und in Auschwitz. Sie verhungerten, wurden vergast oder erschlagen.

Schlimme Jahre für Lilians Großeltern, als sie im sicheren Brasilien von den mörderischen Verbrechen der Nazis erfuhren. Tatenlos mussten sie 13.000 km von ihrer geliebten Heimat entfernt mit ansehen, wie ein großer Teil der Familie brutal ausgelöscht wurde.

Diese traurigen Schicksale ihrer Vorfahren prägten das Lebensbild der kleinen Enkelin Lilian. Sie musste der Kathi-Omi versprechen, einen Teil ihres Vermögens für die Ärmsten dieses

Landes zu verwenden. Dann, wenn sie erwachsen sei und die Firmengeschäfte des Konzernes übernehmen würde.

Als Dank an das Land Brasilien. Schließlich habe die Regierung seinerzeit Großvater, Großmutter und Lilians Vater eine neue Heimat gegeben. Damals 1934.

Die Einreisegenehmigung hing in der Villa – im Schlafzimmer oberhalb des siebenarmigen Kerzenständers. Sie sollte immer daran erinnern, dass ein kleiner Teil der Familie Goldmann dank Gottes Gnaden diese schreckliche Zeit überleben durfte.

Mario Meller kannte das Schriftstück an der Wand, die Menora und das Schlafzimmer nur zu gut.

Es war die erste Nacht mit Lilian Goldmann in diesem Zimmer. Als Kommandant Mario Meller die große Liebe seines Lebens in Armen hielt.

Mario lernte sie bei der Gala *Kinder von Rio* kennen, die Lilian Goldmann im Sinne ihres Vereines einmal im Jahr veranstaltete. Viele Größen der Wirtschaft, der Politik und auch der Polizei waren geladen. Der Zufall wollte es, dass Kommandant Meller für einen Kollegen einspringen sollte, um einen Überblick über die kriminelle Situation in seinem Bezirk zu geben. Viele Augenpaare starrten auf ihn, während er referierte. Doch sein Augenpaar fixierte Lilian Goldmann so sehr, dass sie anschließend zu ihm kam und ihn persönlich in ihr *Dorf der Kinder* einlud.

Bei der Tage späteren Dorfbegehung wusste es Mario Meller: die oder keine. Nur, wie sollte er eine so bekannte Persönlichkeit für sich gewinnen?

Doch damit machte Lilian es ihm leicht. Auch ihr gefiel Mario. Seine Art, seine Ausstrahlung und nicht zuletzt sein Engagement für die Kinder in den Favelas. Immer öfter trafen sie einander, dienstlich sozusagen, um gemeinsame Ziele zu erörtern, Lösungen zu finden, wie man die Kinder in Mellers Rayon besser betreuen konnte. Aus den Dienstbesprechungen wurden private Treffen.

Eines Abends – ein paar Wochen später – passierte, was kommen musste…

Erschöpft, nackt und völlig aufgewühlt lagen sie in Lilians Bett. Mario sah über sich das Dokument im Rahmen und die siebenarmige Menora mit brennenden Kerzen. Lilian wollte diesen heiligen Akt der Liebe im Schein leuchtender Flammen vollziehen.

Mario, der so glücklich war wie noch nie, erzählte seine Lebensgeschichte. Vom frühen Tod seiner Eltern. Von Onkel und Tante, die ihn großzogen. Von seinen wilden Jahren, als er allein durch die Welt zog. Und von seiner schönen Heimat Österreich, die er Lilian gerne zeigen würde.

Zeig mir deine Welt, damit ich sie wie dich lieben kann.

Mario schwebte damals im siebten Himmel und schwor ihr, sie an alle seine Lieblingsplätze dieser Welt zu führen.

Lilian erzählte von ihrem wohlbehüteten Leben. Von dem kleinen Mädchen, das so wenig von ihren Eltern wusste. Von der Kathi-Omi, ihrer Lebenslehrerin, die sich so liebevoll ihrer annahm und sie all die Jahre bestimmt ein bisschen zu sehr behütete – wie eine Glucke. Denn als die Kathi-Omi starb, das war für sie das Schlimmste. So plötzlich allein und mit so viel Reichtum um die Ohren. Andere hätten mit Geld um sich geworfen, sie jedoch zog sich völlig zurück. In ihre Villa. Wie in einer Festung saß sie, umgab sich mit Einsamkeit, um mit der neuen Situation allmählich fertig zu werden.

Sie sei dadurch eine Frau geworden, die Beziehungen sehr vorsichtig überlegen müsse, gestand sie Mario. So, wie sie auch mit ihrem Geld sinnvoll und sparsam umgehe. Durch ihre gesellschaftliche Stellung, ihre Prominenz, habe sie im Laufe der Jahre nicht immer nur schöne Erlebnisse gehabt, denn sie wurde oft an ihrem Vermögen gemessen und ausgenützt. Sie lernte mit dem Image »eine reiche Frau zu sein« zurechtzukommen und eine eigene Persönlichkeit, eine Balance zu finden.

Nach außen hin immer stärker werdend, baute Lilian ihren Verein auf und fand in dieser Aufgabe endlich die ersehnte Erfüllung und berechtigte Anerkennung für ihre Leistung. Sie konnte mit dem ererbten Vermögen das Versprechen an ihre geliebte Kathi-Omi einlösen.

Doch im Innersten ihres Herzens sehnte sie sich nach dem großen Glück. Die allumfassende Liebe, die sie jetzt mit Mario fand.

Jetzt werde auch ich endlich ein vor Liebe glühendes Teilchen des Universums sein…

Meller riss sich abrupt von seinen wehmütigen Gedanken los.

Joe, der es sich vor Stunden unter den Beinen der netten Rezeptionistin bequem gemacht hatte, während sein Chef Pater Florian und Redakteur Bacher einen Besuch abstattete, kratzte an der Tür.

Noch immer drehte Meller gedankenverloren die kleine Hand mit dem blauen Stein von Ma-Lin zwischen seinen Fingern.

Es war bereits später Nachmittag.

Der Winter schien sich zu verabschieden. Auf den wochenlangen Schnee folgte Regen – ausgiebigst und stürmisch. Wenigstens wurde es wärmer. Allerdings, sein Blick aus dem Fenster hob keineswegs seine trübe Stimmung.

Er stand auf und ließ den Hund in sein Zimmer, der sich mit gesenktem Blick und einem Seufzer auf seinen Platz trollte.

Meller dehnte und streckte sich, wurde plötzlich aktiv und versuchte ein paar Kniebeugen. Ließ es nach fünf kläglichen Versuchen bleiben. Kaum ein Jahr wieder im Lande und schon so ein schlapper Sack. Werde ich alt oder ist es der Fluch der Bequemlichkeit, der jeden hier trifft, auf der Insel der Seligen?, ging ihm auf dem Weg in das Büro der Sekretärinnen durch den Kopf.

»Liebe Frau Rotter, organisieren Sie bitte einen Durchsuchungsbefehl für Chen Huangs Büro. Ich möchte morgen früh bei ihm auftauchen. Verständigen Sie bitte auch Mike. Er soll sich um acht Uhr mit dem Wisch vor dem Chinarestaurant bereithalten. Ich komme direkt hin.«

Er überlegte kurz und setzte sich Frau Rotter gegenüber auf den leeren Platz von Frau Berger.

Claudia Rotter und Renate Berger waren die tüchtigen, geduldigen Sekretärinnen der V-Gruppe 4.

»Weiters brauche ich noch einen Fahndungsaufruf nach Li-Che Wang. Ich fürchte zwar, dass das nichts mehr bringt, weil der ja schon seit Juli vergangenen Jahres verschwunden ist. Das Betrübliche dabei ist, dass niemand weiß, wie dieser Gangster eigentlich aussieht. Es gibt kein Bild von ihm. Abgesehen davon, dass für mich alle Chinesen gleich aussehen, sehe ich keine Chance mit einem Phantombild. Aber wer weiß… Vielleicht probieren Sie es über die chinesische Botschaft. Natürlich unter Rücksichtnahme auf das offizielle Prozedere, Staatsanwalt und so weiter…«

Er sah sich kurz um und bewunderte still die perfekte Ordnung der beiden Sekretärinnen.

»Wo ist eigentlich Ihre Kollegin?«

»Abkommandiert worden. Sie arbeitet schon wieder für die Zweier-Gruppe. Der… der… – ich merk mir einfach seinen

Namen nicht – hat sie heute zu sich gerufen…«

»Ah – der Malowezcka… Hermann Malowezcka… so-so.«

Meller ärgerte sich kurz. Schon wieder der Malowezcka. Er legte es unbedingt auf eine Auseinandersetzung mit ihm an, in dem er sich eigenmächtig Mellers Leute unter den Nagel riss.

Nicht mit mir, dachte sich Meller. Überlegte es sich jedoch anders und unterließ es, eine Konfrontation mit dem Choleriker vom Zaun zu brechen.

Die Neue, Claudia Rotter – die Nachfolgerin der gefeuerten Plaudertasche Adelheid Müller – war eine Perle, was Logik, Cleverness und Schnelligkeit betraf. Nicht, dass sie unhübsch war – sie war einfach eine normale, unscheinbare junge Frau, wie sie zu Tausenden in den Büros jobbten.

Diese stillen, arbeitssamen Wesen, die wussten, dass sie nur durch Fleiß, Beharrlichkeit und Verlässlichkeit punkten konnten. Gegenüber ihren Chefs, gegenüber der gesamten Männerwelt. Im Job waren Meller diese Frauen wesentlich lieber, als die eingebildeten und aufgeputzten Schönheiten mit ihrem unnötigen Getue und Gegacker. Meistens war eh nichts dahinter.

»Wann die Fahndung allerdings rausgeht, kann nicht ich bestimmen, weil wir schon wieder einen Absturz im Zentralserver haben. Schon der dritte seit Wochenbeginn. Und jetzt spinnt überhaupt alles. Es kann vielleicht sogar Tage dauern«, beschwerte sich Frau Rotter.

»Wahrscheinlich spinnen alle, wenn das Wetter umschlägt. Die Computer, die V-Gruppenleiter und was weiß ich wer aller.«

Meller lächelte freundlich zu Frau Rotter und mit einem: »Also dann bis morgen – und bitte nicht vergessen, den Durchsuchungsbefehl für den Chinesen und Mike verständigen«, verabschiedete er sich.

Meller musste etwas Abstand gewinnen. Die heutigen Vorfälle, der schleimige Bacher, die traurige Nachricht von Erika Hauser und Malowezckas Eigenmächtigkeit reichten ihm.

Was glaubt der Wichtigtuer eigentlich!

Noch war Meller der Chef vom S-C-ONE. Jedoch nicht mehr lange, da war er sich sicher.

Er wollte länger leben und nicht wegen solchem Kinderkram seine Nerven strapazieren.

Verdammt noch mal...

Meller verschwand bei einbrechender Dämmerung mit seinem Hund. Nachdenklich und missgelaunt. War gerade dabei, sein Büro abzusperren.

Fast hätte er sie wieder vergessen: seine Dienstpistole.

Also nochmals zurück.

Kaum kam er zur Tür herein, dudelte das Telefon.

Abheben oder nicht. Mellers Neugier siegte. Er könnte ja doch noch etwas Erfreuliches erfahren. An diesem heutigen Minustag.

»Meller, ja...?«

»Sag mal, was soll das mit der Schroeder?«

»Eva, du? Hallo, servus... wie geht's dir...? Was meinst du, was mit der Schroeder sein soll?«, versuchte er Zeit zu gewinnen.

Meller spürte förmlich, wie Eifersucht einen unbarmherzigen Schnitt durch das Herz einer emotionellen, sinnlichen Frau zog.

»Du weißt schon, diese Berliner Schnitte, die beim Bianco dein Hündchen streichelt und füttert. Allen den Kopf verdreht, einschließlich dir.«

»Also bitte – Eva. Was soll das! Heike ist so nett und nimmt Joe zu sich, wenn du nicht kannst. Ich bin froh darüber, weil es mich entlastet. Und Lo hat auch nichts dagegen. Sie scheint ja seine neue Flamme...«

»Das glaubst du wohl selbst nicht. Ich hab da im Barometer

was ganz anderes gehört. So wie diese Berliner Schnepfe in den höchsten Tönen von dir schwärmte. Von wegen toller Typ und so… Und dass sie nebenbei beim lässigen Kommissar Meller für seinen flauschigen Wauwau Dienst schiebe. Sagt man bei euch Dienst schieben dazu? Oder was wird hier geschoben, hä…? Zufällig saß ich in ihrer Nähe und durfte mir das schleimige Gesülze reinziehen. Sag, hast du was mit der…?«

»Also… Eva… ich…«, stotterte Meller jetzt, »ich hab doch nichts mit der Hei…«

»Ich verstehe«, schnitt ihm Eva barsch mit ihrer schrillen Stimme das Wort ab.

Meller hielt den Hörer einen halben Meter vom Ohr weg.

Was erlaubt sich die! Er war doch nicht ihr Eigentum… und überhaupt!

Doch Eva wetterte ungehindert weiter:

»Ihr Männer seid alle ein einziges Lumpenpack. Kaum dreht man euch im Vertrauen den Rücken zu, schon saugt ihr an einem neuen Nippel…«

»Also bitte! Eva, das… das… ist nicht so, wie's aussieht…«

Meller geriet wieder ins Stottern, ärgerte sich und bekam glühende Wangen, weil er sich wie ertappt fühlte, obwohl er völlig unschuldig war.

Was will die eigentlich! Dreht sie jetzt komplett durch?

»Das ist doch völlig aus der Luft gegriffen… also ich…«

Und schon wieder fiel ihm Eva ins Wort: »So wie die aussieht, wäre es das größere Verbrechen, wenn du nicht schwach werden würdest. Eigentlich sollte ich mir darüber Gedanken machen…« Sie dachte kurz nach: »Aber den Joe darf sie mir nicht versauen, den erziehe ich. Verklicker das der Piefkeschnepfe.«

Was soll denn das jetzt, fragte sich Meller, war sie denn nun auf ihn scharf oder auf den Hund? *So sind se Mann, die Weiber,* wie Lo zu sagen pflegte, seit Heike Schroeder dessen Gefühlsleben berlinerisch durcheinander brachte.

In einen völlig normalen Ton umschwenkend, meinte Eva Roth plötzlich:

»Übrigens, holst du die Flaschen für deinen Onkel oder soll ich sie dir einzeln nachwerfen. Lust hätte ich dazu…«

»Natürlich komme ich. Sag mir, wann es dir recht ist. Ich möchte dich nicht bei deiner Nacktmalerei stören«, grinste Meller jetzt schadenfroh und stellte sich eine traumhaft nackte Eva vor, wie sie Heikes atemberaubende Kurven einfärbte. Eine nackte Heike mit aufgemalter, hautenger Jeans und Bluse. Bemalt von ihrer Todfeindin. *Wow, welch göttlicher Anblick.*

»Ich meld mich noch…«

Tut-tut-tut – die Leitung war unterbrochen.

Er knallte den Hörer auf.

Hätte er bloß nicht abgehoben.

Wenn wer mit Eifer sucht, was Leiden schafft… Gut, dass ich keine Frau bin.

In Mellers Hirn festigte sich der fatale Gedanke, wie schnell im Moment einer emotionellen Schieflage zweier sonst Glücklicher, ein Mord passieren könne. Zwischen zwei solch hochemotionell geladenen Menschen brauchte nur ein Fläschchen Gift, eine Pistole oder ein anderes Mordwerkzeug in greifbarer Nähe sein – schon war man »um die Ecke gebracht«. Es käme nur auf den Grad der Erregung und das Überschreiten der menschlichen Hemmschwelle an. Beim Angreifer, wie beim Verteidiger. »Mord im Affekt« hieß es dann immer in den Polizeiakten.

Frustriert wegen des Telefonats schwor sich Meller:

Lieber Gott, wenn es dich wirklich gibt, lass mich bitte nie grundlos eifersüchtig werden, sondern immer nur in Vernunft handeln. Vor allem, lass mich nie eine Frau werden.

Sollte ich jemals ein weiteres Mal auf dieser Erde einen lebensähnlichen Zustand fristen müssen, dann lass mich ein Hund – ja, lass mich ein schnuckeliges Hündchen wie Joe werden. Und gib mir zwei so heftig um mich bemühte Frauchen wie Eva und Heike. Lass mich meine tierische Zuneigung gerecht und ohne Missstimmung verteilen, damit ich mich eines sorgenlosen Hundelebens erfreuen darf.

Ich würde immer an ihren Öhrchen knabbern, damit sie wohlig aufkreischen und an ihren Händchen lecken, wenn ihnen danach ist.

Ach, leckts mich doch alle mal…

Grantig, mit hochgeschlagenem Kragen und einem Regenschirm, den ihm die Rezeptionistin wortlos lächelnd in die Hand drückte, wünschte er grummelig einen schönen Abend.

Kaum war er auf dem Weg zum Parkplatz, wurde der aufgespannte Schirm von einer heftigen Sturmböe erfasst und umgestülpt.

Joe schien dies zu gefallen. Endlich kam wieder Bewegung und Abwechslung in seinen öden Büroalltag. Übermütig stürzte er sich auf den vom Wind gebeutelten Schirm.

Kläff-kläff-kläff…

»Meeensch Joe! Lass das…!«

Scheißwetter, verdammt noch mal…

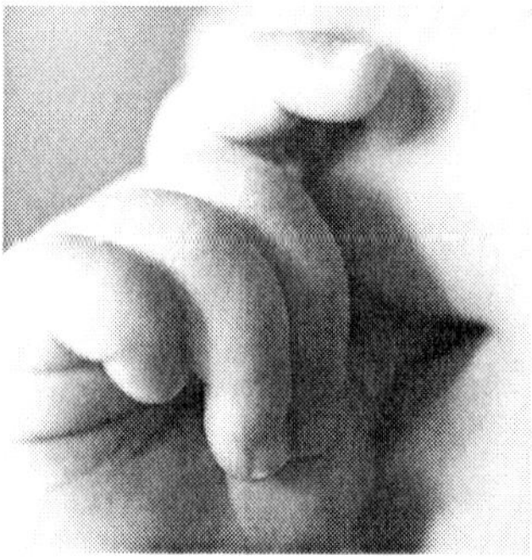

Elf

Mittwoch, 13. April 2005…

Die Ereignisse überstürzten sich.

Als Meller mit Hund und V-Agent Mike Lehner um acht Uhr früh bei Chen Huangs Restaurant auftauchten, standen sie vor verschlossener Tür. Dieser meldete sich weder auf ein stürmisches Klingelknopfdrücken noch unter seiner Handynummer. Nur zu gerne hätte Meller ihm persönlich den Durchsuchungsbefehl unter die Nase gerieben.

Also musste erstmals der Schlüsseldienst her. Sie warteten, bis dieser ankam, das Haustor und die Bürotür öffnete und wieder abzog.

Das Büro war sauber aufgeräumt. Doch nirgendwo Anzeichen des Besitzers Chen Huang.

Der Vogel war ausgeflogen.

»Weg ist er. Und was tun wir jetzt?«, wollte Mike wissen.

»Wir suchen ihn, was sonst. Bestimmt finden wir ihn und den Mörder in einer der Schubladen dort…«, erwiderte Meller leicht gereizt.

»Platz da! Na wird's bald…!«

»Wie bitte…?« Lehner drehte sich um und glotzte Meller an.

»Nicht du – der Hund… Joe! Platz!«

Meller sah Joe solange scharf an, bis dieser sich endlich bequemte, in Zeitlupentempo vor der Bürotür Platz nahm und sich hinlegte. Aufmüpfig sah er zu seinem Herrn auf.

»Bleib – und rühr dich nicht vom Fleck«, ermahnte er den Hund mit erhobenem Zeigefinger. Joe drehte seinen Kopf demonstrativ weg und grummelte auflehnend.

Wahrscheinlich verwöhnen ihn Eva und Heike um die Wette. Nicht einmal der Hund gehorcht mir noch, dachte Meller hilflos. Jaja, das habe ich nun davon: Frauen und ihr unendlich großes Herz für Lebewesen mit treuherzigen Augen und samtweichem Kuschelfell.

Während sich der Kommissar und sein V-Agent systematisch an die Arbeit machten, erklangen in Mellers Parka Sambatöne.

»Meller, ja…?«

»Die schwangere Chinesin ist wieder da. Ich glaube, Sie sollten besser schnell kommen, die ist sowas von fertig. Sie will aber nur mit Ihnen sprechen, Herr Meller.«

Die Beamtin an der Rezeption klang sehr nervös.

»Mach du weiter Mike. Frag dich durch, welche von unseren zwei Damen dir helfen kann. Der Körner kann jedenfalls nicht, der hilft der Zweier-Gruppe aus. Ich muss sofort in den S-C-ONE, die Chinesin ist plötzlich aufgetaucht und völlig fertig. Komm, Joe…«

»Und noch was«, Meller wandte sich um, »wenn du einen der beiden Chinesen in den Schubladen findest. Du weißt, Mike… Waffe in Anschlag und *Hände an die Wand* gebrüllt, das wirkt perfekt.«

»Ha-ha, wie witzig…«, unterbrach ihn Mike beleidigt und riss wütend an einer der Laden der niedrigen Büroschränke an der Fensterseite. Zu heftig wie sich sogleich zeigte, denn der Inhalt, ein Stapel Belege, Stifte und sonstiger Kleinkram, verteilte sich über den gesamten Boden.

Kaum kam Meller zur Tür herein, sah er eine völlig aufgelöste Ma-Lin vor sich. Er hatte das Gefühl, dass ihr Bauch noch größer war und bald platzen würde.

Aufgeregt winkte sie mit einem Kuvert:

»Herr Meller! Es ist schrecklich… Bitte helfen Sie mir…«

»Hallo, Frau Huang. Aber beruhigen Sie sich doch bitte. Denken Sie an Ihr Kind…!«

Meller gab ihr die Hand, nahm sie behutsam am Arm und führte sie zum Lift. Joe wich nicht von seiner Seite. Doch dieses Mal war er folgsam und sprang nicht an der Chinesin hoch.

Im seinem Büro öffnete Meller ein Fenster, um kurz zu lüften.

»Bitte setzen Sie sich. Kommen Sie, ich nehm Ihnen den Mantel ab. So, das hätten wir. Ein Glas Wasser?«

Ma-Lin Huang nickte stumm.

»Ich lasse Ihnen gleich eines bringen. Aber bitte beruhigen Sie sich erstmal«, versuchte Meller die aufgebrachte Chinesin unter Kontrolle zu bringen. Per Telefon bat er seine Sekretärin um das Gewünschte. Dabei fiel sein Blick auf den Terminkalender von Chen Huang, der auf seinem Schreibtisch lag.

»Jaah – da wäre zuvor noch eine Kleinigkeit. Ich habe da eine Bitte an Sie, Frau Huang. Könnten Sie mir da kurz aushelfen?«

Zuvor schaltete er seinen Voice-Recorder ein, nachdem er Ma-Lin mit einem Kopfnicken darauf hinwies.

Meller zeigte der Chinesin nun Chens Planer mit den Eintragungen vom Juli des vergangenen Jahres.

»Innsbruck. Mein Onkel war zu dieser Zeit in Innsbruck, steht zumindest hier.«

»Sonst nichts?«

»Nein, nur Termine mit einem Gemüsehändler, einem Fleischlieferanten und einem Weinhändler… und da – auch noch einer bei einem Amt, eine Lebensmittelkontrolle betreffend.«

Ma-Lin blätterte im Tageskalender vor und zurück. Grimmig starrte sie auf die beschriebenen Seiten. Ihre Finger zitterten dabei.

Meller bedankte sich. Die Eintragungen deckten sich mit den Aussagen. Chen Huang war Anfang Juli 2004 nachweislich in Innsbruck.

Soweit reichte es ihm vorläufig. Er wusste jedoch, dass sämtliche Eintragungen übersetzt werden mussten. Vielleicht stieß Meller doch noch auf verdächtige Hinweise.

Ma-Lin sah wirklich fertig aus. Mit dunklen Ringen unter den Augen, als hätte sie vergangene Nacht keine Sekunde geschlafen.

Was sie auch sogleich bestätigte:

»Ich bin mit den Nerven völlig fertig…«, sie atmete kurz und hektisch, »…noch in der Nacht rief mich mein Onkel plötzlich an und versprach mir eine Nachricht von Omour. Obwohl ich mit meinem Onkel seit Monaten nicht mehr gesprochen hatte. Als ich wissen wollte, ob er mit Omour Kontakt habe, lachte er nur gehässig und meinte, ich solle bis morgen warten. Ja – und dann konnte ich nicht einschlafen, weil mir immer wieder dieser Anruf durch den Kopf ging. Vor allem, weil es mich wunderte, dass Omour zuerst mit meinem Onkel gesprochen hätte und nicht mit mir. Und dann…«

Ma-Lin überreichte nun Meller das Kuvert, das sie schon die längste Zeit verkrampft in der Hand hielt.

»Moment noch bitte.« Er holte aus einer Lade Gummihandschuhe und zog sie über.

Ma-Lin hatte den aufgerissenen Umschlag an der Längsseite mehrmals zusammengefaltet.

Meller öffnete ihn nun vorsichtig – eine kleine Hand mit einem blauen Stein fiel ihm entgegen. Das gleiche Amulett, wie das auf Mellers Schreibtisch, Ma-Lins Amulett.

»Dieses Kuvert klebte heute morgen an meiner Tür…«

Er sah stumm zu Ma-Lin. Seine Gedanken arbeiteten kometenhaft schnell. Meller bekam eine Gänsehaut. Ahnte sie, was er dachte?

»Aber das sagt noch gar nichts, Frau Huang. Von solchen Glücksbringern sah ich hunderte bei Pater Florian in der Missionsstation. Weil sie von dort aus an die Verkaufsläden verteilt werden. Sicher wollte Ihr Onkel Sie nur erschrecken, weil er Omour nicht leiden konnte und schickte Ihnen ein ähnliches Stück«, versuchte er die Chinesin zu beruhigen.

Es klopfte und die Tür öffnete sich leise. Claudia Rotter brachte Mineralwasser mit zwei Gläsern und verschwand wieder. Er goss der Chinesin und sich ein.

Meller hatte allen Grund zur Sorge, denn er sah bei genauem Betrachten des Amuletts, dass am Lederband und in der Beuge, wo der blaue Stein von den Fingern gehalten wurde, winzige dunkle Verfärbungen zu sehen waren.

Er kannte solche Verfärbungen nur allzu gut.

Blut. Altes, eingetrocknetes Blut.

»Das ist noch nicht alles. Es… es gibt noch eine Nachricht.« Ma-Lin deutete auf das Kuvert.

Jetzt nahm er nochmals den Umschlag und faltete ihn auseinander.

Ein Zettel fiel ihm entgegen. Chinesische Schriftzeichen.

»Was bedeutet das?«, wollte Meller jetzt wissen.

»Übersetzt heißt es soviel wie: *Ein gefällter Baum wirft keinen Schatten…* Ein chinesisches Sprichwort und… und… dass mich Li-Che grüße.«

»Li-Che Wang…?«

»Ja…! Li-Che Wang…!«, antwortete Ma-Lin aufgebracht und

gedehnt, schnaufte angestrengt, denn ihr Zustand als Hochschwangere erschöpfte sie zusehends.

»Ich weiß auch nicht, was ich davon halten soll…«, ächzte sie, wurde plötzlich käseweiß und verzog schmerzhaft ihr Gesicht.

Meller sah sie erschrocken an.

»Haben Sie Schmerzen? Ist was mit dem Kind? Soll ich einen Arzt rufen, Frau Huang?«

»Nein, nein – es geht schon wieder. Ich muss heute Nacht schlecht gelegen sein… und der wenige Schlaf.«

Meller war sich nicht so sicher. *Nur nicht jetzt das Kind!*

»Ich lasse die Sachen auf Spurenhinweise untersuchen. Vielleicht finden sich Anhaltspunkte. Beim Kuvert sehe ich wenig Chancen, das hatten Sie zu oft in der Hand. Aber der Zettel, das Amulett… vielleicht ergibt sich etwas.« Währenddessen packte er Kuvert, Zettel und Amulett in jeweils eine dieser speziellen Papiertaschen, die er aus der Schreibtischlade holte.

Es klopfte verhalten. Claudia Rotter kam leise zu Meller und flüsterte ihm etwas ins Ohr.

»WAASS…? LI-CHE WANG IN HAMBURG? SEIT WANN?«, entfuhr es Meller unkontrolliert laut.

Plötzlich ein Schrei. Gellend und schrill.

Joe bellte erschrocken, sprang aus seiner Ecke hervor und begann hektisch im Zimmer umherzulaufen.

Die Chinesin schrie wutentbrannt auf:

»LIIII-CHEEEE… DU MÖRDER…!«

Dann schnappte sie mehrfach nach Luft und wieder gellend:

»Li-Che ist der Mörder! Er hat meinen Omour getötet! Ich weiß das jetzt…!

Ma-Lin verstummte unvermittelt, wand sich unter Schmerzen, stöhnte und wollte sich von ihrem Platz erheben. Es gelang ihr halbwegs. Doch dann knickte sie zusammen und ein Schwall

Flüssigkeit quoll zwischen ihren Beinen hervor. Durch den Schock war ihre Fruchtblase geplatzt.

Erschrocken sahen sich Meller und die Sekretärin an und eilten zur Chinesin hin.

Ma-Lin ließ sich wieder in das Leder zurückfallen und stöhnte wimmernd auf.

Joe sprang wie wild um sie herum, begann die Flüssigkeit zu beschnuppern und gierig zu schlecken. Er bellte die Chinesin immer wieder an und wollte zu ihr hochspringen.

»Joe! Herrgottnochmal – weg da…!«, rief Meller zornig, schnappte den Hund am Fell hinterm Kopf und bugsierte ihn auf den Gang hinaus.

Als er zurückkam, sah er, wie die Sekretärin geistesgegenwärtig Ma-Lin entkleidete und auf der Sitzlandschaft zurecht legte. Stumm sah Claudia Rotter zu Meller, deutete ihm mit den Augen und einem knappen: »Knien Sie sich bitte hinter Ma-Lin und heben Sie ihren Kopf und Oberkörper an.«

Dann zur Chinesin aufmunternd:

»Komm, Mädchen und jetzt presse, was das Zeug hält…«

»…und Luft holen… und anhalten… und pressen…«

Claudia Rotter kniete vor Ma-Lin und winkelte deren Beine an.

Ma-Lin keuchte, schnappte nach Luft, drückte und presste… Schweiß stand ihr auf der Stirn. Meller wischte ihn mit einer Hand weg und strich die Haare aus ihrem Gesicht.

»Komm, Mädchen gib nicht auf… pressen… Luft holen und pressen…«, die Sekretärin feuerte sie an und sah konzentriert, wie sich die Scheide dehnte, sich langsam und schubweise ein schwarzer Schopf zeigte.

»Jaah… brav so, Ma-Lin… wieder pressen… und Luft holen… und pressen, jaah… Der Kopf ist schon zu sehen! Super machst du das, Mädchen!«

Ma-Lin stöhnte, begann zu keuchen und wieder Luft zu holen. Schloss die Augen, um wieder zu pressen…

Meller kam sich völlig deplatziert vor, war jedoch fasziniert vom intimen Zusammenspiel der beiden Frauen – Claudia Rotter motivierte Ma-Lin, indem sie mit ihr gemeinsam rhythmisch nach Luft schnappte und mitpresste. Schließlich ertappte sich Meller dabei, dass er ebenfalls Luft holte, presste, und sie wieder ausstieß, im Takt der beiden Frauen. Das war ganz schön anstrengend und es wurde ihm leicht schwindlig. *Gut, dass ich kein Kind bekommen muss,* dachte er sich.

Minuten vollster Konzentration vergingen…

Claudia Rotter versuchte vorsichtig, die Öffnung vor Überdehnung zu schonen, den Kopf des Kindes leicht zurückzuhalten und zu drehen… und wieder mitzuhelfen, ihn herauszuziehen. Während Ma-Lin stöhnte und keuchte. Nach Luft japste, ihre Augen schloss und presste.

Dann plötzlich…

Mit einer letzten Anstrengung und einem spitzen Schrei Ma-Lins stieß der Kopf des Neugeborenen durch. Bei dem folgenden Kraftakt flutschte das Baby mit einem weiteren Schwall Fruchtwasser aus dem Leib der Chinesin und begann sofort zu schreien.

Das Kind war auf die Welt gekommen. In Mellers Büro.

Am Mittwoch, dem 13. April 2005 um 10.21 Uhr.

Meller sah zur Kontrolle auf die Uhr an der Wand. Tag, Stunde, Minute – wenigstens konnte er ein bisschen mithelfen. War ja schließlich auch nicht unwichtig.

Rasselnd ging jetzt Ma-Lins Atem. Erschöpft lehnte sie sich in Mellers Arme zurück und schloss die Augen.

Meller hielt verkrampft still. Er fühlte sich selbst wie außerhalb seines Körpers. War geschockt und überwältigt von diesem aufwühlenden Geburtserlebnis. Tränen der Rührung und der Ehrfurcht vor neuem Leben rannen ihm über die Wangen.

»Mein Gott, ein Bub...!«

»Ma-Lin ein goldiger Bub ist es geworden...!«, rief Claudia Rotter, während sie das winzige Kindlein in ihren Händen hielt. Auch sie weinte vor Glück.

Vorsichtig legte sie den quicklebendigen neuen Erdenbürger zwischen Ma-Lins Brüste und deckte beide mit einem Wäschestück, das sie gerade in die Hand bekam, zu. Lediglich die Nabelschnur hing noch in Verbindung mit der Mutter über deren Schoß.

Meller gelang es, sich vorsichtig aus seiner Stellung hinter Ma-Lin zu lösen und schob ihr einen Zierpolster als Kopfkissen unter. Dann stand er auf und informierte die Rezeption.

In ein paar Minuten sei eine Rettung mit Arzt und Hebamme zur Stelle, wurde ihm versprochen.

Inzwischen hatte sich Ma-Lin aus ihrer ohnmachtsähnlichen Erschöpfung soweit erholt. Behutsam deckte Claudia Rotter das Kind ab, um der Mutter ihren Sohn zu zeigen.

Ma-Lin musste sich erst orientieren, wo sie lag. Verwirrt sah sie Claudia an, dann auf den kleinen Wurm, der sich zwischen ihren Brüsten wand. Zärtlich nahm sie eines der winzigen Händchen, begann auf Chinesisch zu flüstern und führte es an ihren Mund. Ihre Augen füllten sich mit Tränen des Glücks und der Erleichterung.

Als sie das Gesicht ihres kleinen Sohnemanns an sich herandrücken wollte, riss sie plötzlich die Augen auf, erstarrte und stieß einen gellenden Schrei aus.

Dann fiel sie in Ohnmacht.

Ein Glück war, dass in diesem Moment das Rettungsteam zur

Tür hereinkam und sich sofort um die Chinesin und ihr Neugeborenes kümmerte. Die Hebamme waltete ihres Amtes, bereitete die Abnabelung des kleinen Jungen vor. Claudia Rotter durfte die Nabelschnur durchtrennen. Schließlich agierte sie erfolgreich als Geburtshelferin.

Die durch den Schock ausgelöste Geburt war ohne Komplikationen verlaufen – der neugeborene Junge wohlauf und gesund – außer vielleicht, dass Ma-Lin Huang nachträglich ohnmächtig wurde. Vermutlich durch die Anstrengung der plötzlichen Geburt. Sie war jedoch trotz ihrer Ohnmacht stabil, das konnte der Arzt sofort feststellen. Er versorgte die Chinesin medizinisch. Anschließend wurden sie und ihr kleiner Junge auf eine Trage gelegt und mit Blaulicht und *tatü-tata* in das Krankenhaus Mödling gefahren.

Warum mit Tatü-Blaulicht, dachte sich Meller, wenn ja alles in Ordnung war. Während er in seinem Zimmer am Fenster stand und den Abtransport verfolgte.

Kommissar Mario Meller saß mit seiner Sekretärin Claudia Rotter im Babenbergerhof, vis-a-vis der Mödlinger Bühne.

Vor den beiden zwei gefüllte, schlanke Stielgläser, die Flasche daneben im gekühlten Schampuskübel.

»Diesen edlen Tropfen trinken wir jetzt ganz speziell auf uns, liebe Frau Rotter. Den haben wir uns mehr als redlich verdient.«

Kling-ling, erklangen die Gläser.

Meller prostete der leicht erröteten Claudia Rotter zu, die gewohnt demutsvoll den Blick senkte.

Seit heute Vormittag hatte er mehr als Hochachtung vor dieser jungen, unscheinbaren Frau.

»Woher haben Sie diese Souveränität, diese Sicherheit, Frau Rotter! Ich muss gestehen, ich hätte nicht gewusst, wie ich reagieren sollte.«

»Jaha – wenn Sie glauben, Herr Meller, dass das für mich ein Honiglecken war, dann täuschen Sie sich gewaltig. Ich danke Gott dafür«, sie sah kurz himmelwärts nach oben, »dass alles so problemlos ablief. Denn wenn es zu Komplikationen gekommen wäre, ich weiß nicht… Das Glück war einfach, dass ich vor Monaten bei meiner älteren Schwester dabei sein konnte, als sie ihr Kind bekam. Sie ist alleinstehend und bat mich, ihr beizustehen, damit jemand Vertrauter in ihrer Nähe sei. Da hab ich halt aufgepasst, wie das so läuft.«

»Also ehrlich, ihr Frauen fasziniert und erschreckt mich zugleich«, gestand Meller anerkennend und sich ergebend.

»Warum? Weil wir Kinder bekommen? Weil wir Leben schenken? Oder weil ihr Männer hilflos seid, wenn's darauf ankommt, Leben zu erhalten. Das ist der Lauf der Menschheit. Wir Frauen gebären Leben und ihr Männer zerstört es wieder. Durch Kriege etwa und… und… durch Morde…«, ihre wachen Augen blitzten.

»Na-na-na… es gab auch Frauen, die Kriege führten und es gab und gibt welche, die morden – immer wieder. Vergangenheit und Gegenwart erzählen von solchen Dramen. Und sind es nicht auch oft Frauen, die ihren Männern suggerieren oder sogar von ihnen fordern, dieses oder jenes Verbrechen zu begehen? Erst nach Erfüllung ihrer Wünsche lassen sie den Liebsten an sich ran, wird deren Verlangen nach Sex oder Liebe gestillt.«

»Jaja, Mann und Frau. Das starke und das schwache Geschlecht – und die Kunst eines fairen Zusammenlebens. Mein Lieblingsthema übrigens, lieber Herr Kommissar. Herauszufinden, welches denn das wahre starke Geschlecht sei.«

Claudia Rotter lächelte Meller siegessicher an, als sei sie für einen verbalen Geschlechterkampf bereit.

»Da laufen Sie bei mir offene Türen ein, Frau Rotter. Ich bin für die absolute Gleichberechtigung zwischen Mann und Frau. In allen Bereichen…«

»So sehen *Sie* mir gerade aus, Chef«, lachte sie jetzt auf. »Was man so von Ihnen hört und so… Also ehrlich, wenn ich es mir erlauben darf, ein Urteil nach der kurzen Zeit, die ich für Sie arbeite, abzugeben. Nicht bös sein, aber so wie Sie sich geben«, sie grinste in Mellers verdutzte Visage, »ich halte Sie für einen Macho. Durch und durch. Sie können sich's auch leisten. Blendend, wie Sie aussehen…«

»Wa-wa-was? Das ist aber stark!« Meller bekam eine rote Birne.

»Das müssen Sie mir näher erklären. Doch jetzt kommt unser Essen… Nachher beim Kaffee, einverstanden?«

Meller lächelte entspannt sein charmantestes Siegerlächeln. War jedoch froh, als der Kellner die bestellten Gerichte servierte – italienische Fantasien.

Antipasti, Insalata mista, Frutti di Mare, dazu einen Pinot Grigio, Marke »Luisa« und zum Abschluss Gelati mit einem Schuss Cointreau…

Es schmeckte hervorragend.

Meller hatte Claudia Rotter zu diesem Abendessen eingeladen. Als kleines Dankeschön für den aufregenden Vormittag in seinem Büro, von nun an im S-C-ONE »Babystation« genannt.

Die Dreißigjährige war zwar erst kurz in Mellers Abteilung, sie zeigte ihm jedoch bald, welche Fähigkeiten in ihr steckten. Vor allem am Computer und im Internet galt sie als eine wahre Koryphäe. Dieser Hebammendienst jedoch war der absolute Höhepunkt.

Die Beamtin an der Rezeption überzeugte Meller, dass eine kleine Reportage in der *Neue-Süd* für das Image des S-C-ONE bestimmt förderlich sei. Auch er war dafür. Jetzt konnte sich

Bacher ins Zeug werfen und eine positive Story stricken, nach dem Motto: *Die Polizei – dein Freund und Geburtshelfer.*

Zum Abschluss wechselten sie die Weinmarke.

»Auch dass Sie so schnell Li-Che Wang ausfindig machen konnten – ich gratuliere Ihnen – alle Achtung.« Meller prostete Claudia Rotter jetzt mit einem Glas Chianti zu.

»Das verdanke ich meinen guten Kontakten zum Flughafen. Wie Sie wissen, war ich ja zuvor bei einer Fluglinie am Schalter beschäftigt. Im Laufe der Zeit lernt man die Kollegen eben näher kennen. Also waren nur ein paar Anrufe notwendig und schon bald erfuhr ich, dass ein gewisser Li-Che Wang mit einer Frühmaschine nach Hamburg flog.«

Meller dachte kurz nach.

»Was mich wundert, ist, dass Li-Che monatelang verschwunden war und jetzt plötzlich aus dem Nichts auftaucht. Dafür ist Chen Huang jetzt unauffindbar.«

»Vielleicht sind sie ein und dieselbe Person?«, sinnierte Claudia Rotter.

»Nein, nein, es gibt beide Personen. Nachweislich… Aber trotzdem ist es eigenartig, dass der eine auftaucht, während der andere verschwindet. So, als würden sie beide unter einer Decke stecken. Aber das wird sich ja klären, wenn die Fahndung über Interpol endlich anläuft…

Für heute reicht es mir. Irgendwann soll man auch leben können. Fernab aller krimineller Strukturen und Subjekte. Und daher…«, Meller erhob sein Glas, nachdem er beide nachgefüllt hatte, »möchte ich Ihnen das Du-Wort anbieten. Nach diesem gemeinsamen Stress, bei dem Sie Ihre außergewöhnlichen Qualitäten zeigten. Also, ich bin für dich ab heute der Mario…«

Claudia Rotter senkte in gewohnter Weise den Blick und errötete.

»Das… das ehrt mich sehr, Herr Meller… Entschuldigung, Herr… Herr… Mario. Jetzt haben Sie… du mich aber völlig durcheinander gebracht. Also… ich bin die Claudia…«

Kling-ling.

»Und jetzt zu deinem Lieblingsthema *Balzverhalten des Homo sapiens*, liebe Claudia«, Meller lächelte verschmitzt, »vielleicht lerne ich noch was von dir. Vor allem, wie schaffe ich es, dass mich Frauen nicht als peinlichen Macho aburteilen…«

»Aber, aber Herr… Mario. Ich muss mich erst dran gewöhnen, mit dem Chef per *Du* zu sein…«, lachte Claudia jetzt befreit auf, »ich meinte ja nur, dass…«

Die Sambaklänge von Mellers Handy unterbrachen die lockere Unterhaltung zwischen den beiden.

»Meller, ja…?«

Meller fühlte sich sichtlich irritiert und deutete Claudia entschuldigend, dass ihm diese Störung nicht gerade willkommen war. Er hörte jedoch bald konzentriert zu und meinte abschließend:

»Natürlich, Frau Huang. Ich komme gleich zu Ihnen ins Krankenhaus.«

Meller klappte sein Handy zu. Sekundenlang schien er wie geistesabwesend zu sein.

»Ich fürchte, liebe Claudia, wir müssen unsere angenehme Unterhaltung auf einen anderen Zeitpunkt verschieben. Leider! Ma-Lin Huang flehte mich soeben an, zu ihr ins Krankenhaus zu kommen. Es sei lebenswichtig für sie und ihr Kind. Die leitende Ärztin gab mir die Bewilligung dazu.«

»Soll ich mitkommen?«, bot sich Claudia Rotter dienstbeflissen an.

»Nein, nicht notwendig. Ich denke, Sie… ähm… du hast heute schon genug geleistet, Claudia. Sonst kann sich der S-C-ONE deine Sonderzahlungen bald nicht mehr leisten. Geburtshilfe sowie Nachtstunden einer Spitzenkraft – du weißt, wie knausrig die plötzlich im Ministerium geworden sind.«

Meller bezahlte, bedankte sich nochmals bei Claudia für ihre hervorragende Leistung und wollte sich verabschieden.

»Ich krieg noch was«, Claudia stellte sich vor Meller und ließ ihn nicht in sein Auto steigen.

»Wie-was…? Meller war verwirrt, mit seinen Gedanken bereits im Krankenhaus.

»Einen Kuss«, Claudia lachte ihn an, »der ist Pflicht beim Du-Wort, mein lieber Kommissar.«

Spitz formte sie demonstrativ die Lippen und schob Meller mutig ihr Gesicht mit geschlossenen Augen entgegen.

Was blieb ihm übrig? Meller küsste galant, fast nur mit einem Hauch von Berührung, Claudias volle Lippen. *Eigentlich sah sie gar nicht so schlecht aus und höchst clever war sie obendrein…*

»So – und jetzt erpresse ich dich und erzähle allen im S-C-ONE, dass mich der Chef wie wild vorm Babenberger abknutschte«, sagte sie und blinzelte Meller belustigt an.

»Untersteh dich, sonst lass ich sofort wieder meinen Macho raushängen, aber in voller Länge…«

Herzlich lachend verabschiedeten sie sich nun endgültig.

Dieses kleine Miststück, lachte Meller in sich hinein. *So sind se Mann, die Weiber.*

Er freute sich, weil er spürte, dass er diese wertvolle Kollegin auch zu seinem zukünftigen Freundeskreis zählen konnte.

Im Krankenhaus eilte Meller durch lange Gänge, in denen seine Schritte unheimlich hohl widerhallten. Tagsüber trippelten, liefen, spazierten sicher hunderte von Menschen diese Gänge entlang. Ärzte und Krankenschwestern voller Fachwissen, Pflichtbewusstsein und Aufopferungswillen; Kranke, Operierte und Genesende voller Hoffnung und vom einzigen Wunsch beseelt, endlich gesund zu werden.

Im Schwesternzimmer der Geburtsabteilung, im zweiten Stock des Haupthauses, sollte er sich bei der Nachtschwester Angela Mandl melden.

Meller bekam in Krankenhäusern stets ein beklemmendes Gefühl und war sich sicher, hier würde man eher noch kranker als gesund werden. Unter so vielen Bettlägrigen. Allein schon der Name: *Krankenhaus*. Hieße es Gesundenhaus, wäre allein der Name schon Motivation für schnelleres Gesunden.

Er klopfte an, wartete kurz und trat ein.

Zwei junge Krankenschwestern tranken soeben Kaffee und sahen ihm müde lächelnd entgegen. Das sind wahre Engel, dachte er sich. Und wenn es noch so spät ist: sie lächeln, wenn auch erschöpft. Trotz der netten Engel – hier wollte er nicht eine Nacht verbringen, so eng und nüchtern war das Zimmer. Ein Tisch, zwei Sessel, ein Notbett und eine Schrankwand.

»Schönen Abend, Kommissar Meller mein Name. Ich soll mich bei Frau Mandl melden.«

»Das bin ich«, erhob sich die scheinbar ältere und reichte ihm die Hand. »Ich weiß, Sie haben die Erlaubnis von Frau Doktor Hinterberger, mit der Chinesin zu sprechen. Warten Sie bitte kurz, ich muss sie nur holen.«

»Besteht nicht die Möglichkeit, mich mit ihr alleine ungestört zu unterhalten?«, Meller wollte nicht vor den beiden mit der Chinesin sprechen.

»Das geht leider nicht Herr Meller, Order von der Ärztin. Eine von uns muss dabei sein. Falls etwas passiert.«

Frau Mandl sah ihn entschuldigend an.

»Ich verstehe«, ergab er sich, legte seinen Parka ab, den ihm die zweite Krankenschwester freundlicherweise abnahm. Meller nahm Platz und wartete auf Frau Mandl und Ma-Lin Huang.

»Eine Tasse Kaffee? Ich mach welchen, weil ich noch eine lange Nacht übertauchen muss. Heute scheint es wieder rund zu gehen. Der Mond spricht dafür.«

Meller lehnte mit einer Nein-danke-Handbewegung freundlich lächelnd ab. Was hat der Mond wohl mit Geburten zu tun, kam er ins Grübeln.

Ma-Lin Huang, eingehüllt in einen zart geblumten Schlafmantel, kam zur Tür herein.

»Endlich, Herr Meller«, sie eilte auf ihn zu. Meller erhob sich und nahm sie kurz in seine Arme. Das durfte er wohl, nachdem er schon bei der Geburt ihres Kindes so »tatkräftig« mitwirkte. Er spürte kurz den jugendlichen Körper an sich. Auch wenn die Chinesin erschöpft, ja niedergeschlagen aussah, ihr Blick tat es Meller an. *Mann – diese ausdrucksvollen Augen!* Sie verfolgten ihn bereits.

»Wie geht es Ihnen jetzt, Frau Huang? Das waren ja bange Minuten bei mir im Büro heute Vormittag…«

»Es tut mir Leid, Herr Meller. Ich wollte nicht, dass Sie so viele Probleme wegen mir bekommen. Es tut mir ja so Leid.« Ma-Lin fing an zu weinen.

»Sollen wir Ihnen etwas zur Beruhigung geben, Frau Huang?« Frau Mandl, die nachgekommen war, zeigte sich über Ma-Lins Zustand sehr besorgt.

»Nein, nein… ich… es geht schon wieder. Ich muss nur mit Herrn Meller etwas besprechen…« Ma-Lin sah sich um, wo sie ungestört reden könnten. Es gab keine Möglichkeit. Hilflos blickte sie erst Meller an, dann die beiden Krankenschwestern.

»Ich verstehe… Also, wir sind im Nebenzimmer, Herr Meller. Frau Huang, legen Sie sich bitte auf das Notbett dort. Und – bitte, bitte – rufen Sie uns, wenn nötig…«

»Schon gut, Frau Mandl.« Meller beruhigte sie. »Was wir besprechen wird sie schon verkraften. Jetzt nachdem der kleine Junge ja schon auf der Welt ist.«

Dankbar nickte Ma-Lin den beiden Frauen zu.

Eine Weile lag sie wie erschöpft auf der Notliege und hielt die Augen geschlossen. Plötzlich quollen Tränen hervor und rannen herab. Meller zog einen Sessel heran, setzte sich nahe zu Ma-Lin, nahm vorsichtig ihre linke Hand und drückte sie leicht. Ließ ihr Zeit, bis sie ausgeweint hatte. Dann nahm er seinen Voice-Recorder und schaltete ihn ein.

Ma-Lin begann noch mit geschlossenen Augen zu sprechen.

»Das Kind… mein Kind… es ist nicht von Omour…«

Was? Nicht sein Kind? Von wem dann!

Die Antwort bekam er sofort.

»Onkel Chen ist der Vater meines Kindes…«

Dann schwieg sie und wieder flossen die Tränen.

Meller war sprachlos. Denn nach der aufregenden Geburt hatte er nicht auf die Hautfarbe des Babys geachtet. Aber warum verschwieg sie ihm, dass sie ein Verhältnis mit ihrem Onkel hatte?

Endlich nach vielen Minuten konnte Ma-Lin ihre Geschichte erzählen.

Es passierte am 2. Juli im vergangenen Jahr.

Als sie nach ihrem Dienst im Mödlinger Restaurant vom Onkel in sein Büro gebeten wurde, wollte er mit ihr die verfahrene Situation wegen Omour klären. Chen gab Ma-Lin zu verstehen, dass er im Grunde ja nichts gegen Omour habe, aber sie sei eben zu schade für diesen *Buschneger,* wie er ihn abfällig nannte. Ob sie denn keine Möglichkeit sehe, dieses Verhältnis mit ihm zu beenden. Ihm zuliebe, wo sie doch wisse, dass er, Chen, für sie verantwortlich sei. Ma-Lin erklärte ihm jedoch, dass sie Omour ehrlich und innig liebe und sich bestimmt eine Gelegenheit ergeben würde, ihre Eltern für ihren Entschluss zu erwärmen. Vorerst wolle sie jedoch ihr Studium absolvieren.

Omour würde ohnehin über die Sommerferien nach Hause fliegen, also etwa drei Monate nicht hier sein. Da zeigte sich ihr Onkel plötzlich ganz freundlich, ja sogar außerordentlich liebenswürdig. Er lud Ma-Lin auf ein Gläschen Sekt ein und versprach ihr, in der Zwischenzeit zu überdenken, wie sie es Ma-Lins Eltern am besten beibringen könnten, wenn sie schon so unsterblich in Omour verknallt sei. Schließlich nehme er die Aufsichtspflicht für Ma-Lin ernst.

Ma-Lin war überrascht und froh, dass ihr Onkel so widerstandslos seine Gesinnung änderte. Erleichtert stieß sie mit Chen auf den neu geschlossenen Frieden an. Sie plauderten nett miteinander – die Stimmung war wie in früheren Zeiten. Chen interessierte sich nun für Omours Welt und Ma-Lin gab bereitwillig Auskunft. Sie tranken sogar noch eine zweite Flasche Sekt.

Es war der darauf folgende Julimorgen, der für Ma-Lin so unvergesslich war:

Die Sonne schien durch die großen Fenster in den Raum und tauchte ihn in ein gleißendes Licht. Sie lag völlig nackt im Büro ihres Onkels. Erst wusste sie nicht, wie sie hierher kam und warum sie völlig unbekleidet auf der Sitzlandschaft lag.

Es dauerte eine Weile, bis Ma-Lin in der Lage war, sich zu bewegen. Steif und wie betäubt lag sie, blinzelte in die Natur hinaus. Wie aus einem bösen Traum erwacht, fielen ihr stückweise die Geschehnisse des vergangenen Abends ein – Onkel Chen, Sekt trinken, lachen, diffuse Gedankenbilder – bis eine unsichtbare Klappe fiel und sie sich an nichts mehr erinnerte.

So sehr sie versuchte, die Erlebnisse in ihrem Kopf zu ordnen, es gelang ihr nicht. Sie hatte ein totales Blackout. Während sie sich vorsichtig reckte und streckte, bekam sie ein Blatt Papier, das neben ihr lag, zu fassen. Ein Brief, mit wenigen Zeilen auf Chinesisch. Chens Schrift.

Glück ist das Einzige, das sich verdoppelt, wenn man es teilt. Ich habe dir heute Nacht neues Glück gegeben, so wie du es mir geschenkt hast. Lerne, meine Geliebte, andere zu vergessen.

Ma-Lin fuhr sich bestürzt mit einer Hand zwischen ihre Beine – und fühlte mit Entsetzen, was der Onkel in ihr hinterlassen hatte. Chen musste sie am Abend zuvor mit einem Narkosemittel im Sekt betäubt und sich an ihr vergangen haben.

An diesem Tag stand sie stundenlang unter der Brause und *schrubbte sich verzweifelt ihren Onkel vom Körper,* wie Ma-Lin ihr schreckliches Erlebnis ausdrückte.

»Damals, bevor Omour nach Hause flog, wollte ich nicht mit ihm darüber sprechen. Ich hatte Angst, er würde meinem Onkel etwas antun. Obwohl Chen seine gerechte Strafe erhalten müsse. Wenn ich gewusst hätte, dass es nicht das Kind von Omour ist, das in mir heranwuchs, ich hätte es wegmachen lassen. Heute habe ich mit meinem Vater telefoniert und ihm alles gebeichtet. Er versteht mich und versprach mir, so schnell wie möglich zu kommen. Ich erzählte ihm auch von Ihnen, Herr Meller. Dass Sie mir geholfen haben, das Kind zu bekommen…«

»Aber nicht doch Ma-Lin«, wehrte jetzt Meller lächelnd ab, »ich doch nicht. Das war in erster Linie Frau Rotter, meine Sekretärin. Ihr vor allem können Sie es verdanken, dass ihr kleiner Knuffel so wohlbehalten…« Meller hielt im Satz inne, denn das Thema Kind schien ihm zu heikel. War es doch ein ungewolltes Neugeborenes. Wie tragisch für den armen Buben.

»Ich hatte bis jetzt Zeit zu überlegen«, kam ihm Ma-Lin zuvor,

»und weiß, wie schwer es für mich ist, dieses Kind als meines anzuerkennen. Ein Kind meines Todfeindes...«

Ma-Lin stieß fluchend chinesische Worte aus. Zumindest nahm Meller an, dass das in dieser Art Von-ihr-Geschleuderte, ein einziger unbarmherziger Fluch war. Meller wusste nicht recht, wie er reagieren sollte und wollte gerade ein verständnisvolles Es-tut-mir-Leid von sich geben. Schwieg aber besser.

»Nein... nein! Nicht doch... ich nehme das Kind als mein Kind an. Es kann ja nichts dafür. Ja – ich werde es auf den Namen David Huang taufen. Es soll unser Kind sein. Ich hoffe immer noch, dass Omour lebt und wenn ich ihn wiedersehe und ihm erkläre, wie alles passiert ist – er wird mich verstehen.«

Meller war von Ma-Lins Absicht tief beeindruckt.

»Ich bewundere Sie und Ihren Mut, Ma-Lin. Auch ich bin überzeugt, dass Omour Ihre Situation akzeptieren wird.«

Er wich zwar von seinem Verdacht nicht ab, dass Omour die Leiche vom Jennyberg war, wollte aber die Chinesin in dem Glauben lassen, dass Omour zwar nach Afrika verschwunden sei, sich jedoch bestimmt wieder blicken lassen werde.

»Sehen sie«, erleichtert lächelte Ma-Lin jetzt Meller an, »auch Sie glauben, dass mein Omour noch lebt. Ich wusste es schon immer: mein Omour lebt... ewig... in mir.«

Doch sofort bekam ihr Gesicht eine kämpferische Miene und drohend zischte sie:

»Und wehe, Omour ist etwas zugestoßen. Li-Che, du wirst dafür büßen. Auch du, mein Onkel, für das Kind. Das schwöre ich euch! Es gibt ein chinesisches Sprichwort: *Wer auf Rache aus ist, der grabe zwei Gräber.* Dieses Mal jedoch eines für Chen und eines für Li-Che.«

Sie hob beide Fäuste und richtete sie gegen zwei unsichtbare Feinde. Meller zog für Ma-Lin ein Papiertuch aus dem Spender nahe dem Bett, als sie wieder zu weinen begann und sich auf das Bett zurückfallen ließ.

Doch dieses Mal waren es Tränen unsäglicher Wut. Ma-Lin sprang hoch, wischte sie zornig weg putzte sich die Nase und schrie:

»Das Recht zur Rache nehme ich mir… und mein Vater wird mir dabei helfen. Der kennt gewisse Leute, das weiß ich. Nirgendwo auf dieser Welt wird es ein Schlupfloch für euch Verbrecher geben… Chen und Li-Che…! Ich werde euch finden und töten.«

Entsetzt stürmten die beiden Krankenschwestern zur Tür herein und halfen Meller, die Chinesin wieder zu beruhigen.

Zwölf

Montag, 18. April 2005…

Ein sonnigwarmer Montag.

Endlich erste Anzeichen, dass sich der Winter verabschieden würde. Obwohl der April sich noch ruppig dagegen wehrte. Jedoch die Tage der Kälte waren gezählt und Sonne und Wärme sollten über Monate vorherrschen, um wieder die frustrierten Gemüter von Mensch und Tier aufzumöbeln. Zumindest bis in den Oktober hinein, mit etwas Glück vielleicht bis November.

Meller war sich inzwischen absolut sicher, seinen Job als S-C-ONE Chef abzugeben. Zu viel war in den letzten Tagen passiert. Soeben kam er von seinem Onkel aus dem Ministerium zurück.

Wie meistens ließ er sich am Montagmorgen von V-Agent Axel Körner nach Wien chauffieren. Selbst zu fahren war ihm am Wochenbeginn zu quälend und Axel nahm ihm liebend gern diese Unannehmlichkeit ab. Obendrein – es war eine gute Stunde hin und retour, um sich über Externes und Internes, über Probleme und deren Lösungen sowie über Klatsch und Tratsch im S-C-ONE zu informieren.

Die Sache mit den nächtlichen Randalierern war natürlich bis ins Innenministerium vorgedrungen. Vor allem der gezielte Tritt von Irene Schneider in die Hoden des Bulgaren. Mellers Onkel war in diesem Falle selbst machtlos. Wenigstens konnte er die

Sache etwas herunterspielen. Meller jedoch musste als Chef seinen Kopf hinhalten. Ärgerlich vor allem, weil V-Agentin Irene Schneider aus seiner Abteilung war. So war denn auch diese Besprechung zum Wochenbeginn ein Grund mehr für Meller, seine zukünftige Laufbahn als S-C-ONE Chef erneut zu überdenken.

Meller kannte den miesen Verräter, kommentierte jedoch nicht, was ohnehin alle im Hause wussten. Eh klar – Malowezcka, der V-Gruppenleiter der Zweier-Gruppe schwärzte ihn an. Geschickt ließ er die Story vom »Hodentritt« kursieren. Wieder eine passende Gelegenheit für Malowezcka, Mellers Machtbereich zu untergraben, indem er eine dramatisch übertriebene Darstellung des nächtlichen Vorfalles bei den passenden Leuten deponierte.

Wie man sah, selbst ein schleimender Hermann Malowezcka hatte Verbündete im Ministerium, die seinen Hintern die Karriereleiter hochschoben. Schade eigentlich, denn er war an sich ein fähiger V-Gruppenleiter, der im Aufspüren von Verbrechern gute Erfolge erzielte und eine so schändliche Vernader-Aktion nicht nötig hätte, dachte sich Meller. Wie kooperativ zeigte sich doch Hermann Malowezcka – zumindest zu Beginn der S-C-ONE Aktivitäten. Aber man kann in einen Menschen nicht hineinschauen.

Malowezcka entpuppte sich als machtgeiler Despot, der am liebsten wortgewaltig auf sich aufmerksam machte, genauso übertrieben laut seine Befehle austeilte und sich wie ein Giftzwerg aufführte, wenn jemand nicht nach seinen Tönen spurte.

Seine Rolle als V-Gruppenleiter war ihm sichtlich zu minder. Er gierte nach Macht und Mellers Chefsessel. Versuchte mit allen Mitteln, daran zu sägen. Das war nach ein paar Monaten der Einarbeitung unschwer zu erkennen.

Nach den ersten Zerwürfnissen mit dem Ministerium, war Meller ohnehin nicht mehr gewillt, noch ein Jahr länger diesen Schleudersitz zu behalten. Ihm ging es schließlich nicht um Macht über eine Gruppe von etwa fünfzig Leuten. Geschweige denn um Geld – davon hatte er mehr als genug. Meller machte diesen Chefjob in erster Linie seinem Onkel zuliebe.

In dem knappen Jahr, seit Meller den S-C-ONE leitete, war ihm jedoch sein Team in der V-Gruppe 4 ans Herz gewachsen. Auch sie mochten ihn und waren mit ihm als Vorgesetzten zufrieden.

Malowezcka hingegen wurde zwar respektiert, jedoch beliebt war er beileibe nicht. Weder in seiner Abteilung, noch beim übrigen Personal im Hause.

Spielte etwa seine Größe, treffender bemerkt, seine kleinwüchsige Statur dabei eine Rolle? Malowezcka war knappe einssechzig groß und damit einen Kopf kleiner, als sämtliche Männer im Hause. Und immer, wenn sein überlauter Befehlston durch die Gänge schallte, spöttelte man über den Napoleon-Verschnitt. Wodurch er bald mit dem Spitznamen *Napoli-Schnitte* bedacht wurde.

Malowezcka, die Napoli-Schnitte, könnte Mellers Job gerne übernehmen. Dazu müsste er nicht hinterhältig im Ministerium gegen ihn intrigieren, da Meller sich ohnehin ein Jahr zur Probe ausbedungen hatte. Im Juni würde ein erneutes Gespräch bezüglich des S-C-ONE Chefsessels geführt.

Das wollte Meller an diesem Montag sarkastisch der Napoli-Schnitte mitteilen, als er von Wien zurück war. Er ließ Hermann Malowezcka zu sich kommen. Zuvor jedoch machte er das verlogene Sackgesicht unter vier Augen zur Schnecke – von wegen Kollegen anschwärzen, speziell den Fehltritt der V-Agentin Schneider betreffend.

Doch anstatt sich einsichtig zu zeigen, faselte dieser Mikrozwerg etwas von sauberem Auftritt und Image des S-C-ONE und so weiter. Wobei er selbst nicht gerade zimperlich mit seinen aufgegriffenen Delinquenten umsprang, wie es Meller bereits des Öfteren zu Ohren kam.

Die Spitze unverschämter Dämlichkeit gelang der Napoli-Schnitte jedoch, als er Meller tatsächlich bat, doch seine Beförderung zu forcieren.

Malowezcka wortwörtlich: »Nur ich allein habe die Power, die Intelligenz, also das Zeug dazu, jedem verdammten Kanakenarsch, der in meiner Nähe etwas ausheckt, den Hals umzudrehen – und Rübe ab. Das habe ich doch schon oft genug bewiesen, oder etwa nicht? Sie sehen, ich bin prädestiniert für diese Stellung – also, Herr Kommissar, falls Sie Ihr Probejahr nicht verlängern wollen – ich stehe bereit!«

Hochrot im Gesicht und voll dümmlicher Begeisterung salutierte Malowezcka plötzlich vor Meller. Ja, er salutierte militärisch! Mit Haken zusammenschlagen und zackiger Kehrtwendung.

Rumms! Die Tür zugeknallt und draußen war sie, die Napoli-Schnitte Hermann Malowezcka.

Nach diesem Abgang wusste Meller: Dieser Schnösel wird nie und nimmer der neue S-C-ONE Chef. Begründung: Disqualifikation durch mangelnde Intelligenz!

»Was war denn *das*...?«

Axel Körner und Mike Lehner kamen zur Tür herein und sahen Malowezcka nach, wie er im Stechschritt um die Ecke bog.

»Vielleicht unser neuer Chef ab Juli«, antwortete Meller grinsend.

»Waasss...! Der wahnsinnige Giftzwerg...!«

Als er die betroffenen Gesichter der beiden sah, begann er schallend zu lachen, ja bog sich förmlich. So viel menschliche Überheblichkeit wie er soeben von Malowezcka präsentiert bekam, war ihm auch noch nie untergekommen.

»Jetzt im Ernst. S-C-ONE Chef – *im Ernst...?*«

Axel wollte es nicht wahrhaben.

»Zumindest wollte er mich soeben persönlich von seinen Qualitäten überzeugen«, grinste ihn Meller an und bekam wieder einen Lachanfall, kriegte sich jedoch bald wieder ein.

»Vergesst es. Solange ich hier der Chef bin, also bis Juni noch, habt ihr nichts zu befürchten. Aber nachher kann ich für nichts garantieren. Ich kann zwar einen unserer Leute vorschlagen, aber man weiß ja nie, welche Entscheidungen das Ministerium letztendlich trifft.«

»Ja wenn das so ist, dann könnte ich mich doch auch bewerben, oder nicht?«, hoffte jetzt Axel Körner.

Mike Lehner sah ihn übertrieben prüfend an und meinte schließlich fachmännisch: »Dazu bist du zu bunt...«

»Häh – zu was?«

»Zu bunt, sprich zu grün hinter den Ohren.«

»Und dir wachsen noch Weinviertler Erdäpfel zwischen den Zehen raus«, konterte Axel giftig. »Da bemüht man sich und reißt sich für den Verein da die Haxen aus und dann...« Er war schnell aufgebracht und eingeschnappt.

Meller unterbrach mit demonstrativ erhobenen Händen den kleinen Hickhack der beiden Kampfhähne.

»Bitte, bitte, meine Herren – die Blutwiese ist draußen und ich spiele euch gerne den Sekundanten. Welche Waffen werden gewünscht... Pistole, Degen oder... oder... Moment noch...«

Er zog die Schublade auf, suchte wühlend und hob schließlich ein kleines Papiersäckchen hoch.

»Juckpulver – absolut tödlich für den, den es zuerst juckt.« Er warf es Axel zu. Es war tatsächlich Juckpulver. Meller wusste nicht mehr, wie es in seine Lade kam. Vom letzten Gschnas im S-C-ONE? So lustig ging es hier doch nie zu.

»Ehrlich Axel, auch wenn du geeignet wärst, woran ich keine Sekunde zweifle – du bist zu jung. Leider. So ist das eben in der Hierarchieordnung der Homo sapiens«, tröstete Meller jetzt den V-Agenten. »Ich, zum Beispiel, bin der Rangordnung entsprechend zwar schon weiter oben, dafür sterbe ich eher als du. Um mindestens zehn Jahre. Du weißt – die biologische Uhr und ihre unbarmherzige Vergänglichkeitsfalle.«

»Da – zum Trost was Aufbauendes«, Axel Körner warf ihm die *Neue-Süd* auf den Schreibtisch.

Chef des S-C-ONE als Hebamme!

Man sah Mellers offizielles Pressebild sowie ein Foto von Claudia Rotter im Gespräch mit einem Arzt. Eine typische Herz-Schmerz-Story von Redakteur Bacher.

Meller überflog den Artikel und schmunzelte. Rührend – das Richtige für Muttis und Omis. Wenigstens kam der S-C-ONE wieder gut weg. Und tatsächlich – wie geahnt – abschließend im Text: *…die Polizei, dein Freund und Geburtshelfer.*

»Der Schleimschreiber sülzt sich wieder bei uns ein…«, Meller musste laut auflachen.

Das Telefon dudelte, als hätte Bacher das gehört. Telepathie – er war dran.

»Na, haben Sie sich schon bewundert, Herr Kommissar… und zufrieden mit dem Artikel?«

»Okay, wir sind quitt, Herr Bacher. Aber eigentlich müsste ich ein Honorar verlangen.«

»Wofür denn…?« Bachers Stimme in Mellers Ohr bekam eine nervöse Höhenlage.

»Weil Sie durch mich eine traumhafte Story bekamen und sich damit wieder eitel in Szene setzen…«

»Aber, Herr Meller…«, fiel ihm Bacher entrüstet ins Wort.

»Moment, Moment. Ich verlange ja nichts. Nur eine kleine Textkorrektur bitte. Meine Sekretärin, Claudia Rotter, war die Hebamme bei der erfolgreichen Geburt. Ich kniete lediglich als gelehriger Schüler hinter der jungen Mutti und durfte ihr die Schweißperlen aus dem Gesicht tupfen. Allerdings – das wär kein Dauerjob für mich. Da lob ich mir die Mödlinger Verbrecherszene. Die ist halb so aufregend.«

»Darf ich Sie wörtlich zitieren?«

»Nur zu. Wenn Sie gerne als Leiche im Mödlingbach schwimmen wollen. Getroffen von drei Rum-Kokos-Kugeln, die noch im Rücken stecken«, drohte ihm Meller und legte auf. Rum-Kokos-Kugeln deshalb, weil in Mödling jeder wusste, dass Bacher süchtig danach war.

»Eigentlich sollte man ihn einmal blasen lassen, um den Alkoholgehalt zu prüfen. Bei seiner täglichen Rum-Kokos-Kugel-Vertilgung pendelt sich sein Wert bei mindestens 1,5 Promille ein«, meinte Mike Lehner logisch kombinierend.

Mutter und Neugeborenes waren im Zeitungsbericht nicht abgebildet. Ma-Lin war dagegen. Sie stand auch für Interviews nicht zur Verfügung. Um ihr die nötige Ruhe und Anonymität zu sichern, bestand Meller darauf, dass der Artikel erst ein paar Tage später erscheinen sollte.

»Wie ich sehe, hast du schon die Auswertung, Mike.«

V-Agent Mike Lehner nickte dem Kommissar zu und überreichte ihm das Kuvert des Gerichtsmedizinischen Institutes aus Innsbruck.

»Na – was bedeuten die Spuren auf dem zweiten Amulett. Wie

schaut's aus damit?«

»Gut... schlecht... wie man's nimmt. Gut für uns, weil es die gleiche DNA wie die von der *Frühlingsrolle* ist. Schlecht für die Chinesin, weil es sich jetzt garantiert um ihren Omour handelt, der am Jennyberg verbuddelt wurde.«

Also doch!

Meller hatte es bereits nach dem ersten Gespräch mit Ma-Lin Huang geahnt, dass es sich bei dem Ermordeten um keinen Drogensüchtigen, auch nicht um einen Dealer handelte, sondern um Omour David Yakubu.

»Ich möchte jedenfalls noch die Sendung aus Ghana und deren Auswertung abwarten. Obwohl ich nicht glaube, dass noch ein anderes Ergebnis zu erwarten ist. Aber diese Chance will ich der armen Chinesin geben. Die sind wir ihr einfach schuldig. Aber was weiß man, vielleicht lebt Omour doch noch, und der Spaßvogel, der Ma-Lin dieses Amulett an die Tür klebte, wollte sich bloß einen makabren Scherz erlauben. Wobei...«, Meller sah die beiden V-Agenten an, »wenn ich an das Blut denke, das an dem Lederband klebte... wie sollte es da schon drauf gekommen sein, wenn nicht gewaltsam...«

Mike Lehner sinnierte laut: »Was mich irritiert, ist, dass dieser Chen Huang bisher anwesend war und der andere Chinese, Li-Che Wang, seit Monaten verschwunden ist. Wie vom Erdboden verschluckt. Vor ein paar Tagen löste sich nun Huang in Luft auf und Wang geistert plötzlich wieder durch die Gegend. Jedenfalls sind nun beide über alle Berge, Chen Huang nirgendwo und Li-Che in Hamburg.«

Axel warf ein: »Ich vermute mal, dass jetzt beide in Hamburg sitzen und sich über uns einen Ast lachen. So schaut's nämlich aus.«

»Von dort gibt's allerdings noch keine positive Nachricht. Bis jetzt zumindest. Weder eine Eintragung in einem Hotel noch eine... Verdammt, verdammt...!« Meller fluchte resigniert.

Plötzlich hob er den Kopf, als höre er eine innere Stimme. Flüchtig machte er sich Notizen auf einem Zettelklotz.

»Mike – bei der Durchsuchung des Chinesenbüros... hast du irgendwo in den Unterlagen entdecken können, woher Chen Huang seine Lebensmittel bekam? Welche Spedition lieferte die Waren? Ja, die Buchhaltung – dort müssen wir uns einklinken!«

Die Bürodurchsuchung ergab natürlich keinerlei verdächtige Hinweise – weder betreffend des vermissten Omour, noch des verschwundenen Li-Che. Es wurden zwar einwandfreie Fingerabdrücke, höchstwahrscheinlich die von Chen Huang, auf Gläsern, auf Ordnern, auf der Schreibtischplatte... sichergestellt. Doch das half momentan auch nicht viel.

Sogar das Kaffeegeschirr lag benutzt und ungewaschen in der Spüle. Die Buchhaltungsbelege hingegen hingen sauber sortiert in Ordnern und standen in den Schränken. Es sah so aus, als ob Chen Huang fluchtartig sein Domizil verlassen musste.

Was man eventuell als verdächtig, eher als pikant bezeichnen konnte, war ein Regal voll mit schlüpfrigen Filmen auf DVD.

Pornos aus aller Welt.

Da trieben es Schwarze mit Weißen, Chinesen mit Schwarzen, Weiße mit Weißen, Chinesen mit Weißen. Die Titelbilder zeigten diesen Schweinekram an, teilte Mike Lehner mit, der sich jedoch die Mühe erspart hatte, in die Filme hineinzuschauen. Obendrein war ja Manuela Kohn mit von der Partie, da konnte man schlecht gemeinsam im Dienst Pornos gucken.

Das Büro wurde nach der Durchsuchung versiegelt.

Als Axel Körner spaßhalber meinte, man könne ja ein paar DVDs in der Kantine über den Flatscreen laufen lassen, damit das Mittagessen endlich die fehlende Würze bekäme, erntete er einen »typisch Axel« Blick von Mike Lehner, dem Moralapostel der Abteilung.

Die Beamtin an der Rezeption meldete sich telefonisch.

»Pater Florian von der Missionsstation steht bei mir und würde gerne kurz mit Ihnen sprechen, Herr Kommissar Meller.« Sie gab den Hörer an den Pater weiter.

»Grüß Gott, Herr Meller. Ich weiß, ich bin nicht angemeldet, aber ich war gerade in der Nähe. Wir können uns jedoch einen späteren Termin vereinbaren, wenn ich ungelegen komme...«

»Nein, nein... Guten Tag Herr... Pater Florian. Das trifft sich wirklich gut. Darf ich Sie bitten, dass Sie zu mir hochkommen. Ich lasse Sie sofort abholen.«

Meller bat Axel, den Pater in den vierten Stock zu bringen.

Für Mike riss er den Notizzettel vom Block und hielt ihn ihm entgegen: *Schiffe von Hamburg nach China.*

»Und was soll ich damit?«

»Steht doch drauf. Such die Speditionen, die Reedereien, aus den Unterlagen des Chinesen heraus. Jede Lieferung, die er aus China erhält, kommt garantiert per Schiff nach Hamburg. Ich wette, die Chinesen kennen etliche Kapitäne. Mit Geld ist alles möglich, auch eine Schiffsreise als zahlender *blinder Passagier* von Hamburg nach China. Ärgerlich wäre es allerdings, wenn unsere beiden Verdächtigen bereits übers Meer verschwunden sind. Denn dann können wir sie abschreiben. Also, wenn du die Firmen bei der Hand hast, setz dich mit Claudia Rotter zusammen. Sie wird dir helfen, den oder die Frachtschiffe ausfindig zu machen.«

»Schon wieder ich... und die Sucherei...!«, jammerte Mike Lehner.

»Ja, genau du. Nimm die Kohn mit, die müsste verfügbar sein.

Ab mit euch in die Chinesenhöhle. Aber – nicht Pornoschauen nebenbei! Also, worauf wartest du noch?«

Meller grinste, während Mike Lehner peinlich errötete.

»Was… ja – was denkst du dir denn von mir…?«

»Eben, eben – ein kleines Teufelchen steckt in jedem.«

Pater Florian brachte ein kleines Päckchen mit, das er vor Meller vorsichtig öffnete.

Eine Haarbürste mit schwarzen Plastiknoppen, eine stark gebrauchte Zahnbürste mit hellblau transparentem Griff, beides eingewickelt in ein zerschlissenes, buntes T-Shirt. *Peace forever* konnte man auf der Vorderseite lesen. Im Halbkreis, oberhalb von zwei Händen, die eine weiße Taube fliegen ließen.

»Diese drei Sachen von Omour schickten unsere Missionare aus Ghana. Ich hab sie soeben von unserem Piloten abgeholt, der in Mödling wohnt und mich heute Morgen informierte. Und da dachte ich mir, je eher Sie die Sachen erhalten, desto schneller erfahren wir etwas über Omour.«

Pater Florians Stimmung war mehr als bedrückt.

»Wir alle in Mödling und in Tamale sind nun doch sehr beunruhigt. Omour war nämlich nirgends aufzufinden. Sein Vater erkrankte in der Zwischenzeit schwer und wird nun von seiner Nachbarin versorgt. Er kann nicht mehr gehen und wird Gott sei Dank von ihr betreut. Unsere Leute fanden ihn in einem bemitleidenswerten Zustand, denn er sprach nur noch wirres Zeug. Von ihm konnten sie nichts in Erfahrung bringen. Auch die anderen Dorfbewohner wussten nichts über Omours Verbleib. Seit etwa zwei Jahren wurde er nicht mehr gesehen.«

Der Pater unterbrach sich kurz und sah Meller fragend an.

»Hat sich inzwischen vielleicht bei Ihnen etwas ergeben?«

»Nein, nicht direkt. Auch ich habe noch keine hundertprozentigen Informationen bezüglich der Leiche«, ergab sich Meller halbherzig einer Notlüge.

Er wollte den Pater wegen der gerichtsmedizinischen Ergebnisse nicht beunruhigen. Jetzt waren noch die allerletzten DNA-Auswertungen von Omours Habseligkeiten abzuwarten.

»Und wenn sich herausstellt, dass die Leiche nun doch unser Omour ist?« Hilflos, als hätte Pater Florian Mellers Gedanken erraten, sah er ihn an.

»Noch müssen wir abwarten, bis wir die DNA-Ergebnisse im Haus haben. Wenn es soweit ist, werde ich Sie unverzüglich informieren. Hoffen wir also noch ein paar Tage, dass unsere Leiche ein anderer und nicht Omour ist.«

Meller kam sich gegenüber Pater Florian fast wie ein Schuft vor. Doch was half es, wenn er ihm bereits jetzt offenbarte, was ohnehin Tatsache zu sein schien.

»Ich habe noch etwas für Sie«, lenkte Meller nun den Pater ab, nahm ein prall gefülltes Kuvert aus seinem Schreibtisch, das er schon früher bereit gelegt hatte, und überreichte es ihm.

Dieser sah kurz in das Kuvert.

»Aber das ist doch nicht nötig… Das habe ich doch gern getan, auch im Sinne unseres Schützlings Omour. Wenn er doch hoffentlich bald auftauchen würde…«

»Das hat mit diesem Fall nichts zu tun. Ich habe Ihnen ja schon bei unserem letzten Treffen eine finanzielle Zuwendung versprochen. Es ist mein persönliches Geschenk für Ihre Organisation, Pater Florian. Ich weiß Ihre Arbeit sehr zu schätzen. Auch ich unterstütze ein Kinderprojekt in Rio de Janeiro…«

Mit einem wiederholten Blick auf das Kuvert stammelte Pater Florian ein herzliches Vergelt's Gott und mit der nochmaligen Bitte um baldigen Bescheid betreffend der Spurenauswertung verabschiedete er sich.

Da lagen sie – drei dürftige Lebenserinnerungen eines vermutlich längst ermordeten Menschen, der niemandem etwas zu Leide tat. Der sich nur in eine Frau verliebte, was einem anderen absolut gegen den Strich ging.

Meller besah sich die Sachen eingehender. Im ungewaschenen T-Shirt hatten sich ein paar Körperhaare verfangen. Es roch noch immer nach Schweiß. Zufrieden verpackte er schließlich einzeln die Haarbürste, die Zahnbürste und das T-Shirt in speziellen Papiertaschen. Dann ging er damit in das Zimmer, in dem Claudia Rotter derzeit alleine saß. Ihre Kollegin arbeitete momentan für die V-Gruppe 3.

»Hallo, Claudia. Sei so lieb und schick bitte dieses Material in das Gerichtsmedizinische Institut. Du weißt eh – im Zusammenhang mit unserem *Frühlingsrolle-Mord.*«

»Wie der Herr Chef befiehlt«, grinste ihn Claudia schelmisch an.

»Noch was, bitte. Mike stöbert in den Unterlagen im Chinarestaurant nach einem Frachter in Hamburg. Vielleicht könntest du ihm übers Internet behilflich sein, doch noch etwas über unsere zwei chinesischen Ganoven herauszufinden. Er wird dir genau erklären, was wir suchen… okay?«

Die Suche von Mike Lehner und Manuela Kohn in den Buchhaltungsbelegen von Chen Huang war erfolgreich.

Gemeinsam mit Meller schauten sie gebannt Claudia Rotter über die Schulter, wie sie schnellstens Informationen über Reedereien aus dem Internet holte.

Zim Hamburg-1 und *Qingdao Star* hießen die zwei Frachtschiffe, mit denen hauptsächlich die Waren für Chen Huang von China nach Hamburg und von dort mittels Spedition zur Huang & Co Import-Export nach Wien geliefert wurden.

Das Lager der Huang & Co Import-Export in Wien?

Siedend heiß fiel es Meller ein: das Lager... das Lager...!

»Ja wo liegt denn dieses verdammte Lager?«

»Im 23. Bezirk in der Draschestraße.«

Mike Lehner sah seine Aufzeichnungen durch und bestätigte es nochmals kopfnickend.

»Bitte organisiert sofort alles Notwendige. Durchsuchungsbefehl, Schlüsseldienst usw. und informiert mich umgehend.«

Meller eilte zurück in sein Büro. Ihm fiel plötzlich ein, dass er seinen Hund längstens von Lo Bianco abholen sollte. Eigentlich von Heike.

»Bianco Art & Works, guten Tag...« Lo mit seiner unverkennbar heiseren Stimme meldete sich.

»Ja, hallo Lo, ich bin's. Du entschuldige, du weißt eh – Joe betreffend. Ich wollte ihn schon längst holen. Aber momentan geht es bei uns etwas hektisch zu und ich müsste schon wieder weg...«

»Hey, servus Meller! Macht nix. Heike ist ohnehin mit ihm gerade unterwegs. Ihre Hundesitterzeiten verrechne ich dann direkt mit dir, okay...?«

Biancos heiseres *he-he-he*-Gelächter drang Meller durch den Hörer ans Ohr.

»Doch Spaß beiseite. Kann ich dir den Hund nicht abkaufen? Heike hat sich total in Joe verknallt. Ich fürchte fast, mehr als in mich. Und wenn ich ihr den Hund schenke, dann..., ja dann... Also, was ist. Sag einen Preis und du bist deine Hundesorgen für immer los.«

»Wenn das so einfach ginge. Da haben noch zwei ein gewaltiges Wörtchen mitzureden.«

»Ja wer denn?«

»Eva Roth... und Lilian.«

»Eva? – warum denn die?«

»Weil sie der Meinung ist, dass sie das Vorrecht auf Joe hätte – als Erst-Hundesitterin sozusagen – und mir ihre Freundschaft für immer aufkündigt, wenn Heike Joes Frauchen wird. Also, was soll ich machen…?

»Gut, versteh ich. *So sind se, die Weiber* – he-he-he! Aber warum Lilian? Die ist doch… doch… nicht mehr… und…«

»Weil sie mich im Testament darum bat, mich um ihren Joe zu kümmern…«

»Aah-soo, das ist natürlich was anderes. Aber um ihn kümmern kann ja auch heißen, Joe ein solides Zuhause zu geben, mit Hundemutti und so weiter… oder nicht?«

Der Bianco, der Gauner. Er wusste genau, wie und wo er Mellers wunden Punkt traf.

»Also, nicht bös sein, aber ich weiß nicht so recht. Lassen wir es momentan so wie es ist… und außerdem ist mir der kleine Kerl selbst ans Herz gewachsen.«

»Gut, ich warte, bis du dir sicher bist. Unsere Tür ist immer offen für Joe, okay? Mit uns bekommt er Herrchen und Frauchen und ist nie allein Zuhaus. Bei der ausgeflippten Roth weiß man ja nie, wo die sich gerade herumtreibt, während das arme Joeli-Hundi einsam und verlassen eingesperrt ist. Und obendrein hätt ich bei Heike einen riesigen Stein im Brett.«

Und was ist, wenn sich Lo und Heike wieder trennen?, ging es Meller durch den Kopf, dann wäre Joe ein gestörter Scheidungshund. Also ist es besser, Joe ist als Halbwaisenhund nur halb so gestört und bleibt bis auf weiteres bei seinem bisherigen Herrchen.

Ja spinn ich denn jetzt schon komplett?

Meller griff sich an die Stirn. Er saß hier und sollte eigentlich einen grausigen Mordfall lösen! Und sich nicht mit Hundegeschichten aufhalten. Aber so sind die Menschen, wenn sie »auf den Hund kommen«.

Wortwörtlich stand es in der letzten Verfügung Lilians: Mario Meller möge sich liebevoll um ihren Cockerspaniel Joe kümmern. Den Namen Joe gab ihm Lilian, weil er als Welpe genauso verkniffen blinzelnd dreinguckte wie der weltberühmte Joe Cocker und ebenso tapsig einherwackelte, als er das mondäne Apartment der Mellers nahe dem Ipanema-Strand als seine neue Spielwiese genoss.

Meller versprach Lo, dass er Joe abends abholen würde.

Der Schlüsseldienst hatte bereits seine Arbeit getan und ließ sich noch das professionelle Schlossaufbohren bestätigen. In der Lagerhalle der Huang & Co Import-Export war es empfindlich kalt und dunkel. Mike Lehner und sein Chef versuchten, sich in der Finsternis zu orientieren. Noch mussten sich ihre Augen an die Dunkelheit gewöhnen.

Meller stolperte über eine Unebenheit im Boden, stieß mit seinem Kopf heftig an etwas Metallenes und fluchte lautstark:

»Auuah! Verdammt noch mal – gibt's denn hier nicht irgendwo einen Lichtschalter?« Er suchte händetappend die Wand ab. Nichts – nur roh gemauerte Ziegelwand.

Der grelle Lichtkegel einer Taschenlampe traf Meller plötzlich mitten ins Gesicht.

»Mensch – bist du wahnsinnig? Leucht woanders hin!«

»Entschuldigung, ich wollte ja nur helfen.« Leicht beleidigt ließ V-Agent Mike Lehner den Lichtstrahl weg von Meller über Kisten und Regale tanzen.

Ja! – dort drüben an der Wand hing ein Schaltkasten. Mike ging darauf zu und fand bald einige Sicherungsautomaten, die durch Hochdrücken die gesamte Halle blitzend in kaltes Neonlicht tauchten.

»Na endlich.« Meller hielt sich seine aufgeschlagene Stirn. Eine stark blutende und schmerzhafte Erhebung deutete eine baldige Beule an, die er der scharfen Metallkante eines Regalstehers verdankte. Auch die Nase bekam eine empfindliche Schramme ab.

Ein Taschentuch auf den Cut drückend, stand er nun in der Halle und verfluchte sämtliche chinesischen Spezialitäten in den Regalen.

Was Mellers Wut noch verstärkte: Es fand sich absolut nichts Verdächtiges. Keinerlei Blutspuren, außer das von seiner Stirn auf den Boden tropfende. Nicht die winzigste Andeutung eines Verbrechens. Kein Hauch von Verdächtigem. Lediglich eine unbekannte Menge von Fingerabdrücken. Darum würde sich die Spurensicherung kümmern.

Die Halle war mustergültig aufgeräumt. Zu sauber, wie beide Kriminalisten befanden. Kein Stäubchen Schmutz, nichts lag oder stand irgendwie schlampig herum. Die Regale waren vollgeschlichtet. In den oberen Fächern lagerten Dosen, Gläser und Flaschen; in den unteren standen Kartons und Kisten. Alles chinesische Ware, wie die Schriftzeichen anzeigten.

Doch zwei Tatsachen machten diesen Ort besonders verdächtig:

Der einzige Arbeitsplatz, ein Schreibtisch, der in einer Ecke stand, war vollkommen leer – nichts lag darauf und sämtliche Laden waren ausgeräumt. Als wäre der Schreibtisch soeben geliefert worden.

Die Bodenunebenheit, über die Meller gestolpert war, stellte sich als eine zusätzlich aufbetonierte Fundamentfläche heraus, die noch nicht so abgenützt war und eine andere Farbe als der Rest des Hallenbodens aufwies.

Das roch meilenweit nach verwischten Spuren!

»Mike, bitte organisier das mit der Spurensicherung und so weiter. Ich muss mich jetzt um meine Beule kümmern.«

Und in der Tat: Mellers Stirn schwoll langsam zur Form eines jungen Nashornkopfes an. Die hässliche Platzwunde blutete unvermindert weiter.

»Tut's arg weh?«, wollte Mike Lehner mitleidsvoll wissen.

»Willst du das wirklich wissen? Dann nimm dein Hirn und knall es doch selbst ans Regal. Mensch-noch-mal…!«

»Man wird ja wohl noch fragen dürfen«, antwortete Mike beleidigt.

Meller sah aus wie ein japanischer Kamikaze-Krieger.

Die Wunde musste letztendlich genäht werden. Jetzt verzierte ein weißer Verbandstreifen seinen Kopf. Dort wo der Cut war, sickerte noch ein wenig Blut durch den Stoff und hinterließ einen kleinen, kreisförmigen roten Fleck. Ähnlich der Nationalflagge Japans. Sein Hirn pochte und ein dumpfer Kopfschmerz ließ ihn geschlaucht aus der Wäsche schauen. Auch der Arzt in der Ambulanz riet ihm, sich für den Rest des Tages ins Bett zu legen und drückte ihm Schmerztabletten in die Hand. Morgen sei er dann wieder der Alte.

»Na-bumm…! Gibt's jetzt auch schon bei uns die japanische Nahkampfausbildung?«, wollte Axel Körner den Verband lässig überspielen und glaubte damit, Mellers Laune zu heben. Mike Lehner berichtete nämlich in der Abteilung vom Missgeschick ihres Chefs.

»Ein blödes Wort noch und du bist der Erste, der sich als Kamikaze ungspitzt im Kellerbeton wiederfindet«, bellte ihn Meller nieder.

»Jessas-na… 'tschuldigung… tut mir Leid. Aber du schaust so

richtig gefährlich aus mit der weißen Binde da...«, lenkte Axel ernst ein, musste sich jedoch umdrehen um nicht im nächsten Augenblick vor Lachen loszubrüllen. Meller sah zum Schießen komisch aus.

Ach, leckts mich doch alle!

Frustriert verkroch sich Meller hinter seinem verwundeten Ego und schmiss Axel mit einem *Ich muss mich ein bisschen erholen,* aus seinem Büro.

Unverzüglich befolgte Axel den Befehl seines Chefs und verschwand. Draußen vor der Tür krümmte er sich stumm vor Lachen, sodass die Putzfrau, die dort die Fenster reinigte ihm zu Hilfe kommen wollte. Ob er denn Schmerzen habe und sie jemanden holen solle...

Am Garderobenschrank befand sich an der Innenseite der Tür ein großflächiger Spiegel. Meller betrachtete frustriert Verband und Spiegelbild. Nicht einmal so schlecht, urteilte er. Axel hatte eigentlich recht. Er sah jetzt richtig verwegen, fast gefährlich aus. Piratenmäßig. Sollen sie doch kommen die Verbrecher und Gangster! Mit einem mörderischen Blick würde er sie zur Strecke bringen. Er grinste drohend seinem Spiegelbild entgegen. Dieses grinste ebenso – wie bestätigend – zurück.

Wusste ich's ja...

Meller schloss die Schranktür, setzte sich auf den Drehsessel hinter seinem Schreibtisch und knallte seine Füße auf die Tischkante. Dann schloss er die Augen und begann zu meditieren.

Es dauerte nicht lange und er schlief glattweg ein, begann leise zu schnarchen.

Als eine sanfte Berührung seine Hand tätschelte, wurde er munter und erschrak beim Aufwachen so sehr, dass er fast vom Sessel fiel.

»Entschuldigung bitte, Herr Meller. Ich wusste nicht, wie ich

Sie wecken sollte. Aber da gibt's was, was ich Ihnen unbedingt zeigen muss.«

Manuela Kohn errötete und war sichtlich peinlich berührt, weil sie ihren Chef aus dem Schlaf reißen musste. Auch war sie von der weißen Verbandsschleife mit dem runden Blutfleck auf seinem Kopf sichtlich irritiert.

Mit einem: »Uiijee, das schaut aber schlimm aus«, hielt sie ihm eine DVD entgegen.

»Ach, es geht schon. Jetzt bin ich beim Meditieren doch glatt eingeschlafen.« Er grinste die V-Agentin verlegen an.

Meller hatte sich jedoch schnell gefangen, dehnte und streckte sich. Er nahm die silber schimmernde Scheibe entgegen, drehte sie hin und her.

»Was ist mit der CD?«

»Es ist eine DVD. Ich habe, als ich mit Herrn Lehner im Büro des Chinesen war, doch noch die ganzen DVD-Filme durchgestöbert. Sie wissen, diese Sexfilmchen. Er schnüffelte in der Zwischenzeit in den Buchhaltungsbelegen. Also, ich räume alle Filme raus – alles gekaufte Ware – und finde dann ganz versteckt noch acht selbst gebrannte DVDs. Neugierig darauf, spielte ich eine nach der anderen im Schnelllauf durch und dann fand ich diese hier. Die müssen Sie sich ansehen – es ist alles so schrecklich… so grauenhaft…«

»Also gut. Schauen wir uns die Schrecklichkeiten an. Aber gehen wir ins Besprechungszimmer.«

Zuerst blitzte ein wirres Durcheinander von Schnittszenen über den Monitor. So, als wären bereits mehrere Filme auf die DVD kopiert worden. Sie flitzten im Schnelllauf vorüber.

»Das ist uninteressant«, Manuela Kohn betätigte den schnellen Vorlauf.

»Da, jetzt kommt's gleich… da… jetzt…«

Gebannt starrte Meller auf die Szene.

Der Flatscreen zeigte von leicht schräg oben die Sitzlandschaft in Chen Huangs Büro. Die Kamera musste anscheinend in der Ecke oberhalb der Liegefläche gestanden haben. Ma-Lin Huang lag auf dem Rücken. Völlig nackt auf einem schwarzen Satintuch, das über die Polsterung ausgebreitet war und schlief anscheinend. Bizarr, wie blendend sich ihre helle Haut vom schwarzen Satin abhob, dazu im Kontrast das grelle Rot der Sitzgarnitur.

Plötzlich setzte sanfte esoterische Musik ein. Der typisch weich gehauchte Ton einer Panflöte erklang und wurde von schwülstigen Harmonien untermalt. Zugespieltes Meeresrauschen ließ die Szenerie zum peinlichen Erotikkitsch abdriften.

Glühende Räucherstäbchen in einer Hand, dann der Mann dazu, kamen ins Bild: Chen Huang.

Kurz blies er die Stäbchen an. Feine Rauchfahnen bogen sich verspielt in Schlangenlinienform bis sie wieder verschwanden.

Chen Huang steckte die Räucherstäbchen in eine vorbereitete und mit Sand gefüllte Schale auf einem Tischchen neben der Sitzlandschaft. Die dabei verursachten Geräusche wurden hörbar und übertönten störend die Musik.

Chen Huang verschwand wieder von der Bildfläche.

Ma-Lin lag währenddessen unverändert, ein Bein leicht angewinkelt, auf dem schwarzen Tuch, wie für ein kommendes Ritual arrangiert, bereit. Allerdings, befand Meller, ein wunderschönes und vor allem höchst erotisches Bild, denn die Chinesin hatte eine makellose Figur. Ihr Haar war fächerförmig auf dem Seidentuch ausgebreitet. Lediglich Licht- und Glanzreflexe ließen das dunkle Haar Ma-Lins erkennen. Es mussten noch zusätzliche Scheinwerfer oder Spots im Raum verteilt die Szenerie beleuchten. Denn das Gesamtbild ergab einen halbwegs professionellen Eindruck, als würden hier schon mehrere Szenen solcher Art gedreht worden sein.

Als hätte die V-Agentin Mellers Gedanken erraten, meinte sie: »Auch die anderen DVDs sind dort entstanden. Alle in ähnlichem Stil. Wahrscheinlich hat der Chinese diese Filme vervielfältigt und verkauft. So schätze ich Chen Huang jetzt ein, nachdem ich den Mist durchgesehen habe. Auf diesen DVDs ist auch noch ein anderer Mann zu sehen. Mit dem Material könnten wir auch ihn überführen und Anklage erheben.«

»Vorausgesetzt, wir bekommen diese Verbrecher überhaupt in die Finger. Aber wir werden ja sehen.«

Der Chinese kam wieder ins Bild. Er hielt ein halb volles Glas und eine Flasche Sekt in den Händen, stellte beides auf dem Tischchen ab und verschwand wieder.

Jetzt wurde die Szene langsam herangezoomt, sodass das Mädchen nun das Bild ausfüllte. Zwei Hände kamen ins Bild und legten die Beine der Chinesin gespreizt zurecht, sodass ihr Geschlechtsteil in voller Größe zu sehen war. Silbern blitzten kleine Lichtfunken im Schamhaar…

»Danke… ich habe genug gesehen und kann mir vorstellen, wie es weitergeht.« Meller war vor Ekel irritiert, jedoch auch erregt und wütend zugleich. Manuela Kohn stoppte die DVD.

»Wollen Sie es sich allein ansehen, ich meine… ich denke, es ist Ihnen vielleicht peinlich, in meiner Gegenwart diese Aufnahme durchzusehen…?«

»Nein… ja… ich meine nicht direkt…«, dann aber polterte Meller, vielleicht doch etwas zu barsch los:

»Na klar – natürlich ja! Es ist mir einfach peinlich, vor Ihnen diese Sauerei mit ansehen zu müssen. Verdammt noch mal und Entschuldigung!«

Es ärgerte ihn vor allem maßlos, dass der wehrlosen Ma-Lin

Huang diese Vergewaltigung angetan wurde. Auch wenn sie im vergangenen Jahr passierte und Ma-Lin mit Sicherheit damals nichts mitbekam. Für Meller war es jedoch, als würde die schändliche Tat soeben wieder geschehen. Und mit welch tragischer Konsequenz schlussendlich. Wurde doch Ma-Lin bei der Vergewaltigung auch noch geschwängert. Vom eigenen Onkel!

»Ich verstehe Ihre Reaktion – ist doch menschlich.« Manuela Kohn übergab ihrem Chef die Fernbedienung und ging aus dem Raum.

Bisher hatte sich Meller den Film stehend angesehen. Nun saß er auf einem der Stühle und überlegte, ob er die Play-Taste drücken sollte oder nicht. Einerseits tat ihm die Chinesin Leid, weil er ahnte, was er jetzt zu sehen bekommen würde, andererseits erregte ihn das bisher Gezeigte auch.

Unmenschlich menschlich, dachte er und schämte sich seiner voyeuristischen Gedanken. Reagieren wir Männer wirklich so primitiv beim Anblick einer nackten Frau? Schließlich war ihm die Chinesin nicht egal. Optisch entsprach sie einem seiner weiblichen Traumfrau-Typen. Für sich als Ausrede argumentierte er, dass er seinen Job zu machen hatte.

Er drückte die Starttaste und ließ die DVD weiterlaufen.

Als der Film seinem Ende zuging, war Meller jedoch am Boden zerstört, weil er Zeuge einer brutalen Vergewaltigung wurde. Chen Huang bearbeitete und penetrierte die betäubte Ma-Lin, die wie eine gefühllose Gliederpuppe wehrlos auf dem schwarzen Laken lag, auf die unmenschlichste Art und Weise. *Was für ein perverses Schwein!*

Mellers persönlicher Hass auf Chen Huang wuchs nach dem Gesehenen ins Unendliche. Aber was half das schon. Der Chinese war ihnen durch die Lappen gegangen, auf Nimmerwiedersehen verschwunden.

Für heute reichte es dem ohnehin schon körperlich ramponierten Meller. Und jetzt das noch.

Fast fühlte er sich schuldig, die Vergewaltigung der armen Chinesin nicht verhindert zu haben. Wie hätte er es auch wissen können? Man kann nicht überall sein, entschuldigte er sich vor sich selbst. Wie hirnrissig – passierte die schändliche Tat doch schon vor neun Monaten und ein Verbrecher kündigt nun mal nicht bei der Polizei an, was er wann vor hat – er tut es einfach.

Jedoch Mellers sensible Seele konnte das Geschehene nicht ohne weiteres so locker wegstecken. *Bin ich denn wirklich bereits zu alt für meinen Job?* Auch jetzt kam ihm dieser Gedanke. Sollte es nicht so sein: je älter er wurde, desto weniger dürften ihn solche Erlebnisse erschüttern. Jedoch das Gegenteil schien der Fall zu sein. Oder war er nur ein zu sensibler S-C-ONE Chef? Kommissar hin oder her, Meller war von Geburt an ein feinfühliger Mensch und das war gut so.

Zurück in seinem Zimmer bat er Manuela Kohn mit Dr. Sabine Turek, die in der V-Gruppe 3 zuständig für Sittlichkeitsverbrechen war, Kontakt aufzunehmen, um die Sache mit den privaten DVD-Aufnahmen weiter zu verfolgen. Der zweite Chinese, der sich in den Filmen ebenfalls an den betäubten Mädchen verging, musste unbedingt ausfindig gemacht und der gerechten Strafe zugeführt werden. Vorausgesetzt, man fand auch die weiblichen Opfer dazu und könnte sie zu einer Anzeige bewegen.

Anschließend rief Meller seine V-Agenten Mike Lehner und Axel Körner zu sich und übertrug ihnen mürrisch weitere dringliche Arbeiten, die noch zu erledigen waren. Dann verschwand er grußlos.

Ratlos ließ Meller seine Crew zurück, die nicht so recht verstand, was denn ihrem Chef plötzlich über die Leber gelaufen sei. Ein bisserl »Kopf anhauen« kann doch nicht so schlimm sein, befanden die beiden V-Agenten achselzuckend.

Meller fuhr zu Lo, um seinen Hund abzuholen. Er wollte einen ausgiebigen Spaziergang mit seinem vierbeinigen Gefährten unternehmen, um in frischer Luft den schrecklichen Tag sowie seine düsteren Gedanken wieder auf die Reihe zu kriegen.

Doch Joe freute sich nicht auf sein Herrchen. Wahrscheinlich irritierte ihn die weiße Binde mit Blutfleck um Mellers ramponierte Stirn sowie der Krankenhaus- und Jodgeruch, der immer noch an ihm haftete. Denn als er sich zu Joe hinunterbeugen wollte, bellte ihn der Hund wie einen Fremden kurz an und verkroch sich mit eingezogenem Schwanz hinter Heike.

Joe, was tust du mir an!

Meller kam sich endgültig verraten und vereinsamt vor.

»Meensch Marioo, wat is jeschehn? Biste jetzt unter die Kamikaze jegangen? Nich mal det Hundchen erkennt det Herrchen!«

»Nicht auch noch du, Heike…«, grummelte Meller.

Dann ein gehauchtes Begrüßungsbussi hin und ein ebensolches zurück. Heike drückte sich unverschämt an Meller ran. Klar, sie stand auf ihn – *yeah* – aber noch mehr auf seinen Vierbeiner – *Frust.* Sicher schmiss sie sich deswegen so innig an Mellers Brust. Um ihn rumzukriegen, damit er ihr Joe überließ. Oder war da doch noch mehr im Busch?

Obwohl ihm der wahnsinns-gertenschlanke Körper Heikes sehr ans Herz und an die Rippen ging, musste er immerhin Anstand wahren und wand sich elegant aus ihrer Umarmung. Einerseits war er der Kommissar – eine Person des Gesetzes –, andererseits war Lo sein bester Freund.

Ja – der Bianco, dachte sich Meller grinsend, ob der wohl

weiß, welch erotische Zeitbombe an seiner Seite tickt?

Natürlich wusste Lo das, sonst wäre Heike ja nicht schlussendlich in seinem Bett gelandet. Bianco hatte es ihm mit einem feurigem Glanz in den Augen bei einem der nächtlichen Treffen im Barometer vor kurzem zugeflüstert.

Meller beneidete Lo um seine Eroberungen. Der Bianco hat's leicht, kam Meller neidvoll in den Sinn, der macht sich nichts aus komplizierten Beziehungen. Wenn es klappt, dann klappt es und wenn nicht – dann eben nicht und basta. So wollte auch er einmal in seinem Leben mit Frauen umgehen können. Viel zu kompliziert liefen für Meller Beziehungen, vor allem beim Finden einer neuen wahren Liebe.

»Na, mein kleines Joelilein, ich bin's doch nur, dein Herrchen«, unterbrach er seine Gedankenflut, »kennst mich ja gar nicht mehr. Ist Heike etwa gar so lieb zu dir? Da muss ich doch glatt was unternehmen und dich wieder öfters bei mir haben.«

Ein schmollender, vorwurfsvoller Blick Heikes strafte Mellers Absicht.

»Also komm Joe, jetzt geht's wieder nach Hause zum heimischen Futtertrog. Aber vorher besuchen wir noch kurz unseren Freund Lo.«

Winselnd, jaulend und bellend kam der Cockerspaniel wieder hinter der Berlinerin hervor. Schließlich umsprang er vor Freude sein Herrchen und warf dabei mit seinem heftig wedelnden Schwanz einen der Kakteen, die im Eingangsbereich herumstanden, vom Blumenbord.

»Ouhh, det macht nix«, lachte Heike fröhlich »det is nur ne vahungerte Stachelpalme. Lo hat ja keene Ahnung von Ziergemüse. Allet vertrocknet… Aber det werd ick ändern. Wart mal ab, wenn ick hier…«

»Aber das ist ein Kaktus, der muss trocken sein«, bemerkte

Meller aufklärend zu Heike und wollte ihn aufheben. Er stach sich und ließ ihn blitzartig wieder fallen.

»Siehste…! Ooch ick will se nich, die stacheligen Dinger. Die pieken immer so unanjenehm, weeste!«

Heike ergriff einen der Lederhandschuhe, die auf der Anrichte lagen, streifte ihn über, rückte dem widerspenstigen Kaktus vorsichtig mit zwei Fingern zu Leibe und ließ ihn, wie eine tote Maus senkrecht baumelnd, im Mülleimer unter der Treppe verschwinden.

»So – weg isset, det Stachelmonster«, berlinerte sie Meller mit einem unverschämt spitzbübischen Lächeln ins Gesicht. Er mochte dieses sonnige Mädchen und ihre unkomplizierte Art, Probleme aus der Welt zu schaffen.

Det kann ja für Lo noch janz jemütlich werdn…, grinste Meller innerlich und ging in den ersten Stock hoch, in das Atelier.

»Jaa-halloo-Marioo«, sang Lo, drehte sich vom Bildschirm weg und wollte Meller freundschaftlich umarmen. Hielt jedoch mittendrin überrascht inne:

»Hey Alter – hat dich ein wildes Schwein gebissen! Oder machst du jetzt auf Rambo?«

»Tja, wer den Schaden hat…«

Der Kommissar erzählte ein allerletztes Mal kurz seine Beulengeschichte. Ab nun wollte er nicht mehr daran erinnert werden.

»Schaust aber gar nicht schlecht aus damit, Mario. Falls ich einmal für eine Kampagne einen verwegenen Typen benötige, würdest du dann mit Stirnband Modell stehen?«

Lo besah sich mit Kennerblick Mellers malträtierte Visage von vorne und von der Seite, während er plötzlich eine Digitalkamera in der Hand hatte und versuchte, einige Aufnahmen von ihm zu schießen. Meller wehrte ab und hielt sich wie zur Verteidigung eine Hand vors Gesicht.

»Jaa, det is er. Wat ick schon immer jesacht habe. Mario is det absolute Killertyp-Model. Karate im Wüstensand oder so wat…«, mischte sich Heike ins Gespräch, die ins Atelier nachgekommen war.

»Sag, was wird denn das da?«

Meller ging auf das Model-Angebot nicht näher ein, sondern starrte auf den Monitor.

»Eine Liveschaltung zu meinem Friseur« erklärte Bianco.

Die Webcam musste oberhalb eines Spiegels montiert sein. Im Hintergrund sah man den Salon. Ein Mädchen kehrte die Haare vor einem Sitzplatz weg, von dem sich eine Kundin soeben erhob. In einer anderen Ecke des Salons wusch ein Mädchen die Haare eines älteren Mannes.

Im Vordergrund agierte eine hübsche Friseurin und bearbeitete ihren Kunden, einen sonnengebräunten, attraktiven Mann mittleren Alters. Sie schienen sich ungezwungen zu unterhalten, während der weibliche Figaro kunstvoll und flott mit der Schere durch dessen dunkle Haarpracht glitt.

»Geht das auch mit Ton?«, wollte Meller neugierig wissen.

»Klar doch, einen Moment… ssso…«

Lo klopfte ein paar Befehle auf der Tastatur und schon konnte man der Unterhaltung folgen.

»…Sie heute abend noch? Ich hab was absolut Heißes. Genau das Richtige für eine, die so sexy ist wie Sie. Neues Cabrio, noch keine 2.000 Kilometer, silber métallisé und bar bezahlt. Eine Spritzfahrt – hinaus in die junge Nacht. Natürlich nur, wenn Sie wollen. Ich hab so das untrügliche Gefühl, dass wir zwei noch viel Spaß miteinander haben werden.«

Der junge Mann grinste selbstgefällig in die Kamera. Dem

gelang es doch glatt, diese Friseurin weichzulabern, um mit ihr einen heißen Abend zu verbringen.

Wieder mal typisch: Naive Frisöse lässt sich von Schönling-Schnösel abschleppen und vor der Tür wartet das tiefgelegte aufgemotzte Cabrio.

Wie Meller dieses billige Klischee verabscheute.

»Achgottchen wissen Sie…«, zierte sich die Scherenhand mit einem Augenaufschlag-Seufzer und ließ den Balzpfropfen hoffnungsvoll zappeln. Nach Mellers Vermutung bereits vorhersehbares Abschlepp-Programm: Cabrio – Disco – Cabrio – Bett.

Sie rückte näher an des Kunden Ohr: »Ich tät ja gerne… Aber mein Mann… Bei uns läuft es ja momentan nicht so optimal und ich muss gleich nach Hause. Leider. Weil er mich ständig kontrolliert.«

»Das tut mir aber Leid für Sie. Schade. Ehrlich.«

»Dieser Schleimer!«, erboste sich Meller, »da, schau ihn an den Balzbolzen, wie der die Naive einnudelt! Ist die wirklich so doof?«

Und weiter im Dialog. Er, der Schleimer: »Also ich würde Ihnen gerne helfen, wenn ich darf. Ich geb Ihnen mal zur Sicherheit meine Nummer, wenn Sie gar nicht mehr wissen, wie Sie aus der Sache rauskommen. Vielleicht sollten wir doch gleich heute… Also ich versteh Sie da vollkommen, ich hatte auch mal so eine verflixte Beziehung.«

Der Schleimerschnösel kam doch tatsächlich bei ihr an!

Die Stimme des solargebräunten Schönlings wurde jetzt immer intimer. Während die Friseurin den Kopf des Kunden sanft an ihre Oberweite drückte. Ein unauffälliger Blick ihrerseits nach links und rechts – schon wanderte ihre freie Hand zärtlich über Wange und Kinn des Mannes und rutschte – wie von selbst – unverschämt frech, an seine gut trainierten Brustmuskeln.

»Naja… das ist aber nicht so einfach, müssen Sie wissen. Weil mein Mann nämlich spioniert mir seit neuestem überall hinterher…«, säuselte die Friseurin dabei, als würde sie überlegen. »Also gut – aber *ich* rufe Sie an.«

»…uuund das reicht..!«, Lo mischte sich abrupt ein und per Tastendruck unterbrach er den Ton. »Ich will nicht, dass wir soeben zufällig Zeuge eines zukünftigen Eifersuchtsdramas werden, Herr Kommissar.«

»Haalt – lass doch noch an!« Meller fühlte sich wie frisch ertappt und sah bittend zu Lo.

Mit Spannung verfolgte er weiter dieses beginnende Techtelmechtel und sah gerade, wie sich die beiden nun vor dem Spiegel plötzlich zu Intimitäten hinreißen ließen. Hatte diese Friseurin denn überhaupt kein Schamgefühl?

»Vielleicht entsteht hier soeben ein zukünftiges Verbrechen, ein Eifersuchtsmord, wer weiß. Denn der Ehemann… so ein Gehörnter ist zu allem fähig… und ich als Hüter des Gesetzes muss Verbrechen bereits im Keime ersticken«, bat Meller nun rechtfertigend um das Wieder-Einschalten des Tones.

»Nix da«, spielte Lo den gestrengen Boss.

Jedoch dann versöhnlich aufklärend:

»Lass dich nicht pflanzen, Meller. Es ist nur eine Probe, damit ich meine Einstellungen machen kann. Die beiden sind die Besitzer des Friseurladens.«

»Wenn du wüsstest, was ich heute per Video schon alles sehen musste«, lenkte Meller nun frustriert ein und erinnerte sich der schlimmen Filmszenen, die er im S-C-ONE über sich ergehen lassen musste.

»Jaja, der Mensch, das unbekannte Raubtier«, sinnierte Lo nachdenklich.

»Solange bis es erwischt wird, das unbekannte Raubtier. Dafür sorgen schon wir«, setzte Meller nach.

»Und die Medien tun ihr Übriges dazu. Selten fair, meistens aufgebauscht und übertrieben. Gschäft ist eben Gschäft. Vor allem wenn's ein Mordsgeschäft wird. Da wird sogar ein Mörder zum begehrten Medien-VIP«, konterte Lo Bianco.

»Wennst Recht hast, hast Recht, Lo. Wenn man bedenkt, wieviele Filme Kassenschlager wurden, die Lug & Trug, Einbruch & Bankraub, Mord & Totschlag zum Thema haben. Milliarden wurden und werden weiterhin damit verdient. Und bei den meisten dieser Schinken führte die Realität Regie. Die echten Verbrecher werden als Helden ja geradezu in den Himmel gehoben. Was darf man da von der heutigen Gesellschaft eigentlich noch erwarten? Und meistens werden die Gesetzeshüter als die Dummen hingestellt, während der Gangster mit einer Tasche voller Dollars samt vollbusiger Tussi im Arm in Richtung Freiheit entwischt.«

Meller redete sich in einen emotionellen Wirbel. Zu sehr hatte ihm der heutige Tag mitgespielt.

»Oder aber auch: Die Polizisten stecken mit den Gangstern unter einer Decke, lassen sich von ihnen das Papierene in Sicherheit fliegen, entledigen sich der unbequemen Partner und genießen die Milliönchen dort, wo in Sonne, Sand und Palmenstrand das Wort ENDE steht. Soll's ja auch schon des Öfteren gegeben haben. Überhaupt, was hast du eigentlich gegen Vollbusige?« Lo grinste ihm entwaffnend entgegen.

»Ach was, hast ja recht. Auch Polizisten sind Raubtiere – beim Verbrecher fangen«, Meller gab sich nicht so leicht geschlagen.

»Siehst du: Geld oder Ruhm, am besten beides – darum geht es doch jeden. Auch euch Polizisten, wetten?« geriet jetzt Lo in Fahrt.

»Schau nur, diese Webcam-Geschichte. Sie kam zustande, als mich meine Friseurin anjammerte ihr Geschäft sei auch schon besser gelaufen. Ich brachte sie auf die Idee mit dem VIP-Style-Point. Der Point ist ein Friseurtisch, der verkabelt ist. Die Kunden können sich auf Wunsch per Knopfdruck bei ihrer Haarverschönerung filmen lassen. Am Schluss gibt's eine DVD davon. Während ich noch die Technik einrichtete, hatte die Friseurin ihren VIP-Style-Point Sessel bereits für vier Wochen – ganztags bitte – ausgebucht und überlegt schon, einen weiteren Platz verkabeln zu lassen. Die Haarschneiderei ist natürlich im Internet zu bewundern – sofern der Kunde es will. Sie wollen eben alle kleine Filmstars werden, die eitlen Männlein und Weiblein. Vielleicht entdeckt sie ein Filmproduzent und schon ist eine millionenschwere Karriere geboren – eben Geld und Ruhm.«

»Jaja, arm is nisch, wer wenich hat – sondern, wer nich jenuch in den Hals kriegt. Det sachte schon meine Oma immer zu mir«, befand Heike abschließend, sah die beiden Freunde unternehmungslustig, ja auffordernd an. Sie hatte sichtlich wenig Interesse an der Diskussion.

»Wat-iss-nu? Wolln wir nich den anjebrochenen Abend jenüsslich im Barometer verplempern?«

Meller wollte nicht mehr. Er war zu erschöpft. Obendrein mit der blutigen Schleife um die Stirn verspürte er keine Lust mehr dazu. Auch Joe rief sich in Erinnerung und wedelte auffordernd zum Aufbruch.

»Danke, mir reicht's für heute. Ich hau mich aufs Ohr und Joe muss auch noch raus. Morgen hab ich wieder einen anstrengenden Tag. Also tschüss allerseits – und bemüht euch nicht, ich find alleine raus.« Meller winkte den beiden zu und ging die Treppe hinab.

Lo kam ihm nach. Sie standen im Vorgarten.

»Sag was machen wir jetzt mit dem Grundstück? Wir sollten es uns tagsüber noch einmal ansehen. Der Vermittlerin hab ich zugesagt, dass wir... dass ich kaufe... du weißt, wegen des Geldes und so. Sie drängt auf einen Termin, um den Verkauf abzuschließen.«

»Verstehe, klar doch – ich kann nur die nächsten Tage nicht so recht. Versuch einen Termin für kommende Woche zu vereinbaren. Vielleicht am Freitag Nachmittag.« Meller dachte kurz nach.

»Ruf mich aber ein, zwei Tage vorher an, okay?«

»Mach ich. Und das mit Joe und Heike – überleg dir das in Ruhe. Ich will dich ja nicht drängen, aber eine unendliche Freude würdest der Heike schon machen. Mir natürlich auch. Ich will eben nicht, dass sie irgendeinen Köter, den sie auf der Straße findet, ins Haus bringt. Joe würde so richtig zu uns...«

»Bitte, bitte Lo... lass mir Zeit... biiitte...«

Meller verspürte plötzlich einen Drang nach seinem Bett.

Alle reißen sich um meinen Hund. Meine Arbeit sollten sie mir abnehmen, den Mord aufklären, den Mörder schnappen!

Da fiel es ihm ein, was er Lo bitten wollte.

»Sag, Lo, würdest du mit mir nach Rio fliegen?«

»Natürlich, wenn's sein muss, he-he-he... Wann denn, sofort?«

»In etwa einem Monat.«

»Super – auf, auf nach Rio. Wollte immer schon einmal vom Zuckerhut runterspucken.«

Meller war vorm Fernseher eingedöst, als ihn die Sambaklänge seines Handys hochrissen. *Bitte! Halbzwölf!*

»Ich hab dich doch nicht geweckt, oder?«, flötete Eva Roth, »also öffne schon dein Türchen. Ich steh davor und frier mir glatt den Arsch ab.«

»Wieso?«, fragte Meller noch ganz schlaftrunken.

»Was meinst du mit *wieso*? Meinen abgefrorenen Hintern etwa? Ich steh vor deiner Tür und bring dir die versprochenen Flaschen Wein für deinen Ministerialrat. Und wenn du nicht sofort aufmachst, knalle ich sie dir durchs Fenster. Also, was ist jetzt! Oder muss ich erst um Hilfe rufen.«

Eva war tatsächlich wahnsinnig genug und begann ins Handy zu brüllen: »Hilfe, Hiilfe Polizei…! Ich werde vergewaltigt…!

Völlig verdattert und mit einem: »Bist du denn von allen Geistern verlassen!«, sprang Meller auf und ließ sie ins Haus.

Hatte sie schon einiges getankt? Zumindest war sie total aufgedreht und brachte den geschlauchten Meller aus der Fassung. Vor allem das hautenge Etwas, das ihre Figur unverschämt eine einzige Aufforderung schreien ließ: *Meller, jetzt wird fortgesetzt, was vor kurzem unterbrochen wurde!*

»Hey, Mellerchen! Was ist denn mit dir passiert! Schaust ja richtig verwegen aus! Das nächste Gemälde wirst du! Nackt – nur mit weißer Schleife um dein Haupt und rundherum Blut, nichts als Blut!«

»Dass ich mich verletzt haben könnte, kommt dir nicht in den Sinn?«, zerstörte Meller jetzt beleidigt ihre Gemäldefantasien.

»Komm schon, hab dich nicht so, Mario. Schau, wie lieb ich zu dir bin, ich bring den Wein für deinen Onkel. Sogar zur Nachtzeit. Und weil es schon so spät ist, machen wir noch ein klitzekleines Fläschchen auf, bechern es weg und ich vertschüss mich schon wieder… hi-hi-hi…« Eva grinste hinterlistig.

»Außer – du hast noch was Schlimmes mit mir vor, was Mörderisches sozusagen. Ach, Mellerchen, ich möcht so gern von dir gemeuchelt werden…« Sie lachte jetzt übertrieben schrill, warf sich mit Schwung auf die Couch und streckte alle Viere von sich.

Joe kam sofort schwanzwedelnd herangedüst, begrüßte sie freudig bellend, sprang auf sie rauf und wollte ihr das Gesicht lecken. Sie wehrte ihn kichernd ab, knuddelte den Hund und flüsterte ihm ins Ohr, dass das eigentlich Herrchens Job sei.

»Also gut, ein Gläschen«, ergab sich Meller und raffte sich auf um die Flasche zu öffnen. »Mit Autofahren ist dann aber nix mehr. Nur, wie kommst du heim?«

»Muss ich denn...?«, wollte Eva keck mit einem tiefgründigen Augenaufschlag wissen.

Er schwieg nur, brachte zwei Gläser und schenkte ein.

»Jetzt erzähl mir erst, was dir so Schlimmes passiert ist«, wollte sie nach Zuprosten und erstem Schluck neugierig wissen.

»Ach was, ich hab mir die Stirn an einer verdammten Metallkante aufgerissen. Dazu noch ein paar andere blöde Sachen... und der Tag war gelaufen. Reden wir von etwas anderem.«

»Jaaa...!«, fiel es Eva blitzartig ein, »was las ich doch da in der *Neue-Süd?* Der Herr Kommissar ist jetzt auch Hebamme geworden? Alle Achtung, du machst dich Mario. Wäre gar kein schlechter Nebenverdienst, sozusagen ein lebenslanger Job mit sicherer Kundschaft. Garantiert genau so spannend wie Verbrecher fangen. Und wieviele Frauen du da kennen lernen würdest. Da packt mich glatt die Eifersucht. Ich glaub, da muss ich etwas dagegen unternehmen. Vielleicht selbst ein Butzi kriegen...?«

»Entschuldige Eva, was soll der Blödsinn...! Glaubst du, das war so lässig? Wenn meine Sekretärin dabei nicht so souverän gehandelt hätte, ich weiß nicht, ob die Sache so glimpflich ausgegangen wäre... Und von wegen: *du und ein Baby*. Entschuldige, wenn ich's mal so sagen darf: Bist du nicht schon ein bisschen zu alt mit fast Vierzig?«

»Ich...? Zu alt? Mensch, Mellerchen! Mein fast jungfräulicher

Alabasterleib könnte noch eine ganze Baby-Orgelpfeifenreihe gebären. Allein der *richtige* Mann dazu fehlte mir bisher«, dabei sah sie ihm ganz, ganz tief in die Augen.

»Ich wäre nicht die passende Partie dafür. Und wenn, kämen nur so kleine Kriminalschnüffler hervor«, gab Meller müde von sich und gähnte dabei demonstrativ.

»Komm vergiss es, ich will eh kein Kind von dir, wenn wir schon beim Thema sind. Aber den Spaß davor, bis es zu einem kommt, den sollten wir uns doch jetzt…«

»Bitte…, ehrlich Eva… ich bin hundemüde und meine Wunde wummert…«

»Bei mir wummert's auch schon seit Tagen. Nichts für ungut. Aber ich bin nur aufgedreht und in fantastischer Stimmung, weil mein Job erledigt ist. Der Vorstandsdirektor freut sich über seine nackte Ölgattin und ein fettes Honorar liegt bereits auf meinem Konto. Da dachte ich mir, schau mal kurz beim Mellerchen rein, vielleicht gehe ich ihm ab. Aber ich versteh dich, wenn du so geschlaucht bist. Knuddel dich wenigstens ein bisschen an meine Seite und genießen wir diesen edlen Tropfen… Mit Musik.« Dabei sprang sie schon wieder auf und begab sich zur CD-Sammlung, während sie im Vorbeihuschen den Fernseher abschaltete, der noch immer in Stummschaltung lief. Ohne lang zu suchen legte sie eine CD ein, den unverkennbaren Sound von Secret Garden aus dem Album White Stone.

Auf dem kleinen Tischchen standen zwei Kerzen. Auch die zündete sie an. Mit einem: »Wo ist denn hier das Badezimmer?«, verschwand sie dem stummen Fingerzeig Mellers folgend. Joe immer hinter Eva nachhechelnd.

Meller lümmelte indessen völlig k.o. auf der Couch, schloss einfach die Augen und harrte der Dinge, die auf ihn zukommen würden. Drehte völlig willenlos das Weinglas in seiner Hand, trank ein wenig, drehte es wieder, stellte es schließlich ab.

Jedoch sie kam und kam nicht aus dem Badezimmer.

Da schlief er wieder ein.

Am nächsten Morgen fand sich Meller zugedeckt auf seiner Sitzbank wieder. Im ersten Moment wusste er nicht, wo er denn war. So tief und fest schlief er schon lange nicht mehr. Nicht einmal der Hund hatte ihn mit seinem Schnarchen gestört.

Etwas Rotes lag zerknüllt auf dem Tischchen. Er beugte sich hinüber und hielt einen sündigroten Tangaslip in der Hand. Blitzartig durchschoss Meller nur ein Gedanke:

Verdammt, haben wir jetzt oder nicht?

Zumindest *er* konnte sich an nichts mehr erinnern.

Ein Zettel, der darunter lag, flatterte zu Boden. Er hob ihn auf.

Ich »danke« dir für diese unglaubliche Nacht…!

Übrigens: Joe ist in meiner Gewalt – Hund gegen Tanga!

Also, man sieht sich. Bei mir.

Eva

Dieses Luder!

Meller musste grinsen.

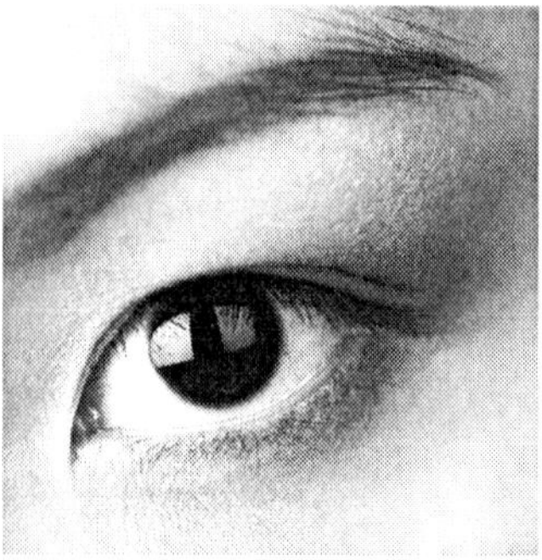

Dreizehn

Dienstag, 26. April 2005...

Die Zeitungsberichte der letzten Tage waren ernüchternd.

In Klosterneuburg wurde eine Villa ausgeraubt, während die Besitzer im ersten Stock schliefen. Schmuck, Bargeld und ein Bentley – Diebesgut im Gesamtwert von etwa 300.000 Euro war die fette Beute. *Wie bringt man denn einen Bentley unbemerkt ins Ausland?*

So ähnlich erging es auch einem Ehepaar in Gießhübl. Durch das Kellerfenster drangen Kriminelle ins Haus ein, stahlen 3.000 Euro sowie ein Handy und fuhren seelenruhig mit dem Auto des Hausbesitzers, ein Mercedes SL 500 (Wert 65.000 Euro), davon. *Diese beiden Einbrüche zeigten offensichtlich die Handschrift einer organisierten Bande.*

Ein etwas eigentümlicher Diebstahl: In Wiener Neudorf wurden über Nacht aus einem Friseursalon fünf Profi-Scheren entwendet. *War es ein Konkurrent oder wollte jemand einen eigenen Friseurladen aufmachen?*

Schon wieder eine Leiche: Ohne Kopf und Hände lag sie in der Nähe von Sarmingstein im seichten Wasser der Donau. Der Mörder hatte auch versucht, den stark tätowierten weiblichen Torso zu verbrennen. *Wie schrecklich. Das Leichenzerstückeln schien schon Methode zu werden...*

Die letzten geprüften Sachen von Omour (Haarbürste, T-Shirt, Zahnbürste) und deren Ergebnisse waren vom Gerichtsmedizinischen Institut eingelangt. Die DNA war identisch. Die *Frühlingsrolle* war mit hundertprozentiger Sicherheit Omour David Yakubu! Geahnt hatte es Meller ja ohnehin schon längst – schon das Amulett mit den Blutresten war der erste stichhaltige Beweis.

Für Meller war dies noch ein zusätzlicher Frustpunkt am frühen Vormittag. Er musste schließlich Ma-Lin die traurige Gewissheit bald mitteilen.

Das Telefon riss ihn aus seiner betrübten Stimmung.

»Schönen Morgen, Herr Meller. Ich habe da *ihre Chinesin* in der Leitung, übernehmen Sie?«

Als wäre es Gedankenübertragung gewesen.

Die Rezeptionistin stellte Ma-Lin Huang für Meller durch. *Ihre Chinesin?* Wieso seine Chinesin?

»Meller, ja…?«

»Spreche ich mit Herrn Kommissar Meller…?, eine aufgeregte Ma-Lin hallte in Mellers Ohr.

»Ja, Meller hier. Ich begrüße Sie, Frau Huang. Wie geht es Ihnen und Ihrem… Was darf ich für Sie tun?« Eigentlich wollte er sich erkundigen, wie es dem Baby geht. Überlegte es sich jedoch anders, da dieses Thema für sie ein sehr schmerzliches sein musste.

»Gut dass ich Sie antreffe, Herr Kommissar.«

»Liebe Frau Huang… für Sie nur *Meller*, einverstanden?«

»Ja, ja… danke, Herr… Herr Meller… Ich habe ein großes Anliegen. Darf ich Sie damit kurz belästigen?«

»Frau Huang, ich wollte Sie ohnehin schon anrufen. Aber da Sie jetzt selbst… Also, was gibt es, sagen Sie mir alles einfach frei von der Leber weg, was Sie berührt.«

»Von der Leber weg? Wie meinen Sie… Was heißt das…?«

»Nichts von Bedeutung Frau Huang, sagen Sie mir nur, was Sie auf dem Herzen haben.«

»Ahh, das ist gemeint…! Also, es ist so: Meine Eltern sind bei mir und mein Vater möchte Sie unbedingt sehen. Er kann jedoch kein Deutsch und auf Englisch geht es auch nicht so gut. Und ich mit dem Kind – da dachte ich, vielleicht könnten Sie zu mir kommen. Ich würde für meinen Vater übersetzen. Wir richten uns natürlich ganz nach Ihren Terminen.«

»Warten Sie bitte kurz«, unterbrach sie Meller, »ich schau schnell nach.« Er sah seine Termine durch. Bestens – das Gespräch mit der Dreier-Gruppenleiterin könnte er kurzfristig verschieben. »Ich muss nur ein paar Dinge regeln und könnte in etwa einer Stunde bei Ihnen in Wien sein. Geht das?«

»Oh, das wäre… einen Moment bitte…« Meller hörte, wie Ma-Lin etwas auf Chinesisch – vermutlich zu ihrem Vater – sagte.

»Ja, das wäre ideal.«

»Also gut. Wie gesagt, in einer Stunde.«

Es wurde dann doch früher Nachmittag, als Ma-Lin den Kommissar zur Tür hereinließ und ernst begrüßte. Anschließend stellte sie ihm ihre Eltern, die erwartungsvoll im Wohnzimmer standen, vor.

»Mein Vater Fan Huang und meine Mutter Jing Huang.«

Meller hatte jetzt keinen Verband mehr um seinen Kopf, lediglich ein Pflaster verzierte noch seine Stirn. Er verbeugte sich ernst vor beiden, dann nochmals einzeln vor Herrn und Frau Huang und gab ihnen kurz die Hand. Herrn Huang überreichte er dabei seine Visitenkarte, die dieser sekundenlang genau studierte, obwohl er mit Sicherheit kein einziges Wort verstand. Aber so gebot es anscheinend die chinesische Höflichkeit.

Das Baby lag in einem Kinderbettchen, das in der Nähe des Bettes stand. Irritierten es die lauten Stimmen? Das Baby jedenfalls begann plötzlich unruhig zu werden und sogleich füllte ein helles Quäken den Raum.

»David ist aufgewacht, er wird hungrig sein. Herr Meller, wollen Sie ihn kurz halten?« Ma-Lin ging auf das Gitterbett zu, nahm das Baby heraus und streckte es Meller entgegen. Sofort verstummte der Kleine, als er ihn vorsichtig in seinen Arm nahm, ihn leicht hin und her schaukelte.

Ein flaues Gefühl überkam Meller plötzlich. Eigentlich sollte er ebenfalls Vater sein, wäre Lilian noch am Leben. Der *Favela-Ton* begann in Mellers Ohr verdächtig zu brummen, verklang jedoch bald wieder, weil ihn die Gegenwart einholte.

Braves Baby, nicht schreien. Bitte – nur nicht schreien, flehte Meller innerlich das eingewickelte Bündel an.

»Schau, wie süüß…!«, säuselte Ma-Lin mütterlich begeistert. Und zum Baby hin: »Dieser gute Mensch hat dir zum Leben verholfen!« Sie nahm es wieder von Meller entgegen, der daraufhin purpurrot wurde und verlegen in die Runde grinste.

Vater und Mutter Huang sahen ihn kurz an und dann unsicher zu Boden. Meller entging dabei nicht das Lächeln von Mutter Huang, während sie ihrer Tochter etwas zuflüsterte.

Diese Frau war ihm auf Anhieb sympathisch, allein schon deswegen, weil sie große Ähnlichkeit mit Ma-Lin hatte, nur etwa dreißig Jahre älter. *Diese ausdrucksstarken Augen* und ebenso diese französisch-chinesische Mischung im Aussehen. Die Mutter musste in jungen Jahren eine Schönheit gewesen sein. Was soviel hieß, dass sie jetzt die Reize einer sehr attraktiven Dame ihres Alters besaß.

Diese spontane Sympathie konnte Meller jedoch bei Vater Huang nicht feststellen. Dieses derbe, harte Gesicht – der

Grund war bestimmt die Ähnlichkeit mit dessen Bruder Chen. Sicher ein Vorurteil. Auch seine reservierte Art Meller gegenüber zeugte von Misstrauen.

»Ich habe meinen Eltern schon alles erzählt, was ich in den letzten Monaten meines Lebens hier in Wien durchgemacht habe. Sie wissen alles von Omour, von Onkel Chen und vom Kind…« Ma-Lin drückte dabei den Kleinen fest an sich und sah hoffnungsvoll zu ihrem Vater. Der blickte jedoch stumm zum Fenster hinaus.

Meller spürte die Spannung, die zwischen Ma-Lin und ihrem Vater den Raum zum Erstarren brachte und mittendurch eine Mauer aufbaute.

Das würden ja noch mühsame Stunden werden. Meller ergab sich der *Chinesischen Mauer* mitten in Wien.

»Sie sind deshalb so traurig und auch so wütend. Vor allem mein Vater.« Wieder blickte sie flehend in dessen Richtung.

»Aber, sie schätzen Sie sehr, Herr Meller. Vor allem meiner Mutter gefallen Sie außerordentlich, das hat sie mir soeben zugeflüstert.« Die arme Ma-Lin versuchte alle Register zu ziehen, um eine gelockerte Stimmung zu schaffen.

Wie eine Ziege bleckte nun Meller seine Zähne zu einem höflichen Grinsen, verbeugte sich in Richtung Mutter und wünschte diese steifen Anstandsfloskeln zum Teufel.

Als sich Ma-Lin auf ihr Bett setzte und ihre Brust entblößte, um den kleinen David zu füttern, stellte sich Vater Huang mit einem Sprung schützend vor seine Tochter, um sie vor den Blicken Mellers zu bewahren.

Andere Länder… andere Sitten… Ma-Lin hatte längst die natürliche europäische Art übernommen. Meller wendete sich diskret ab, um die chinesische Familie in ihrer Intimität nicht zu stören.

Mutter Huang hatte in der Zwischenzeit Tee vorbereitet und bat alle mit einer freundlichen Geste zu Tisch.

Das hieß, der Tisch wurde nun vorsichtig zum Bett geschoben, damit Mutter und Tochter dieses als Sitzplatz verwenden konnten. Auf zusammengelegten Decken erhöht sitzend, denn sonst wäre den beiden die Tischkante bis knapp unter den Hals gegangen, was der todernsten Situation eine gewisse heitere Stimmung verliehen hätte.

Vater Huang und Meller nahmen schließlich auf den zwei verfügbaren Sesseln Platz. Jeweils an einem Tischeck, denn mehr Raum bot sich nicht an. Obendrein schien es, als wollte Herr Huang nicht zu nahe an Meller ranrücken. Sei es aus Tradition oder Misstrauen und Befangenheit vor fremden Personen.

Eher zweites vermutete Meller.

Nun saßen sie alle eng vereint um den Tisch. Klein-David wurde abwechselnd von den beiden Frauen gehalten, damit er in Bewegung blieb und nicht wieder zu schreien begann.

Während Mutter Huang Tee einschenkte, bedankte sich Ma-Lin nochmals überschwänglich bei Meller, dass er sich für ihre Familie Zeit nahm. Darauf folgte ihre Übersetzung auf Chinesisch.

Wenn das so schleppend weiterging, würde er auf diesem Sessel noch sein Gute-Nacht-Gebet sprechen, befürchtete Meller und legte sich eine Strategie zurecht um schneller zur Sache zu kommen. Auch wenn es tragisch war, vor allem traumatisch für Ma-Lin. Irgendwann musste es ja gesagt werden. Jetzt.

»Es sind keine guten Nachrichten, die ich bringe«, begann er. Eine Atempause, ein kurzer Blick auf die Chinesin. Dann nahm er einen Schluck Tee, während er die Tasse in der Hand behielt.

»Wir haben in der Zwischenzeit die letzten DNA-Auswertungen erhalten. Sie beweisen, dass die vergrabene Leiche in Mödling mit Sicherheit... Omour David Yakubu ist. Leider! Es tut mir unendlich Leid, Ma-Lin...«

Vorsichtig setzte Meller die Tasse ab, um Ma-Lin nicht ansehen zu müssen.

»Wir haben im Büro Ihres Onkels belastendes Material gefunden. Filmaufnahmen auf DVDs, die ihn und einen anderen Mann zeigen, während sie verschiedene Frauen vergewaltigen. Auch Sie sind darauf zu sehen, Ma-Lin...«

Jetzt erst sah Meller in ihre Augen. In vor Schreck geweitete Augen, in denen sich die Fensterfront des Zimmers spiegelte. Die junge Chinesin sah starr zurück. Fixierte Meller, während sich langsam Tränen bildeten und ihr die Wangen hinunterkullerten. Meller hielt ihrem Blick stand.

Dann sah sie zu ihrem Baby und schwieg. Lange...

Endlich. Langsam setzte sie an und erzählte ihren Eltern die grausame Wahrheit. Sie tat sich unheimlich schwer, es ihnen zu übersetzen. Immer wieder vernahm Meller den Namen Omour. *Omour... Omour...*

Es dauerte natürlich seine Zeit, bis die Eltern von dieser erschütternden Sachlage erfuhren, da Ma-Lin dazwischen immer wieder in Tränen ausbrach. Auch wenn sie es schon seit dem Auffinden der unbekannten Leiche ahnte – wie es Meller vermutete –, so war es doch für sie ein furchtbarer Schock!

Ihr Omour war ermordet worden – so brutal noch dazu!

Ihr Gesicht bekam Flecken, die Adern auf der Stirn traten hervor und sie wimmerte wie ein kleines Kind. Immer wieder nur das eine Wort: Omour, Omour... voll unsäglicher Trauer und Wut.

Als hätte das Bündel Mensch in Ma-Lins Armen ihr Flehen verstanden, begann nun auch der Kleine wieder zu weinen, schließlich zu schreien und war nur schwer zu beruhigen...

Dann endlich – geschafft.

Wieder Stille. Jedoch schmerzende Stille.

Verhaltener Verkehrslärm drang fremd – fast erlösend – von der Straße herauf in das Zimmer, in dem drei unglückliche Menschen – Tochter, Vater, Mutter – soeben unabänderliche Hiobsbotschaften für die restliche Lebenszeit in ihre Herzen, ja in ihre Seelen, einritzen mussten.

Meller war durch diesen emotionellen Ausbruch ebenso betroffen und wütend. Weil diese Verbrecher mit Sicherheit ihrer Strafe entgehen würden. Unauffindbar wie sie waren.

Einzig das Baby nuckelte zufrieden am Schnuller, war wieder knapp vorm Einschlafen.

Meller drehte, um sich zu beruhigen, langsam seine Teetasse. Vor und zurück… und wieder… vor und zurück…

Die Eltern saßen wie versteinert. Dann sprang der Vater plötzlich auf und begann hektisch auf Ma-Lin einzureden. Die Mutter fuhr mit einem bittendem *Pssst-pssst…* dazwischen, damit der Kleine nicht wieder aufschrie. Schließlich beruhigte sich der Mann. Nahm wieder stumm Platz, sah jedoch grimmig auf den Boden vor sich.

»Es tut mir wirklich Leid, Ma-Lin, das mit Omour.«

Meller verspürte ein Kratzen im Hals und musste sich räuspern. Er hatte wirklich Mitleid mit der Chinesin. Auch mit ihrer Mutter, die daneben saß und sich fortlaufend die Nase putzte. Von ihren Fingern wurde das Taschentuch verkrampft geknetet, gedreht und gewürgt, als wäre es ihr verhasster Schwager.

»Wir müssen auch in Erfahrung bringen, wer der Mann auf den Filmen ist und die anderen Frauen finden. Chen Huang ist leider verschwunden. Unauffindbar bis jetzt. Doch die Interpol hat von ihm bereits sämtliche Daten. Dafür ist plötzlich Li-Che Wang aufgetaucht. Er ist von Wien nach Hamburg geflogen, dort allerdings ebenfalls verschwunden. Soweit wir wissen, kommen die Waren für die Huang & Co Import-Export von China nach Hamburg. Vielleicht finden wir hier eine Verbindung. Ich befürchte jedoch, dass sich Chen und Li-Che in Hamburg getroffen und per Schiff abgesetzt haben.«

Da wandte sich Herr Huang an seine Tochter und sprach lange mit ihr. Man spürte die Autorität, die der Vater seiner Tochter gegenüber besaß. Ma-Lin nickte nur, wiederholte manches und nickte wieder. Teilte ihm schließlich auch den letzten Stand der Dinge mit. Auch die Mutter verfolgte das Gespräch gespannt und nickte ebenfalls tonlos und bejahend. Wie zwei Hündchen, die hinter der Heckscheibe eines Autos mit dem Kopf wackelten.

Als der Vater endlich fertig war, hatte sich auch Ma-Lin wieder soweit gefasst. Sie sah Meller direkt ins Gesicht. Stolz und wütend, mit einem fast unbeherrschten Drang nach Rache und Gerechtigkeit.

»Mein Vater bittet Sie um Kopien dieser Aufnahmen. Auch von... von meiner... Er verspricht Ihnen, dass er seinen Bruder finden wird. Und auch Li-Che. Er schwört Ihnen, Herr Meller, dass er beide so lange jagen wird, bis er sie gefunden hat. Ich kenne meinen Vater. Dieser Schwur wird das Leben unserer Familie verändern. Mein Vater wird alles in Bewegung setzen, um diese beiden Verbrecher in seine Finger zu kriegen. Und dann...«

Sie warf ihre Haare zurück und zeigte die Faust gegen zwei unsichtbare Feinde.

»Egal wieviel Geld es meinen Vater kosten wird. Chen hat mich geschändet und unsere Familie zerstört. Er verdient in unseren Augen den Tod... Ich flehe Sie an, Herr Meller, auch ich möchte, dass Chen die gerechte Strafe ereilt... Bitte, geben

Sie uns die Filme…«

»Das geht nicht. Ich darf Beweismaterial nicht weitergeben…«

Da zischte ihn die Chinesin plötzlich an. Angriffsbereit, wie eine gefährliche Schlange. Fast flüsternd, denn sie wollte ihr Kind nicht aufwecken:

»Aber ich habe ein Recht darauf! Li-Che hat meine Liebe zerstört, er ist der Mörder von Omour. Und Chen hat mich vergewaltigt, seinetwegen habe ich dieses…!« Sie sah auf ihr Kind, verfiel jedoch schnell wieder in die Rolle der Bittenden und flehte jetzt Meller mit ihren von Tränen geröteten Augen stumm an.

Was konnte schon passieren?

Meller dachte kurz nach. Warum sollte er nicht den Huangs Kopien der DVDs geben. Er wusste, er überdehnte damit zwar seine Befugnisse – schlicht bemerkt: Er handelte gesetzeswidrig. Aber wem schadete er schon damit? Wer würde je davon erfahren? Und wenn schon Vater Huang so erpicht darauf war, seinen Bruder und Li-Che zur Strecke zu bringen, so konnte es ihm, um der Gerechtigkeit Willen, mehr als recht sein.

Für den S-C-ONE war der Fall ohnehin schon so gut wie erledigt. Sie wussten, wer der Ermordete war. Die vermutlichen Mörder waren längst über alle Berge – unauffindbar, um der gerechten Strafe zu entgehen. Über die Interpol hoffte nun Meller, wenigstens einen Hinweis zu erhalten, in welchem Winkel der Erde sich die Mörder von Hamburg aus verkrochen.

Meller ärgerte sich einfach, dass es ihm nicht gelungen war, die beiden Verbrecher in seine Finger zu bekommen.

»Also gut, Ma-Lin… Ich handle damit zwar gesetzeswidrig und es kann mich meine Stellung, meinen Kopf kosten, wenn das jemals bekannt wird. Unter einer Bedingung: Ihr Vater muss mir versprechen – und ich rechne mit seinem Ehrenwort – dass dieses Material innerhalb ihrer Familie bleibt und *nie* an die Öffentlichkeit kommt. Ich kopiere Ihnen auf DVD einen Zusammenschnitt der wichtigsten Fakten, um damit die Täter zu überführen. Ich werde Sie anrufen und Sie kommen zu mir ins Büro, damit Sie sich den Mann ansehen, der gemeinsam mit Chen Huang auf den DVDs zu sehen ist. Vielleicht erkennen Sie ihn. Sagen Sie das Ihrem Vater.«

Ma-Lin übersetzte und der Vater nickte bedeutungsvoll. Anschließend stand er auf und verneigte sich vor Meller, der sich ebenfalls erhob, um die Verbeugung zu erwidern.

»Mein Vater ist sehr glücklich, dass Sie seinem Wunsch nachkommen und verspricht Ihnen, sämtliche Bedingungen einzuhalten. Er garantiert Ihnen auch, dass er Ihnen ein Geständnis von seinem Bruder senden wird.«

Sein Wort in Gottes Ohr.

Meller sah den Vater an, beide verbeugten sich nochmals. Das sollte nun reichen.

»Wie lange bleiben Ihre Eltern denn in Österreich, Ma-Lin? Denn es gibt noch einiges zu klären. Staatsanwaltschaft, Finanzamt – wegen des Lagers, der Restaurants usw. Ich nehme an, Sie sind unter dieser Adresse und Telefonnummer erreichbar. Bitte halten Sie sich zur Verfügung, wenn sich die zuständigen Stellen melden.«

Nach einer kurzen Übersetzung erfuhr Meller, dass sie noch etwa einen Monat in Österreich blieben, damit Vater Huang die notwendigen Schritte unternehmen konnte, um die Firma wieder in Gang zu bringen.

Denn das Finanzamt hatte auf Wunsch der Staatsanwaltschaft die Huang & Co Import-Export sowie die Restaurantkette sperren lassen. Die schwer geprüfte Familie Huang würde anschließend durch Österreich reisen, um die nötigen geschäftlichen

Belange in den Filialen neu zu regeln. Wenn alle Geschäfte erledigt waren, ginge es für die Familie Huang zurück nach Shanghai.

Für Meller war es Zeit aufzubrechen.

»Gut, ich denke, wir haben... wenn auch ein sehr trauriges Kapitel...«, Meller wollten einfach keine abschließenden Worte einfallen. Mit einem knappen: »Wir telefonieren, Ma-Lin. Wie vereinbart...«, verabschiedete er sich von der Familie Huang.

Draußen auf der Straße befreite er sich tief durchatmend von den bedrückenden zwei Stunden und verwünschte seinen Job.

Verdammt, verdammt!

Und euch, verfluchter Chen und Li-Che, wünsche ich vom Herzen, dass Ma-Lins Vater euch findet, egal in welchem Loch ihr euch verkrochen habt. Möge sich seine Wut bis dahin vertausendfacht haben!

Am 28. April sollte der Chinese seine DVD erhalten und Meller eine weitere niederschmetternde Gewissheit.

Tags zuvor kam er zu seiner Sekretärin, Claudia Rotter, ins Zimmer und versperrte die Tür von innen.

Seit der Geburtshilfe an Ma-Lin Huang verkehrten die beiden wie ein Geschwisterpaar, das schon manche Abenteuer bestanden hatte. Eine Art schicksalshafte Vertrautheit.

Die Sekretärin sah kurz auf und wunderte sich wegen der versperrten Tür.

»Hey, was soll das? Sollte ich vielleicht sicherheitshalber um Hilfe rufen?«

»Claudia, schnell – du musst mir helfen.«

»So, muss ich das...?« Sie grinste Meller frech ins Gesicht.

Sie war, wie meistens, gut drauf. Überhaupt, seit der Hebammengeschichte hatte sie im S-C-ONE einen besonderen Status.

Eine Art Heiligenschein, der ihre Kompetenz, Verlässlichkeit und innere Ruhe nach außen auramäßig beleuchtete.

»Das sind die DVDs, die im Büro des Chinesen gefunden wurden. Du weißt, diese Pornogeschichte. Ich habe sie mir kurz von der V-Gruppe 3 geben lassen.«

Meller sah seiner Sekretärin bittend in die Augen.

»Ich vertraue dir wie niemandem hier im Haus, das weißt du.«

Claudia sah ihn an und nickte verschwörerisch:

»Da kannst du mir reinstechen, wenn ich dich jemals verrate«, dabei hielt sie sich den Kuli an den Hals, wobei ein kleiner blauer Punkt zurückblieb.

»Ich möchte dich jetzt um eines bitten. Entweder du lässt mich an deinen Computer ran und gehst aus dem Zimmer oder du hilfst mir, dann geht es schneller…«

»Was geht schneller…? Mach's nicht so spannend, Mario.«

»Ich benötige von einigen der Aufzeichnungen ein paar Passagen herauskopiert. Ich zeige dir welche und wir brennen sie auf eine eigene DVD zusammen. Ich sag dir aber gleich, das ist ein ziemlich ekliger Pornokram. Ich erklär dir währenddessen, wofür der ganze Aufwand gut ist. Also – was ist, hilfst du mir oder lässt du mich damit allein?«

Sie blieb und gemeinsam kopierten sie aus den DVDs die notwendigen Szenen, die für den Vater von Ma-Lin von Wichtigkeit sein sollten. Die Aufnahmen von Ma-Lin wollte Meller zuerst nur verkürzt herunterladen. Jedoch befand er schließlich, wenn der Vater das gesamte grausame Handeln seines Bruders sah, würde das seine Wut auf Rache nur noch steigern.

Mellers knappe Befehle: Stopp! Das hier… bis da her. Das nicht… ja, das wieder…, zeugten von seiner Anspannung. Er sah im Schnelllauf erst jetzt das gesamte Ausmaß menschlicher Bösartigkeit. *Stopp… kopieren… weiter… stopp… kopieren…*

Die Frauen waren betäubt, manche gefesselt. Sie wurden von Chen Huang und dem unbekannten Mann auf die brutalste Art vergewaltigt. Zusätzlich mit Flaschen, Gläsern, kantigen Gegenständen traktiert... Mit Messern, Rasierklingen, Scherben und Nadeln auf unmenschliche Weise gequält. Zigaretten wurden ihnen auf der Brust, auf den Geschlechtsorganen ausgedrückt. Blut, Urin und Sperma besudelten diese armen Geschöpfe.

Es wurde eine DVD des Grauens. Als sie vor ihnen lag, waren beide betroffen – von so viel Sadismus und unmenschlicher Quälerei.

Als am nächsten Tag Ma-Lin und ihr Vater zu Meller kamen, bat er sie in den Besprechungsraum. Er zeigte ihnen nur kurze Ausschnitte, wo der Unbekannte zu sehen war.

»Das... das ist ja Li-Che...!«, rief Ma-Lin aufgeregt.

Dieser Unbekannte, etwa im Alter wie Chen Huang – er hatte sogar eine gewisse Ähnlichkeit mit ihm – war also die *rechte Hand des Teufels*, befand Meller zähneknirschend. Dann übergab er Ma-Lins Vater die versprochene DVD.

Ma-Lin wollte sich auch noch bei Claudia Rotter bedanken. Für ihre hervorragende Hebammen-Arbeit bei der Geburt ihres Sohnes in Mellers Büro.

Welch ergreifendes Bild. Stumm lagen sich die zwei Frauen mit Tränen in den Augen minutenlang in den Armen. Meller war sichtlich gerührt und stolz auf seine Sekretärin.

Das Baby von Ma-Lin konnte Claudia leider nicht sehen. Die Chinesin versprach ihr, ein Bild von ihrem Kleinen zu senden.

Ma-Lins Mutter saß nämlich mit dem kleinen David Huang in jenem Zimmer, in dem er gezeugt wurde. Wahrscheinlich sogar auf der roten Sitzlandschaft und wartete auf die Rückkehr von Tochter und Mann. Chens Büro wurde inzwischen von der

Spurensicherung wieder freigegeben.

Amtlich und reserviert trennten sich Meller und Fan Huang. Eine stumme Verbeugung, ein kurzer Blick, ein knapper Handschlag. Der Kommissar hatte auch keine Zeit für emotionelle Abschiedsfloskeln, er musste zu einem Termin.

Doch Meller sah sie: die stille Verzweiflung, die Zukunftsängste, aber auch die unendliche Wut in Ma-Lins Augen.

Sie hatte noch eine letzte Bitte. Sie wollte wissen, wo Omour begraben liegt, damit sie sein Grab besuchen konnte. Meller bat seine Sekretärin, Ma-Lin an die zuständige Abteilung beim Mödlinger Bestattungsamt weiterzuleiten.

Die Staatsanwältin, Dr. Veronika Sommerbauer, erwartete ihn bereits. Meller berichtete von den letzten Auswertungen und Ergebnissen des *Frühlingsrolle-Mordes.*

»Da ist Ihnen – wie man so schön sagt – ja nicht gerade der große Wurf gelungen. Gleich beim ersten Mordfall, Herr Kommissar«, flötete sie lächelnd zu Meller.

»Wie bitte? Wie meinen Sie…, Frau Dr. Sommerbauer?«

In Meller begann es innerlich zu rumoren. War es nicht sie, die zuständige Staatsanwältin, die durch ihre Entscheidungen Chen Huang schlussendlich die Flucht gelingen ließ?

Er wünschte der Staatsanwältin je ein prallvolles Wimmerl auf ihren Sitzbacken. Frechheit! Saß hier auf ihrem feisten Waldviertler Bauernhintern, mischte sich überall ober-wichtig ein – um ihm jetzt ein Hackl ins Kreuz zu verpassen? Damit sie sich elegant abputzen konnte, in ihrer zu Meller bereits durchgesickerten Art: *Ich hatte ja von Beginn an Bedenken… dieser Meller… seine Abteilung… und überhaupt, sein Arbeitsstil… ich weiß nicht…*

Cool Meller, cool bleiben…

Er setzte sein Charmeur-Face auf. In Erwartung, dass die Wimmerl auf ihren Pobacken bereits aufblühten.

»Ich kann mir und unserer Einheit keinen Vorwurf machen. Wir haben immerhin in kürzester Zeit einen vorgetäuschten Drogenmord geklärt. An einem Vermissten, einem Ausländer, dessen Leiche acht Monate lang im Wald vergraben Vor-sich-hin-Saftelte. Man weiß ja, wie die Bevölkerung auf Ausländer reagiert. Ein vermisstes Katzerl oder Kanarienvogerl bekommt mehr Aufmerksamkeit. Nur weil das Opfer wie eine Frühlingsrolle verpackt gefunden wurde, war das Aufsehen und die Medienpräsenz dementsprechend. Dank unserer Bemühungen fanden wir die wahren Hintergründe und einen Sumpf an menschlicher Perversität noch dazu. Diese Pornogeschichte und mehrere Vergewaltigungen. Auch wenn die Opfer anhand der Videos noch eruiert werden müssen. Zumindest die Tatbestände sind soweit aufgeklärt und wir wissen, wer die Straftäter sind. Das ist doch schon was, oder etwa nicht…?

Dass uns die Mörder durch die Lappen gegangen sind, das passiert allemal. Müsste ich nicht bei jeder Aktion bei Ihnen um Erlaubnis bitten, säße der Chinese längst bei uns im Keller, bei Wasser und Reis. Was soll Ihr Vorwurfsgeschwafel? Als wären wir vom S-C-ONE nicht fähig, Verbrecher zu schnappen – Frau Staatsanwältin.«

»Jessas na – Herr Meller! So war das ja nicht gemeint! Bitte… bitte…!« Sie wehrte mit beiden Händen symbolisch Mellers Verbalschläge ab.

Hab – sie ergibt sich! Gut so!

»Ich meinte doch nur, weil es Ihr erster Fall in Österreich war… und jetzt das Pech, weil die Chinesen abgehauen sind.«

»Und abgehauen heißt noch lang nicht, Aus-der-Welt-Sein…«

Meller dachte an Vater Huang, an dessen Wunsch nach Rache

und Vergeltung. Die Staatsanwältin konnte er später informieren. Dann, wenn der Huang-Clan Erfolg mit der Verbrecherjagd hatte. Sollten die Chinesen selbst das Süppchen auslöffeln, das sie Meller und dem S-C-ONE eingebrockt hatten. Sippenhaftung auf globale Weise eben, wenn schon eine weltweite Verflechtung das Ziel der Menschheit war.

»Also, was machen wir jetzt…?« Die Staatsanwältin reagierte verunsichert und wollte sich Meller gegenüber nun verbündet zeigen. Diese Opportunistin!

»Was wir machen? Ich jedenfalls geh essen, obwohl ich mehr als satt bin…« Meller schleuderte der Staatsanwältin sein unwiderstehlichstes Prosecco-Lächeln entgegen. Er wusste, dieser Beamtenpomeranze im zu engen Hosenanzug fehlte zu ihrem perfekten Karriereglück nur eines: endlich männliche Beachtung! Diese würde er ihr jetzt vorgeigen, bis sie Achselschweißflecken und mehr bekam.

Und es wirkte bereits, Mellers Prosecco-Lächeln.

»Ah, könnte ich mich da anschließen. Ich wüsste da ein exzellentes Stübchen. Dabei könnten wir uns eine Strategie für die Presse zurechtlegen… und unser kleines Missverständnis begraben.«

Na also. Natürlich können wir, Frau Staatsanwältin.

Immerhin – man schloss Frieden und einigte sich.

Auf Freitag, den 29. April um 11 Uhr vormittags. Nicht für ein amouröses Abenteuer, sondern für die Pressekonferenz »*Frühlingsrolle-Mord*«.

Bis zum letzten Platz war der kleine Saal im S-C-ONE belegt. Das lokale Fernsehen hatte bereits eine Kamera aufgebaut. Wie immer überkam Meller bei solchen Presseterminen dieses Was-soll-der-ganze-Zirkus-Gefühl. Heute besonders.

Hinter Meller hingen drei vergrößerte Abbildungen.

Omour David Yakubu. Sein Kopf, ein Ausschnitt aus dem Bild, wo er mit Ma-Lin Huang glücklich in die Kamera lachte.

Daneben prangten die Köpfe von Chen Huang und Li-Che Wang. Beides Vergrößerungen aus den Pornofilmen. So waren sie wenigstens, auf der Pinnwand festgeheftet, anwesend.

Nachdem die übliche Begrüßung erledigt war und die Staatsanwältin ihre Statements abgab, ging Meller auf den tragischen Mordfall, die *Frühlingsrolle* vom Jennyberg in Mödling ein und gab die wichtigsten Fakten bekannt.

Abschließend stellten sich die Staatsanwältin sowie Meller als S-C-ONE Chef, den Presseleuten für allfällige Fragen zur Verfügung. Wobei es Meller ärgerte, dass in erster Linie nach seinem Hund verlangt wurde, der den Torso fand.

Doch Joe schlummerte unter den schlanken, wohlgeformten Beinen der freundlichen Rezeptionistin. Er wurde schließlich von Mike Lehner geholt und der Pressemeute vorgeführt.

War das ein Applaus, ein Blitzen und Surren der Kameras. Als Meller gebeten wurde, sich gemeinsam mit dem Hund fotografieren zu lassen, verweigerte er demonstrativ... *Bitte nicht!*

Joe dafür genoss den Rummel. Mit erhobener Schnauze und wedelndem Schwanz tänzelte er durch die Reportermeute... *der eingebildete Hund.* Forderte jeden hechelnd auf, ein Bild von ihm zu schießen oder ihm wenigstens ein Leckerli zwischen die Zähne zu schieben.

Meller war frustriert darüber, dass sein Hund mehr Aufmerksamkeit erlangte als der Mordfall und über Bemerkungen, wie *...war eh nur ein Ausländer... endlich einer weniger von den Kanaken...*

Ja, so waren sie, die lieben, wohlgenährten Bürger eines kleinen, sicheren Landes. Die »Insel der Seligen«, wie es angeblich einmal ein Papst benannte, das kleine Österreich.

Natürlich fielen auch bekannte Vorwürfe, die den Unmut der Bevölkerung aufheizten:

Fehlende Polizeipräsenz... mangelnde Sicherheit... falsche Maßnahmen... zu offene Grenzen... Ausländerüberflutung... unfähige Politiker... alles die Schuld der EU...

Dankbare Themen für die Medien, solange es die EU geben wird. Das erste Gebot für jeden Journalisten:

Was füllt Papier und regt die Masse auf?

Ja, ja – die EU, ein Thema, mit dem Meller so seine Problemchen hatte, seit er wieder in Österreich war. Berufsbedingt, aus polizeilicher Sicht gesehen. Weil er sich vom Ministerium im Stich gelassen fühlte, jedoch als S-C-ONE Chef seinen Kopf hinzuhalten hatte.

Was Meller jedoch am meisten gegen den Strich ging, war ein hoher Beamter des Innenministeriums, der diesen Anlass nutzte, um der Presse seine Wichtigkeit für den S-C-ONE zu präsentieren.

Der füllige Schlips-und-Nadelstreif-Beamte war allerdings ebenso verwirrt von Joes phänomenalen Auftritt. Jetzt versuchte er krampfhaft, sich durch eine intensive Selbstbeweihräucherung ins rechte Blitzlicht zu stellen. Das klang fast so, als hätte er persönlich den Mord aufgedeckt und wie zufällig sei Mellers Gruppe dabei involviert gewesen.

Als der Nadelstreif dann noch mit Prozenten und Zahlen um sich warf und den Presseleuten vorjammerte, was denn der S-C-ONE bereits für Unsummen verschlungen hätte, meldete sich ein Journalist und wollte zynisch wissen, ob er persönlich das alles aus seiner eigenen Tasche bezahlen müsse, weil er gar so emotionell die finanzielle Situation dramatisierte.

Längst war bekannt, dass das Ministerium bei weitem nicht

das Programm finanzierte, das zu Beginn der S-C-ONE Gründung garantiert wurde.

Nadelstreifs Gestotter und seine schwitzende Visage genoss Meller zurecht. Vor der Versammlung hatte er dem Journalisten die laufenden Streichungen für den S-C-ONE gesteckt. Absichtlich, um diesen Nadelstreif eines auszuwischen, denn *er* war es, der Mellers Forderungen laufend boykottierte. Er, der Nadelstreif von der Opposition. Vor ihm hatte ihn sein Onkel immer wieder gewarnt.

Da strichen sie in der Zentrale den »Budgetkuchen« auf Punschkrapferlgröße und verlangten von den V-Agenten, dass sie Wunder wirken sollten. Mit stark reduzierter Mannschaft – ja wie denn? Die Medien machten sich bereits lustig. Über den S-C-ONE – die unsichtbare Truppe mit den nicht sichtbaren Erfolgen.

Meller ging zweierlei auf: das Geimpfte, aus Ärger über den Nadelstreif und ein Hoffnungsschimmer, denn ab Juli würde er nur noch V-Gruppenleiter sein.

Meller hatte die Nase voll.

Auch die ersten Presseleute verließen bereits Nadelstreifs peinliche One-Man-Show.

Meller bleckte – wie sein Hund Joe – freundlich die Zähne in die Runde. Zeigte damit an, dass von seiner Seite alles gesagt war und er sich jetzt zurückziehen müsse. *Neue Verbrechen warteten auf Aufdeckung und Klärung.* Dem Nadelstreif aus dem Ministerium winkte er schadenfroh ein Finger-V zu, wie toll er denn sei… und raus aus dem Haus.

Meller brauchte frische Luft. Dringend.

Aaaahhhh… und jetzt ab nach Rio!

Schön wär's.

Mellers Handy ließ seine Sambatöne erklingen.

»Meller, ja…?«

»Hallo, ich hab dich grad im Fernsehen bewundert. War ganz hingerissen. Du Held aller… vor allem meiner. Jetzt aber was anderes: Wann löst du denn dein Versprechen bei mir ein, mein Mellerchen?«, säuselte Eva Roth sonnig in Mellers Ohr!

Nix wird's mit Rio. Nicht heute.

Wenigstens konnte er sich durch seine akute Terminknappheit rausreden. Nicht aus Feigheit, sondern weil er im Augenblick wirklich andere Sorgen hatte. Und einen amourösen Abend mit Eva Roth wollte er nicht als schnöde Verpflichtung abtun.

Meller versprach ihr, sich noch zu melden. Er hätte ohnehin etwas Geschäftliches mit ihr zu besprechen.

Mit ihm mache sie keine Geschäfte, konterte daraufhin Eva beleidigt, denn sie wolle den Kommissar als Freund und nicht als Geschäftspartner. Sie könne ihm wenigstens etwas Handfestes malen. Was aber könne er ihr denn als solcher schon bieten? Bestenfalls eine Sonderbehandlung und spezielle Vergünstigungen im Falle eines Mordes.

»Ha-ha-ha, das wär filmreif. Du der Kommissar und ich die verdächtige Mörderin. Furchtbare Verhörmethoden erdulde ich in einer finsteren Gefängniszelle. Grausame Folterungen mit Seidenstrumpf-Handschellen, die Augen verbunden. Das brutale Kitzeln mit Daunenfedern und Schocken mit Eiswürfeln lässt mich – windend und vor Schmerzen stöhnend – gestehen: *Jaah ich, ich war es!* Gezeichnet von der Folter liege ich anschließend erschöpft in deinen Armen und sterbe viele, viele Tode…«

Meller war im Moment nicht zu solchen Späßen aufgelegt. Zusehr rumorte noch die peinliche Nadelstreif-Ansprache in seiner Magengegend.

Der nächste Termin galt seinem Onkel in der Südstadt. Tante Henriette ging es im Augenblick nicht besonders. Die Multiple Sklerose bestimmte unbarmherzig ihr Leben. Ein akuter Schub zwang sie wieder ins Bett und eine Therapie mit Cortisonpräparaten war notwendig geworden.

Ein niedergeschlagener Onkel empfing Meller. Es brauchte keine Worte zwischen den beiden Männern. Die herzliche Umarmung genügte – Meller wusste Bescheid.

Seine Tante schlief. Leise trat er an ihr spezielles Patientenbett, das sein Onkel für Henriette ins Zimmer stellen ließ.

Überhaupt – seit sie krank wurde, veränderte sich alles im Hause Meller. Als wäre Multiple Sklerose eine neue Design-Linie für Metallrohrmöbel. Weiß lackiertes und verchromtes Spitalsmobilar hatte die bisherige Einrichtung verdrängt. Tische, Anrichten, verschiedene Lehnsessel, Liegen und Betten – alles auf Rollen. Auf Regalen lagen wissenschaftliche Bücher, anderes Allerlei und medizinische Geräte griffbereit. Zwei unterschiedliche Rollstühle erleichterten Henriette ein wenig ihren von der Krankheit beherrschten Alltag. Sämtliche Türschwellen waren verschwunden. Sogar der Hauseingang war doppelt breit und öffnete sich elektrisch. Eine sanfte Auffahrt erleichterte den Zutritt in das Haus. Das Gästezimmer war für eine Krankenschwester reserviert, die seither im Hause Meller wohnte, Henriette pflegte und betreute, während ihr Mann die letzten paar Monate im Ministerium abdiente.

Das Haus seines Onkels in der Südstadt war ein kleines, privates Krankenhaus geworden. Marios Zimmer hatte man noch immer für ihn freigehalten. Er wollte, nein er konnte jedoch nicht mehr dort wohnen. Zu viel seiner Vergangenheit steckte in diesen Betonwänden, hatte ihn seinerzeit eingeengt. So sehr er seine Zieheltern mochte – insgeheim fehlten ihm sein Vater und seine wunderbare Mutter, die er beide so bald verlor. All diese Erinnerungen, dieser unbändige Schmerz, aber auch seine relativ ruhige Kindheit, steckten noch in den Wänden, in den Möbeln des kleinen Zimmers, das Mario einmal bewohnte. Das oft seine unendlich traurige, wenn auch heimelige Welt war.

So kam es meistens nur zu kurzen Reinschau-Besuchen bei den Mellers in der Südstadt. Um etwas zu bringen, wie jetzt den Wein von Eva Roth. Aber immer mit der Absicht, sobald wie möglich aufzubrechen. Nicht einmal heute – nach so vielen Jahren – wagte er dies seinem Onkel zu sagen. Den wahren Grund, warum er so selten zu ihnen ins Haus kam. Jetzt, wo er doch wieder in Mödling war und immerhin eng mit seinem Onkel zusammenarbeitete. Entschuldigend schob Mario stets sein anstrengendes Arbeitspensum im S-C-ONE vor.

Was machte es denn so schwer, ihnen die Wahrheit zu sagen? Gerade denen, die ihm zu diesem schönen Leben verhalfen, das er heute letztendlich führen konnte. Er wusste, er würde seine Zieheltern damit tief im Herzen treffen, ihnen mit dieser Gewissheit wehtun. Sicher, sein Onkel verstand ihn – unausgesprochen. Und dennoch, es kam bisher zu keiner dieser innigen Aussprachen, wie sie sich zwischen »Vater und Sohn« ergaben, wenn Unausgesprochenes längst fällig wurde. Tante Henriette war ohnehin ihrer Krankheit ausgeliefert. Sie konnte er damit nicht auch noch belästigen.

Damals, als Mario seine Eltern verlor, war er noch zu klein, viel zu geschockt. Bekam in seiner Kinder- und Jugendzeit nicht die Therapie, um sein Verlusttrauma zu bewältigen.

Und heute war er nicht mehr bereit, darüber zu sprechen. Tief drinnen, eingenistet wie ein tödliches Geschoss, hatten sich diese schmerzhaften Erinnerungen abgekapselt. Von Jahr zu Jahr legte er eine neue Hülle darüber, um einen Aufbruch zu verhindern. Wie ein drohendes Geschwür wuchs dieses mit jeder Hülle, das wusste er. Dafür aber wurde es auch stabiler und geschützter. Darauf setzte er.

Der Geruch im Haus war ein neuer, ein medizinischer. Nicht mehr der vertraute, wie Mario ihn in Erinnerung hatte.

Gewohnte Stille im Hause Meller wie seit eh und je. Als Mario mit dem Schulranzen auf dem Rücken noch in die Grundschule ging. Sogar wenn Lo Bianco zu ihm kam – sie verkrochen sich in seinem Zimmer oder verdrückten sich in den Keller, um bubenhaften Übermut und abenteuerliche Neugierde verhalten auszuleben. Onkel Walter arbeitete im Ministerium und Tante Henriette bestimmte in seiner Abwesenheit diese Ruhe und Stille im Hause Meller. Wurde Mario deswegen ein so ruhiges und melancholisches Einzelkind, wie seine Zieheltern befanden? Ein Grund vielleicht, warum Mario nie einen innigen Kontakt zu seiner Ziehmutter fand. Doch draußen im Freien, in der Clique, da konnte er sich nach Herzenslust austoben und fand die Freunde, die für ihn wichtig waren, die ihm ans Herz wuchsen, wie eben Lo, der über Jahre sein bester Freund wurde. Trotz der Sache mit Nora. Diese Freundschaft überdauerte auch solchen Herz-Schmerz-Schmus.

Obwohl Mario seine Zieheltern mochte, seinen Onkel sogar zu lieben und zu bewundern begann – seine leiblichen Eltern fehlten ihm immer und überall. Sogar heute noch. Die Folge einer längst überfälligen Therapie. Doch einer solchen wollte sich Kommissar Meller heute nicht mehr stellen. Lieber pflegte er sein stilles, melancholisches Getue.

»Fein, dass ich wieder diesen edlen Tropfen genießen kann.« Das Gesicht des Onkels hellte sich kurz auf, als sie im Wohnzimmer Platz nahmen. Sogar Joe verhielt sich ruhig und verschwand unter dem Tisch, als würde er wissen, dass hier im

Haus ein schwerkranker Mensch lag. Auch wenn er zuvor den Onkel seines Herrchens stürmisch begrüßte.

»Einen schönen Gruß soll ich noch von Eva Roth ausrichten. Vielleicht schafft sie es und besucht euch das nächste Mal.«

»Komm doch mit ihr, Mario. Henriette freut sich immer so, wenn sie Menschen um sich hat. Denn die Krankheit macht sie sehr einsam und depressiv. Deswegen werde ich in meiner Pension ziemlich gefordert sein, um wieder ein volles Haus zu bekommen. Zumindest in den Zeiten, wo diese Schübe nachlassen. Henriette wünscht sich das so sehr von mir.«

»Ich werd sehen, was sich machen lässt. Aber du weißt, der S-C-ONE hält mich stark auf Trab…« Meller hatte sich angewöhnt, in solchen Momenten das Handy aus der Tasche zu ziehen, um auf die Uhr zu schauen, als würde ein Summerton ihn auffordern: *Herr Meller bitte sofort in den S-C-ONE, Verbrecher fangen!*

»Hast du dich schon entschieden, ob du weiterhin Chef vom S-C-ONE bleiben willst? Also, mein Wunsch ist es ja, das weißt du, Mario. Ich verstehe aber, wenn du das Handtuch wirfst. Nach den Vorfällen in der letzten Zeit im Ministerium.«

»Weißt du – ich sage es dir offen – der bürokratische Kram kostet mich so viel wertvolle Zeit. Dauernd diese Meetings, Berichte verfassen, Protokolle durchackern. Ewiger Dauerstress mit den Abteilungen – dem einen passt *das* nicht, dem anderen *jenes*. Obendrein entwickelt er sich zum Schleudersitz-Job, bei dem ich für jede politische Fehlentscheidung meinen Kopf hinhalten muss. Bitte – nicht bös sein – doch ich mache nie und nimmer den Sündenbock für die Fehler von karrieregeilen Sesselklebern, wie sie bei euch im Ministerium herumwichteln. Erst heute – ich komme ja gerade von der Pressekonferenz wegen dieses *»Frühlingsrolle-Mordes«* – stellt der sich doch glatt hin…

Du weißt eh, wen ich meine…«

Meller war frustriert, das sah man ihm an.

»Ich hab's gesehen, Mario. Vorhin im Fernsehen. Ich weiß…« Nachdenklich sah Walter Meller seinen Ziehsohn an. »Das heißt, du willst aufhören im S-C-ONE. Das ist schade, sehr schade. Aber gibt es nicht eine Möglichkeit…?«

»Onkel Walter, den S-C-ONE Chef, den mach ich nicht mehr. Mit Sicherheit nicht. Aber ich bleib euch erhalten. Als Gruppenleiter meiner Vierer-Gruppe, wenn dir das recht ist. Meine Abteilung ist wirklich gut und gibt ein Superteam ab, mit dem ich gerne weitermachen würde, sofern es vom Ministerium aus möglich ist«, ließ er seinen Onkel hoffen.

»Da bin ich aber froh, Mario. Wirklich. Du weißt ja, wie mühsam es war, den S-C-ONE zu realisieren. Inzwischen bekamst ja auch du diese… sagen wir *politischen Abläufe* ein wenig zu spüren. Mehr möchte ich dazu nicht sagen.« Zornesfalten zeichneten sich auf seiner Stirn ab. »Aufgrund der letzten Ereignisse bei uns im Ministerium, hatte ich befürchtet, dass du dem S-C-ONE den Rücken kehren wirst. Leisten könntest du es dir ja ohnehin. Aber was willst du denn sonst anfangen? Irgendetwas Sinnvolles muss der Mensch doch machen, trotz des vielen Geldes…«

Meller lachte zynisch: »Ha-ha…! Da mach dir mal keine Sorgen. Ich baue parallel zum S-C-ONE eine private Sicherheitstruppe auf, kläre alle ungelösten Fälle und blamiere das Ministerium. Scherz beiseite, vergiss es. Ich bleib dir eh erhalten.«

»Ich werde mein Möglichstes tun, bevor ich in Pension gehe, Mario. Schade nur, dass es so gekommen ist. Aber gegen fragwürdige Parteienziele und windige Politiker ist noch kein Kraut gewachsen.«

»Außer jenes, mit dem sich solche wie der Nadelstreif-Beamte behängen und tatsächlich behaupten, Wunder zu vollbringen. Sich aber geschickt herauswinden können, wenn aus ihrem Wunder eine peinliche Schlappe wird. Nein, das ist nichts für mich. Ich kann mit solchen Typen nicht, dafür bin ich nicht geschaffen. Ich bin Kriminalkommissar und das bleibe ich bis…«

Das Handy, das er die ganze Zeit in der Hand hielt, dudelte seinen Sambasound. Er sah kurz zu seinem Onkel, um die Unterbrechung zu entschuldigen.

»Meller, ja…?«

»Hallo, Mario, ich bin's, Lo…! Stör ich?«

»Nein, nein – was gibt's denn?«

»Du, die Immobilientussi braucht einen Termin mit uns beim Notar. Es sollte schon heute Nachmittag sein. Was weiß ich, was jetzt plötzlich so dringend geworden ist. Geht's bei dir um 16 Uhr? Ich muss ihr gleich Bescheid geben. Also – ja…? Nein…?«

»Okay, ich komm aber vorher zu dir. Dann fahren wir gemeinsam zum Notar. Bis gleich, Lo.« Er klappte sein Handy zu.

»Wie du siehst, ich muss schon wieder weiter…«

Meller stand auf und wollte sich schon zur Tür begeben. Sein Onkel hatte dem kurzen Telefonat aufmerksam zugehört.

»Ah, dein Freund Lo Bianco. Wie geht's ihm denn? Was macht er? Und was macht ihr beim Notar?«

»Ach nichts Wichtiges. Momentan zumindest«, wollte Meller seinen Onkel noch nicht näher einweihen.

»Ich erzähle es dir, wenn alles über die Bühne gegangen ist. Und es wird dir sicher sehr gefallen. Weil ich dadurch endgültig fix in Mödling bleiben werde. Als Kommissar und auch als Privatmann.«

Meller wurde schon wieder nervös und wollte fort.

Schnell raus aus dem Haus, denn die Erinnerungen erdrücken mich noch!

»Also, ich muss jetzt… der Hund sollte Gassi gehen… Lo wartet… und nach Rio sollte ich auch noch fliegen… Derzeit hab ich wirklich sehr viel um die Ohren… Also dann: bis zum nächsten Mal und schöne Grüße an Henriette…«

Verdammt, verdammt.

»Da, Joe… lauf, hol das Staberl!« Meller warf ein knorriges Aststück und der Hund jagte auf dem Feld vor St. Gabriel hinterher.

Meller hing seinen Gedanken nach…

Was soll das ganze Gefluche und Gejammer!

Eigentlich habe ich es bisher ja ganz schön getroffen im Leben. Das mit meinen Eltern und Lilian war allerdings nicht so toll. Aber so ist das Leben nun mal: ungerecht und brutal.

Dazu noch Neid, Eifersucht, Mord und Totschlag. Überall auf diesem Globus, selbst im kleinsten Kaff. Eigentlich geradezu ideal für einen Kommissar wie mich.

Trotzdem, was bin ich doch für ein sensibler Seelenfurzer! Bejammere andauernd mein Schicksal und meine Beziehungsdefizite, anstatt mich darüber zu freuen, was die Zukunft bringt…

Vierzehn

Etwa vier Monate später…

Der Brief lag auf Mellers Schreibtisch.

Er sah ihn sofort, als er am Freitag, dem 9. September 2005 morgens in sein Büro kam.

Es kündigte sich ein sonniger, milder Herbst an. Der Blick von der einen Fensterreihe seines Zimmers auf die farbenfrohen Weinhügel stimmte ihn friedlich. Er lebte wieder gern hier.

Von Rio de Janeiro in das Nest Mödling – was für ein Sprung!

Leuchtend und provokativ stand auf einer Hauswand in Bahnhofsnähe »Jedem Blödling sein Mödling« hingesprayt. In Mellers Jugendzeit hatte ein Spaßvogel das »M« von der Ortstafel weggekratzt. »ödling« stand damals schamhaft an der Ortseinfahrt und versprach Autofahrern Langweiliges. Was überaus stimmen mochte, denn zum Hauptabendprogramm im Fernsehen wurden Mödlings Gehsteige hochgeklappt. Auch weil das TV-Programm zum Einschlafen anregte. Doch es garantierte wesentlich mehr Spannung als das Mödlinger Nachtleben.

Das hatte sich jedoch längst geändert. Meller erkannte *sein Mödling* nicht mehr, als er nach über zwanzig Jahren wieder mit Sack und Pack herzog. Nicht nur die Nachtszene pulsierte, einem Vorort Wiens gemäß, fast zu verdächtig. Auch die Grundstückspreise erreichten astronomische Höhen, eher schon an

Wucher grenzend.

»Mödling – die Stadt der Geldsäcke« müsste es heute heißen, befand Meller. Denn viele begüterte Wiener und andere Wohlhabende siedelten sich hier an. Kauften die alten Kästen, renovierten sie oder ließen sich neue Villen hinstellen. Wer sich das nicht leisten konnte, zog in eine der überteuerten Wohnungen – natürlich *Ober-der-Bahn* (oberhalb der Bahn). Denn die Bahnlinie war schon seit jeher die Grenze zwischen den »Besseren« und dem »gewöhnlichen Fußvolk«.

Meller, der geborene Tiroler, war schon in den Sechzigern ein Hiesiger und zwar einer von denen *Unter-der-Bahn* (unterhalb der Bahn). Allerdings einer aus der Südstadt, die bereits wieder einen Sonderstatus im Standesdünkel der Mödlinger inne hatte. Weil ein neues Bungalow-Reihenhaus – mit einem Flecken Grün samt Swimmingpool – wie es Mellers Onkel besaß, seinerzeit zu den feinsten Behausungen in dieser Wohnregion zählte.

Die Südstadt gehörte zwar politisch zur Gemeinde Maria Enzersdorf, doch durch die unmittelbare Nähe zu Mödling, wenn auch *Unter-der-Bahn,* fühlten sich manche Südstädter als Mödlinger. Für Meller galt dies jedenfalls. Wenn er also gefragt wurde, wo er denn wohne, ließ seine Antwort: *Unter-der-Bahn in einem Bungalow mit Pool,* garantiert Neid aufkommen.

Heute war er wieder mit Leib und Seele Mödlinger. Es gefiel ihm in der ehrwürdigen Babenbergerstadt, in der so viele Berühmtheiten in verschiedenen Jahrhunderten kurzzeitig verweilten oder zeitlebens blieben, um ihre künstlerischen Visionen umzusetzen – komponierend, schreibend, malend oder gestaltend.

Seit eineinhalb Jahren war Mödling wieder Mellers Heimat. Er hatte hier alte und neue Freunde (wieder)gefunden und freute sich schon auf sein neues Zuhause, das bereits in Biancos Computer in der Planungsphase existierte.

Mödling – die Stadt des Umbruchs. Vielmehr der Einbrüche und der allgemein ansteigenden Kriminalität. Viele Straftaten waren in Mödling und Umgebung verübt worden, seit Mellers Urlaub in Rio. Als V-Gruppenleiter steckte er mit seinem Team längst wieder knietief in Ermittlungen. Das lief vorrangig, noch vor Mellers privatem Projekt – dem Bau seines Hauses.

Der Brief kam aus China, aus Shanghai.

Persönlich an ihn gerichtet, also keine hausübliche S-C-ONE Post. Ma-Lin Huang war vermutlich die Absenderin. Meller drehte das Kuvert um. Tatsächlich – sie schrieb ihm.

Kurz überkamen ihn Erinnerungen an die hübsche Chinesin. Ihre ausdrucksstarken, endlos traurigen Augen. Die chaotische Schockgeburt ihres Babys hier in seinem Büro. Die tragische Gewissheit, dass ihr Onkel der Kindesvater war und nicht ihr geliebter Omour aus Ghana. Omour, der schon längst tot war, als ihr Kind zur Welt kam und der jetzt am Mödlinger Friedhof begraben lag. Wie entsetzlich mussten diese Tatsachen das Herz von Ma-Lin Huang zerrissen haben.

Was würde wohl in sämtlichen Dokumenten des kleinen David Huang zu lesen sein. Mellers Büro im S-C-ONE als Geburtsort? In jedem Fall würde Mödling/Austria als Geburtsort stehen. David Huang, der eigentlich afrikanische Wurzeln haben sollte, war nun Vollblut-Chinese und in Österreich zur Welt gekommen.

Das Schlimmste an dem tragischen Mordfall war, dass die beiden vermutlichen Mörder, Li-Che Wang und Chen Huang, tatsächlich entkommen konnten. Sie waren seither spurlos verschwunden.

Vermutliche Mörder insofern, weil nicht festgestellt werden

konnte, wer letztendlich Omour so grausam ermordete und zerstückelte.

Weder in Österreich, in den EU-Ländern, noch über die Interpol gab es sachdienliche Hinweise zum Auffinden der Verbrecher. Die Kontakte nach China waren eher als dürftig zu werten, Erfolgsaussichten diesbezüglich gab es so gut wie keine.

Verdammt! Sehr, sehr verdammt…!

Wie gern hätte er Ma-Lin, seiner V-Gruppe, vor allem sich selbst diesen Erfolg gegönnt und die Mörder von Omour David Yakubu verhaftet.

Meller überlegte: den Brief jetzt öffnen oder erst nach der Besprechung.

Als er von Rio wieder zurückkam, war er mit Stichtag 1. Juli nicht mehr S-C-ONE Chef, sondern *nur noch* Gruppenleiter der V-Gruppe 4.

Gehässige Zungen schwätzten hinter vorgehaltener Hand, Meller habe es nicht gebracht. Einigen im Ministerium sehr zur Freude, als er seinen Rücktritt bekannt gab. Von seinem Onkel erfuhr er, dass sie ihn gerne länger als Chef des S-C-ONE gehabt hätten. Doch das eine Probejahr reichte ihm.

Meller wusste, was er als künftiger V-Gruppenleiter wollte:

– kein Sesselfurzer sein, der den lieben langen Tag von einem Meeting zum anderen hetzte;
– keine beruflichen *Hickhacks* zwischen V-Gruppen sowie private *Hickhacks* zwischen V-Agenten regeln;
– sich nicht mehr im Innenministerium wöchentlich anhören, dass Dies & Das entweder der politischen Linie nicht entspreche oder natürlich wieder mal zu teuer sei usw.

Und nie im Leben wollte er je einem der Politiker hinten reinkriechen müssen, nur um seinen leitenden Posten zu festigen. Das war nie und nimmer seine Intention gewesen.

Wenn er schon beim S-C-ONE blieb, dann nur, wie er es in Rio gewohnt war: an vorderster Front Kriminelle fangen. Den bürokratischen, aufwändigen Schreibkram sollten andere erledigen.

Mit diesem Ist-Stand saß Meller nun in seinem Büro, genoss sein gutes Feeling, den Sonnenscheinmorgen und eine Tasse heißen Kaffee.

Er schaltete sein Telefon zum Sekretariat um. Renate Berger, eine der beiden Sekretärinnen, wurde ihm inzwischen abgezogen. Also stand ihm nur noch die »Hebamme« Claudia Rotter als seine *rechte Hand* zur Verfügung. *So ist es also, wenn man beruflich absteigt,* dachte Meller und lachte sich einen Ast.

Denn Mellers Dreamteam stand unverändert. Sie mochten ihn und er sie, seine kleine Kampftruppe:

– Axel Körner, der wortwitzige und schlaue Kombinierer,
– Mike Lehner, der starke und besonnene Tüftler,
– Irene Schneider, die coole Blonde mit Handschlag-Qualität,
– Manuela Kohn, die stille und verlässliche Kämpferin,
– Claudia Rotter, die cleverste Internetjunkie-Sekretärin.

Nur mit dieser Truppe würde Meller dem S-C-ONE bis auf weiteres zur Verfügung stehen. Sein Onkel konnte im Ministerium diesen personellen Wunsch noch durchsetzen, bevor er seinen wohlverdienten Ruhestand antrat.

Was aber, wenn sich die Dinge zu Mellers Nachteil ändern würden? Noch war dies nicht der Fall. Und wenn, dann konnte er sich noch immer ein neues Betätigungsfeld suchen.

Vielleicht für Konzerne eine spezielle Sicherheitstruppe aufbauen. Diebstähle aller Art und Firmenspionagen aufdecken oder eine Security-Organisation für reiche Geldsäcke...

Ha-ha-ha, das ist witzig – ja, das ist gut...!

Gab es denn außer Verbrecher fangen keinen anderen Job, in

dem er sich eine befriedigende Zukunft vorstellen konnte?

Was Kreatives, Künstlerisches etwa, so wie Lo Bianco und Eva Roth? Oder in einer karitativen Organisation werken wie Nora Weichselbaumer? Nur nicht darüber nachdenken, befahl er sich.

Er drehte den Brief aus Shanghai hin und her...

Ja, mit Musik. Dazu musste eine passende CD eingelegt werden. An einem so fantastischen Morgen. Kaum war Meller aufgestanden, sprang Joe unterm Schreibtisch hervor und tänzelte in Erwartung eines Leckerlis um sein Herrchen herum. Meller konnte diesen treuherzigen Augen nicht widerstehen.

»Na, du kleiner Fresssack, da hast ein feines Wursti!«

Freudig schnappte Joe danach und trollte sich zufrieden auf seinen Platz.

In Erinnerung an Ma-Lin Huang und ihre Liebe zur Klassik erklang dröhnend Mozarts Klavierkonzert in D-Dur. Meller lehnte sich zurück, wartete die ersten Geigenklänge ab, riss dann den Brief auf und las.

Lieber Herr Kommissar Meller!

Ich muss mich bei Ihnen vielmals entschuldigen, weil ich mich noch immer nicht bedankt habe. Bedankt für die Hilfe bei der Geburt meines kleinen David und für die Suche nach meinem geliebten Omour. Doch diese schlimme Zeit, die ich damals in Wien durchmachte, darf ich (hoffentlich) als Entschuldigung anbieten. Nochmals vielen, vielen Dank!

Eine Neuigkeit kann ich nun mitteilen:

Mein Vater hat seinen Schwur eingehalten. Wenn es auch für ihn ein großes Drama ist, in seiner Familie einen so bösen Menschen, wie den eigenen Bruder, zu wissen.

Doch er hat tatsächlich diesen Verbrecher Chen gefunden! Be-

stimmt musste mein Vater viel Geld dafür bezahlen. Ich wollte es wissen, doch er verschwieg es mir. Mein Vater ist seit seinem Besuch in Österreich ein sehr trauriger Mann geworden. Meine Mutter zeigt viel Verständnis für seine Depressionen und hat viel Geduld mit ihm. Aber es ist sehr still geworden in unserem Haus, wäre da nicht mein kleiner David.

Zurück zu Chen und was ich von meinem Vater bisher erfahren konnte:

Chen wurde gar nicht weit von Shanghai aufgegriffen. Mein Vater nahm Kontakt auf zu Männern aus gewissen Kreisen. Diese fanden Chen und informierten meinen Vater, der plötzlich für eine Woche verschwunden war. Niemand wusste wohin und wir wurden schon ganz nervös. Wollten sogar die Polizei verständigen. Doch er kam wieder und erzählte von seinem Bruder, dem es sehr, sehr schlecht gehe. Weil er auf Befehl meines Vaters gefangen gehalten wurde. Regelmäßig verschwand nun mein Vater, vermutlich in jenes Versteck. Wir erfuhren, dass Chen so lange in der Hand dieser Männer sei, bis er alles gestanden hätte. Schriftlich. Dieses Geständnis würde er Ihnen dann senden.

Chen gestand bisher, dass er eine Killerbande aus unserer Gegend bezahlte, um Omour zu liquidieren. Li-Che Wang sollte lediglich mich und Omour überwachen. Er war in den Plan zu Omours Ermordung nicht eingeweiht. Er musste nur die Männer zu Omour bringen. Diese Killer waren schon einige Zeit in Wien und hatten die Ermordung Omours längst vorbereitet.

Natürlich hatte Li-Che herausgefunden, dass mit Omour was Schreckliches passiert war. Das Amulett, das ich im Kuvert bekam, war tatsächlich jenes, das ich seinerzeit Omour umhängte. Li-Che wusste einiges von mir, auch über meine Beziehung zu Omour. So wusste er auch von dem Amulett. Das musste er bei

Chen im Büro gesehen und gestohlen haben.

Chen kam deswegen in die Klemme, weil die Killerbande den Leichnam vom Omour absichtlich in Mödling vergraben hatte, um von ihm noch mehr Geld zu fordern. Was sie auch bald taten.

Als dann auch noch Li-Che meinen Onkel mit dem gestohlenen Amulett von Omour erpresste, tötete er ihn. Soviel gestand er meinem Vater bisher, allerdings nicht wann, wie und wo.

Mein Onkel ist also auch für Li-Ches Tod verantwortlich!

Bevor Chen nun aus Wien verschwand, klebte er das Kuvert mit diesem Spruch und dem Amulett auf meine Tür, um den Verdacht auf Li-Che zu lenken. Um seine Spuren endgültig zu verwischen, flog er mit Li-Ches Reisepass, der sich in seinem Besitz befand, nach Hamburg. Sein Glück war, dass er Li-Che ähnlich sah. Von Hamburg aus konnte er auf dem Frachter eines befreundeten Kapitäns unerkannt nach Shanghai fahren.

Warum dieses Geständnis überhaupt zustande kam, ist auf eine DVD zurückzuführen, die sich im Besitz Chens befand, als er aufgegriffen wurde. Es muss ein schrecklicher Film sein – die Tötung Omours! Diese DVD sowie das Amulett verlangte Chen von den Killern als Garantie, dass Omour wirklich tot war. Wohin Omours Kopf, Arme und Beine verschwanden, weiß Chen nicht.

Warum er die DVD noch immer bei sich trug, war meinem Vater unverständlich.

Auch gestand Chen, dass er mich in dieser einen Nacht mit K.O.-Tropfen betäubte und anschließend vergewaltigte.

Wie grausam doch das Schicksal mit mir spielte:

Hätte mich Chen eine Woche später vergewaltigt, wäre mein kleiner David von meinem geliebten Omour.

So aber muss ich mit der Gewissheit leben, dass mein Kind

nicht von Omour ist, sondern von einem Verbrecher. Von einem sehr bösen Menschen aus der eigenen Familie. Das stimmt mich und meine Familie so unendlich traurig und macht uns immer wieder wütend. Und dennoch freue ich mich, wenn ich sehe, wie der kleine David heranwächst.

Mein Vater wollte sogar, dass ich das Kind in ein Kinderheim gebe. Da kam es zu einem großen Streit mit ihm.

Ich werde meinen David großziehen und mit ihm eines Tages nach Ghana übersiedeln. Um dort den Ärmsten zu helfen und ihnen ein menschenwürdiges Dasein zu ermöglichen. So wie es Omour wollte…

Ach, mein geliebter Omour! Ich weine so viel um ihn!

Vielleicht komme ich auch wieder einmal nach Wien. Mein Vater leitet jetzt die Geschäfte. Chen besitzt nichts mehr. Mein Vater hat ihm alles weggenommen und hält ihn immer noch gefangen. Wie er sagte, noch jahrelang. Er muss körperlich sehr schwer arbeiten, seine bösen Taten abarbeiten. Das ist gut so und stillt wenigstens ein wenig mein Gefühl nach Vergeltung.

Im möchte jedoch keine Rache mehr in mir verspüren. Es soll alles so bleiben wie es ist. Nur so kann ich eines Tages wieder glücklich werden. Das werde ich mit Sicherheit – nur eben anders, als ich es mir vorgestellt hatte.

Wie heißt es so schön in Österreich:

Die Zeit heilt alle Wunden. So auch meine.

Lieber Herr Meller, nochmals vielen innigen Dank.

Vielleicht sehe ich Sie wieder einmal in meinem Leben.

Behalten Sie mich bitte in guter Erinnerung.

Ma-Lin Huang

2005-08-24, Shanghai

Ja, ich werde dich in bester Erinnerung behalten, kleine Ma-Lin Huang. Du schöne, leidgeprüfte Chinesin.

Meller lehnte sich zurück und schloss die Augen.

Da kam er wieder – Mellers *Favela-Ton.*

In seinen Ohren begann es sanft zu dröhnen, ein fast unhörbares tiefes Brummen.

Im rechten Ohr, im linken Ohr *brrrmmmmmmm…*

Epilog

In Wahrheit…

Danke…

Nichts in diesem Roman entspricht der Wahrheit, ist aber dennoch keine Lüge, sondern meiner unerschöpflichen Fantasie entsprungen. Ist dank Computer und Druck ein Buch geworden, das den geschätzten Leserinnen und Lesern so viel Zeit stehlen wird, wie sie benötigen, um sich durchzuwühlen, sich darin zu verlieren.

Eingeschworene Krimi-Fans werden sich sofort auf mich stürzen. Denn in Österreich gibt es den Titel *Kommissar* nicht. Ich weiß, ich weiß – und trotzdem lasse ich den S-C-ONE Chef Mario Meller als Kommissar ermitteln. Eben weil in einem Krimi zum Mord auch ein solcher gehört. Auch etwaige Unmöglichkeiten im Zusammenhang mit Rechts-, Straf- und sonstigen Angelegenheiten möge man mir verzeihen. Dies ist ein Krimi und kein Sachbuch der Kriminalistik.

Sämtliche Personen, Tatorte, Strafhandlungen und Ereignisse sind natürlich völlig frei erfunden.

Auch das beliebte Pub *Barometer* sucht man in Mödling vergeblich. Leider!

Käme es jedoch zufällig zu Ähnlichkeiten mit Personen, Tieren oder Details aus bzw. rund um Mödling, so geschah dies – in Wahrheit – ungewollt.

Danke sage ich vor allem dir, liebe Eva. Meine Geliebte, meine Muse, meine Frau. Die sich der Aufgabe annahm zu recherchieren und lektorisch in mein Werk einzugreifen. Dafür widme ich dir – mit viel Augenzwinkern – die Rolle der ausgeflippten Eva Roth, *weil auch du so gern den Pinsel schwingst.*

Danke euch, Gerhard und Friedrich, für die fachkundige Beratung in den Bereichen Kriminalistik, Gerichtsmedizin, systematische Verbrechensbekämpfung und -aufklärung.

Danke auch euch, Alex und Gabi, ihr lieben, langjährigen Freunde. Die ihr euch – als kritische Testleser – ebenfalls meiner Fantasie ausgeliefert habt.

Zuletzt ein ganz besonderes *Danke* an Joe für das Ausgraben eines Teppichstücks am Jennyberg, das mich schließlich – nach Evas »MordsIdee« – zum Schreiben dieses Krimis animierte.

Doch schon geht es weiter. Kommissar Meller ist erneut Verbrechern auf der Spur. Ja, ja – Mödling ist ein heißes Pflaster…